捷徑文化出版事業有限公司
Royal Road Publishing Group

祢的話是我腳前的燈，路上的光……

捷徑文化出版事業有限公司
Royal Road Publishing Group

祢的話是我腳前的燈，路上的光……

捷徑文化出版事業有限公司
Royal Road Publishing Group

祢的話是我腳前的燈，路上的光⋯⋯

捷徑文化出版事業有限公司
Royal Road Publishing Group

祢的話是我腳前的燈，路上的光……

五★億人的第一本高中英文法書

English Grammar
for Senior High School Students

作者序 Preface

　　去年捷徑出版社推出的《五億人都在看的英文文法書》，大獲讀者好評，今年再推出了此系列的續作《五億人的第一本國中英文文法書》、《五億人的第一本高中英文文法書》。

　　近年來提倡英文口說表達能力，以培養學生能用英文進行口語溝通表達作為重要教學目標，白話一點來說，就是要改變啞巴英語的尷尬狀況；然而有些學生、家長誤以為可以不再學習文法，少數教師在英語教學中也因為過分追求教學過程的口語能力，強調功能、表達，忽視文法教學，因而造成不良後果：學生由於輕視基礎文法知識，在口語表達、寫作時就容易出錯。

　　其實，經過多年的探索、研究，英語教學界已形成共識：由於多數的台灣學生缺乏英語接觸的習得環境與時間，學習英語必須借助文法這個重要工具。因為文法作為一門科學，是語言的組織規律，它賦予語言一套結構系統，指導語言正確、貼切地表達思想和傳遞資訊，是學生在口語表達中發揮創造性能力的依據與根本。學好文法可使學生掌握語言規律，更流暢地進行聽、說、讀、寫等實踐，培養學生正確運用語言知識的能力。尤其正處於學習外語最佳時期的中學生們，務必要學好、用好文法知識。

　　這本《五億人的第一本高中英文文法書》，以高中生為主要讀者群，全書延續了《五億人》系列書的特色：注重語法知識結構的連貫性和系統性；淡化對語法概念、定義的講解和記憶，強調實例、比較、實踐和應用。

・強化句子結構的概念

　　句子結構和動詞用法是中學階段學生語法學習的重點和難點。因此本書把句子結構和動詞用法的編寫作為重點。同時，因為語言是約定俗成的符號系統，習慣用法相對於語法規則是更優先的，因此，本書在語法知識

的講解過程中特別注意了不規則的語言習慣用法，並針對這些例外現象，在必要時介紹文化、背景知識，使學生加深印象，擴大知識視野。

• 著重即時複習的功效與學習效率

本書克服了一般市面教材中語法教學內容分散、不利於系統化學習，造成學生往往前學後忘、效率低下的弱點，注意對講解的語法知識進行適時總結、歸納，並設置適當的題目供學生演練及時復習，使學生建立起新、舊知識的聯繫，將「短暫記憶」轉化為「長時記憶」，提高學習成效。

時代在前進，社會在發展，教學改革不斷有進展，英語文法學習的思路和方法也會在實踐中不斷發展和創新。本書在編寫的過程中，難免有疏漏或不足之處，願在廣大讀者和專家的批評中得到輔正、充實和發展，以便再版時修訂、完善。

薄冰

於北京

導讀 Guidance

　　捷徑文化出版社在2011年9月出版薄冰老師的《五億人都在看的英文文法書》，我學問淺陋，忝為該書寫序導讀。該書出版以來，讀者好評不斷—截至本週，讀者勇於為它按「讚」，389個「讚」字，遙遙領先許多語言暢銷書排行榜上的書籍——至今仍高居排行榜上，頗有成為長銷書的態勢。在一切都講究輕薄迅速的現在，這麼一本900頁的「厚重」文法書能受讀者青睞，的確讓人稱奇。

　　現在捷徑文化再接再厲，出版《五億人的第一本國中英文文法書》與《五億人的第一本高中英文文法書》（以下略稱為《國中英文文法》與《高中英文文法》），我再度受託寫序。由於這兩本書是針對國、高中生讀者，因此「厚度」不同，編排方式略有調整，我願意就我觀察到的特色與讀者分享。

　　我曾指出《五億人都在看的英文文法書》有幾項特色，像是：(1)參酌文法學家與各家字典中的講法，嚴謹而經典；(2)例句豐富，市面上的文法書幾乎無出其右；(3)文法術語精準，能讓讀者迅速掌握文法概念；(4)大量的讀者來函提問與精闢的解答，釐清英文文法中的各種難題，更顯作者見解獨到。

　　現在即將出版的《國中英文文法》與《高中英文文法》的篇幅少了一些，前者為十七章，240頁，後者為二十七章，368頁。厚度少了約莫三分之二，所以這兩本書針對文法的解釋篇幅自然限縮，但無損於讀者對文法概念的理解。經過仔細審視，會發現《五億人都在看的英文文法書》有許多理論的說明，舉例務求詳盡，於修辭與語法細微之處著墨甚多；在《國中英文文法》與《高中英文文法》這兩本書中，薄冰老師並不特別援引各家講法，他行文直接，直指文法中的大枝大幹之處，讓學子了解最核心的概念。

對於國、高中學生容易混淆的文法概念，我特別查閱這兩本新書，仔細「檢視」一番，發現許多讓人驚喜之處，舉例如下：

1. 《國中英文文法》第二章冠詞。關於定冠詞與零冠詞的用法，本章的解說清楚詳盡。讀者只要花上二十分鐘，大概就能搞懂這個號稱英文中最難學的文法概念之一。
2. 《國中英文文法》第七章動詞時態。對於各個時態的定義方式，簡練扼要，頗有可觀之處。
3. 《高中英文文法》第六章副詞。僅八頁篇幅，但幾乎涵蓋副詞用法的所有面向，要言不煩。
4. 《高中英文文法》第七章介系詞。這一章幾乎涵蓋所有的介系詞與相關搭配用法，例句清晰詳盡，最適合考生複習之用。
5. 《高中英文文法》第十九、二十、二十一章。這三章專論主語、謂語、受詞，著重於「語用」的層面，符合現在的出題趨勢，市面上的文法書不曾出現這種編排。

此外，書中的「重點提示」，有提綱挈領之功，「文法實戰演練」則收集中國各地區考題，可作為他山之石。

這兩本書一定能滿足國中生與高中生的學習需求。對於一般讀者或初學者，瀏覽《國中英文文法》一書，對英文文法就能有一整體的概念。對於中高程度讀者，《高中英文文法》應付大學考試、多益、英檢中高級、托福寫作等需求已是綽綽有餘。薄冰老師這一系列文法書能在台灣出版，是讀者之福，也是英文愛好者通往精熟的另一條門徑，特為文推薦。

江正文

二○一二年一月於台北文山

Contents　目錄

第一章 名詞

第一節 概述

表示人、事物、地點或抽象概念等名稱的詞叫做名詞。例如：

Betty（貝蒂）　　scientist（科學家）　　panda（熊貓）　　Beijing（北京）

lottery（彩券）　　Internet（網際網路）　Olympic Games（奧林匹克運動會）

第二節 名詞的分類

名詞可以根據其意義分為專有名詞和普通名詞兩大類。

1. 專有名詞：

表示具體的人、事物、地點和機構的是專有名詞。例如：

China（中國）　　　　　　Peter（彼得）

Coca Cola（可口可樂）　　Olympic Games（奧林匹克運動會）

2. 普通名詞：

表示某人或某類事物名稱的是普通名詞。

(1) 普通名詞又可分為個體名詞、集合名詞、物質名詞、抽象名詞四種

個體名詞：表示單個的人或事物。例如：house（房子）、doctor（醫生）、photo（照片）。

集合名詞：表示一群人或一些事物的總稱。例如：class（班級）、group（小組）、army（軍隊）、family（家庭）。

物質名詞：表示無法分為個體的物質。例如：milk（牛奶）、cotton（棉花）、water（水）、snow（雪）。

抽象名詞：表示抽象概念（動作、狀態、品質、感情等）的詞。例如：victory（勝利）、friendship（友誼）、work（工作）、happiness（幸福）。

(2) 普通名詞還可以根據其可數性再分為可數與不可數名詞

一般說來，個體名詞和集合名詞是可數的，稱為可數名詞。例如：a family（一個家庭）、an army（一支軍隊）、a tree（一棵樹）。

表示物質、動作、抽象概念的名詞大多數不可數，稱為不可數名詞。例如：writing（寫作）、health（健康）、glass（玻璃）。

(3) 普通名詞還可以根據其形式分為簡單名詞和複合名詞

簡單名詞：由單個名詞組成。例如：movie（電影）、mother（母親）、lawyer（律師）。

複合名詞：由單個名詞加一個或一個以上的名詞或其他詞類組成。例如：woman worker（女工）、raincoat（雨衣）。

重點提示

但這些分類方法並不是絕對的。有些名詞在一種場合下屬於這一類，在另一種場合下又屬於那一類。例如下列這些物質名詞有時也可用作個體名詞，意義上有一定變化。

物質名詞：glass（玻璃）、paper（紙）。

個體名詞：a glass（玻璃杯）、a paper（論文，報紙）。

又如一些抽象名詞，當意義轉變而表示某類個體時，就成了個體名詞。例如：

抽象名詞：youth（青春）、power（威力）。

個體名詞：a youth（年輕人）、a power（大國）。

第三節 名詞的數

名詞分為可數名詞和不可數名詞。

1. 可數名詞

(1) 一般的可數名詞的複數

可數名詞大多數有單數和複數兩種形式，複數形式通常是在單數形式後加字尾s或es構成。規則的複數構成形式如下表：

加法	情況	範例單字
直接加s	1. 一般情況	cup(s)杯子、girl(s)女孩、hand(s)手、face(s)臉、day(s)日子
直接加s	2. 以兩個母音字母結尾的詞	zoo(s)公園、radio(s)收音機、bamboo(s)竹子、studio(s)錄音室、kangaroo(s)袋鼠
	3. 某些以o結尾的外來詞	photo(s)照片、piano(s)鋼琴、tobacco(s)煙草、Eskimo(s)愛斯基摩人
	4. 某些以f或fe結尾的詞	roof(s)屋頂、chief(s)酋長、gulf(s)海灣、cliff(s)懸崖、proof(s)證據、belief(s)信仰、hoof(s)蹄、safe(s)保險箱
直接加es	1. 以s, x, ch, sh結尾的詞	class(es)班級、bus(es)公共汽車、box(es)盒子、watch(es)手錶、brush(es)刷子
	2. 某些以o結尾的詞	hero(es)英雄、tomato(es)番茄、potato(es)馬鈴薯、Negro(es)黑人
變y為i再加-es	以"輔音字母+y"結尾的詞	factory—factories工廠、baby—babies嬰兒、city—cities城市、country—countries國家（但keys鑰匙例外）
變f為v再加-es	某些以f或fe結尾的詞	leaf—leaves葉子、life—lives生命、shelf—shelves架子、wife—wives妻子、thief—thieves小偷、knife—knives小刀、loaf—loaves條、half—halves一半、wolf—wolves狼、self—selves自己

複數詞尾s或es的讀音方法如下表：

情況	讀音	例詞
在〔p〕〔t〕〔k〕〔f〕等無聲子音後	〔s〕	maps、desks、cats、beliefs
在〔s〕〔z〕〔ʃ〕〔tʃ〕〔ʒ〕〔dʒ〕後	〔IZ〕	faces，matches，bridges，roses
在其他情況下	〔z〕	days，boys，fields，knives

有些名詞複數形式不是以加s或es構成，它們的不規則構成方法主要如下表：

構成方法	範例單字
改變內部母音	man—men男人、woman—women女人、Frenchman—Frenchmen法國人 tooth—teeth牙齒、mouse—mice老鼠、goose—geese鵝、foot—feet足部
字尾加en	child—children孩子、ox—oxen公牛
形式不變	two deer兩頭鹿、two fish兩條魚（但two fishes表示「兩種魚」）、two aircraft兩架飛機、two sheep兩隻綿羊、two Japanese兩個日本人、two Chinese兩個中國人 某些計量單位、數量名稱與數詞連用時：5 foot（5英尺）、4 dozen（4打）、5 hundred（500）；但模糊概念用複數形式：dozens of（成打的）、hundreds of（成百的，數以百計的）

(2) 合成名詞的複數

合成名詞構成複數時有三種情況：

a) 將合成名詞中的主體名詞變為複數。例如：passer(s) –by 路人（們）、grand-child(ren) 孫子、孫女（們）

b) 將最後一部分變成複數。例如：go between(s) 中間人、drawback(s) 缺陷

c) 由man、woman 作開頭的合成名詞，裏面所含的成分全都要變為複數。例如：men-doctors 男醫生、women- teachers 女教師

(3) 集合名詞的複數

單數形式的集合名詞被看作一個整體時，相當於一個普通的單數可數名詞，具有單數概念，作主語時謂語動詞用單數；被看作若干個體（成員）時，具有複數概念，謂語動詞用複數。例如：

Our group consists of ten members. 我們組由十人組成。

Our group are having a meeting now. 我們組（成員）正在開會。

類似的集合名詞還有：hair（頭髮）、fruit（水果）、class（班級）、audience（觀眾）、company（公司）、club（俱樂部）等等。

還有幾個單數形式的集合名詞具有複數意義，只能與複數謂語動詞連用：police（警察）、cattle（牛）、poultry（家禽）、people（人民、人們）。例如：

The police are looking for him. 警察在找他。

但people作「民族」解釋時，相當於普通的個體名詞，有單複數形式，謂語動詞的數根據主語的單複數確定。例如：

The Chinese people is a brave and hardworking one.

中華民族是一個勤勞勇敢的民族。

2. 不可數名詞

　　一般說來，物質名詞和抽象名詞是不可數的，因此沒有複數形式，一般也不用a, an。下列名詞常用作不可數名詞： advice（建議）（但suggestion可數）、bread（麵包）、cash（現金）、clothing（衣物）、equipment（設備）、fun（玩笑）、furniture（傢俱）、harm（傷害）、information（資訊）、knowledge（知識）、luck（運氣）、living（生活）、machinery（機械）、money（錢）、news（消息）、paper（紙）、permission（准許）、progress（進步）、courage（勇氣）、traffic（交通）、travel（旅行）、trouble（麻煩）、weather（天氣）、work（工作）、milk（牛奶）、water（水）、sand（沙子），等等。

　　不可數名詞的複數表示某種特別的意義。例如：

(1) 用以表示不同的類別

There are many famous **teas** in China Longjing is one of them.
中國有很多著名的茶的種類。龍井是其中的一種。
They sell mineral **waters**. 他們出售各種礦泉水。

(2) 複數形式表示數量多

He stopped, watching the broad **waters** of the Yangtze River.
他停下來，看著長江浩瀚的江水。
Several children are playing on the **sands**. 幾個小孩在沙灘上玩。
Light **rains** began in the heat of April. 在炎熱的四月開始了綿綿不絕的小雨。

(3) 有些抽象名詞的複數形式表示概念的具體化

She told him of all her **hopes** and **fears**. 她和他談了種種希望和憂慮。

3. 常用複數形式的名詞

　　英語中有些名詞使用時常以複數形式出現。

(1) 表示由兩部分構成的東西的名詞。這些名詞常常只用複數形式，表示數量時常用「數詞+pair(s) of」

scissors（剪刀）、trousers（褲子）、shorts（短褲）、scales（天平）、sleeves（袖子），等等。

　　例如：**A pair of trousers costs** me a lot of money these days.
　　　　　如今買條褲子要花我一大筆錢。
　　　　　I like **this pair of scissors**. How much is **it**?
　　　　　我喜歡這把剪刀，多少錢？
　　但這類名詞作修飾語時常用單數。
　　例如：There is a **shoe** factory nearby. 附近有家鞋廠。

(2) 有些以ing結尾的詞使用時常用複數

belongings（所有物）、earnings（收入）、savings（積蓄）、findings（調查結果）、doings（行為）、surroundings（環境）、feelings（感情）、greetings（招呼）

(3) 有些詞的複數形式可以表示特別的意思

air（空氣）—airs（神氣）　　　　paper（紙）—papers（論文，文件，報紙）

custom（風俗）—customs（海關）　　people（人們）—peoples（民族）

damage（損壞）—damages（賠償費）　look（看）—looks（外貌）

(4) 某些特定的名詞常以複數形式出現

arms（武器）、clothes（衣物）、twins（雙胞胎）、outskirts（郊區）、troops（部隊）、resources（資源）、tears（眼淚）、contents（內容）、thanks（感謝）、congratulations（祝賀）

(5) 有些名詞在一定的片語中常用複數形式

make / take notes（做筆記）　　　　make announcements（宣告，通告）

in high spirits（情緒高昂）　　　　as follows（如下）

make friends with（與……交朋友）　shake hands with（與……握手）

重點提示

　　許多名詞通常是不可數的，在一定情況下又可變為可數名詞；有些可數或不可數名詞的單複數形式表示不同的意義；有些可數名詞在一定情況下也可以變成不可數名詞。例如：

tea（茶）—teas（各種茶）　　　　　steel（鋼）—steels（各種鋼）

coffee（咖啡）—a coffee（一杯咖啡）　snow（雪）—snows（積雪）

water（水）—waters（海水，大片的水）　green（綠顏色）—greens（青菜）

time（時間）—times（時代）　　　　work（工作）—works（著作）

spirit（精神）—spirits（情緒，酒精）　iron（鐵）—irons（鐐銬）

change（變化）—changes（具體的幾種變化）

arm（手臂）—arms（武器）

hope（希望）—hopes（具體的幾個希望）

hardship（艱苦）—hardships（具體艱苦方面）

difficulty（困難）—difficulties（具體幾個困難）

suggestion（建議）—suggestions（具體幾條建議）

下列名詞在英語中不可數，如果要表示一定的數量，要借助單位詞。例如：

a piece of chalk / news / work / bread / paper / advice / cloth / furniture / thread / coal / meat

一支粉筆 / 一則新聞 / 一件工作 / 一塊麵包 / 一張紙 / 一項忠告 / 一塊布 / 一件傢俱 /一根線 / 一塊煤 / 一塊肉

a cake of soap 一塊肥皂　　　　　　　a bar of chocolate 一塊巧克力

a grain of sand / rice / truth 一粒沙子 / 一粒米 / 一點真理

還有一些意思相近的詞，一個可數，一個不可數。例如：

可數名詞（單個）	不可數名詞（總稱）
a coat 一件外衣	clothing 衣物
a job 一份工作	work 工作

有些名詞雖然形式上是"s"或"es"結尾，意義上卻是單數，作主語時謂語動詞應該用單數，例如：news（消息）、maths（數學）、physics（物理）、politics（政治），等等。

第四節 名詞的格

英語名詞有三個格：主格、受格和所有格。其中只有所有格有形式變化。

表示名詞所有關係的形式叫名詞的所有格，一般作修飾語。's所有格形式一般用於有生命的東西（人或物），有時也用於無生命的東西；凡是不能加 's的名詞，一般都可以與of構成片語來表示所有關係；有時還用「of片語+ 's所有格」的雙重屬格形式來表示所有關係。

1. 's屬格

「's」屬格主要用於表示有生命的人或物的名詞。使用時應注意以下幾點：

(1) 變化方法

一般是名詞詞尾加「's」。例如：

Eric's home 艾瑞克的家　　　　　　　my son's watch 我兒子的手錶

如果該名詞已有複數字尾's或'es，則只在名詞後加「'」。例如：

students' textbooks 學生的課本

但不帶字尾(e)s的複數名詞，仍然加「's」。例如：

children's park 兒童公園　　　　　　Women's Day 婦女節

以's結尾的專有名詞一般只加「'」，但也有加「's」的。例如：

Engels' praise 恩格斯的讚揚　　　　　Charles's job 查理斯的工作

複合名詞則在最後一個名詞後加「's」或「'」。例如：

men doctors' service 男醫生們的服務　　her son-in-law's photo 她女婿的照片

如果一樣東西為兩人共有，則只在後一個名詞後面加's；如果不是共有的，則兩個名詞之後都要加「's」。例如：

Jane and Helen's room 珍妮和海倫的房間（共有）

Bill's and Tom's radios 比爾的收音機和湯姆的收音機（不共有）

(2) 有時所有格「's」所修飾的名詞可以省略，具體表現在

表示店鋪、家等的名詞，如shop，home，office等常常省略。例如：

at the Li's (home) 在李家　　　　　　the doctor's (clinic) 醫生的診所

「's」所修飾的名詞若前面已提到，或後面要提起，則往往省略以避免重複。例如：

His pronunciation is much better than **Peter's.** 他的發音比彼得的要好得多。

This is not **Sharon's bike,** but **Lizzy's.** 這不是雪倫的自行車，是利奇的。

John's (car) is a nice **car,** too. 約翰的（車）也是一輛不錯的汽車。

(3) 「's」屬格除了用在表示有生命的東西（人或物）的名詞之後，有時還用於某些無生命的名詞之後

　　a) 表示時間的名詞之後。例如：

　　　today's news 今天的新聞　　　　two hours' meeting 兩個小時的會議

　　b) 表示某些機構、團體的名詞之後。例如：

　　　the school's history 學校的歷史　　the group's plan 小組的計畫

　　c) 表示國家、城市等地方的名詞之後。例如：

　　　China's industry 中國的工業　　　Shanghai's factories 上海的工廠

　　d) 其他。例如：

　　　two dollars' value 兩美元的價值　　the ship's name 船的名字

2. of結構

凡不能加「's」屬格的名詞，一般都可用of結構來表示所有關係。例如：

the first lesson **of** this term 這學期的第一課

the content **of** the novel 小說的內容

有時也用of屬格來表示有生命東西的所有格，特別是屬格要修飾的名詞的修飾語太長時。

the name **of** the girl over there 那邊那位女孩的名字

「's」屬格和of屬格除了表示所有關係外，還可用來表示其他關係。

(1) 表示主謂關係

Tom**'s** suggestion 湯姆的建議（Tom suggested that...）

the arrival **of** four beautiful girls 四位漂亮女子的到來（Four beautiful girls arrived）

(2) 表示動賓關係

The man's release brought great happiness to his family.

那個人的釋放使他全家人都非常高興。（Someone released the man.）

Much has been done to improve **students' education**.

為促進學生的教育現已做了大量的工作。（Someone educates students.）

(3) 表示類別

a doctor**'s** degree / the degree **of** doctor 博士學位（a doctoral degree）

children**'s** clothes 童裝（clothes for children and not for adults）

(4) 表示同位關係

the city **of** Beijing 北京市（Beijing is a city.）

the pleasure **of** meeting you 見到你很高興（Meeting you is a pleasure.）

3. 雙重屬格：of片語 + 's

有時所有關係還可用「of片語 + 's所有格」形式表達。但這種屬格用來表示人的所有關係，而不是物。例如：

a friend **of** Ming**'s**（= one of Ming's friends）明朋友當中的一個

some sons **of** Mr. Hamilton**'s**（= some of Mr. Hamilton's sons）

漢密爾頓先生的幾個兒子

雙重屬格主要在下列兩種情況下使用：

(1) 雙重屬格可用a, any, some, a few, two 等（冠詞、數詞、不定代詞等）修飾of片語前面的名詞，但不能用**the**，例如不能説 the sons of Mr Hamilton's，但可以説

two aunts **of** Bob**'s** 鮑伯的兩個阿姨

a picture **of** my mother**'s** 我母親（擁有的）一張照片

（她有好幾張照片，這一張照片上的人不一定是她本人。試比較：a picture of my mother 我母親〈她本人〉的一張照片）

some inventions **of** Edison**'s** 愛迪生的一些發明

(2) 雙重屬格中of片語前面的名詞有this, that, these, those 等指示代詞修飾時，常用來表示讚賞、厭惡等愛憎褒貶情感

That dog of Robert's is really clever.

羅伯特的那隻狗真聰明。（比Robert's dog更有讚嘆意味）

Get away **those** dirty hands of yours!

快把你的髒手拿開！（比your dirty hands 有更強的厭惡情緒）

I'm all for **this** idea of yours. 我完全贊同你的想法。（比your idea 更具欣賞意味）

第五節 名詞的性

1. 英語名詞的屬性

　　英語名詞在形式上沒有性的特徵和變化。名詞的性主要體現在名詞所代表的人或物的自然屬性上。表示男人或雄性動物的名詞屬於陽性，表示女人或雌性動物的名詞屬於陰性，其他名詞屬於中性。名詞的性影響人稱代名詞（he, she, it），物主代名詞（his, her, its），反身代名詞（himself, herself, itself）和關係代名詞（who, which）的使用。

　　注意以下各詞的區別：

陽性	陰性
king 國王	queen 王后，女王
actor 男演員	actress 女演員

2. 附加屬性

　　英語中有很多名詞分不出陰陽性，在使用代詞時可根據實際指代的物件用he, she或it指代。如果需要指明性別，常可在名詞前加一個man（woman），boy（girl）之類的詞。例如：boy friend 男朋友 / girl cousin 表姐妹，堂姐妹。

第六節 名詞在句中的作用

1. 名詞的作用

(1) 名詞作主語

Aspirin and vitamin C help fight colds and flu.
阿司匹林和維生素C有助於抵抗流感和傷風。

Curiosity is a scholar's first virtue. 好奇心是學者的第一美德。

(2) 名詞作表語*

Observation is the best teacher. 觀察是最好的老師。

(3) 名詞作受詞（賓語）

They planted more than 1.2 million trees last year. 去年他們種了120多萬棵樹。

(4) 名詞作同位語

Tom's father, a successful lawyer, went to Europe yesterday.
湯姆的父親，一位事業成功的律師，昨天到歐洲去了。

(5) 名詞作稱呼

Amy, pass me the dictionary, please. 艾咪，請把那本字典遞給我。

(6) 名詞作修飾語

Dancing is an exciting **art** form. 舞蹈是一種令人激動的藝術形式。

(7) 名詞作狀語*

The telephone rang a second **time**. 電話響第二次了。

(8) 名詞還可作其他成分，如複合受詞*

They made him **chairman** of the meeting. 他被任命為會議主席。

---

*表語：用來表示主語的身份、性質、特徵等等，通常為形容詞，也會有副詞、介系詞片
　語、分詞等形式。
*同位語：與相關的名詞或代名詞有文法上的同等地位
*狀語：常置於名詞前，用來修飾、限制、動詞或形容詞，表示動作的狀態、方式、時間、
　處所或程度等。副詞、形容詞經常做狀語，表示時間或地點的名詞也經常做為狀
　語，但一般名詞不做狀語，而動詞中除了助動詞外也很少做狀語。
*複合受詞：即受詞＋受詞補足語的形式。

---

2. 名詞作修飾語時應注意的事項

(1) 英語中名詞常常可以用作修飾語，在這一點上與中文相似

　　　　hand language 手語　　　　　　　bus stop 公車停靠站

(2) 在沒有同根形容詞的情況下，很多名詞可以這樣用作修飾語，作用和形容詞差不
　多

　　　　名詞作修飾語　　　　　　　　形容詞作修飾語
　cotton production 棉花產品　　agricultural production 農業產品

 **重點提示**

如果有同根形容詞，還是用形容詞作修飾語較好。有時兩者都可以用作修飾語，
但意思上有些差別，例如：

名詞作修飾語	形容詞作修飾語
rose garden 玫瑰園	rosy cheeks 紅潤的面頰
color TV 彩色電視機	colorful dresses 色彩鮮豔的服裝
history book 歷史書	historical play 歷史劇

(3) 名詞作修飾語時一般用單數形式
vegetable garden 菜園　　　　　　　country music 鄉村音樂

個別情況下也用複數形式作修飾語，例如：

| goods train 貨車 | sales manager 銷售經理 |
| customs house 海關大樓 | sports meet 運動會 |

🔵 文法實戰演練

01. I haven't seen Sarah since she was a little girl, and she has changed beyond _____.（2010安徽卷）

　　A. hearing　　　B. strength　　　　C. recognition　　　D. measure

02. This restaurant has become popular for its wide _____ of foods that suit all tastes and pockets.（2010湖北卷）

　　A. division　　　B. area　　　　　C. range　　　　　　D. circle

03. After the earthquake, the first thing the local government did was to provide _____ for the homeless families.（2010湖北卷）

　　A. accommodation　　　　　　　B. occupation
　　C. equipment　　　　　　　　　D. furniture

04. The doctor is skilled at treating heart trouble and never accepts any gift from his patients, so he has a very good _____.（2010 江蘇卷）

　　A. expectation　　B. reputation　　C. contribution　　D. civilization

05. Last year the number of students who graduated with a driving license reached 200,000, a(n) _____ of 40,000 per year.（2010江西卷）

　　A. average　　　B. number　　　　C. amount　　　　　D. quantity

06. Those who suffer from headache will find they get _____ from this medicine. （2010山東卷）

　　A. relief　　　　B. safety　　　　　C. defense　　　　　D. shelter

07. I'm trying to break the _____ of getting up too late.（2009天津卷）

　　A. tradition　　　B. convenience　　C. habit　　　　　　D. leisure

08. The World Health Organization gave a warning to the public without any _____ when the virus of H1N1 hit Mexico in April, 2009.（2009福建卷）

　　A. delay　　　　B. effort　　　　　C. schedule　　　　D. consideration

09. From their _____ on the top of the TV Tower, visitors can have a better view of the city.（2009陝西卷）

A. stage　　　　B. position　　　　C. condition　　　　D. situation

10. Hiking by oneself can be fun and good for health. It may also be for _____ building.（2009湖北卷）

A. respect　　　　B. friendship　　　　C. reputation　　　　D. character

答案剖析

01. **C.** 四個選項分別是：A. 聽力；B. 力量；C. 認出；D. 度量。按全句理解答案是C。句意：自從薩拉是個小姑娘時，我就再沒有見到過她，如今她變得我都認不出來。片語：beyond recognition 超過認出的範圍，即認不出。

02. **C.** 四個選項分別是：A. 差異；B. 地域；C. 範圍；D. 圓圈。依此語境that suit all tastes and pockets理解，答案是C。句意：這家餐館變得很大眾化，飯菜種類繁多，適合大眾口味和消費水準。短語：wide range of foods 食品範圍廣泛。

03. **A.** 四個選項分別是：A. 住處；B. 職業；C. 設備；D. 傢俱。依此語境for the homeless families理解，答案是A。句意：地震後，地方政府做的第一件事是為無家可歸的家庭提供住所。

04. **B.** 四個選項分別是：A. 期望；B. 聲望；C. 貢獻；D. 文明。按全句理解答案是B。句意：這位醫生治療心臟病技術高超，並且從來不收患者的禮物，所以他有很高的聲望。

05. **A.** 四個選項分別是：A. 平均數；B. 數量；C. 總數；D. 數量。按全句理解答案是A。句意：去年有駕駛執照的學生的數量達到了20萬人，平均每年增加四萬人。關鍵字組：average of 40,000 per year 平均每年四萬。

06. **A.** 四個選項分別是：A. 減輕；B. 安全；C. 防禦；D. 掩護。按全句理解答案是A。句意：患頭痛的人們用了這種藥，會感到頭痛緩解。關鍵字語：relief from this medicine 緩解藥品。

07. **C.** 四個選項分別是：A. 傳統；B. 方便；C. 習慣；D. 休閒。按全句理解答案是C。句意：我正在努力改掉晚起床的習慣。片語：to break the habit 改掉習慣。

08. **A.** 　四個選項分別是：A. 耽誤；B. 努力；C. 時間表；D. 考慮。按全句理解答案是A。句意：當甲型H1N1病毒在2009年4月襲擊墨西哥時，世界衛生組織立刻給公眾發出了警告。片語：without delay 立刻。

09. **B.** 　四個選項分別是：A. 階段；B. 位置；C. 條件；D. 形勢。按全句理解答案是B。句意：從他們所在的電視塔頂的位置，遊客們可以更好地俯瞰全市。片語：view of the city 眺望全市。view of the sea 觀賞大海。

10. **D.** 　四個選項分別是：A. 尊敬；B. 友誼；C. 名譽；D. 品格。按全句理解答案是D。句意：獨自遠足跋涉既好玩又有益健康，也有利於塑造性格。片語：be good for character building 有利於塑造性格。

第一節　概述

1. 冠詞的定義

冠詞是置於名詞之前，幫助說明名詞所表示的人或事物的一種虛詞。它本身不能單獨使用。中文裡沒有冠詞。

2. 冠詞的種類

冠詞分不定冠詞和定冠詞兩種。

不定冠詞用於泛指，一般修飾單數可數名詞，有a〔ə〕

和an〔ən〕兩種形式。不定冠詞後面所跟的單字是以母音音素（而不指母音字母）開頭時用an，以子音音素（而不指子音字母）開頭時用a。例如：

a small island 一個小島　　　　　　　an island 一個島嶼

a European 一個歐洲人　　　　　　　an American 一個美國人

定冠詞用於特指，一般的可數不可數名詞都能用定冠詞修飾。它只有the一種形式，卻有兩種讀音。若定冠詞後所跟的單字是以子音音素（而不指子音字母）開頭時讀〔ðə〕，以母音音素（而不指母音字母）開頭時讀〔ði〕。例如：

the student(the students)〔ðə〕那個（些）學生

the honest student(s)〔ði〕那個（些）誠實的學生

the polluted water〔ðə〕那些被污染的水

the unpolluted water〔ði〕那些未被污染的水

3. 冠詞的用法要點

不定冠詞a，an源於數詞 "one"，表示泛指，即不專指某一具體的、特定的個體事物，而泛指「一」（強調時用one）、「任何一個」、「一類」、「一種」。 而定冠詞the來自一個古老的、相當於現今 that的詞，它與指示代詞this，that意義相近，但其指示性較弱，一般不重讀（而this，that一般重讀）。the給予某個名詞以確定的、限定的、特指的意義。不定冠詞和定冠詞的區別可用下列例子說明：

泛指	特指
He bought **a car**.	He rode to work in **the new car**.
他買了輛汽車。	他開著那輛新車去上班。

其他泛指	特指
Good **medicine** tastes bitter.	Take **the medicine**.
良藥苦口。	把這藥吃掉。

4. 冠詞的位置

(1) 在名詞片語中，冠詞一般放在最前面

a dictionary 一本字典　　　　　　　　　　**an** old blue car 一輛藍色的舊車

the owner of **a** shop 某店的店主　　　　**the** last few days 最後的日子

(2) 名詞片語裡如果有：all, both, exactly, just, many, twice, half, quite, rather, such, what等詞，這類詞可放在冠詞之前

all the time 自始至終　　　　　　　　　　**both (the)** sisters 姐妹兩都

exactly the wrong number　正是那錯誤的數字

It's **just the** right place.　就是這個地方了。

Many a student is going to visit the factory.　許多學生要去參觀那家工廠。

I've only done **half the** work.　我只做了一半的工作。

It's **quite a** problem.　這可真是個難辦的問題。

（也可以說 "It's a quite difficult problem." 這問題有些難辦。但語氣較弱）

I've never seen **such an** exciting football match before.

我以前從未見過這麼精彩的足球賽。

(3) 和as, how, so, too 連用時，形容詞放在冠詞之前

He's not **so big a** fool as you think.　他沒你想的那麼傻。

She's **as beautiful a** girl as you can imagine.　你可以想像她有多漂亮。

It was **too good a** chance to be missed.　這是個好機會，不能錯過。

第二節　不定冠詞的用法

　　不定冠詞一般只用於可數名詞單數（專有名詞、抽象名詞和物質名詞前冠詞的用法將在以後章節中討論），表示泛指，即不專指某一具體的、特定的個體事物，只表示某個籠統的概念。

1. 基本用法

(1) 表示數量「一」（強調時用one）或「任何一個」

I bought **a dictionary** and two pens.　我買了一本字典和兩支鋼筆。（數量）

Give me **a book**.　給我一本書。（隨便哪一本都行）

(2) 第一次提到或出現「某一個」，但並不特別指明具體情況

One day, **an old woman** went into a shop with her grandson.

一天，一位老婦帶著孫子進了一家商店。

At that time, I was working in **a factory**. **The factory** produces car parts.

那時，我在一家工廠（泛指）工作。那家工廠（特指）生產各種汽車部件。

(3) 在作表語或同位語的名詞前加上不定冠詞説明名詞所代表的東西（人或物）屬於哪一類

All these things are not **a healthy diet**. 這些東西都不是益於健康的飲食。

Dr. Peter Baker is **an expert** on DNA. 彼得‧貝克博士是DNA方面的專家。

He, **a great writer**, wrote more than 300 short stories in his life.

他，一位偉大的作家，一生中寫了三百多部短篇小説。

China has been accepted as **a member** of the WTO.

中國已被接納為世界貿易組織的成員國。

We all thought him **a suitable person** for the job.

我們都認為他是適合這項工作的人。（但：We all elected / made her our monitor. 我們都選她為班長。monitor, chairman, president等表示只由一人擔任的名詞前不用冠詞）

(4) 當某一單個的人或事物能説明整個類屬的特點時，可在這個名詞前加上不定冠詞來概括整體

A teacher must love his students.

老師應當愛學生。(＝Teachers must love their students.)

(5) 在表示價格、速度、比率等的名詞前表示「每一」

four times **a** day 每天四次　　　　sixty miles **an** hour 每小時60英里

(6) 表示「相同尺寸、年齡」等

They are nearly of **an** age. 他們年紀相仿。

These doors are of **a** size. 這些門尺寸一樣。

2. 慣用法

as **a** rule 通常　　　　　　　　　as **a** matter of fact 事實上

make **a** fool of 捉弄　　　　　　　make **a** fuss 大驚小怪

go out for **a** walk 散步　　　　　　have **a** very good time 玩得很開心

be **a** waste of money / time 在錢（時間）方面的浪費

第三節　定冠詞的用法

　　幾乎所有名詞（專有名詞、抽象名詞、物質名詞的定冠詞用法將另行討論）前都可以加定冠詞the。究竟用不用定冠詞，取決於我們所要表達的意思。

1. 基本用法

　　如果我們要給予某個名詞以明確的、限定的、特指的意義，就用the

(1) 前面已提及的在以後提到時一般要加the

He wrote a book during the year 533—544. **The book** is about farming and gardening. 他在533到544年間寫了一本書。該書是關於農事和園藝方面的。

(2) 談話雙方都熟知的

Pass me **the book**, please. 請把書遞過來。（雙方都知道指的是哪本書）

Open **the window**, please. 請把窗戶打開好嗎？（雙方都知道指的是哪扇窗戶）

The film is not just about love.

這部電影不只是愛情。（雙方都知道是哪部電影）

(3) 帶某些限制性成分將普通意義加以明確、限定時，要加the。這時名詞的詞義被縮小到一個特定的範圍內表示特指。這些限制性成分主要有

　　a) 形容詞。例如：

　　　　days 日子—**the good old** days 往昔美好的日子

　　　　language 語言—**the spoken** language 口語

　　　　class 班級—**the same** class 同一個班

　　b) 限制性修飾語子句。例如：

　　　　We will visit **the** factory **which makes minibuses**.

　　　　我們將參觀生產微型汽車的工廠。

　　　　These ladders were not long enough to reach **the** people **who were trapped**.

　　　　這些梯子不夠長，搆不著那些被圍困的人。

　　c) 介系詞短語。例如：

　　　　the lights **in our tractors** 我們拖拉機的燈光

　　　　the language **in England** 英國的語言

　　d) 分詞和分詞短語。例如：

　　　　Sometimes, **the** English **spoken in America or Canada or Australia changed**.

　　　　有時，美國、加拿大或澳洲所說的英語發生了變化。

　　　　The fire fighters reached **the burning building**. 消防人員趕到了著火的房子。

🔵 重點提示

帶限制性成分的名詞不一定用定冠詞 **the**（要看意思的需要而定）。如果是特指，就用 **the**；如果是泛指，則用 **a, an**，或者不用。下列帶不同限制性成分表示泛指的都不用 **the**：

形容詞：

San Francisco was shaken by **a terrible earthquake**.

舊金山市受到一陣可怕的地震的震撼。

Political leaders were not well thought of. 人們對政治領袖的看法不好。

修飾語子句：

BBC English is for **people who want to improve their English**.

BBC英語是為那些想提高英語水準的人而設的。

介系詞短語：

Slave owners in the South had grown rich on the work of slaves.

南部的奴隸主人靠著奴隸的勞動而致富。

分詞：

Once he worked as **a worker, building roads**. 他曾經當過築路工人。

單數可數名詞前加 **the** 代表一類人或物的整體，以區別於其他人或物

The train goes faster than **the** bus. 火車比汽車快。

（＝A train goes faster than a bus.＝Trains go faster than buses.）

The cat is a natural enemy of a mouse. 貓是鼠的天敵。

（＝Cats are natural enemies of mice=Acatisa natural enemy of a mouse.）

但是有些時候含the，a／an和複數形式的句子之間不能互相轉換，它們各自含義不同。試比較：

Who invented **the radio**? 收音機是誰發明的？（指類別）

Who had **a radio**? 誰有收音機？（指同類中的任何一個）

Who manufactured **radios**? 誰製造了收音機？（指這一類中的所有個體）

形容詞、分詞等之前加 **the** 代表一類人或事物

This is America—the paradise of **the rich** and the hell of **the poor**.

這就是美國——富人的天堂，窮人的地獄。

The dead no longer need help. We must do something for **the living**.

死去的人已不需要什麼幫助了。我們應當為活著的人做點什麼。

此外還有 **the blind**（盲人），**the deaf**（聾子），**the old**（老人），**the young**（年輕人），**the impossible**（不可能的事）等。

表示世界上獨一無二的名詞前加 **the**

the sun 太陽　　　　　**the** moon 月亮　　　　　**the** earth 地球

其他類似的有方位名詞 **the east / west / north / south**（東／西／北／南方），**in the sky**（在空中）等。

但當這些名詞前面加上形容詞等表示某種屬性或特色時，用不定冠詞a／an。

例如：

a brilliant sun 燦爛的陽光　　　　　　　a blue sky 藍色的天空

a pale sun shining through fog 霧中暗淡的太陽

演奏樂器

I'd like to learn the guitar. 我想學習彈吉他。

形容詞的最高級形式前要加 the

the longest river 最長的河流　　　　　　the strongest animal 最強壯的動物

2. 固定用法

可代替所有格代詞，指已提到過的人的身體部位或衣著的一部分。例如：

write with the left hand(=one's left hand) 用左手寫

hit sb. in the face 打某人的臉

另外的固定用法還有很多，下面只是舉其中一些為例：

on the whole 總的　　　　　　　　　　　to tell the truth 說真話

on the left / right 在左邊／右邊　　　　　in the middle of 在……中間

go to the theatre(cinema) 看戲（電影）（但：watch TV看電視）

第四節　專有名詞前冠詞的用法

專有名詞的冠詞情況一般是由習慣決定的。大多數專有名詞不加冠詞，但有些根據習慣要用冠詞；有些用了冠詞後表示某個特殊的意思。一般規則如下：

1. 不用冠詞的情況

(1) 一般專有名詞不加冠詞

人名：Hank 漢克（男）　　Joe 喬（女）　　Mark Twain 馬克‧吐溫

地名：China 中國　　　　　Asia 亞洲　　　　Tibet 西藏

其他：Sunday 星期天　　　　May 五月　　　　German 德語

某些帶修飾語的專有名詞也不用冠詞。例如：

Little Mary 小瑪麗　　　　　　　　　Old George 老喬治

Modern English 現代英語　　　　　　Ancient Greece 古希臘

(2) 某些含普通名詞的專有名詞

街名：Broadway 百老匯　　　　　　　Seventh Avenue 第七大道

廣場名：Times Square 時代廣場　　　Tian An Men Square 天安門廣場

（但：the Red Square 紅場）

公園名：Bei hai Park 北海公園　　　　Hyde Park 海德公園

（但：the Central Park 中央公園）

車站、機場、橋樑等：Shanghai Railway Station 上海站
Kennedy Airport 甘迺迪機場　　　　　Golden Gate Bridge 金門橋
大學名：Fudan University 復旦大學　　Yale University 耶魯大學
Liverpool University 利物浦大學　　　Lincoln College 林肯學院
（但含of的大學用the：the California Institute of Technology 加州理工學院）
節日名：Children's Day 兒童節　　　　National Day 國慶日
May Day 五一勞動節　　　　　　　　New Year's Day 新年
（但：the Spring Festival 春節；the Mid-autumn Festival 中秋節）
雜誌名：*Newsweek* 新聞週刊　　　　　*Times* 時代週刊

2. 用不定冠詞的情況

不定冠詞表示「一」、「某一」，用於泛指。用於專有名詞前也產生同樣效果。

(1)「一」、「某一」、「一類」
A Mr. Black called this morning. 一個叫布萊克的先生今天上午來過電話。
They came on **a** Sunday and went away on the Monday.
他們是在某個星期日來的，星期一就走了。

(2) 表示「類似……的一個」，相當於one like
The place has all the beauties of **a** West Lake. 這地方風景優美宛如西湖。
Your son is **an** Edison. He likes to invent things.
你兒子真像個愛迪生，喜歡發明東西。

(3) 用於有修飾語修飾的專有名詞前說明某種屬性或一時的特色
Here comes **a** sad-faced Rose. 來了個滿臉愁容的蘿絲。
It was **a** hot August. 那是個炎熱的八月。

(4) 人名、商標前加不定冠詞可表示一件作品、產品
I bought **a** Van Gogh. 我買了一幅梵谷的畫。
My father gave me **a** complete Shakespeare as a present.
我父親送給我一套莎士比亞全集作禮物。

3. 用定冠詞的情況

(1) 多數地理名詞

江河海洋：
the East China Sea 東海　　　　　**the** Pacific (Ocean) 太平洋
山脈群島：
the Himalayas 喜馬拉雅山　　　　**the** Philippine Islands 菲律賓群島

海峽海灣沙漠：

the English Channel 英吉利海峽　　　**the** Sahara 撒哈拉沙漠

 重點提示

有些湖不用冠詞，如Lake Success 成功湖，Lake Baikal 貝加爾湖等；但屬於旅遊勝地的湖用定冠詞，如**the** Great Salt Lake 大鹽湖，**the** Lake of Geneva 日內瓦湖，**the** West Lake 西湖等。

另外，有些地名前根據習慣加定冠詞，如**the** Hague 海牙，**the** Ukraine 烏克蘭，**the** Caucasus 高加索，**the** Crimea 克里米亞，**the** Sudan 蘇丹，等等。

(2) 某些含有普通名詞的專有名詞

國家名的全稱：

the French Republic 法蘭西共和國（比較：France）

某些組織機構：

the United Nations 聯合國　　　**the** State Department （美）國務院

the World Fair 世界博覽會　　　**the** 1998 Medical Conference 1998 醫學學會

（但：Congress 美國國會，Parliament 英國國會）

某些建築物：

the Capital Building 首都大廈　　**the** Peace Hotel 和平飯店

the World Trade Centre 世界貿易中心　**the** Capital Theater 首都劇場

報紙、會議、條約等：

The Times 泰晤士報　　　　　　**The** Atlantic Pact 大西洋公約

 重點提示

在名詞所有格後面一律不加冠詞，例如：today's *China Daily* 今天的《中國日報》，his *People's Daily* 他的《人民日報》。

(3) 特指或強調帶修飾成分的專有名詞

He is **the** Mr. Smith I saw yesterday. 他就是我昨天見到的那位史密斯先生。

I saw **the** Queen when I was in London.

我在倫敦時見過女王。（**the** Queen=Queen Elizabeth 伊莉莎白女王）

另外例如：

the China of the past 過去的中國　　the Tangshan of today 如今的唐山

(4) 表示一家人

the Browns 布朗一家人　　　　　　the Wangs 王家

(5) 表示國籍、民族

the Italians 義大利人　　　　　　　the Arabs 阿拉伯人

(6) 人名、商標前特指某作品、產品

This is the Xu Beihong I bought last year.

這張是我去年買來的徐悲鴻的畫。

The Ford is my grandmother's favourite. She used to drive it every day.

這福特車是我奶奶最喜愛的車，以前她每天開。

第五節　抽象名詞前冠詞的用法

1. 不用冠詞的情況

抽象名詞在表示一般抽象概念時，常不加冠詞：

He likes science. 他喜歡科學。

這時，即使前面有描繪性修飾語，也多不加冠詞：

He made rapid progress in his study. 他學習方面進步很快。

The panda was in great danger. 那隻熊貓的處境十分危險。

2. 用定冠詞的情況

抽象名詞用了定冠詞後，特指某個特定內容。試比較：

The Irish are very fond of **music**. 愛爾蘭人很喜歡音樂。（泛指）

Turn **the music** down. 把那音樂關小一點。（特指）

3. 用不定冠詞的情況

抽象名詞在一定的情況下可以加不定冠詞。這時抽象名詞所表示的內容具體化了，相當於普通個體名詞，指抽象名詞所表示的具體內容、實例、情況等的「某一次」、「一番」、「一種」等等概念。

(1) 表示「一種」、「一場」等

Many people had to leave Ireland for **a** better life.

很多人離開了愛爾蘭，以尋求更好的生活。

It was **a** just war. 這是一場正義的戰爭。

(2) 表示某種動作的「一例」、「一次」、「一番」等

Let's have **a** discussion on it.　關於這個我們來討論一下吧。

You'd better have **a** good rest.　你最好休息一下。

(3) 表示引起某種情感的事

It's **a** great honor to be invited to the party.　受邀參加這次晚會使我深感榮幸。

(4) 指表示某一抽象概念的具體的行動、人或東西

The play was **a** great success.　那齣戲大獲成功。

This kid is **a** real headache.　這小孩真叫人頭痛。

第六節　物質名詞前冠詞的用法

1. 不用冠詞的情況

物質名詞在用來表示一般概念時，通常不加冠詞。例如：

The Chinese diet is rich in fibre and low in sugar and fat.

中國的飲食纖維多而糖和脂肪少。

Don't plant rice year after year in the same field.

不要在同一塊地上年復一年地種植稻穀。

In this book, there are also some instructions for making wine.

這本書裡還說明了如何釀酒。

這時即使前面有描繪性修飾語，也不必加冠詞：

to breathe fresh air 呼吸新鮮空氣　　　　to drink clean water 飲用乾淨的水

2. 用定冠詞的情況

當某一物質名詞不用於表示一般意義，而表示該物質的特定部分，特別是當它有一限制性修飾語時，常需加定冠詞。例如：

They have bad teeth because of **the** sugar which they are always eating.

因為經常吃糖，所以他們的牙齒都壞了。

No one knows how **the** fire started.

沒有人知道那場火是怎麼燒起來的。

Electricity can be made from **the** water which rushes through the base of the dam.　從水壩底部急速流出的水可以用來發電。

3. 用不定冠詞的情況

物質名詞前有時可加不定冠詞表示「一種」、「一陣」、「一份」等。例如：

Longjing is **a** famous tea in China. 龍井是中國的一種名茶。

What **a** heavy rain! 好大的雨啊！

第七節 零冠詞

1. 零冠詞應用

　　零冠詞在當代英語中使用最為廣泛。它不僅用於專有名詞、抽象名詞和物質名詞前，而且還用於類名詞、集體名詞以及名詞化的各種詞類。零冠詞既可用于單形名詞，亦可用於複形名詞，它既可表零念與複念，偶爾亦可表單念；它既可專指，亦可泛指。例如：

Yang Yang has won a scholarship of that university.

楊楊已經獲得了那所大學的獎學金。（用於單形專有名詞，表零念，專指）

Disease may be aggravated by anxiety.

疾病可以因焦急而加重。（用於單形抽象名詞，表零念，泛指）

Girls will be girls.

女孩子畢竟是女孩子。（用於複數形類名詞，表複念，泛指）

Chapter II is about the use of article.

第二章講冠詞的用法。（用於單形抽象名詞，表單念，專指）

Plane is the fastest mode of transport.

飛機是最快的運輸方式。（用於單形類名詞，表零念，泛指）

2. 零冠詞／不定冠詞／定冠詞省略的區分

　　名詞前用不定冠詞a / an, 還是用定冠詞 the，有不同的具體含義，而不用冠詞時，名詞前有一個空缺位置的無形冠詞，就是現在通稱的零冠詞，這同樣也有一種特殊的含義。那麼這三種冠詞在什麼場合下使用，又有什麼不同的含義？請看下面例句：

(1) He isn't old enough to drive a car. 他不到開車的年齡。

(2) She likes to drive the red car which her father bought yesterday.

　　她喜歡開昨天她父親買的紅色小轎車。

(3) Are you going there by car or on foot? 你是坐汽車還是步行到那裡？

　　句(1)中的a car用的是不定冠詞，不確定是哪輛小轎車。句(2)中的the car，是修飾語子句所限定的那輛「昨天剛買的紅色小轎車」。但不管是句(1)中的a car，還是句(2)中的the car，使人聯想的都是小汽車；而句(3)中的by car則不相同，其中car前無冠詞，使人想到的不是小汽車的形式，而是出行方式，car的具體含義消失了，代之的是出行方式的概念。

　　零冠詞主要用在抽象名詞、物質名詞與複數名詞的前面，而當零冠詞用在可數

名詞單數前面時，它的標誌作用則在於這一名詞的個體形式的本義已經減弱、沖淡或消失，代之的是一種模糊、抽象的概念。下面再看幾個句子：

(1) He lives at <u>a small town</u>.　他住在一個小城鎮上。

(2) He was <u>in town</u> on business last week.　上週他在城裡辦事。

句(1)中用了a small town，這是說明一個小城鎮，範圍不大，住在那裡的人，對它四周的環境是十分清楚的，顯然這個單詞的個性展示無遺。而句(2)主要說明要進城辦事，著眼點是事情辦得如何，而小城鎮的具體面貌已不重要。

(3) He had great neatness of <u>person</u>.

　　他為人極其整潔。（person在此指內在的人品、氣質）

(4) "I am <u>a person</u> who cares a lot about face." she told me.

　　她跟我說：「我是一個十分愛面子的人。」（face已由人體頭部器官的名稱轉化為概念化的「面子」）

由上述諸句，可充分說明零冠詞在可數名詞單數前使用，具有使該名詞具體含義弱化、淡化，代之以抽象化、概念化的標誌功能。

第八節　不定冠詞和定冠詞的省略

不定冠詞a／an和定冠詞the的省略，主要是由於文體的需要和特定環境下文字簡潔、美觀，或說、聽雙方確認無疑的語境下，出現的省略，這一省略在改變文體時，改變條件時，亦可還原、補上。而零冠詞是指原來便無形、不存在，沒有省略和補上的問題。例如：

Bus No. 1 was late.　一路公車誤點了。

（Bus No.1前省去了定冠詞the，也可補上。）

Letter from Taiwan.　臺灣來信。

（Letter前省去了不定冠詞a，可補上，而在Taiwan之前是零冠詞，不存在省與補的問題。）

冠詞省略的情況很頻繁，而且由於生活節奏的加快，人與人直接交往和透過各種媒體交流，都在力求簡潔、快速，省略的問題越顯突出，使用越來越廣泛。

最常出現的定冠詞與不定冠詞省略句式，大致有以下幾種：

(1) 避免重複，同等成分的後者常省略不定冠詞或定冠詞

The waitress bought me a vanilla ice cream and **(a)** sundae with chocolate ice cream.　這位女服務生拿給我一隻香草冰淇淋和一隻巧克力聖代冰淇淋。

（sundae 前面省去了不定冠詞a）

At that moment a teacher and **(a)** student came in.

這時一位老師和一名學生進來了。（student前面省去了不定冠詞a）

Do you like the rose or **(the)** tulip of the flowers?

花朵中你喜歡玫瑰花還是鬱金香？（tulip 前省去了定冠詞the）

(2) 口語中，雙方都已明確，且不定冠詞或定冠詞居句首時，往往可省略

　　(A) Girl is waiting for you at the door.

　　大門口有位女孩在等你。（句首省去不定冠詞a）

　　(The) Class is over. 課結束了。（句首省略了定冠詞the）

(3) 報紙標題

　　(A) Warm welcome to Lian Zhan. 熱烈歡迎連戰。

　　(The) American President Bush in China. 美國總統布希在中國。

　　(The) Canadian Commander in Chief in Shanghai. 加拿大總司令在上海。

(4) 廣告

　　(The) Store's clear. 這間店不欠稅。

　　(The) Leather Jacket on Discount. 皮夾克正在打折。

　　(A) Film *Shachiapang* on Show. 正在上演《沙家濱》電影。

(5) 書名、圖解、便條、日記、電子郵件中，為了醒目、簡潔、美觀而省去不定冠詞
和定冠詞

　　書名

　　　　(A) *Modern English Chinese Dictionary* 《現代英漢詞典》

　　　　(The) *Three Musketeers* 《三個火槍手》

　　日記

　　　　Green Tea for Breakfast. Fine day. Reading in morning.

　　　　早茶　　　晴天　　上午閱讀

　　　　（Green 前省去the，fine day 前省去a，morning 前省去the）

第九節 冠詞的其他用法

1. 不用冠詞的情況

　　有些個體名詞不加冠詞時具有抽象意義，可以表示某狀態、動作等。

　　Most Irish people **go to church** every Sunday.

　　大多數愛爾蘭人在星期天上教堂做禮拜。

　　When you **are at school**, your body is burning up 100 calories an hour.

　　你在學校上課時，你的身體每小時要消耗100卡熱量。

　　試比較下面的短語：

　　　　　　表示抽象概念　　　　　　　表示去具體某地

　　　go to sea 當水手　　　　　go to **the** sea 到海邊去

　　　go to hospital 去看病　　　go to **the** hospital 去某醫院

be at table 在進餐 　　　be at **the** table （坐）在桌子旁
in charge of 負責，主管　　in **the** charge of 由……負責
in place of 代替　　　　　in **the** place of 在……地方

2. 用冠詞與不用冠詞的區別

有些名詞一般不加冠詞，用冠詞時表示不同的意義。星期、月份、日期前一般不用冠詞。例如：

School begins in September. 九月開學。

We celebrate National Day on October 1. 我們在10月1日慶祝國慶日。

但有時前面加上定冠詞the表示某個特定的時間，這時常有一個限制性修飾語修飾。例如：

The winter here is quite warm. 這裡的冬天很暖和。

They completed the project in **the** summer of 2005.

他們在2005年夏天完成了該項目。

這類名詞前有時加上不定冠詞表示某個大概的、不具體的時間。表示「某一個」或「一種」等概念。例如：

He left on **a** Sunday of July. 他是在7月份的某個星期天走的。

We had **a** terribly cold spring last year. 去年春天冷得要命。

另外，表示一頓飯的名詞前通常不加冠詞。例如：

It's time for dinner. 該吃飯了。

指特定的某一頓飯時用定冠詞，泛指「一次」、「一頓」時用不定冠詞。試比較：

We had **a** wonderful supper. 我們吃了一頓很好的晚餐。

I had little for **the** supper. 那頓晚飯我吃得很少。

3. 習慣用語

在很多情況下冠詞的用法是個習慣問題，有時很難解釋為什麼有些要用不定冠詞，有些要用定冠詞。有時我們只好作固定用法來記憶。有時用不定冠詞和用定冠詞所表示的意義不同。例如：

用不定冠詞a / an	用定冠詞the
a most interesting 極其有趣的	**the** most interesting 最有趣的
a number of 許多	**the** number of ……的數目
for **a** moment 片刻，一會兒	for **the** moment 當時，此刻

文法實戰演練

01. First impressions are the most lasting. After all, you never get _____ second chance to make _____ first impression.（2010北京卷）
    A. a; the　　　　B. the; the　　　　C. a; a　　　　D. the; a

02. It's _____ good feeling for people to admire the Shanghai world expo that gives them _____ pleasure.（2010福建卷）
    A. 不填; a　　　B. a; 不填　　　C. the; a　　　D. a; the

03. There are over 58,000 rocky objects in _____ space, about 900 of which could fall down onto _____ earth.（2010遼寧卷）
    A. the; the　　　B. 不填; the　　　C. the; 不填　　　D. a; the

04. If we sit near _____ front of the bus, we'll have _____ better view.（2010山東卷）
    A. 不填; the　　　B. 不填; a　　　C. the; a　　　D. the; the

05. In _____ most countries, a university degree can give you _____ flying start in life.（2010四川卷）
    A. the; a　　　B. the; 不填　　　C. 不填; 不填　　　D. 不填; a

06. Let's go to _____ cinema—that'll take your mind off the problem for while.（2009全國卷Ⅰ）
    A. the; the　　　B. the; a　　　C. a; the　　　D. a; a

07. What I need is _____ book that contains _____ ABC of oil painting.（2009全國卷Ⅱ）
    A. a; 不填　　　B. the; 不填　　　C. the; an　　　D. a; the

08. The biggest whale is _____ blue whale, which grows to be about 29 metres long—the height of _____ 9-story building.（2009北京卷）
    A. the; the　　　B. a; a　　　C. a; the　　　D. the; a

09. This area experienced _____ heaviest rainfall in _____ month of May.（2009遼寧卷）
    A. 不填; a　　　B. a; the　　　C. the; the　　　D. the; a

10. Washing machines made by China have won _____ world-wide attention and Haier has become _____ popular name.（2009重慶卷）
　　A. a; the　　　　B. 不填; a　　　　C. 不填; the　　　　D. the; a

答案剖析

01. **C.** 第一空和第二空均填不定冠詞a，表泛指「一個、一次」。句意：最初的印象最持久，畢竟，你不可能再有一次機會給別人留下第一次的印象。「冠詞+序數詞+名詞」表示「再一次的」。

02. **B.** 第一空填不定冠詞a，表泛指「某一個／種」好的感受(good feeling)；第二空不填冠詞，因為pleasure是抽象名詞，常用句式：give sb. pleasure。句意：人們讚賞上海世博會給他們帶來的歡樂，這是一種非常好的感受。

03. **B.** 第一空不填冠詞，in space為固定搭配。第二空onto the earth，因earth 地球表示獨一無二的事物，必填定冠詞the。句意：太空中有超過58,000個岩狀物體，其中大約有900個有可能落到地球上。

04. **C.** 第一空填定冠詞the，表示在某物體內部的前面，例如：There is a blackboard in the front of the classroom. 教室前面有塊黑板。第二空填不定冠詞a, have a good view是固定搭配。句意：如果我們坐在公車的前部，我們會看得更好。

05. **D.** 第一空不加冠詞，表泛指；第二空填不定冠詞a，表示「一個」，即a flying start in life 一個人生中高飛的起點。句意：在多數國家裡，大學學位能給你人生中一個高飛的起點。

06. **B.** 第一空填定冠詞，因go to the cinema 是固定搭配，第二空填不定冠詞，因短語for a while 也是固定搭配。句中take one's mind off sth.意為「使人不想某事」。

07. **D.** 第一空填不定冠詞a，表泛指；第二空填定冠詞the，因「the ABC of...」意為「……的基礎知識」，為特指。句意：我需要一本油畫基礎知識內容的書。

08. **D.** 第一空填定冠詞「the+單數可數名詞」，表類指；第二空填不定冠詞a，表泛指。句意：最大的鯨是藍鯨，可長到大約29米長——相當於9層大樓的高度。

09. **C.** 第一空填定冠詞the，表形容詞最高級；第二空也填定冠詞the，表特指，因「of May，在五月裡」為修飾語。句意：這個地區五月份遭受了最大降雨。

10. **B.** attention是抽象名詞，表泛指的概念，因而第一空不用冠詞；第二空填不定冠詞a，表泛指，意為「某一個」。句意：中國製造的洗衣機贏得了世界的廣泛關注，海爾現在成了一個知名品牌。

第三章 代名詞

第一節 概述

代替名詞的詞叫做代名詞。代名詞可以分為以下九類：
1. 人稱代名詞 2. 物主代名詞 3. 反身代名詞 4. 相互代名詞 5. 指示代名詞
6. 疑問代名詞 7. 關係代名詞 8. 連接代名詞 9. 不定代名詞

第二節 人稱代名詞

英語中主要有下面這些人稱代名詞。

人稱 ＼ 數 格	單數		複數	
	主格	受格	主格	受格
第一人稱	I 我	me 我	we 我們	us 我們
第二人稱	you 你	you 你	you 你們	you 你們
第三人稱	he 他	him 他	they 他們	them 他們
	she 她	her 她	they 她們	them 她們
	it 它	it 它	they 它們	them 它們

1. 人稱代名詞主格的用法

(1) 人稱代名詞的主格主要用作主語

You should do as the teacher tells you to. 你應該照你老師講的那樣去做。

You, she (he) and **I** all enjoy music. 你、她（他）和我都喜歡音樂。

> ⬤ 重點提示
>
> 幾個人稱代名詞同時作主語時，排列次序一般為：you and I；you and he
> (she)；you，she (he) and I；we and you；we and they；we，you and they。
> 但在承認錯誤時，I 放在其他人前面表示勇於承認錯誤。例如：I and my brother
> made the mistake.（我和兄弟犯了這個錯誤。）

　　a) 表示月亮、船隻、國家、大地等的名詞常用she代替：

　　The moon is shining brightly tonight. **She** is like a round silvery plate.

　　今夜月光明亮。她好似一個銀色的圓盤。

　　b) 動物或無生命的東西，需擬人化或用愛稱時，常用he, she代替it：

　　The elephant is proud of **himself**, for **he** has a big and strong body.

　　大象很自豪，因為他有龐大強壯的身體。

c) you究竟是表示單數「你」還是表示複數「你們」，往往要根據具體情況來確定：

Are **you** tired, Rick? 瑞克，你累了嗎？（you表示單數）

You are good boys, and I am proud of you.

你們真是好孩子，我為你們感到驕傲。（you表示複數）

d) we, you有時用來泛指一般人：

We (You) never know what may happen in the future.

誰也不知道將來會發生什麼事。

e) they也可用來泛指某些人：

They don't allow us to smoke here.

這裡不可以抽煙。（they代替誰不清楚）

They say that honesty is the best policy.

人們說誠實是上策。（they泛指人們）

f) 第三人稱單數it常代表已提到過的一件事物：

I love swimming. **It** keeps me fit. 我喜歡游泳，它能使我保持健康。

g) 當說話者不清楚或沒必要知道說話物件的性別時，也可以用it指代：

It's a lovely baby, isn't it? 寶寶真可愛，不是嗎？

Is **it** a boy or a girl? 是男孩還是女孩？

There is someone knocking at the door. Who is **it**? 有人敲門。是誰呢？

h) it還可用來指代時間、距離、自然現象等。例如：

It is half past three now. 現在是三點半。

It is six miles to the nearest hospital from here.

這裡離最近的醫院也有六英里。

It is very cold in winter here. 這裡冬天很冷。

i) it有時不確指。例如：

How's **it** going with you? 你近況如何？

(2) 人稱代名詞主格有時還用作表語

It was **I** who did it. 是我做的。

It is **she** who wants this dictionary.

想要這本字典的是她。

（但：It is her that we are looking for. 我們找的就是她。）

🔵 重點提示

it 除用作代名詞外，還可以作引詞。引詞本身沒有實義，只起一種先行引導的作用，也叫先行詞。

(1) **it**作形式主語

It is dangerous for you to swim in the river.

在這條河裡游泳是危險的。（真正的主語是不定式複合結構 for you to swim in the river）

It won't be easy finding our way home.

尋找回家的路不容易。（真正的主語是動名詞短語finding our way home）

It is a waste of time your talking to him.

跟他談話是白白浪費時間。（真正的主語是動名詞複合結構your talking to him）

It is strange that he did not go there.

真奇怪，他沒去那裡。（真正的主語是that引導的子句）

(2) **it**作形式受格

I think **it** necessary for young people to sleep eight hours a day.

我認為年輕人一天睡八個小時是必不可少的。（真正的受詞是不定式的複合結構for young people to sleep eight hours a day）

I found **it** hard to understand the book.

我覺得要理解這本書很難。（真正的受詞是不定式短語to understand the book）

He thought **it** no use waiting here.

他認為在這裡等候是沒用的。（真正的受詞是動名詞短語waiting here）

They kept **it** quiet that he was dead.

他們對他的死保持緘默。（真正的受格是that引導的子句）

(3) **it**還可用於強調結構

英語常用的強調結構為"It is (was) +被強調部分（主語、受格或狀語）+ who (that)..."。一般說來，被強調部分指人時用who (that)，指物時用that。如原句為：

Mathilde lost her necklace at the palace ball last night.

昨晚瑪蒂爾德在皇宮舞會上丟了項鍊。

It was Mathilde **who** lost her necklace at the palace ball last night.

昨晚在皇宮舞會上丟了項鍊的是瑪蒂爾德。（強調主語Mathilde）

It was her necklace **that** Mathilde lost at the palace ball last night.

昨晚瑪蒂爾德在皇宮舞會上丟的是項鍊。（強調受格necklace）

It was last night **that** Mathilde lost her necklace at the palace ball.

瑪蒂爾德是昨晚在皇宮舞會上丟項鍊的。（強調時間狀語last night）

It was at the palace ball **that** Mathilde lost her necklace last night.

昨晚瑪蒂爾德是在皇宮舞會上丟的項鍊。（強調地點狀語 at the palace ball）

2. 人稱代名詞賓格的用法

(1) 人稱代名詞受格一般用作受詞（包括直接受詞、間接受詞與介系詞受詞）

We often go to see **her** on Sundays.

我們常在星期天去看她。（直接受詞her）

She gave **me** some water.

她給了我一些水。（間接受詞me）

I don't want to go with **them**. 我不想跟他們一塊走。（介系詞受詞them）

(2) 人稱代名詞作表語時一般用受格，但在比較正式的場合用主格

—Who is it? 誰呀？

—It's **me**. 是我。（非正式）／—It is **I**. 是我。（正式）

(3) 人稱代名詞用於as和than之後，如果as和than用作介系詞，往往用受格；如果as和than用作連接詞，則往往用主格

He is taller than **me**. 他比我高。

I am a good student as **him**. 我和他一樣是個好學生。

He is taller than **I** (am). 他比我高。

I am as tall as **he** is 我和他一樣高。

注意：than作為介系詞是由than在比較結構中作為連詞引申而來的。因此有：
She draws better than **I** / **me**. 她畫得比我好。

第三節 物主代名詞

表示持有關係的代名詞稱為物主代名詞。物主代名詞有形容詞性物主代名詞和名詞性物主代名詞兩種。

英語中主要有下列這些物主代名詞：

類型　　　　　詞義	我的	你的	他（她，它）的	我們的	你們的	他們的
形容詞性物主代名詞	my	your	his, her, its	our	your	their
名詞性物主代名詞	mine	yours	his, hers, its	mine	yours	theirs

1. 形容詞性物主代名詞的用法

形容詞性物主代名詞相當於形容詞，只能作修飾語。例如：

my childhood 我的童年　　**his** face 他的臉　　　　**our** school 我們的學校

her baby 她的嬰兒　　　**your** parents 你的父母親　　**their** family 他們的家
Our satellite itself will orbit around the moon for a period of two days.
我們的人造衛星自身將繞月球運行兩天。

 重點提示

英語中表示身體所有或隨身攜帶時，物主代名詞一般不可省略，而中文中有時可以省略。例如：
He put on **his** hat and left. 他戴上帽子就走了。
She washed **her** hands and put them in her pockets.
她洗了手，把手揣在口袋裡。
The cat got **its** tail hurt when it passed the door. 那隻貓走過門口時傷了尾巴。
形容詞性物主代名詞與own連用時表示強調。例如：
Each city has its **own** peculiarities. 每座城市都有它自己的特色。
Freedom doesn't necessarily mean everybody having his **own** way.
自由未必意味著人人隨心所欲。

2. 名詞性物主代名詞的用法

　　名詞性物主代名詞相當於名詞，可用作主語、表語和受詞，還可用「of＋名詞性物主代名詞」結構作修飾語。

(1) 作主語

His father is a driver; **mine** is a doctor.
他父親是司機；我父親是醫生。（mine=my father）
Our room is on the first floor and **theirs** (is) on the second.
我們的房間在二樓，他們的房間在三樓。（theirs=their room）

(2) 作表語*

This room is **ours**. That's **yours**. 這個房間是我們的。那間是你們的。

(3) 作受詞（賓語）

My husband often writes letters to his parents, but he only sends postcards to **mine**.
我丈夫常寫信給他父母親，但只給我父母親寄明信片。

*表語定義請見p.23

(4) 與of連用構成雙重屬格作修飾語

He is a friend of **mine**. 他是我的一個朋友。

That composition of **yours** is quite good. 你的那篇作文寫得真好。

(5) 可用作禮貌用語

A Happy New Year to you and **yours** from me and **mine**.
我和我的全家祝你和你全家新年快樂！

Yours sincerely (truly, faithfully). 您忠誠的（忠實的，可以信賴的）。

（上例為書信落款的英國用法，美國多將yours放在sincerely等之後）

(6) 在中文中「我的」、「你的」這類詞有時可省略，但在英語中一般不能省略

別把手揣在口袋裡。
Don't put **your** hands in **your** pockets.

千萬不要信賴不守諾言的人。
Never rely on someone who breaks **his / her** promise.

第四節 反身代名詞

1. 反身代名詞的形式

人稱 ＼ 數	單數	複數
第一人稱	myself 我自己	ourselves 我們自己
第二人稱	yourself 你自己	yourselves 你們自己
第三人稱	himself 他自己 herself 她自己 itself 它自己	themselves 他（她、它）們自己

2. 反身代名詞在句中的用法

(1) 作受格

People should value their better **self**. 人應珍惜本性中良好的一面。

She is too young to look after **herself**. 她年紀太小了，不能照顧自己。

(2) 作表語

He will be **himself** again very soon. 他過一會兒就會好的。

(3) 主語或受格的同位語。在作同位語時，反身代名詞多可譯為「本人」（或「本身」），但有時為了加強語氣，常譯為「自己」或「親自」。起強調作用時，反身代名詞可以放在被強調詞之後，也可以放在句末

The hero of society is society **itself**. 社會的英雄是社會本身。

Life **itself** is a great school, and everything that inspires thought is a teacher.
生活本身就是一所巨大的學校，鼓舞思想的每種事物都是一位老師。

You **yourself** did it. （You did it **yourself**.） 這是你自己做下的事。

Mr. Li will teach us the lesson **himself**. （Mr. Li **himself** will teach us the lesson.） 李先生將親自來給我們上課。

(4) 反身代名詞偶爾用作主語。這種獨立使用的反身代名詞語氣較強

Peter and **myself** know nothing about it. 彼得和我都對此事一無所知。

🔵 重點提示

(1) 某些詞常和反身代名詞連用搭配成習慣用法。

amuse oneself 自娛　　　　　　　excuse oneself 自我辯解

speak to oneself 自言自語　　　　devote oneself to 獻身於

lose oneself =lose one's way 迷路

make oneself understood 讓別人懂自己的意思

seat oneself =sit down=be seated 坐下

(2) 有些動詞過去是常常跟著反身代名詞的，但現在卻常常可以不跟了。

He hid (**himself**) behind a tree. 他躲在一棵樹的後面。

I dressed (**myself**) quickly and left. 我匆匆穿好衣服就走了。

(3) 另外有一些固定慣用語。

by oneself 獨自地，單獨地

He lives there all **by himself**. 他一個人在那裡住。

of oneself 自動地

The door opened **of itself**. 那扇門自己就開了。

for oneself 替自己，為自己

He has a right to decide **for himself**. 他有權自己決定。

in oneself 本身，本質上

He is not bad **in himself**, but he is unlucky. 他本質並不壞，只是運氣不好。

Nothing on earth is either good or bad **in itself**.
地球上的任何事物本身無善惡。

between ourselves 私下說的話（不可告訴別人）

Between ourselves, Mr. Black left this morning.
咱們私下說說就好，布萊克先生早上就走了。

All this is **between ourselves**. 這些都不能告訴別人。

> **among oneselves** ⋯⋯之間
> They had a heated discussion **among themselves**.
> 他們之間進行了激烈的討論。
> **to oneself** 供自己用
> I do hope to have a room **to myself**. 我真希望有一個自己的房間。

第五節 相互代名詞

1. 受格形式

each other和one another都表示相互關係，一般認為one another較多用於較正式文體，而each other多用於非正式文體。相互代名詞只能作動詞或介系詞的受詞。例如：

They gave **each other** a present. 他們互贈禮物。

They write to **each other / one another** every week. 他們每週都相互通信。

 重點提示

在傳統語法中each other多半指兩個人或物，one another多指兩個以上的人或物。但在現代英語中，兩者可以互換使用。有些動詞如meet，kiss等，自己本身已具有相互意義，所以後面就不一定需要跟相互代名詞。例如：
They kissed (**each other**) for a long time at the airport.
在機場他們互吻了好長時間。

2. 所有格形式

相互代名詞的所有格形式（each other's 相互的，one another's 相互的）只能作修飾語。例如：

We are old friends and we know **one another's** liking.
我們是老朋友了，彼此知道各自的喜好。

People try to respect **each other's** privacy. 人們嘗試著尊重彼此的隱私。

第六節 指示代名詞

指示代名詞主要是用來指示或標識人或事物的代名詞。主要有：this（這個），these（這些），that（那個），those（那些）。

1. this / that / these / those 的用法

指示代名詞this，that，these，those在句中可以用作主語、受詞、表語、修飾語、狀語*等。（*狀語定義請見p.23）

(1) 作主語

This is my mother. 這是我媽媽。

Those are his books. 那些是他的書。

This is Mary speaking. 我是瑪麗。（電話用語）

(2) 作受詞

Do you like **these**? 你喜歡這些嗎？

I will do **that**. 我願意做那件事。

(3) 作表語

What I want is **that**. 我想要的是那個。

My suggestion is **this**. 我的建議是這樣的。

(4) 作修飾語

In **that** case, you wouldn't have a pan on fire. You'd have a house on fire.
要是那樣，你就不只使鍋子著火，你還會把房子燒起來！

These fast foods can be microwaved easily.
這些方便食品能方便地用微波爐加熱。

注意：this和that有時用作副詞，相當於so，表示程度，意為「這麼」和「那麼」。例如：

The tree is **this** high. 那棵樹有這麼高。

That book is **that** thick. 那本書有那麼厚。

🔵 重點提示

(1) **that** 和 **those** 可以用來代替前面已提到過的名詞，以避免重複。例如：

The oil output in 2005 was much higher than **that** of 2000.
2005年的油產量比2000年的油產量高得多。

The machines made in this year are better than **those** made in last year.
今年生產的機器比去年生產的要好。

但如果這個名詞是單數可數名詞，則用the one（而不用that）的時候更多一些。例如：

My book is more interesting than **the one** you've talked about.
我的書比你談起過的那本更有趣。

(2) **those**或**that**可用在下面這種類型的句子中表示人或東西（後面多有一修飾語修飾）。例如：

He was among **those** who passed the exam. 他是考試及格的人之一。

What's **that** hanging on the tree? 樹上掛得是什麼？

(3) 敘述事物時，**that, those**指前面提過的事物，中文中卻常用「這」來表示；**this, these**常指後面將要談到的事物，中文中卻不用「這」、「這些」。例如：

We don't have enough money to do it. **That**'s our trouble.

我們資金不夠。這就是我們的問題。

The windows are broken; there is no table in the room; the floor is too dirty. **Those** are the problems we want to solve.

窗戶破了；房間裡沒桌子；地板太髒。這就是我們想要解決的問題。

What I want to tell you is **this**: English is very important.

我想要告訴你的是：英語十分重要。

2. such 的用法

指示代名詞such表示「如此的，如此的事物」，具有名詞和形容詞的性質，在句子中可用作主語、修飾語、表語、受詞等。

(1) 作主語

Such is our plan. 這就是我們的計畫。

Such are the results. 結果就是如此。

(2) 作修飾語

I don't like **such a** book. 我不喜歡這樣的書。（such a修飾可數名詞單數）

Such water is quite clean. 這樣的水很乾淨。（such修飾不可數名詞）

I had never seen a man with **such** long arms.

我從未見過有人會有這麼長的手臂。（such修飾複數名詞）

(3) 作表語（常與as和that子句連用）

The birds were **such as** I never saw before. 這樣的鳥，我從未見過。

The problems are **such that** we can't solve by ourselves.

這樣的問題，我們自己是解決不了的。

(4) 作受詞

If you act like a child, you will be treated as **such**.

你要是這麼孩子氣，人家就會把你當孩子看待了。

3. same的用法

same（同樣的）也是指示代名詞，使用時same之前必須用定冠詞the。它也具有名詞和形容詞的性質，在句中作主語、受詞、表語、修飾語、狀語等。例如：

Whether they come or not, it is all the **same** to me.

他們來不來對我來説一樣。（same作表語）

Tom went away and Alice did the **same**.

湯姆走了，愛麗絲也走了。（same作受詞）

The **same** happened to me.　我也發生了同樣的情況。（same作主語）

Thank you all the **same**.　照樣感謝你。（same作狀語）

4. 指示代名詞it的用法

指示代名詞it常用以指人，一般不會譯出來。例如：

—Who is **it** that is knocking at the door?　是誰在敲門？

—Oh, **it**'s you, Susan.　噢，是你呀，蘇珊。

it還可以用於 "**it** is (was)...who (that, whom)" 強調結構。

It was Toms father **who** came in.　進來的是湯姆的父親。

第七節　疑問代名詞

疑問代名詞主要有：

1. who 誰（主格）　　　2. whom 誰（受格）　　3. whose 誰的（屬格）
4. what 什麼（人、物）　5. which 哪一個，哪些（人、物）

1. who, whom 的用法

who只能指人，常作主語和表語，只有名詞性質。在非正式英文和口語中，who可以代替whom，但介系詞後面要用whom；whom也指人，常用作受詞，也只有名詞性質。例如：

Who did this?　誰做的？（主語）

Who is it?　是誰？（表語）

Who do you like best?　你最喜歡誰？（口語）

Whom do you like best?　你最喜歡誰？（較正式）

With whom did you go?　你和誰一起去的？（口語中用Who did you go with?）

2. whose 的用法

whose和物主代名詞一樣，具有名詞和形容詞性質，可作主語、表語和修飾語。例如：

Whose is better? / **Whose** are better?

誰的比較好？（名詞性，作主語，等於whose book / books等）

Whose shirt is this? 這是誰的襯衫？（形容詞性，作修飾語）

Whose is this? 這是誰的？（名詞性，作表語，等於whose book等）

3. what的用法

what表示「什麼（人或物）」，可用作單數和複數，具有名詞和形容詞性質，作主語、受詞、表語、修飾語等。例如：

What happened? 發生了什麼事？（主語）

What are you doing? 你在做什麼？（受詞）

What is happiness? 幸福是什麼？（表語）

What question do you want to ask? 你想問什麼問題？（修飾語）

4. which 的用法

which表示「在一定範圍內的哪一個（哪一些）人或物」，可用作單數和複數，具有名詞和形容詞的性質，用作主語、修飾語、受詞等。例如：

Which are yours? / **Which** is yours? 哪些（哪個）是你的？（主語）

Which do you prefer? 你比較喜歡哪一個？（受詞）

Which language is the most widely spoken in the world?

哪一種語言在世界上使用最廣泛？（修飾語）

 重點提示

疑問代名詞who, what, which等後可加ever，以加強語氣。例如：

Who ever are you looking for? 你到底在找誰？

What ever happened in New York yesterday? 昨天紐約到底發生了什麼事？

5. 疑問代名詞的用法比較

(1) who與what的區別：who多用來問姓名、關係等，what多用來問職業、地位等等

—**What** is he? 他是做什麼的？

—He's a director. 他是導演。

(2) which和who，what的區別：who，what用來泛指，而which是特指，表示「在一定範圍內的哪個或哪些人、事物」

Who is Tom? 湯姆是誰呀？（泛指）

Which is Tom? 哪一位是湯姆？（特指）

What sport do you like best? 你最喜歡什麼運動？（不限制範圍）

Which sport do you like best? 你最喜歡哪一項運動？（限制在一定範圍內）

第八節 關係代名詞

　　關係代名詞常用來引導關係子句（又稱為形容詞子句）。關係代名詞一方面在關係子句中擔任一個成分，如主語、受詞、表語或修飾語，另一方面又代表關係子句所修飾的那個名詞或代名詞（通常稱為先行詞）。主要關係代名詞有：

　　1. who 主格—某人　　　　　2. whose 屬格—某人的

　　3. whom 受格—某人　　　　4. that 多指事物，有時指人

　　5. which 代表事物　　　　　6. as 用在「such…as」結構中

1. who, whom, whose的用法

　　who和whom代表人，在關係子句中作主語時用who，作受詞時用whom，非正式場合有時也用who代替，但介系詞後面一定要用whom。例如：

The foreigner **who** visited our school yesterday is from Canada.

昨天來參觀我們學校的那位外賓是加拿大人。（who在子句中作主語）

The person **to whom** you just talk is Mr. Li.

剛才跟你談話的那個人是李先生。（whom在子句中作talk to的受詞，由於介系詞to提前，所以只能用whom而不用who）

whose代表「某個人的」，在子句中作修飾語：

The only true great man is the man **whose** heart is beating for all people.

心為所有人跳動的人，才是真正的偉人。

2. which 的用法

　　which指物，在關係子句中作主語和受詞。作受詞時，在限定關係子句中可以省略。例如：

They planted the trees **which** didn't need much water

他們種了些不太需要水的樹。（which在關係子句中作主語）

The fish (**which**) we bought were not fresh.

我們買來的那條魚不新鮮了。（which在限定關係子句中作受詞）

This is the story **from which** we learned a lot.

這就是那個故事，我們從中受益匪淺。（which作介系詞from的受詞）

3. that的用法

　　that可以指人，也可以指物。在關係子句中作主語、表語和受詞。指物時與

which大致相同。例如：

He is no longer the man **that** he was.

他已經不是過去的他了。（作關係子句的表語）

The girl （**that / who / whom**） we saw yesterday is Jim's sister.

我們昨天看到的那個女孩是吉姆的姐妹。（作關係子句的受詞）

Have you seen the note **that** she left on your desk?

你看見她放在你桌上的便條了嗎？（作關係子句的受詞）

4. 當關係代名詞指物時，常用that而不用which的情況

(1) 當先行詞是everything, nothing, something, anything, all, little, much等不定代名詞時

Everything that I have seen in the room is in good order.

我在屋裡看到的一切都擺放得井井有條。

All that glitters is not gold. —Shakespeare

閃閃發光物品，未必是黃金。—（英）莎士比亞

(2) 先行詞被all, every, no, some, any, little, much等詞修飾時

There is little time **that** we can spare. 沒有可以抽出的時間了。

Man is the only animal **that** can laugh and blush. —Mark Twain

人是唯一會大笑和臉紅的動物。（美）馬克‧吐溫

(3) 先行詞被序數詞或形容詞最高級所修飾時

It is the first American film of this kind **that** I've ever seen.

這是我第一次看到這一類的美國影片。

This is the best hotel **that** I know. 這是我知道的最好的旅館。

(4) 在there be句型引導的關係子句中或關係代名詞作表語的關係子句中

There is a seat in the corner **that** is still free. 角落裡仍有一個空位。

(5) 當先行詞既是人又是物，或兩個不同的人或物時

Scientists are also developing new fuels and engines **that** let us travel without worrying about whether we are polluting the environment.

科學家們還開發了新型燃料和新式引擎，使我們旅行時不必擔心會污染環境。

Robots can only respond to things and ways **that** have been programmed by humans.

機器人只能對由人設計的東西和方式作出反應。

5. 關係代名詞指代事物時，常用which而不用that的情況

(1) 在非限定關係子句中

In 1988, he wrote *A Brief History of Time*, **which** quickly became a best seller.
1988年，他寫了《時間簡史》，很快成為暢銷書。

He offered to get a doctor for me, **which** was very kind of him.
他提議要去幫我找醫生，他真是太好了。

(2) 關係代名詞前有介系詞時

The games **in which** the young men competed were difficult.
那些年輕人參加的比賽進行得很艱苦。

(3) 關係代名詞後有插入句時

This is the book **which**, as I have told you, will help you to improve your English.
這就是我跟你說過的能幫你學好英語的那本書。

6. 關係代名詞指人時，常用who而不用that的情況

(1) 先行詞為one, ones, anyone或those時

Anyone **who** breaks the rules will be punished.
任何違反規章制度的人都要受處罰。

Those **who** work deserve to eat; those who do not work deserve to starve.
勞動者應該享受美食，不勞動者應該忍饑挨餓。

(2) 在以there be開頭的句子中

There is a man **who** wants to see you. 有位男士要見你。

(3) 當先行詞後有較長的修飾語時

I met a foreigner in the park yesterday **who** could speak Chinese fluently.
昨天我在公園遇見一位中文說得很流利的外國人。

7. 關係代名詞作關係子句的受詞時，若介系詞前置，則不能用that，而且只能用whom指人，which指物；若介系詞後置則不受這種限制

They are the boys (**whom / who / that**) I went to school with.

They are the boys **with whom** I went to school. （介系詞前置）
他們是曾經與我一起去上學的男孩。

The room (**that / which**) they live in is not large.

The room **in which** they live is not large. （介系詞前置）
他們住的房子並不大。

8. 關係代名詞的省略

(1) 在限定關係子句中，如果關係代名詞在子句中作受詞，可以省略；但在非限定關係子句中不可省略

Football is a sport (**that / which**) he likes. 足球是他喜歡的一種運動。

The runner (**who / that**) you are asking about is over there.
你要找的那位賽跑選手在那邊。

This poem, **which** almost everybody knows, is written by Li Bai.（正確）

This poem, almost everybody knows, is written by Li Bai.（錯誤）

這首大多數人知道的詩，是李白寫的。

(2) 能在關係子句中作表語的只有that，可指人或物，通常可以省略

She is not a beautiful young girl (**that**) she was before.

她不再是過去那個年輕漂亮的女孩了。

但that作關係子句的主語時，不可省略：

A plane is a machine **that** can fly. 飛機是一種能飛的機器。

9. 關係代名詞as的用法

(1) as單獨用來引導非限定關係子句。子句在主句前，也可在主句後

As often happens, a great many buildings were destroyed in the earthquake.
正如經常發生的那樣，大量建築物在地震中遭到了破壞。

She is a liar, **as** anybody can see. 任何人都能看得出，她是個說謊者。

類似的結構有：

as has been said before 如前所說　　　**as** is well known 眾所周知

(2) 關係代名詞 as引導關係子句時通常構成「such...as」或「the same...as」固定搭配。as指代其前的名詞，並在關係子句中可以作主語、表語或受詞

This is **the same** dish **as** we had yesterday.

這樣的菜我們昨天就吃過了。（as作子句中had的受詞，指代dish）

He is not **such** a man **as** would leave his work half done.

他並不是那種做事半途而廢的人。（as作子句的主語，指代man）

He is not **the same** man **as** he was.

他和過去不同了。（as在子句中作表語，指代man）

第九節 連接代名詞

　　連接代名詞可連接主句和子句，並在子句中充當一定的句子成分；有格的變化和指人指物的區別。連接代名詞的形式如下表：

格 \ 指人或物	指人	指物	
主格	who	which	what
受格	whom		
所有格	whose	whose	

1. 連接代名詞引導主語子句

What I want to talk about is this.

我想談的事情就是這個。（what引導的子句作整個句子的主語，是主語子句，what相當於the thing which）

It is not decided **who** may go first.

誰可以先走還沒決定。（It是形式主語，真正的主語是who引導的子句）

2. 連接代名詞引導的受詞子句

Do you know **whose** book it is?

你知道這是誰的書嗎？（whose引導的子句作know的受詞，是受詞子句）

I can't tell **which** picture is more beautiful.

我沒法說哪一張畫比較漂亮。（which引導的子句作tell的受詞，是受詞子句）

3. 連接代名詞引導的表語子句

That's **what** we are going to do this evening.

這就是今晚我們要做的。（what引導表語子句，what等於the thing which）

The problem is **who(m)** we should ask.

問題是我們應該問誰。（who / whom引導表語子句）

4. 連接代名詞還可引起子句作插入語

She shouted loudly and, **what** was rare, ran wildly in the field.

她大聲叫喊，還狂亂地在田野裡奔跑，這是更少有的。（what引導的子句作插入語，what代表後面提到的情況）

🔵 重點提示

who(m)，which和what還可以與ever構成合成詞，用以引導各類子句，起強調作用，有「一切、任何」這類意思。

Whoever breaks the rules will be punished. 凡是破壞規定的人都要受到懲罰。

Richer countries have a responsibility towards poorer countries and must do **whatever** they can to help others.

富國對於窮國負有責任，他們必須盡可能地幫助其他國家。

Call to **who(m)ever** you want. 你可以打電話給任何你想找的人。

第十節 不定代名詞

不定代名詞用來泛指或代替名詞或形容詞，表示代替或修飾，但不表示特定。

不定代名詞具有名詞和形容詞的性質，有可數和不可數的區別，還有數和格的變化。複合不定代名詞只具有名詞的性質。下面分述不定代名詞的用法。

1. some的用法

(1) some通常表示不定數量「一些」，修飾或代替可數名詞複數或不可數名詞，既可指人，又可指物。常用在肯定句中

I want to drink **some** water. Give me **some**, please.

我想喝水，請給我一些水吧。

Some people like pop music, but **some** don't.

有些人喜歡流行音樂，但有些人不喜歡。

(2) some有時可修飾可數名詞單數，表示「某個」

He went to **some** place in Europe. 他到歐洲某個地方去了。

Some Mr. Li called this morning. 某位李先生上午來過電話。

(3) some也可用在「請求、建議、反問」等含義的疑問句中，以期得到肯定的回答

May I have **some** water? 可以給我一些水嗎？

Why don't you take **some** apples? 你何不帶些蘋果去呢？

(4) some也可修飾數詞，表示「大約」

It took me **some** twenty days to get there. 我大約花了二十天時間才到達那裡。

2. any 的用法

(1) 不定代名詞 any和some一樣表示不定數量「一些」，修飾和代替可數名詞複數和不可數名詞，既可指人又可指物。但一般用在否定句、疑問句、條件子句中

Do you have **any** questions? If you have **any**, don't hesitate to ask me.

你有什麼問題嗎？如果你有問題的話，儘管問我好了。

Let me know if you find **any**. 如果你找到了，就告訴我。

(2) 用於肯定句中，表示「任何一個」，修飾可數名詞單數和不可數名詞

Any colour will do. 任何顏色都可以。

You can ask me **any** question at **any** time. 你可以在任何時候問我任何問題。

3. no的用法

(1) 不定代名詞no只有形容詞性質，一般作修飾語來構成否定句，表示「不是、沒有」

The moon has **no** light of its own. 月亮本身不發光。（no等於not any）

She knows **no** English. (= She doesn't know English at all.) 她根本不懂英語。

He has **no** brother. 他沒有兄弟。（no等於not any）

(2) 用於警告、命令等

No Smoking! 不准吸煙！

No Parking! 禁止停車！

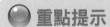 重點提示

修飾表語時，有特殊的意思。試比較：

I am **no** writer. 我不善於寫作。= I am not a writer. 我不是作家。

I am **no** teacher. 我不善於教書。= I am not a teacher. 我不是教師。

4. 合成不定代名詞的用法

不定代名詞some，any，no和-one，-body，-thing可組成幾個合成不定代名詞：

| someone, somebody 某人 | something 某事 | anyone, anybody 任何人 |
| anything 任何事 | no one, nobody 沒有人 | nothing 沒有事 |

(1) 合成不定代名詞都表示單數概念，只有名詞性質，一般不作修飾語。修飾合成不定代名詞的成分應放在它們後面，例如：someone (that) I know我認識的人，something important重要的事（但也有：the mysterious something神秘的東西），anything worth doing值得做的任何事。而且合成不定代名詞的用法與some，any，no的用法相似，some- 開頭的合成代名詞一般用於肯定句；any- 組成的合成代名詞一般用於否定句、疑問句、條件子句；no- 組成的合成代名詞一般用於肯定句表示否定意義。但表示請求、建議、反問的問句也用some-合成詞；any-合成詞有時也用於肯定句中

Someone is knocking at the door. 有人敲門。

I have **something** important to tell you. 我有要事相告。

Is there **anything** you don't understand? 你有什麼不懂的嗎？

Everything in nature has its own life and different stages of growth.
自然界的萬物有其自己的生命歷程，並走過不同的生長階段。
Nobody else is here. 這裡沒有別人。
Robots don't look like **anything** we see in the movies.
機器人並不像我們在電影中看到的任何東西。
There is **something** wrong with the radio. 收音機有問題。
Is **anybody** absent? 有人缺席嗎？（說話人認為無人缺席）
Is **somebody** absent? 有人缺席嗎？（說話人認為有人缺席）

(2) somebody，something和nobody，nothing還可分別表示「有出息的人，重要人物」和「無關緊要的人，小人物」

Actually, he is **nothing** in that office. 實際上，他在辦公室裡是個小人物。
He was just **anybody** in that company, but he wants to become **somebody** later.
他在那個公司只是個無名小卒，但他想日後成為有出息的人。

5. one 的用法

one可以用作不定代名詞來指代「一個人或事物」。指代人時，有所有格形式one's和反身代名詞oneself（美國英語中常用his / her和himself / herself與前面的one相對應）；指代事物時，代替上文中出現過的名詞，以避免重複。有時可有複數形式ones，有時還有自己的修飾語或冠詞。例如：

指代人：
One should be strict with oneself. 一個人應對自己要求嚴格。
Sad movies always make **one** cry. 令人悲傷的電影常常使人落淚。
Labour arouses **one's** creative power. 勞動能喚起人的創造力。
One who loves his life in working knows thoroughly the secret of life.
在工作中愛上生命，就是貫徹了生命最深的秘密。

指代物：
The story he told is a very interesting **one**. 他講得是個非常有趣的故事。
There are forty new desks and ten old **ones** in the classroom.
教室裡有四十張新課桌和十張舊課桌。

6. none的用法

none只具有名詞性質，可以代替人和事物，表示「三者（以上）都不」，「沒有一個人（一件事物）……」。作主語時，如果談到的是所有人的情況，動詞多用複數形式；如果談到的是每個人的狀況，則多用單數形式。例如：

None of us like to swim in the polluted water.

我們誰都不會喜歡在受污染的水中游泳。（主語）

None of them has a bike.

他們誰也沒有自行車。（主語）

I like **none** of the films.

這些電影我全不喜歡。（受詞）

We **none** of us can sing this song.

我們當中沒有人能唱這支歌。（同位語）

 重點提示

none和 neither的區別：

none表示「在三個或三個以上當中，沒有人或物……」，而neither指「在兩個當中，沒有人或物……」。試比較：

None of the students has ever read the book.

學生中沒有誰讀過這本書。（不止兩個學生）

Neither of my parents has ever read the book.

我的父母都沒讀過這本書。

---

7. each, every 和 everyone, everybody, everything

(1) each表示「各個，每個」，強調人和事物的個別情況，具有名詞和形容詞性質，既可作修飾語，又可作主語、受詞和同位語。every雖然也表示「每個」，但實際上指全體情況，強調「每個都，個個都，人人都」，含all之意，只具有形容詞性質，一般只作修飾語

Each bird loves to hear himself sing.（諺）鳥兒愛聽自己的鳴叫聲。（修飾語）

They **each** sang a song at the party last night.

昨天的晚會上他們每人各自唱了一首歌。（同位語）

He gave us a piece of good advice **each**.

他給我們每人各提了一項建議。（同位語）

The teacher handed out exercise books to **each** of the students.

老師把練習本發給每位同學。（受詞）

He bought two apples for **each**. 他給每人買了兩個蘋果。（受詞）

Each in our group knows what to do next.

我們組每個人都知道下一步自己該做什麼。（主語）

Every student worked hard. 每位同學都很努力。（修飾語）

Every one of us knows something about computer.

（=All of us know something about computer.）

我們每個人都懂一些電腦知識。（修飾語）

Every citizen has equal rights regardless of race, colour or creed.

不論種族、膚色、信仰，每個公民都擁有平等的權利。（修飾語）

另外，every 還可表示時間的間隔「每，每隔」，例如：

He comes **every** other day.（= He comes every two days.）

他每隔一天來一次。（=他每兩天來一次。）

The Olympic Games are held **every** four years.

奧林匹克運動會每四年舉行一次。

(2) everyone, everybody和everything只具有名詞性質，一般作主語、受詞和表語等

Everyone / Everybody likes the new teacher.

每個人都喜歡這位新老師。（主語）

We've asked **everybody**.

我們已經問過所有的人了。（受詞）

Money isn't **everything**.

金錢不是一切。（表語）

Everything belongs to the fatherland when the fatherland is in danger.

當祖國面臨危險時，我的一切都是屬於祖國的。（主語）

8. all 的用法

all表示整體概念「全部」，用於兩個以上的人或物，或者不可數的事物。它具有名詞性質和形容詞性質，可作主語、受詞、表語、同位語和修飾語。另外，all的位置較靈活，應注意。例如：

All are here. 大家都到了。（主語，all指人）

All want, all lose. 什麼都想要，什麼也抓不到。（主語，all指事物）

Bill visited **all** of us. 比爾看望了我們所有的人。（受詞）

She knows **all** about it. 她瞭解有關的一切。（受詞）

That's **all** I know. 我所知道的就是這些。（表語）

I know them **all**. 我認識他們所有人。（同位語）

We **all** want to have a try. 我們都想試一試。（同位語）

All men are mortal. 人生自古誰無死。（修飾語）

> 🔵 **重點提示**
>
> all與否定詞連用表示部分否定。全部否定要用none或no one。例如：
> **All** are not friends that speak us fair.（=Not all are friends that speak us fair.）
> 説我們好話的並不都是朋友。
> He hasn't paid it **all**.（= He has paid some of the money.）
> 他還未付清全部款項。
> **None** knows the weight of another's burden. 看人挑擔不吃力。
> He has paid **none**. 他什麼都沒付。
> 另外，all還可用作副詞作狀語，類似completely, totally。例如：
> That's **all** wrong. 那全錯了。
> She was **all** wet. 她身上全濕了。

9. both, either 和 neither 的用法

(1) both表示「兩者都」，具有名詞和形容詞的性質，可作主語、受詞、同位語和修飾語。作主語時謂語動詞用複數。與 all一樣，位置較靈活，應注意。與否定詞連用時表示部分否定，全部否定用neither。

Both are very honest. 兩個人都很誠實。（主語）

Both of them didn't go there. (=Not both of them went there, though one of them did.)

他們兩個並沒有都去那裡。（主語，部分否定）

Neither of them went there. 他們兩人都沒去那裡。（全部否定）

These two pictures are very beautiful. I like **both**.

這兩張畫很美，我（兩張）都喜歡。（受詞）

Give us some bread. We **both** want to try a bit.

給我們一些麵包。我們倆都想嚐嚐。（同位語）

Both my sisters are tall. 我的兩個姐妹個子都很高。（修飾語）

All street signs, names of cities and places must be written in **both** languages.

所有街頭標記、城市名及各種場所的名稱必須用兩種語言寫。（修飾語）

Life is dear. Love is dearer. **Both** can be given up for freedom.

生命誠可貴，愛情價更高；若為自由故，兩者皆可拋。（主語）

(2) either 表示「兩個中的任何一個」，neither表示「兩個都不」，具有名詞和形容詞性質，作主語、受詞和修飾語。either和neither作主語時謂語動詞用單數。若作修飾語，所修飾的名詞也用單數。

Either of them sings very well. 他們兩人唱歌都不錯。（主語）

Neither of them has come yet. 他們兩人都還沒來。（主語）

Here are two dictionaries. You may use **either** of them.

這兒有兩本字典。你用哪本都行。（受詞）

I agree with **neither** of you. 你們兩個人的話我都不同意。（受詞）

There are shops on **either** side of the street.（= on both sides）

街道兩邊都有商店。（修飾語）

Neither book is expensive. 兩本書都不貴。（修飾語）

10. other(s), another 的用法

other(s)和another都具有名詞和形容詞性質，可作主語、受詞和修飾語。其中another只用來代替和修飾單數名詞（但後面跟數詞時也可用複數名詞表示「再……」，例如 another three weeks 再三個星期，buy another five pens 再買五支筆）。other(s)不加冠詞表示泛指「另外一些」，加了定冠詞表示「另外那個」、「另外那些」。具體用法如下表：

	名詞性（主語、受詞）	形容詞性（修飾語）
泛指另外一個（單）	another	another (boy)
泛指另外一些（複）	others	other (boys)
特指另外那個（單）	the other	the other (boy)
特指另外那些（複）	the others	the other (boys)

This skirt is too long Please show me **another**. (= Show me **another** one.)

這條裙子太長了，請再給我拿一條看看。（泛指，受詞）

I agree with you, but **others** may not.（**others** =other people）

我同意你，但別人可能不同意。（泛指，主語）

In this world there are only two tragedies. **One** is not getting what one wants, and **the other** is getting it.

世間只有兩個悲劇。一個悲劇是得不到自己想要的東西，另一個悲劇是得到自己想要的東西。（**the other** = **the other** tragedy）

Three of our group left for Beijing, **the others** stayed.

我們組的三個人到北京去了，另外的人留了下來。

另外，another有時用作「再……」。例如：

When the door of happiness closes, **another** opens.

當幸福之門關閉的時刻，另一扇門就會打開。

I'll stay here for **another** five days 我要在這裡再待五天。

11. 表示數量的不定代名詞a little, little, a few, few, many, much 的用法

a little, little, much用於不可數名詞，a few, few, many用於可數名詞；a little, a few表示「一些」；little, few 表示「幾乎沒有，很少」。

She can speak **a little** French, but she knows **little** English.

她能講點法語，但她英語懂得極少。（修飾語）

I know **little** about him. 我對他瞭解甚少。（受詞）

I have **a few** friends, but my younger sister has very **few**.

我有一些朋友，但我妹妹幾乎沒有什麼朋友。（修飾語，受詞）

Few (of us) can speak four foreign languages.

（我們當中）很少有人會說四種外語。（主語）

Much money has been spent on the project.

這個專案已經花了不少錢。（修飾語）

Many people went there. 很多人到那裡去了。（修飾語）

little, much, many, few等詞也作形容詞，它們有比較級（less, more, fewer）。

12. 一些固定用法

注意下列部分表示數量的不定代名詞以及其他片語的用法：

(1) 用於不可數名詞

much 許多，little 幾乎沒有，a little 一些，less 較少，a great amount of 大量的，a great (good) deal of 大量的，a small amount of 少量的。

(2) 用於可數名詞

many 許多，few 幾乎沒有，a few 一些，several 幾個，a great (good) many 大量，a great (good, large) number of 大量的。

(3) 可數和不可數名詞都可以

a lot of 許多，lots of 許多，more 更多，most 大多數，plenty of 足夠的，some 一些，a quantity of 大量的，quantities of 大量的。

文法實戰演練

01. You are the team star! Working with _____ is really your cup of tea.（2010安徽卷）

    A. both　　　　　B. either　　　　　C. others　　　　　D. the other

02. When you introduce me to Mr. Johnson, could you please say _____ for me?（2010福建卷）

    A. everything　　B. anything　　　　C. something　　　D. nothing

03. Swimming is my favorite sport. There is _____ like swimming as a means of keeping fit.（2010江西卷）

    A. something　　B. anything　　　　C. nothing　　　　D. everything

04. He had lost his temper and his health in the war and never found _____ of them again.（2010重慶卷）

    A. neither　　　B. either　　　　　C. each　　　　　D. all

05. On my desk is a photo that my father took of _____ when I was a baby.（2010四川卷）

    A. him　　　　　B. his　　　　　　C. me　　　　　　D. mine

06. Charles was alone at home, with _____ looking after him.（2009全國卷 II）

    A. someone　　　B. anyone　　　　C. not one　　　　D. no one

07. Being a parent is not always easy, and being the parent of a child with special needs often carries with _____ extra stress.（2009北京卷）

    A. it　　　　　　B. them　　　　　C. one　　　　　　D. him

08. Jane was asked a lot of questions, but she didn't answer _____ of them.（2009陝西卷）

    A. other　　　　B. any　　　　　　C. none　　　　　D. some

09. I like this house with a beautiful garden in front, but I don't have enough money to buy _____.（2009四川卷）

    A. one　　　　　B. it　　　　　　C. this　　　　　　D. that

10. _____ is the power of TV that it can make a person suddenly famous.（2009遼寧卷）

    A. Such　　　　B. This　　　　　C. That　　　　　D. So

答案剖析

01. **C.** 考查代名詞辨析。A. 兩個都；B. 兩者中的任何一個；C. 另幾個、別的人；D. the other為other 的特指。本題中「cup of tea」是美國俚語，表示喜歡的人或事物。例：This novel is not my cup of tea.這本小說不合我的意。句意：你是球隊明星，與別的人合作真是你們喜歡做的事情。

02. **C.** 考代名詞辨析。A. 所有的事物；B. 任何事物；C. 一些、某些事；D. 什麼也沒有。句意：當你向詹森先生介紹我時，你可以為我美言幾句嗎？

03. **C.** 關鍵短語：nothing like沒有一點像。例如：She is nothing like her brother.她一點都不像她的哥哥。句意：游泳是我最喜歡的運動。再沒有像游泳這樣保持健康的方式了。

04. **B.** 本句意是：在戰爭中他的性情變得暴躁，身體遭受損壞，並且永遠無法再把兩者恢復。子句中his temper and health的出現，便可排除選項C和D。再者由於句中用了never，便不可能再選neither，因never either相當於neither。

05. **C.** 句意：我桌子上有張照片，是在我嬰兒時父親替我照的。此題的關鍵是要掌握動詞片語：take a photo of sb. 給某人拍照。由此可排除B和D。而從when I was a baby，又可排除A。

06. **D.** 句中說alone at home，表示只一個人孤獨在家，那也就是說沒有人陪伴Charles，故選D. no one。句意：查爾斯 一個人在家，沒有人照顧他。

07. **A.** it代替「Being a parent is not always easy（做父母不總是一件容易的事）」。句意：當一名父親或母親並不總是件容易的事，而當一名有特殊要求的孩子的父母往往還要承受更大的壓力。

08. **B.** 考代名詞。由but 分句得知，她一個問題也沒回答。not any 表示完全否定。句意：珍被問了許多問題，但是她一個也沒回答。but分句也可用另一種說法表示：「but she answered none of them」。

09. **B.** 針對this house的限定，it正是最佳選項。若把this house 改為a house, 則選項可改為one。句意：我喜歡這座前面帶有漂亮花園的房子，但是我還沒有足夠的錢去買。

10. **A.** such和so...that句型，such / so 位於句首時，句子要倒裝。Such is 表示「這就是」。句意：電視有如此大的威力，以至於它可使一個人一夜成名。

第四章 數詞

第一節 概述

　　在英語中表示數目或順序的詞稱為數詞，其中表示數目的詞稱為基數詞，表示數目順序的詞稱為序數詞，還有以基數詞和序數詞合成的分數詞。

類別	句法功能	例詞
基數詞	主語、表語*、受詞、修飾語、同位語	nine, twelve, one hundred
序數詞	主語、表語、受詞、修飾語、同位語、狀語	first, ninth, fortieth
分數詞	主語、表語、受詞、修飾語、同位語、狀語	three, fifths, thirty percent

　　*表語定義請見p.23

第二節 基數詞

1. 基數詞的表示法

　　英語中表示數目多少的詞叫做基數詞，例如：one, two, three等。

(1) 1—12的基數詞

one 1	two 2	three 3	four 4	five 5	six 6
seven 7	eight 8	nine 9	ten 10	eleven 11	twelve 12

13—19的基數詞由3—9加尾碼teen構成：

thirteen 13　　　　fourteen 14　　　　fifteen 15　　　　sixteen 16

seventeen 17　　　eighteen 18　　　　nineteen 19

注意：thirteen，fifteen，eighteen的拼寫變化

20—90的基數詞由2—9加尾碼ty構成：

twenty 20　　　　thirty 30　　　　forty 40　　　　fifty 50

sixty 60　　　　seventy 70　　　　eighty 80　　　　ninety 90

注意：twenty，thirty，forty，fifty，eighty的拼寫變化

21—29的基數詞由十位數20加個位數1—9構成，十位數和個位數之間要加連字元符號「-」：

twenty-one 21　　twenty-two 22　　twenty-three 23　　twenty-four 24

twenty-five 25　　twenty-six 26　　twenty-seven 27　　twenty-eight 28

twenty-nine 29

其他的十位數依此類推。例如：

thirty-nine 39　　forty-eight 48　　fifty-seven 57　　sixty-six 66

seventy-five 75　　eighty-four 84　　ninety-three 93

(2) 百位數由1—9加hundred構成，要在百位數和十位數之間加and。在美國英語

中，and 往往被省略。但百位數如果只包含個位數，無十位數，即十位數為零時，則在百位數和個位數之間加 and，而且and不可省略

a / one hundred 100　　　　　　five hundred (and) eighty-six 586

two hundred 200　　　　　　　six hundred (and) ninety-nine 699

three hundred 300　　　　　　seven hundred and eight 708

four hundred 400　　　　　　　eight hundred and one 801

注意：英語中從1,100—1,900的整數也常用hundred來表示。例如：

eleven hundred 1,100　　　　　sixteen hundred 1,600

twelve hundred 1,200　　　　　seventeen hundred 1,700

thirteen hundred 1,300　　　　eighteen hundred 1,800

fourteen hundred 1,400　　　　nineteen hundred 1,900

fifteen hundred 1,500

(3) 千位數由1—9加thousand構成，後面的百、十、個位數構成方法如上所述

a / one thousand 1,000　　　　four thousand 4,000

two thousand 2,000　　　　　five thousand five hundred 5,500

three thousand 3,000　　　　six thousand six hundred 6,600

seven thousand one hundred (and) twenty-six 7,126

（此處hundred之前不可用 a代替 one）

eight thousand eight hundred and eight 8,808

注意：英語中沒有「萬」這個單位，所以常用thousand來表示。例如：

ten thousand 10,000　　　　　thirty thousand 30,000

twenty thousand 20,000　　　　forty thousand 40,000

fifty thousand one hundred 50,100

sixty thousand two hundred (and) thirty 60,230

seventy thousand seven hundred and seven 70,707

eighty eight thousand eight hundred (and) eighty-eight 88,888

十萬的説法：

a / one hundred thousand 100,000

four hundred thousand 400,000

five hundred and one thousand 501,000（此處thousand之前不可用a代替one）

six hundred seventy thousand eight hundred 670,800

nine hundred eighty two thousand seven hundred (and) sixty-five 982,765

(4) 百萬的説法

a / one million 1,000,000　　　　two million 2,000,000

three million four hundred thousand 3,400,000

four million five hundred sixty seven thousand seven hundred 4,567,700

five million six hundred thirty five thousand seven hundred (and) eighty-nine 5,635,789

千萬及千萬以上的説法：

ninety million 9千萬　　　　　　　　eight hundred million 8億

seven thousand million 70億（相當於美國英語seven billion）

sixty thousand million 6百億（相當於美國英語 sixty billion）

a/one hundred thousand million 1千億（相當於美國英語a / one hundred billion）

2. 基數詞的用法

　　基數詞在句子中可用作主語、表語、受詞、修飾語、補足語、同位語和狀語等。

(1) 作主語

It was reported that more than **200** people had been killed in the fire.

據報導，那場大火燒死了200多人。

(2) 作表語

Britain is **one** of the member states of the European Union.

英國是歐盟成員國之一。

Six times six is **thirty-six**. 6乘6等於36。

(3) 作受詞

The bison population is thought to have fallen from **60 million** to just a few hundred.

據説美洲野牛的數量已由6,000萬頭下降到幾百頭了。

(4) 作修飾語

There are **five** different time areas in the United States.

在美國有五個不同的時區。

In Barcelona the Chinese team got **16** gold medals, of which 12 were won by women. 在巴賽隆納，中國隊獲得了十六塊金牌，其中十二塊是女子奪得的。

(5) 作補足語

We call **five** two and three. 我們講得五是二加三。

(6) 作同位語

They **three** joined the school band. 他們三人參加了學校的樂隊。

(7) 作狀語

What is more, this "information line" operates **24** hours a day.

此外，這條「詢問線路」一天24小時運作。

Neither of us realized that night that these carvings and paintings dated back **15,000** years, nor that the headline in the newspaper would be "the finding of the century..."

那天夜裡，我們誰也沒有意識到，那些雕刻與繪畫已存在**15,000** 年了，也沒有想到報紙的大標題會是「本世紀的發現……」。

3. 數量詞的特殊用法

基數詞相當於名詞，可以以複數形式出現，後面常接of短語，表示不確定的數目。

In 1963 Martin Luther King made a speech to **thousands of** black people that immediately became world famous.

1963 年，馬丁·路德·金向成千上萬的黑人發表了一篇演說，這篇演說詞立即成為舉世聞名的名篇。

This is because each year **millions of** smokers die from the habit.

這是因為每年都有幾百萬吸煙者死於這種（抽煙的）習慣。

Hundreds of students took part in the composition competition.

數百名學生參加了作文比賽。

 重點提示

這些數詞前面有其他數詞，用作確定數目或有several修飾時，不用複數形式。例如：

The number of people who lost homes reached a s many as **two hundred fifty thousand**. 失去家園的人數高達二十五萬。

Several hundred students watched the match. 幾百名學生觀看了比賽。

表示數量的dozens 與 scores的用法和hundreds，thousands，millions相似。例如：

In the fire, five people were killed and **dozens of** people were wounded.

在這次大火中，五人喪生，幾十人受傷。

Scores of people went there in the first few days after its opening.

開張後的頭幾天，許許多多人到那家餐館去吃飯。

She wants to buy **several dozen** eggs. 她想買幾打雞蛋。

第三節 序數詞

英語中表示順序先後的數詞叫做序數詞，例如：first，second，third等。

1. 序數詞的表示法

(1) 英語序數詞第1─19除了first, second與third有特殊形式外，其餘的都由基數詞後加上字尾th構成

注意：fifth, eighth, ninth和twelfth的拼法。

(2) 十位數的序數詞的構成方法是：先把十位數的基數詞的詞尾ty中的y變為i，然後加上字尾eth

twentieth 20th	thirtieth 30th	fortieth 40th	fiftieth 50th
sixtieth 60th	seventieth 70th	eightieth 80th	ninetieth 90th

(3) 十位數的序數詞如果含有1─9的個位數時，十位數用基數詞，個位數用序數詞，中間用連字元符號「-」

twenty-first 21st　　　　　　thirty-second 32nd

forty-third 43rd　　　　　　fifty-fourth 54th

(4) 百、千、萬等的序數詞由hundred, thousand, million等加字尾th，而前面加有關的基數詞構成

one hundredth 100th　　　　　　one millionth 1,000,000th

one thousandth 1,000th　　　　　one billionth 1,000,000,000th

注意：序數詞前的one不可用a代替

另外，多位數序數詞的後位數字如果含有 1─9 時，則後位數用序數詞，前位數用基數詞，中間出現零時，用 and連接。例如：

two hundred and first 201th

three thousand four hundred (and) fifty-sixth 3456th

2. 序數詞的用法

序數詞在句子中可用作主語、表語、受詞、修飾語、補足語、同位語和狀語等。

(1) 作主語

The **first** is that it has stored supplies of fat in its body during the summer and autumn.

第一是在夏秋兩季，它體內儲存了大量的脂肪。

(2) 作表語

Who was the **first** to eat the crab in the world?　誰是世界上第一個吃螃蟹的人？

(3) 作受詞

Annie was among the **first** to realize that blind people never know their hidden strength until they are treated like normal human beings.

雙目失明的人，只有受到同正常人一樣的待遇時，才會知道自己蘊藏著的力量，而安妮正是最先認識到這一點的人們中的一個。

(4) 作修飾語

My family goes back 300 years, while his family goes back to the **15th** century.
我的家族延續了300年，而他的家族可追溯到15世紀。

It reaches from **59th** Street to **110th** Street and across three avenues.
它從59街延伸至110街，橫跨三條大道。

(5) 作補足語

They nicknamed him "**the third**". 他們稱呼他為「老三」。

(6) 作同位語

We will have a speech contest on Monday, the **28th** this month.
我們將於本月28日星期一舉行演講比賽。

(7) 作狀語

China ranks **second**, only next to the United States, with 32 gold medals at the Athens Olympic Games.
中國在雅典奧運會上獲32金，金牌總數列第二，僅次於美國。

第四節 倍數、分數、小數和百分數

1. 倍數

(1) 表示倍數的方法有多種

Four fours are sixteen. 四四得十六。

Four times four is sixteen. 四乘四得十六。

How much (What) is four times four? 四乘四得多少？

This room is three times as large as that one. 這個房間是那個房間的三倍大。

This room is three times larger than that one. 這個房間比那個房間大三倍。

(2) 用times表示倍數，一般只限於表示包括基數在內的三倍或三倍以上的數

If you offered me six **times** what you have just offered, I would still take my pound of flesh.
即使你願意給我六倍於你剛才出的錢數，我仍要得到我應得的一磅肉。

The population in and around San Francisco is now ten **times** more than it was in 1906.
現在在舊金山市市區和郊區的人口已是1906年的十倍以上了。
但表示兩倍（中文中的一倍實際上也指兩倍）時則用twice或double。例如：
He has worked **twice** as long as I have.
他參加工作的時間是我的兩倍。
Our total income of 1998 was **double** that of 1997.
我們1998年的總收入是1997年的兩倍。

(3) 表示增加多少倍也可用百分比
Population has increased by 200% in the past 25 years.
人口在過去25年內增加了200%。
注意：如果表示「增加」用times，英語要多說一倍，例如「增加了三倍」，要用 four fimes。例如：
The steel output increased **four times**.
鋼的產量增加了三倍。
The steel output was **four times** as great as that of last year.
鋼的產量比去年增加了三倍。

2. 分數

(1) 分數是由基數詞和序數詞合成的。分子用基數詞，分母用序數詞。分子是1時，分母（序數詞）用單數形式；分子大於1時，分母用複數形式，序數詞的字尾會加上s。例如：
　　1/3 one third 三分之一　　　　　2/3 two thirds 三分之二

 重點提示

1/2 a (one) half, 1/4 a (one) quarter, 3/4 three quarters
數學中可以都用基數詞讀，如1/2讀作one over two，2/3讀作two over three，3/4 讀作three over four。

(2) 整數與分數之間必須用 and連接
　　3 1/2 three **and** a half 三又二分之一

3. 小數

小數的讀法是：小數點（point）前的基數詞與前面所講的基數詞讀法完全相同，小數點後則須將數字一一讀出。例如：

0.25 zero point two five　　　　　1.34 one point three four

The Pacific plate is moving very slowly—at 5.3 centimeters a year.

太平洋板塊移動得很慢——每年才移動5.3公分。

Bees fly a maximum distance of 3.2 kilometers between their hive and a feeding place.

蜜蜂從蜂房到餵食地點的最大飛行距離為 3.2公里。

4. 百分數

百分數中的百分號「%」讀percent，無複數形式。例如：

The new Chinese panda coin is made of 99.99% gold.

新的中國熊貓硬幣的含金量為 99.99%。

In Britain, sales of cigarettes have been reduced by 30% in the last ten years.

最近十年來，英國香煙的銷售量下降了30%。

20% of the people on earth do not have access to clean drinking water.

世界上20%的人口喝不到乾淨的飲用水。

Genius is one percent inspiration and ninety-nine percent perspiration.

—Edison

天才是百分之一靈感加百分之九十九汗水。—（美）愛迪生

第五節　數詞的其他用法

1. 算式表示法

關於加、減、乘、除算式的讀法：

1＋2＝3　　　讀作 One and two is / makes three.

50＋48＝98　　讀作 Fifty plus forty-eight is / equals ninety-eight.

4－3＝1　　　讀作 Three from four is / leaves one.

　　　　　　　　或 Four minus three is / makes one.

94－40＝54　　讀作 Ninety-four minus forty is / equals fifty-four.

8×3＝24　　　讀作 Three eights are twenty-four.

12×12＝144 讀作 Twelve times twelve is / makes one hundred and forty-four.

36÷6＝6　　　讀作 Six into thirty-six is / goes six.

　　　　　　　　或 Thirty-six divided by six is six.

重點提示

表示面積或體積常用by。介詞by在這裡表示「用……去乘」的意思。例如：
We need to find a tanker about 30 centimeters(cm) **by** 30 cm **by** 50 cm.
我們需要找一個大約 30公分寬、30 公分高、50 公分長的水箱。

2. 編號表示法

　　編號可用序數詞或基數詞表示，序數詞位於名詞前面，並加定冠詞，基數詞位於名詞後面。例如：

　　the first part=part one 第一部分　　　the tenth lesson=lesson ten 第十課
　　Take turns to offer each other the foods in **Part Two** in pairs.
　　兩人一組，輪流請對方吃第二部分列出的食品。
　　如果數位較長，一般情況用基數詞。例如：
　　page 403 讀作 page four oh three 第403頁
　　Bus (No.) 532 讀作 bus number five three two 第532路公車
　　Tel No. 2341801 讀作 telephone number two three four one eight oh one
　　電話號碼2341801

3. 年、月、日表示法和讀法

(1) 年份的表示法和讀法
　　年份通常用阿拉伯數字表示，用基數詞讀。西元前用BC表示，西元用AD表示。
　　AD一般用於西元1年到西元999年之間的年份。例如：
　　The CCTV has been broadcasting English programs ever since 1977.
　　中國中央電視臺自1977年以來一直在播放英語節目。
　　Also, around the area of Aswan there are a lot of important old temples, which date from about 1250 BC.
　　而且，在亞斯文地區的周圍還有許多重要的古廟，它們是西元前 1250 年左右建起來的。
　　It contained 54,951 coins dating from the years 260—275 AD.
　　那一堆硬幣共有54,951枚，制幣時間是西元260年至275年之間。
　　西元 1000 年寫作 1000，讀作the year one thousand
　　1900 年讀作nineteen hundred　　　　　　1999 年讀作nineteen ninety-nine

(2) 年代表示法和讀法
　　年代用年份的阿拉伯數字加's或s表示。例如：

Many of the streets in Disneyland are built to look like streets in the USA in the 1890s.

迪士尼樂園裡有許多街道，修建得像 19 世紀 90 年代的美國街道。（1890s也可寫作1890's，讀作eighteen nineties）

初期、中期、末期分別用early, mid-和late表示，例如：

20 世紀 90 年代初期寫作 the early 1990's　　中期寫作 the mid-1990's

末期寫作 the late 1990's

(3) 月、日的表示法和讀法

表示月、日既可以先寫「月」再寫「日」，也可以先寫「日」再寫「月」。例如：

6月1日寫作June 1，讀作 June the first；或 1 June，讀作 the first of June。

表示年、月、日，要將年份放在最後，用逗號和月、日隔開，例如：2006年5月31日寫作May 31, 2006 或 31 May, 2006。

4. 時刻表示法

(1) 十二小時計時制

使用十二小時計時制，為了避免午前、午後時刻的混淆，有時要在時刻後面加A.M. / AM / a.m. 或P.M. / PM / p.m. 以示區別。例如：

six o'clock / six 六點

nine fifteen / a quarter past nine 九點一刻

eleven o five / five past eleven 十一點零五分

five twenty-five / twenty-five past five 五點二十五分

six forty-five / a quarter to seven 六點四十五分

ten fifty / ten to eleven 十點五十分

(2) 二十四小時計時制

使用二十四小時制，書寫時用四位元數字。例如：

14:15 fourteen fifteen=2:15 pm　　　　20:50 twenty fifty=8:50 pm

24:00 twenty-four hundred hours=midnight

5. 幾十歲表示法

說「幾十歲」時，應該用複數形式，並且在前面加上in one's...

In the 1870s, when Marx was already **in his fifties**, he found it important to study the situation in Russia, so he began to learn Russian.

19世紀70年代馬克思已經五十多歲了。他覺得研究俄國的形勢很重要，便開始學習俄語。

文法實戰演練

01. Peter's jacket looked just the same as Jack's, but it cost _____ his.（2009 遼寧卷）
   A. as much twice as
   B. twice as much as
   C. much as twice as
   D. as twice much as

02. My uncle's house in the downtown area is much smaller than ours, but it is twice _____ expensive.（2009四川卷）
   A. as
   B. so
   C. too
   D. very

03. According to statistics, a man is more than twice as likely to die of skin cancer _____ a woman.（2009江西卷）
   A. than
   B. such
   C. so
   D. as

04. Ten years ago the population of our village was _____ that of theirs.（2008 陝西卷）
   A . as twice large as
   B. twice as large as
   C. twice as much as
   D. as twice much as

05. —Excuse me, do you have the time?
   —_____ .（2007福建卷）
   A. Yes, I do
   B. Of course, I have
   C. A quarter to ten
   D. No problem

06. Three fourths of the surface of the earth _____ sea.
   A. is
   B. are
   C. were
   D. has been

07. The house you have bought is _____ mine.
   A. as three times as
   B. three times the size of
   C. three times the size than
   D. as big as three times than

08. The village is far away from here indeed. It's _____ walk.
   A. a four hour
   B. a four hour's
   C. a four hours
   D. a four hours'

09. It is reported that the United States uses _____ energy as the whole of Europe.
   A. as twice
   B. twice much
   C. twice much as
   D. twice as much

10. He did it _____ it took me.
    A. one-third a time   B. one-third time
    C. the one-third time   D. one-third the time

🔘 答案剖析

01. **B.** 考倍數表達法。倍數表達方式有：倍數+as...as；倍數+more than...。此題B項是：倍數+as+adj.+as+比較物件。句意：彼得的夾克看起來和傑克的很相仿，可是價錢是後者的兩倍。

02. **A.** 考倍數句型及其省略。表達倍數比較時常用以下三個句型：「倍數 + as + 形容詞（或副詞）的原級 + as」表示「A是B的多少倍」；「倍數 + 形容詞（或副詞）的比較級+than」表示「A比B多多少倍」；「倍數 + the size（height, length, width）等 + of短語」表示「A是B的多少倍」。這裡是第一種句型，其後省略了as ours。句意：我叔叔在城市商業區的房子比我們家小，但是價錢是我們家的房子的兩倍。

03. **D.** 考倍數句型。句意：資料表明，男性患皮膚癌的幾率是女性的兩倍。此處是「倍數 + as...as⋯」結構。

04. **B.** 本題考倍數表達法。倍數句型主要有以下三種：
    ①A is...times as＋adj./adv.原級＋as B
    ②A is... times the size/length/width/height/depth, etc.＋of B
    ③A is...times＋adj./adv.比較級＋than B
    選項B符合①句型結構。另外population通常用large等詞修飾，不用much。

05. **C.** 交際用語的回答要有針對性。如同意回答，要具體說出當時的時間。「幾點幾分」，分鐘數不超過30分鐘可用past，「幾點差幾分」或「差幾分幾點」，分鐘數超過30分鐘可用to。句意：一不好意思，現在幾點了？ 一差一刻十點。

06. **A.** 分數作主語，其後謂語動詞的數應與of之後名詞的數保持一致。本題應與surface一致，用單數謂語，is表示現在的狀態。

07. **B.** 本題考倍數在比較級句式中的位置。倍數詞在「as...as」句式中應放在第一個as之前；在「比較級 + than」句式中應放在比較級的詞之前；在「the + 名詞 + of⋯」句式中應位於「the + 名詞」之前。three times the size of=three times as big as。

08. **D.** 時間短語作修飾語時，要不用's或s'形式作修飾語，要不就用複合形容詞作修飾語。「步行四個小時的路程」用英語則説：a four-hour walk或a four hours' walk。

09. **D.** 英語倍數有三種表達方式：①倍數 + as + adj. + as + 其他 ②倍數 + 比較級 + than + 其他 ③ 倍數 + the height/size/weight/length/... + of+其他。

10. **D.** 本題考倍數表達法。這句話含有一個修飾語子句，修飾先行詞the time，time後面省略了引導關係子句的關聯詞。關係子句的先行詞為time或moment時，常不用關聯詞。

第五章　形容詞

第一節　概述

形容詞是用來描寫或修飾名詞（或代名詞）的詞。

1. 形容詞的主要語法特徵

(1) 一般放在它所修飾的名詞之前

Houses will be controlled by a **central** computer.
住宅將由一台中央電腦來管理。

The **sudden cold** weather brought on his fever again.
天氣突然變冷，引起他再次發燒。

(2) 多數形容詞具有比較級和最高級

We must make the buying of tickets **easier** for our passengers.
我們一定讓我們的旅客更容易買到機票。

Disney's **greatest** wish was to be a famous artist.
迪士尼最大的願望就是成為一位著名的藝術家。

(3) 有獨特的字尾

-able：comfor**table** 舒適的，輕鬆自在的；valu**able** 值錢的，貴重的

-al：agricultur**al** 農業的，農學的；centr**al** 中心的；industri**al** 工業的

-ant, -ent：import**ant** 重要的；differ**ent** 不同的；excell**ent** 極好的，優秀的

-ary, -ory：element**ary** 基本的；revolution**ary**；革命的；contradict**ory** 矛盾的

-ful：doubt**ful** 懷疑的；merci**ful** 仁慈，寬大的；peace**ful** 和平的

-ic：electron**ic** 電子的；energet**ic** 精力旺盛的；hero**ic** 英勇的

-ive：act**ive** 積極的，主動的；radioact**ive** 放射性的

-less：end**less** 無止境的，沒完沒了的；price**less** 無價的

-ous：danger**ous** 危險的；fam**ous** 著名的；nerv**ous** 緊張不安的

-y：dirt**y** 骯髒的；funn**y** 有趣的，可笑的；rain**y** 多雨的

另外，還有否定字首。例如：

in-：**in**complete不完全的；**in**different 不關心的

un-：**un**certain 不確定的；**un**equal 不相等的

2. 簡單形容詞和複合形容詞

(1) 簡單形容詞由一個單字構成

certain 某種，一定的；correct 正確的，對的；free 免費的；fresh 新鮮的

有些形容詞由現在分詞或過去分詞構成。例如：

exciting 令人興奮的；disappointed 失望的；encouraging 鼓舞人心的

flaming 火紅的，火焰般的

(2) 複合形容詞由一個以上的詞構成

good-looking 好看的；heart-breaking 令人傷心的

low-lying 地勢低窪的；duty-free 免稅的

有些短語也可構成形容詞。例如：

a face-to-face talk 面對面的談判

a mouth-to-mouth method 口對口的人工呼吸法

3. 形容詞根據其與所修飾名詞的關係分為限制性形容詞和描述性形容詞

(1) 限制性形容詞表示事物的本質，它的位置緊靠它所修飾的名詞。限制性形容詞不可缺少，否則就會影響名詞的含義

　　a **Chinese** dish 中式菜餚　　　　　　　a **Catholic** church 天主教教堂

(2) 描述性形容詞又叫非限制性形容詞，它只起到一種描繪性的作用，位置可在限制性形容詞之前。如果省去不用，也不會影響所修飾名詞的含義

　　a **delicious** Chinese dish　一道味道鮮美的中式菜餚

　　an **impressive** Catholic church　一座氣勢宏偉的天主教教堂

第二節　形容詞在句中的作用

　　形容詞可修飾名詞和代名詞，在句子中作修飾語、表語*、表語、狀語*、獨立成分等。（*表語及狀語的定義請參照p.23）

1. 作修飾語

Corn is a **useful** plant that can be eaten by both people and animal.

玉米是人畜都能吃的有用植物。

Ancient people wondered what the moon and the stars were.

古代人想知道月亮和星星是什麼。

2. 作表語

It is **necessary** to use a short wave radio to pick up the programs.

必須使用短波收音機才能收聽到這些節目。

But it's **hard** to try to make ends meet with the money I get paid.

但是我得到的酬金很難做到收支相抵。

重點提示

有些形容詞只能作表語，所以我們可以稱之為表語形容詞。這種形容詞常見的有ill, well以及以字母 a開頭的afraid, alike, awake, aware, ashamed, alone, alive等。例如：

The baby is **asleep** now. 現在嬰兒睡著了。

He has been **ill** recently. 最近他病了。

3. 作表語

The house was found **empty**. 房子發現是空的。（作主語表語）

The Internet also makes it **easier** for companies to keep in touch with customers and companies in other countries.

網際網路也讓公司能更便利地聯絡國外的客戶和公司。（作受詞表語）

4. 作狀語

He entered the exam room **full** of confidence. 他充滿信心地走進考場。

5. 作獨立成分

More **important**, he has found a better job.

更重要的是，他找到了一份更好的工作。

第三節 形容詞的比較級和最高級

英語中，形容詞在表示「比較……」和「最……」這樣的概念時，要用特殊形式，稱為比較級和最高級；表示「和……一樣」時，要用原來的形式，稱為原級。例如：

Tom is as **tall** as Jack. 湯姆和傑克個子一樣高。

Tom is **taller** than Jack. 湯姆個子比傑克高。

Tom is the **tallest** in his class. 湯姆在班上個子最高。

1. 形容詞的比較級和最高級的構成

一般來說，單音節詞和以y結尾的雙音節詞，可以加er和est構成，其他的形容詞，一般要加more和most。

(1) 單音節形容詞

單音節形容詞的比較級和最高級是在詞尾加er和est構成。

一般情況直接加er和est。例如：

small, smaller, smallest   old, older, oldest

以e結尾的詞加r和st。例如：

large, larger, largest   late, later, latest

以一個子音字母結尾而前面只有一個母音的詞，先重覆字尾後再加er和est，例

如：big, bigger, biggest   fat, fatter, fattest

🔵 重點提示

另外，有幾個不規則的比較級和最高級如下：

原級	比較級	最高級
good / well	better	best
bad / ill	worse	worst
many / much	more	most
little	less	least
far	farther / further	furthest
old	elder	eldest
late	latter	last

a) 在英國英語中，farther和further都用來指距離，但在美國英語中只能用
farther。further還有「進一步、額外」的意思。例如：

It's unnecessary to have **further** discussion.

沒有必要進行進一步的討論。

college of **further** education 高等教育學院

b) elder和eldest這種不規則形式常用在brother, sister, son, daughter, grandson,
granddaughter前面表示排行。例如：

His **elder** brother was in a car accident last week.

他哥哥上星期出了車禍。

His **eldest** son studies in Beijing University.

他最大的兒子就讀於北京大學。

(2) 雙音節形容詞

以「子音字母+y」結尾的形容詞，先把y變為i再加er和est。例如：

busy, busier, busiest   lovely, lovelier, loveliest

其他雙音節詞，則大都用more和most。例如：

tiring, more tiring, most tiring   exact, more exact, most exact

tragic, more tragic, most tragic   useful, more useful, most useful

有少數幾個雙音節形容詞，既可以加er和est又可以加more和most構成比較級和最高級。這些雙音節詞是：common, handsome, polite, quiet, wicked, pleasant, cruel, stupid, tired 和以ow, er, le結尾的詞，例如：

common, commoner/more common, commonest/most common

clever, cleverer/more clever, cleverest/most clever

narrow, narrower/more narrow, narrowest/most narrow

(3) 三個音節以上的形容詞

三個或三個以上音節的形容詞都在前面加more和most。例如：

beautiful, more beautiful, most beautiful

2. 形容詞的比較級的用法

(1) 形容詞的比較級是用來把彼此獨立的事和人進行比較，表示「比……更……一些」的意思，通常用一個由從屬連詞than引導的狀語子句來表示和什麼相比。為了避免重複，子句中有些成分可以省略

In size New Zealand is **bigger than** Guangdong Province, yet has a much **smaller** population.

紐西蘭面積比廣東省要大，而人口卻少得多。

There was a certain mineral which was even **more radioactive than** uranium.

有一種礦物，它具有的放射性甚至比鈾還強。

Children have **more** need of models **than** of critics. 孩子需要榜樣勝過批評。

Prevention is **better than** cure. 預防勝於治療。

He got **more** information **than** I did. 他得到的資訊比我的多。

有時狀語子句可以省略。例如：

All they need is something to make them feel **better** at that moment.

他們所需要的是當時能使他們感到舒服的東西。

If **fewer** cash crops were grown, **more** food could be produced and there would be **less** or no starvation.

假如少種一些經濟作物，就可能生產更多的糧食，就會減少或杜絕饑餓現象了。

If the hurricane had happened during the daytime, there would have been **more** deaths.

如果颶風發生在白天，死亡人數會更多。

🔵 重點提示

有時比較級前可以用many, much, far, even, a little, still, yet, a bit, a lot, completely等表示程度的狀語。例如：

An **even bigger** earthquake will hit the area around San Francisco.
舊金山市周圍地區還會發生更大的地震。

It is a **far, far better** thing that I do **than** I have ever done; it is a **far, far better** rest that I go to **than** I have ever known.
我所做的，是我做過的最好、極好的事情；我所得到的，是我所知道的最好的、極佳的休息。

If everyone makes a contribution to protecting the environment, the world will become **much** more beautiful.
如果人人都為環境保護作一點貢獻，世界就會美麗得多了。

It is **much cheaper** to post or email a long report **than** to fax it.
透過郵寄或電子郵件的方式發一個長篇的報告比用傳真便宜得多。

Isn't it time you made someone's life **a bit easier**?
你難道不早該讓某些人的生活過得輕鬆一點了嗎？

Do you feel **any better** today? 你今天感覺好點了嗎？

Houses cost **a quarter less** this year **than** they did last year.
今年的房價比去年跌了四分之一。

The new building is **four times larger than** the old one.
這座新樓比那座舊樓大三倍。

A computer costs **20 percent less** now. 現在電腦的價格降了20%。

Things are **no better than** before. 情況並不比以前好。

Children are **a lot happier** today. 今天的孩子幸福多了。

This kind of cloth is **a little cheaper**. 這種布料比較便宜。

(2) 如果我們要說兩個東西在某一方面是一樣的，我們就可以用「as + 形容詞 + as」結構，形容詞不用比較級而用原級

This lamp made the room **as light as** day. 這盞燈使這間房間明亮如白晝。

Jimmy is **as tall as** his father. 吉米跟他爸爸一樣高。

Choosing what to eat is no longer **as easy as** it once was.
選擇吃什麼不再像以前那麼簡單了。

My money and my goods are **as dear** to me **as** life itself.
我的錢財對我來說就像生命一樣寶貴。

She is **as bad tempered as** her mother. 她和她的母親脾氣一樣壞。

在作否定的比較時，可以用not as...as... ，not so...as... ，也可以用less...than... ，
在現代英語中，三者都可使用。例如：

My handwriting is **not as / so** good **as** his. 我的書法不及他好。

The length of your education is **less important than** its breadth, and the length
of your life is **less important than** its depth.

教育的長度不及廣度重要，人生的長度不及深度重要。

He hasn't made as much progress **as** he should. 他沒有達到應有的進步。

重點提示

a) 在這一結構中，有時也可以用just, almost, nearly, half等表示程度的狀語。例
　如：

China is **almost** as large as Europe. 中國幾乎和歐洲一樣大。

The number of people in that area is **five times** as many as that in ours.
那個地區的人口是我們這個地區（人口）的五倍。

The Atlantic Ocean is only **half** as big as the Pacific.
大西洋的面積只有太平洋的一半。

It's not **nearly** as hot as yesterday. 今天一點兒也不像昨天那麼熱。

He's **just** as strong as ever. 他從來沒有現在這麼結實。

You are nothing **like** as critical as you used to be.
你一點兒也不像過去那樣愛挑剔了。

b) 「as...as...」結構和「the same...as」結構一樣。例如：

In area Australia is about **the same** size **as** the USA (without Alaska), which
has more than thirteen times as many people.

從面積上講，澳大利亞大體上相當於美國（阿拉斯加除外），而美國的人口卻
是澳大利亞的 13 倍還多。

c) 形容詞比較級在特定的上下文中，暗含最高級的意思。例如：

As a foreign language, **no other** language is **more** widely studied or used
than English.

作為外語，英語是被學得最多、用得最廣的語言。

(3) 形容詞的比較級還可用在下列句型中

　　a) 為了表示持續不斷的變化，我們可以用「雙重比較」的方法，這種結構後面不
　　　　可跟than引導的比較狀語子句。例如：

After the year 1986, **more and more** countries joined in the Olympic Games.

1986年以後，越來越多的國家參加了奧林匹克運動會。

The problem with electrical signals is that they get **weaker and weaker** as they travel along metal wires.

電子信號的問題是，當它們沿著金屬導線傳送時，會變得越來越弱。

It is now becoming **more and more** expensive to travel abroad.

現在出國旅行越來越花錢。

Computers are getting **smaller and smaller**, and computing **faster and faster**.

電腦變得越來越小，而計算速度卻越來越快。

b) 表示兩個變化是一起發生的，可以把比較級形式和the一起用，表示「越……，就越……」的意思。例如：

The bigger the number is, **the more** dangerous the animal is.

數字越大，其所標的動物就越危險。

The higher the mountain is, **the thinner** the air is.

山越高，空氣越稀薄。

The more we study, **the more** we discover our ignorance.

一個人懂得越多，就越發現自己無知。

The higher you stand, **the farther** you will see.

你站得越高，就看得越遠。

The earlier you start, **the sooner** you will be back.

你出發得越早，回來得就越早。

c) the more..., the less...表示「越……就越不……」。例如：

The more you learn, **the less** you will feel you know.

你學習的越多，越會感到自己學識不夠了。

🔵 重點提示

從結構上説，第一個「the + 比較級…」是表示比較的狀語子句，第二個「the + 比較級…」是主句。這裡的兩個the不是冠詞，而是副詞。有時，在上下文很清楚的情況下，可以省略謂語動詞。例如：

The nearer the dawn, the darker the night. 越接近天亮，夜越黑。

The sooner, the better. 越快越好。

---

d) more (less) than 表示「不僅，不止，多過，不到，少於」的意思。例如：

Gandhi was much **more than** a clever lawyer, a fine speaker, a determined fighter for human rights and a political leader.

甘地遠不只是一位聰明的律師、優秀的演說家、堅定的人權戰士和政治領導人。

China Daily is **more than** a newspaper. It helps to improve our English.

《中國日報》不僅僅是一張報紙。它還有助於提高我們的英語水準。

China exports no **less than** 1,000 kinds of traditional handicrafts.

中國出品的傳統手工藝品不下1000種。

此外，比較級還可用於all the more...（因而更加……），more or less（大體上，或多或少），so much the better (worse)（就更好，就更糟），had better（最好）等句型。

(4) 形容詞比較級的特殊情況

   a) 「too + 原級」和「原級 + for短語」也可以表示比較級。例如：

   He is **too old** for the job. 他太老了，不適合做這項工作。

   The coat is a bit **too small** for me. 這件上衣太小了一點，我穿不合適。

   He is **brave for** his age. 就他那樣的年齡來說，他是勇敢的。

   b) 用拉丁比較級superior, inferior, senior, junior, prior, major, minor等表示比較級。例如：

   He is three years **senior to** me. 他比我大三歲。

   This computer is **superior** in many respects to that.

   這台電腦在很多方面比那台要好。

   c) 英語裡的比較級有時並無具體的比較含義，這種比較級叫絕對比較級。例如：

   younger generation 年輕一代   **higher** education 高等教育

3. 形容詞的最高級的用法

(1) 形容詞最高級的前面通常要加定冠詞the，後面跟一個短語或子句來表示比較的範圍，但在一定的上下文中，表示「比較範圍」的短語或子句可以省略

Australia is **the largest** island and **smallest** continent in the world.

澳洲是世界上最大的島嶼，也是最小的大陸。

The most important message that humans deliver to one another often comes in just three words, "I love you."

人類互相傳遞最重要的資訊往往只有三個字：「我愛你。」

Love **the most ordinary** being on the earth as oneself.

就像愛自己一樣去愛世界上最普通的人。

The parks are **the cleanest** parks that you can imagine.

這些公園都是你可以想像得出的最乾淨的公園。

People think that Charlie Chaplin is one of **the greatest and funniest** actors in the film making.

人們認為查理‧卓別林是電影史上最偉大、最滑稽的演員之一。

The earliest coins in the West were made of gold mixed with silver.

西方最早的硬幣是用金和銀的合金製成的。

(2) 有時在形容詞最高級前可以有序數詞以及much, by far, nearly, by no means, almost等

This is about **the earliest** computer ever manufactured in China.

這大概是中國最早製作的電腦了。

Shanghai is by far **the largest** industrial city in China.

上海是中國最大的工業城市。

(3) 在作表語的形容詞最高級前,如果不是和別的人(物、事)相比較,可以不加定冠詞

Fruits are **best** when they are fresh. 水果新鮮的時候最好。

The air pollution was **most serious** in this area. 這個地區的空氣污染最嚴重。

(4) 有時最高級形式後面可以不跟名詞

Today, Abraham Lincoln is considered as one of **the greatest** of all American presidents.

今天,亞伯拉罕‧林肯仍然被認為是美國最偉大的總統之一。

Of all the animals, the boy is **the most unmanageable.**—Plato

在所有的動物之中,男孩子是最不容易駕馭的。—(古希臘)柏拉圖

Lake Baikal in Asia was once **the cleanest** in the world, with over 700 different kinds of plant and animal life.

亞洲的貝加爾湖曾經是世界上最乾淨的湖,湖裡有700多種不同的植物和動物。

第四節 名詞化的形容詞

　　英語中有些形容詞可以加上定冠詞the來代表整個類別的人,或代表其抽象概念,這些形容詞具有名詞的性質。用作名詞的形容詞就叫名詞化的形容詞。

1. 泛指用法

　　泛指一類人,表示複數概念,作主語時謂語動詞要用複數形式。例如:

All **the wounded** have been sent to hospital. 所有傷患都已送去醫院了。

Many of **the injured** lost their sight. 受傷人員中有許多人雙目失明。

As we say, the day must come when **the young** are "grown and flown".

正如我們所說，年輕人「長大飛走」的一天必然會到來的。

The difference between **the impossible** and **the possible** lies in a person's determination. —Tommy Lasorda.

不可能和可能之間的區別，在於人的決心的差異。—湯米・拉沙德

2. 抽象指用法

指抽象事物，作主語時謂語動詞要用單數形式。例如：

The beautiful can never die.　美是不朽的。

The true is to be distinguished from **the false**.　真偽要辨明。

The moon was at **the full**.　月正圓。

注意：類似的還有：the impossible 不可能的事情，the good 好的東西，the new 新的東西，the ordinary 普普通通的東西，the unusual 不尋常的東西，等等。

3. 固定片語

名詞化的形容詞有時出現在一些固定的片語中。例如：at best 充其量，at large 一般的、詳細的，at the latest 最遲，at least 至少，at most 至多、最多，for good 永久的，do one's best 盡力，等等。

第五節　形容詞的位置和排列順序

1. 形容詞的位置

形容詞一般放在它所修飾的名詞之前。例如：

The doctor carried out research into **healthy** food.

這位醫生對健康食品進行了研究。

It's time I went and picked up my **little** girl from school.

我該去學校接我的小女兒了。

 **重點提示**

但在下列情況下，形容詞卻放在它所修飾的名詞之後。

(1) 形容詞修飾由some, any, every, no等構成的複合不定代名詞。例如：

We don't think there is anything **interesting** in your pictures.

我們認為你的畫沒什麼趣味性。

There is something **wrong** with my back.　我的背有點痛。

There is nothing **special** in it. 這裡面沒有什麼特別的東西。

(2) 以a為字首的表語形容詞修飾名詞。例如：

There aren't many pandas **alive** in the world today.
現在世界上活著的熊貓不是很多。

The teacher **alone** knows what happened. 只有老師知道發生了什麼事。

(3) 字尾able和ible的形容詞和all, every, only或形容詞最高級連用。例如：

I think Tom is the best person **available**. 我認為湯姆是現有的最好人選。

This is the only solution **possible**. 這是唯一可行的解決辦法。

(4) 形容詞詞組修飾名詞。例如：

Do you know the man **clever at painting**? 你認識那個擅長畫畫的人嗎？

A man **so difficult to please** must be hard to work with.
一個難以取悅的人一定不好共事。

2. 形容詞的排列順序

　　有幾個形容詞修飾一個名詞時，它們的排列順序一般為：限定詞（包括冠詞、物主代名詞、指示代名詞、不定代名詞等）→數詞→描繪形容詞（短詞在前，長詞在後）→表示特徵的形容詞（包括大小、長度、形狀、新舊、年齡等）→表示顏色的形容詞→表示類屬的形容詞（包括國籍、專有形容詞和表示材料質地的形容詞）→名詞性修飾語（包括動名詞）→被修飾的名詞。例如：

Jane wore a pretty purple silk dress. 珍妮穿著一件漂亮的紫色真絲衣服。

She has a very valuable big gold watch. 她有一隻很珍貴的大金表。

⚫ 文法實戰演練

01. Mr. Black is very happy because the clothes made in his factory have never been _____.（2010全國卷Ⅱ）

A. popular
B. more popular
C. most popular
D. the most popular

02. _____, she is the sort of woman to spread sunshine to people through her smile.（2010安徽卷）

A. Shy and cautious
B. Sensitive and thoughtful
C. Honest and confident
D. Light-hearted and optimistic

03. Drunk driving, which was once a _____ occurrence, is now under control.（2010福建卷）

    A. general   B. frequent   C. normal   D. particular

04. In the lecture, I can only give you a purely _____ view of how we can live life to the full and make some suggestions about the future.（2010湖北卷）

    A. private   B. personal   C. unique   D. different

05. Mistakes don't just happen; they occur for a reason. Find out the reason, and then making the mistake becomes _____.（2010湖北卷）

    A. favorable   B. precious   C. essential   D. worthwhile

06. How much _____ she looked without her glasses!（2009全國卷Ⅰ）

    A. well   B. good   C. best   D. better

07. As there is less and less coal and oil, scientists are exploring new ways of making use of _____ energy, such as sunlight, wind and water for power and fuel.（2009湖北卷）

    A. primary   B. alternative   C. instant   D. unique

08. I felt so bad all day yesterday that I decided this morning I couldn't face _____ day like that.（2009山東卷）

    A. other   B. another   C. the other   D. others

09. Compared with his sister, Jerry is even more _____ to, and more easily troubled by emotional and relationship problem.（2009江蘇卷）

    A. skeptical   B. addicted   C. available   D. sensitive

10. John is very _____ —if he promises to do something he'll do it.（2009浙江卷）

    A. independent   B. confident   C. reliable   D. flexible

🔘 答案剖析

01. **B.** 「never＋形容詞比較級」＝「not＋ever＋形容詞比較級」，二者就相當於形容詞最高級。例如：I have never heard a better voice than yours.＝Your voice is the best voice that I have ever heard. 我從來沒有聽過比你更好的聲音。句意：布萊克先生非常高興，因為他工廠裡生產的衣服從來沒有比現在更受歡迎過。

02. **D.** 形容詞短語辨析。Shy and cautious 害羞的與謹慎的；Sensitive and thoughtful 敏感的與體貼的；Honest and confident 誠實的與自信的；Light-hearted and optimistic 愉快的與樂觀的。句意為：愉快與樂觀的她，是那種透過微笑把陽光灑給他人的女士。

03. **B.** A. 一般的；B. 經常的；C. 正常的；D. 特別的。句意：酒後開車曾經頻繁發生，如今得到了控制。

04. **B.** 形容詞辨析。A. 私人的、個人的；B. 個人的；C. 唯一的；D. 不同的。句中「personal view個人觀點」比較適當。句意為：在演講中我只能提供給你們完全個人的看法，即如何使我們的生活更加充實，並提出一些有關未來的建議。

05. **D.** 形容詞辨析。A. favorable 喜愛的、贊同的；B. precious 珍貴的；C. essential 本質的；D. worthwhile 值得的、有價值的。按句意分析，A、B、C三項句意顯然不合邏輯。句意為：錯誤不是隨便發生的，是有原因的，要找出原因，這樣才能把犯的錯誤變成有價值的教訓。

06. **D.** 考形容詞比較級。look good 好看、漂亮；look better 更好看。在比較級前可用much, ever, a lot, far 等詞語修飾。句意：她不戴眼鏡比戴眼鏡好看得多。所以這裡用比較級。

07. **B.** 考形容詞辨析。A. primary 初級的；C. instant 瞬間的；D. unique 獨一無二的；均不符合句子內容，只有B項alternative表示「供替代的，兩者擇一的」，為最佳選項。句意：由於煤炭與石油越來越少，科學家正在探索應用可供替代的電力、燃料能源，如陽光、風和水。

08. **B.** 句意為：我昨天一天都很難受，以至於我今天早晨決定再也不能面對像那樣的一天了。another表示「又一、另一、別的、另外的、類似的、相似的」，符合句意。the other指兩個中的另外一個。other多與複數名詞連用，others後不能接名詞。

09. **D.** skeptical 懷疑的，常和of / about 搭配；addicted 沉溺於；available 能得到的，都不合題意。sensitive 敏感的，與to搭配。例如：I'm very sensitive to cold. 我對寒冷很敏感。符合題意。句意為：比起他的姐姐來，傑瑞對感情和人際方面的問題比較敏感，更容易受它們的困擾。

10. **C.** 形容詞辨析。A. independent 獨立的；B. confident 自信的；C. reliable 可靠的；D. flexible 靈活的，可變通的。其中只有reliable「可信賴的，可靠的」符合語意。句意：約翰非常值得信賴──如果是他答應的事情，他一定會做到。

第六章 副詞

第一節 概述

1. 副詞的定義

副詞是用來修飾動詞、形容詞、其他副詞以及全句的詞。

2. 副詞的特徵

(1) 在字義上，有些副詞本身含有實義，而有些則只是為了強調

The fire **suddenly** broke out on the 11th floor.

第12層樓突然起火。（有實義）

Escape from the fire above the 11th floor was **rather** difficult.

從12層樓以上逃離火場是相當困難的。（無實義）

(2) 在功能上，有些副詞可以修飾單字、短語、子句以及全句

I'm sorry I don't **quite** follow you.

對不起，我沒有完全聽懂你的話。（副詞quite修飾動詞follow）

Political leaders were not **well** thought of.

人們對政治領袖的看法不好。（副詞well修飾動詞短語thought of）

One subject to which country music **often** returns is "the good old days".

鄉村音樂經常反覆歌唱的一個主題是「往昔的好日子」。（副詞often修飾全句）

Sometimes after a few hours of study you will manage to know enough to save other people's lives.

有時經過幾個小時的學習，你就能知道足夠的急救常識，以便挽救別人的生命。

（副詞sometimes修飾 after子句）

(3) 在形式上，許多副詞帶有字尾ly，有些則與形容詞等其他詞類相似

帶字尾ly：possibly 可能地，也許　　　probably 很可能，大概

　　　　　　separately 單獨地，各自地

不帶字尾ly：seldom 很少，不常　　　forward 向前，朝前　　thus 這樣，因而

第二節 副詞在句中的作用

1. 根據意義分類

(1) 方式副詞，一般用來回答「怎樣地？」這類問題，具有最典型的狀語形式，絕大部分都是由一個形容詞加字尾ly構成

calmly 冷靜地，carefully 仔細地、小心地，carelessly 粗心地，patiently 耐心地，politely 禮貌地，proudly 自豪地，properly 適當地，quickly 快速地，rapidly 迅速地，suddenly 突然，successfully 成功地，willingly 情願地，warmly 熱情地。

(2) 地點副詞，包括表示地點的副詞和表示位置關係、方向的副詞

here 這裡，there 那裡，upstairs 樓上，downstairs 樓下，anywhere 任何地方，above 在上方，up 上面，down 下面，east 向東，west 向西。

(3) 時間副詞，有的表示確定時間，例如：

yesterday 昨天，today 今天，tomorrow 明天。

有的表示不確定的時間，例如：

recently 最近，nowadays 現今，still 仍然，already 已經，immediately 立刻，just 剛剛。

有的表示時間順序，例如：

now 現在，then 然後，first 首先，next 其次，later 後來，before 以前。

有的表示時間頻率，例如：

always 總是，often 常常，usually 通常，seldom 很少，never 從不，sometimes 有時。

(4) 程度副詞，有時又叫強調副詞，有的從程度上強調，用來回答**how much**這類問題，可用來修飾形容詞、副詞，有的還可用來修飾動詞、介詞短語、名詞、代詞和子句等

a bit 有點，very 很，quite 十分，rather 頗，much 很，just 正好，only 僅僅。

🔘 重點提示

這類副詞一般位於它所修飾的詞的前面。例如：

If you don't try, you will **never** succeed.

你如果不嘗試，就絕不會成功。（修飾動詞succeed）

It looks **a bit** ugly as it is.

它現在這樣子很難看。（修飾形容詞ugly）

So what exactly are you suggesting?

那麼，你到底想建議什麼呢？（修飾句子）

2. 根據形式分類

(1) 簡單副詞

back 在後，just 剛剛，enough足夠，near 在附近，very 很，well 好。

有些簡單副詞和形容詞同形，要根據上下文才能確定其詞性，有時意義也不一樣，這類詞有：cheap, daily, deep, direct, early, enough, far, fast, firm, hard, high, late, low, much, near, pretty, straight, wrong等。例如：

The bus arrived **early**. 這趟車到得早。（副詞）

an **early** bus 早班車（形容詞）

(2) 複合副詞

nowhere 無處，everywhere處處，somehow 不知怎麼地，somewhat 有點，therefore 因此，anyway 不管怎樣，somewhere 在某處，outdoors 在戶外，在野外。

(3) 派生副詞，許多副詞由形容詞或分詞後面加字尾**ly**構成。例如：

obvious 顯然的→ obviously 顯然地，curious 好奇的→ curiously 好奇地

surprising 吃驚的→ surprisingly 吃驚地，skilled 熟練的→ skilledly 熟練地。

注意：以「子音字母 +y（讀作/ 0 /）」結尾的形容詞變為副詞時，要把 y 變為 i，再加 ly，例如easily，happily等；以 ll 結尾的形容詞變為副詞時，直接加 y，例如chilly，fully等；以「子音 +le」結尾的形容詞變為副詞時，去le加ly，例如ably, idly, simply等；以ue 結尾的形容詞變為副詞時，去 e 加ly，如truly等；以ic結尾的形容詞變為副詞時，加 ally，例如basically, heroically, tragically等。

有些副詞有兩種不同的形式，一種和形容詞同形，另一種由形容詞加字尾ly構成，二者有時沒有什麼區別，如high—highly，slow—slowly等。

副詞除了常見的字尾ly外，還有一些字尾，例如：wise, ward(s), ways。有些副詞帶有字首a，例如：abroad, ahead, around, aloud, alike, alone等。

3. 根據功用分類

(1) 句子副詞，這類副詞往往和整個句子具有鬆散的語法關系，而並非修飾某個動詞

Surprisingly, the weather report on the evening before the storm said there would be strong winds, but not a hurricane.

令人驚奇的是，風暴發生之前的那天晚上，天氣預報說將有強風，但沒有颶風。

Worse still, it could even carry off the baby in its mouth.

更為糟糕的是，它甚至有可能把嬰兒叼走。

類似的副詞有：actually, by all(no) means, decidedly, evidently, generally, frankly, indeed, in my opinion, unexpectedly, no, now, obviously, yes, undoubtedly, luckily, seriously等。

(2) 連接副詞，用來連接句子、分句或子句，表示各種關係
　　表示結果，例如：therefore 因此，accordingly 從而
　　表示添補，例如：besides 此外，moreover 再者
　　表示對比，例如：however 不管怎樣，nevertheless 然而
　　表示條件，例如：otherwise 否則
　　表示時間，例如：then 然後，lastly 最後

(3) 解釋副詞，常用來舉例或列舉
　　as 如，e.g. (=for example) 例如，for example 例如，i.e.(=that is) 那就是

(4) 關係副詞，常用來引導關係子句，有：when, where, why等
An estuary is the body of water **where** a river meets the ocean.
河口是河流與海洋會合的水域。
Childhood is a time **when** we solidify our personalities.
童年是我們形成個性的時期。
This is the reason **why** he was late. 這就是他遲到的理由。

(5) 縮合連接副詞，由先行詞和關係副詞縮合而成，用來引導主語子句、受詞子句和表語*子句，有：when (=the time when)，where (=the place where)，why (=the reason why)
When it will be finished depends on the weather. 什麼時候能完成要看天氣。
I don't know **where** we are going to have this meeting.
我不知道這個會會在哪裡開。
That is **why** Einstein and his family left Europe for the USA in 1933.
這就是愛因斯坦和他的家人於1933年離開歐洲去美國的原因。
帶有字尾ever的副詞如: whenever (=any time when), wherever (=any place where)，however (=no matter how)常用來引導狀語*子句，表示「任何、不論」的意思。
Whenever we found an unknown plant, we had to describe it in our notebooks.
我們無論什麼時候發現一種不認識的植物，就記在筆記本上。
Sit **wherever** you like. 你隨便坐哪裡都行。
He will never succeed, **however** hard he tries.
無論他如何努力嘗試，他都不會成功。

*表語及狀語定義請見p.23

(6) 疑問副詞，常用來引導特殊疑問句，有：when, where, why, how

When do you take your next exam? 你什麼時候參加下次考試？

Why not buy some English tapes? 為什麼不買些英語錄音帶呢？

Where did you last have it? 你最後一次有這東西時是在什麼地方呢？

How are you getting on with your English lessons? 你的英語課學得怎麼樣？

(7) 感嘆副詞

How well he looks! 他看起來多麼健康啊！

第三節　副詞在句中的用法

副詞在句子中主要用作狀語，修飾動詞、形容詞、副詞和全句。

1. 修飾動詞

Advertisements appear **everywhere** in modern society.
廣告在現代社會無處不在。

I haven't read that book **carefully**. I've just only dipped into it.
我沒有認真讀過那本書，只是隨便翻閱過。

2. 修飾形容詞

Training by yourself in a gym can be **highly** dangerous.
你獨自在體育館訓練是非常危險的。

I think at the beginning we'd rather have some **fairly** quiet and peaceful music. 我認為開始時我們應該來點稍微輕柔平和的音樂。

3. 修飾副詞

He worked out just **how** much the light would bend; he could also work out **how** far the stars would appear to have moved.
他把光的彎曲度計算了出來；他還能把星球看上去移動了的距離也計算出來。

If the feeding place was toward the sun, the dancer headed **straight** upward during the straight part of the wagging dance.
如果餵食地點向著太陽，跳舞的蜜蜂在跳擺尾舞的直線部分就一直向上。

4. 修飾全句

You are **obviously** a person of great courage. 顯然你是個極有勇氣的人。

Then it turned in a semicircle, ran straight again, and turned in another semicircle to the opposite side.
然後它轉半個圈，再沿直線跑，在另一邊又轉半個圈。

5. 副詞的其他用法

Now the computer has touched the lives of everyone, **even** people in faraway villages. 現在電腦已經觸及每個人的生活，甚至觸及到遙遠鄉村人們的生活。
（even修飾名詞people）

The fire has been **out** for half an hour. 火已熄滅半小時了。（副詞作表語）

I went to see him only to find him **out**.

我去看他，不料他不在家。（副詞作受詞補足語）

Don't put off until **tomorrow** what should be done today.

今日事今日畢。（副詞作介詞受詞）

I hope you'll enjoy your stay **here**. 希望你在這裡過得愉快。（副詞作修飾語）

第四節 副詞的比較級和最高級

英語中副詞和形容詞一樣有三個等級，即原級、比較級和最高級。副詞的比較級和最高級的形式大多數都加more和most構成，只有少數單音節的副詞（例如：fast, hard, late, long, slow, soon, loud, quick等）和early用er和est構成比較級和最高級。另外有幾個副詞比較級和最高級的變化是不規則的，例如：badly, worse, worst；far, farther / further, farthest / furthest；little, less, least；much, more, most；well, better, best。

1. 副詞比較級和最高級的基本用法

(1) 原級常用於as...as和not so (as)...as結構。as…as可用於肯定句、否定句和疑問句，而so...as則只能用於否定句

They must find out the new information **as** quickly **as** possible.

他們必須儘快地查明新情況。

As early **as** his second film, Chaplin had developed his own manner of acting, the one that was to become world famous.

早在演第二部電影時，卓別林就已經形成了他自己的表演風格，這就是他後來聞名於世的那種表演風格。

Things didn't go **so (as)** smoothly **as** we had expected.

事情發展沒有我們預期的那樣順利。

(2) 比較級常用於「比較級 + than結構，有時than引導的比較狀語子句可以省略，比較級前可用many, much, far, a bit, a little, a great (deal), a lot, completely, even, still, yet等表示程度的狀語

Could you talk **a bit more quietly**? 你們說話聲音輕點好嗎？

We are working **still harder** now. 現在我們更加努力地工作。

Real friendship is **more valuable than** money. 真正的友誼比金錢更有價值。

Illustration by example is sometimes **better than** explanation in words.
舉例說明有時比用詞語解釋好。

(3) 用最高級時，有時有一個短語說明比較的範圍，有時則沒有，最高級前的**the**常常不用

The engine runs **most quietly** at 6,000 revolutions per minute.
這種發動機在每分鐘6000轉時雜訊最小。

Mary runs **fastest** among the girls. 瑪麗是女生中跑得最快的。

2. 副詞比較級和最高級的其他用法

(1) 表示「越來越……」用「比較級 + and + 比較級」結構或「more and more + 原級」，後面不可跟than 引導的比較狀語子句

As his work had become dominant, the rest had seemed to matter **less and less**. 由於他的工作占了主要地位，別的事似乎越來越無關緊要了。

He runs **faster and faster** when he is near the finishing line.
快到終點線時，他跑得越來越快。

(2) 表示「越……，越……」用「the + 副詞比較級，the + 副詞比較級」結構

The earlier you go, **the sooner** you will be back.
你走得越早，就回來得越早。

(3) 可以用much, far, a lot, a great deal, still, even, a bit (little)或者名詞（數詞）片語等來修飾形容詞和副詞的比較級

You can read **even better** if you try. 如果你努力的話，還可以念得更好。

第五節 副詞的位置和排列順序

1. 副詞的位置

副詞在句中的位置比較靈活。

(1) 多數副詞包括地點副詞、方式副詞、頻率副詞以及時間副詞，都可以放在謂語動詞後面，如果是及物動詞就放在受詞後面

Sometimes many people talked **together**, without anyone stopping them.
有時好些人一起聊天，也沒有人阻止他們。

I must be leaving **now**. 我現在該走了。

First, read a chapter **quickly** to get a general idea.
第一，快速閱讀一章，以便掌握中心思想。

重點提示

有些地點副詞例如：away, down, in, on, off, out, up等也可以放在動詞和受詞之間，但受詞如果是人稱代名詞，副詞只能放在受詞的後面。例如：
Turn **on** the radio.（或：Turn the radio **on**. / Turn it **on**.）打開收音機。

(2) 頻率副詞，通常放在謂語動詞前面。如果句子中有情態動詞、助動詞或動詞**to be**，就放在這類動詞的後面

He is **seldom** late for work. 他上班很少遲到。

The international oil crisis has **greatly** affected the internal economy.
國際石油危機嚴重地影響了國內的經濟。

I **always** meet him in the street. He must live quite near here.
我總在這條街上碰到他，想必他就住在附近。

這類副詞有：almost, already, always, frequently, hardly, nearly, occasionally, often, sometimes, usually, never, seldom等。另外，還有一類副詞如yet, once, just, really, soon, surely等也可以放在這個位置。例如：

Although many families became separated, people **still** kept in touch with each other.
雖然許多家庭都分散了，但是人們還是保持著聯繫。

Fish **soon** goes bad in hot weather. 天氣熱魚很快就變質了。

但有的副詞有時放在動詞後面。例如：

Do you come here **often**? 你常到這裡來嗎？

(3) 疑問副詞、連接副詞、關係副詞和一些修飾整個句子的副詞。例如：actually, fortunately, unfortunately, of course, first, at first, secondly, surely, perhaps, probably, certainly等，通常放在句子（或子句）的開頭

Perhaps we're going to have a storm. 可能要來暴風雨了。

Surely you don't think she's beautiful? 你一定覺得她不漂亮吧？

有些時間副詞和頻率副詞也可放在句首，例如：yesterday, tomorrow, last night, finally, at last, now, soon, once, occasionally, usually, sometimes等。

Finally, he demanded an end to the British rule over India and independence for his country.
最後，他要求結束英國對印度的統治，要求國家的獨立。

Occasionally I try to write poems. 我偶爾也試著寫幾首詩。

(4) 程度副詞一般放在它所修飾的詞的前面

After all, this ball is **very** important. 這次舞會畢竟還是很重要的。

My poor mother, your hair has gone **quite** white!

可憐的媽媽,妳的頭髮全都變白了!

 重點提示

enough要放在它所修飾的形容詞或副詞之後。例如:

He didn't run quickly **enough**. 他跑得不夠快

He is smart **enough** for this work. 他很機靈,足以勝任這項工作。

A long life may not be good **enough**, but a good life is long **enough**.

漫長的人生未必是好的人生,但好的人生必然是地久天長的。

2. 副詞的排列順序

英語中幾個副詞用在一起時,一般的順序是:程度—狀態—地點—時間。例如:

They played **fairly well there yesterday**. 昨天他們在那裡打得很好。

文法實戰演練

01. I have seldom seen my mother _____ pleased with my progress as she is now.(2010全國卷Ⅰ)

    A. so   B. very   C. too   D. rather

02. I wasn't blaming anyone; I _____ said errors like this could be avoided.（2010湖北卷）

    A. merely   B. mostly   C. rarely   D. nearly

03. Father _____ goes to the gym with us although he dislikes going there.（2010湖南卷）

    A. hardly   B. seldom   C. sometimes   D. never

04. We only had $100 and that was _____ to buy a new computer.（2010遼寧卷）

    A. nowhere near enough   B. near enough nowhere

    C. enough near nowhere   D. near nowhere enough

05. Do you think shopping online will _____ take the place of shopping in stores?（2010浙江卷）

　　A. especially　　B. frequently　　　C. merely　　　　D. finally

06. I can _____ be teacher. I'm not a very patient person.（2009湖南卷）

　　A. seldom　　　B. ever　　　　　　C. never　　　　　D. always

07. It seems that living green is _____ easy and affordable. A small step makes a big difference.（2009福建卷）

　　A. exactly　　　B. fortunately　　　C. surprisingly　　D. hardly

08. —Do you think it's a good idea to make friends with your students?

　　—_____, I do. I think it's a great idea.（2009安徽卷）

　　A. Really　　　B. Obviously　　　　C. Actually　　　D. Generally

09. It was a nice house, but _____ too small for a family of five.（2009天津卷）

　　A. rarely　　　B. fairly　　　　　C. rather　　　　　D. pretty

10. The incomes of skilled workers went up. _____, unskilled workers saw their earnings fall.（2009浙江卷）

　　A. Moreover　　B. Therefore　　　C. Meanwhile　　　D. Otherwise

答案剖析

01. **A.** 此題主要考一個固定搭配not so as。seldom是一個否定詞，相當於not。弄清楚這一點，便容易選對答案。句意為：我很少看到媽媽像現在一樣，為我的進步感到如此高興。

02. **A.** 副詞辨析。A. merely 僅僅，只不過；B. mostly 大部分地，通常地；C. rarely 很少地，幾乎不；D. nearly 幾乎，差不多。按語意「I wasn't blaming anyone」判斷答案是A。句意：我並沒有責怪任何人，我只是說類似這種過失是可以避免的。

03. **C.** 四個選項分別為：A. 幾乎不；B. 很少；C. 有時；D. 從不。通讀全句只有C選項「有時」最符合句意。句子可譯成：儘管父親不喜歡去體育館，但他有時還是會和我們一起去。

04. **A.**　四個選項中關鍵在於A選項nowhere near enough，nowhere near是固定片語「遠不夠」，相當於一個形容詞，enough作副詞修飾形容詞或副詞時，應放在被修飾詞的後面。例如：She is nowhere near as pretty as you are. 她遠沒有你漂亮。

05. **D.**　四個選項分別為：A. especially 特別，尤其；B. frequently 經常；C. merely 僅僅；D. finally 最終。根據語意，前三個選項均不合題意，只有D選項符合。本題句意：你認為網上購物最終會取代商場購物嗎？

06. **C.**　考副詞。根據後句的語意，可推測選C選項never最合適。句意：我永遠當不了老師，我不是有耐性的人。

07. **C.**　副詞辨析。A. exactly 確切地；B. fortunately 幸運地；C. surprisingly 令人驚奇地；D. hardly 幾乎不。句意：看起來綠色生活是令人驚奇地讓人易於接受和適應。一小步能引起大的不同。

08. **C.**　副詞辨析。A. Really 真正地，到底；B. Obviously 明顯地，顯然；C. Actually 實際上，真實地；D. Generally 通常，一般。根據句意可知C選項正確。句意：一你認為和你的學生做朋友是個好主意嗎？一老實說，是的。我認為是個好主意。

09. **C.**　考副詞。四個詞中只有rather可以與too連用，rather too small表示「有些太小了，未免太小了」。句意：房子滿好的，但是對於五口之家來說是太小啦。

10. **C.**　副詞辨析。A. Moreover 再者，而且；B. Therefore 因此；C. Meanwhile 與此同時；D. Otherwise 否則。從句意看C選項「與此同時」最貼切。句意：技術工人的收入在上升，與此同時，非技術工人的收入卻在下降。

第七章 介系詞

第一節 概述

介系詞又叫前置詞，是一種虛詞。在句中表示名詞或代名詞等與其他詞之間的關係。不能單獨作句子成分，一般不重讀，通常位於名詞或代名詞（或與之相當的其他詞類、短語、子句）前面構成介系詞短語。介系詞後面的成分作介系詞的受詞。

第二節 介系詞的用法

介系詞後面的名詞、代名詞或相當於名詞的詞、短語或子句叫介系詞受詞，有時也可叫介系詞補足語。可作介系詞受詞的詞語主要有：

(1) 名詞或名詞性子句

I wandered round **the orchard**. 我在果園裡晃來晃去。

This will give you some idea of **what relativity means**.
這會使你對相對論的意義有所瞭解。

(2) 代名詞

There's a girl standing in front of **me**. 我前面站著一個女孩。

(3) 數詞

When we went in we found his room at **sixes and sevens**.
我們走進去的時候發現他屋裡亂七八糟。

(4) 動名詞或動名詞短語

On **arriving** in Venice, we knew that it was a city of water.
我們一到威尼斯就知道它是一座水城。

He entered the chemistry lab without **being permitted**.
他未經允許就進入化學實驗室。

(5) 副詞

Until **then**, I knew nothing at all about it. 在那以前，我對此一無所知。

(6) 由連接代名（副）詞引起的子句或不定式短語

I am thinking of **what I shall say at the meeting**.
我在想我在會議上該說些什麼。

In one of his books, Marx gave some advice on **how to learn a foreign language**.
馬克思在他的一本書裡，對於如何學習外語提出了一些建議。

(7) 形容詞

Her pronunciation is far from **perfect**. 她的發音絕非十全十美。

I tried in **vain** to win him over. 我努力要把他爭取過來，但沒有辦到。

第三節 介系詞的種類

1. 按構成劃分

(1) 簡單介系詞，即單一介系詞

about, across, after, against, among, around, at, before, behind, below, beside, besides, between, beyond, but, by, down, during, except, for, from, in, like, of, off, on, near, past, under, until, up, with等。

(2) 複合介系詞，由兩個介系詞組成

as for, as to, inside, into, onto, out of, outside, throughout, upon, within, without 等。

(3) 雙重介系詞，由兩個單一介系詞相連而作為一個介系詞使用的介系詞，但沒有複合介系詞那樣固定

from among 從……當中, from behind 從……之後, from within 從……之內, up to 直到、輪到、勝任, until / till after 直到……之後, 等等。

(4) 短語介系詞，由短語構成

according to, along with, apart from, because of, on behalf of, owing to, due to, together with, next to等。

(5) 分詞介系詞，由現在分詞構成

concerning, including, regarding等。

2. 按詞義劃分

(1) 表地點（包括動向）

about, above, across, after, against, along, among, around, at, before, behind, below, beneath, beside, between, beyond, by, down, from, in, inside, into, near, off, on, over, past, round, through, throughout, to, towards, under, up, upon, with, within, without, at the back / front / side / top / bottom of, at the beginning of, at the end of, away from, far from, in front of等。

(2) 表時間

about, after, around, as, at, before, behind, between, by, during, for, from, in, into, of, on, over, past, since, through, throughout, till / until, to, towards, within, at the beginning / end of, at the time of, in the middle / midst of等。

(3) 表除去	besides, but, except等。
(4) 表比較	as, like, above, over等。
(5) 表反對	against, with等。
(6) 表原因、目的	for, from, with等。
(7) 表結果	to, with, without等。
(8) 表手段、方式	by, in, with等。
(9) 表所屬	of, with等。
(10) 表條件	on, considering, without等。
(11) 表讓步	despite, in spite of等。
(12) 表關於	about, concerning, regarding, with regard to, as for, as to等。
(13) 表對於	at, for, over, to, with等。
(14) 表根據	on, according to等。
(15) 表其他	for（贊成）, without（沒有）等。

第四節 介系詞片語在句子中的作用

　　介系詞和介系詞受詞一起構成介系詞短語。介系詞短語在句子中可作以下成分。

1. 主語

From Hangzhou to Shanghai is two hours by train.
從杭州到上海坐火車需要兩小時。

2. 表語*

All her friends had come, but she remained in silence.
她的朋友全都到了，她卻仍然沉默不語。

3. 修飾語

Friendship is love without his wings.—Byron
友誼是沒有翅膀的愛情。—（英）拜倫

The rise **in sea levels** is predicted as a consequence of global warming.
據預測，海平面升高是由於全球氣候的變暖。

Ideal books are the key **to wisdom**.—Tolstoy
理想的書籍就是智慧的鑰匙。—（俄）托爾斯泰

Many cities **along the coast** are open to foreign trade.
許多沿海城市對外開放。

4. 狀語*

Because of the traffic, I was late for class.　由於交通堵塞，我上課遲到了。

Thank you **for reminding me of it**.　謝謝你提醒我。

Tell us **about your travels in China**.　跟我們談談你在中國的旅行。

He read the texts every morning. **In this way** he was able to recite them.
他每天早晨朗讀課文，這樣就能夠背誦課文了。

5. 補語

His explanation cannot be accepted **as being satisfactory**.
他的解釋不能認為是滿意的。（主語補語）

He soon found himself **in harmony with his new co-workers**.
他很快便發現自己與新同事能和睦相處。（受詞補語）

*表語及狀語定義請見p.23

第五節　介系詞與其他詞類的搭配

　　由於英語名詞的格的形態變化逐漸減少，因此介系詞與名詞及其他詞類的搭配關係也就更為重要，這種搭配有許多已成為習慣搭配。

1. 與名詞搭配

有的與後面的名詞搭配。例如：

at home 在家	at the cinema 在電影院
by the door 在門口	in the city 在城裡
at two o'clock 在兩點鐘	on Monday 在星期一
in the end 最後	in time 及時
on time 按時，準時	in my opinion 依我看
for good 永久地	over the weekend 整個週末
in 1949 在1949年	in the rain 在雨中

有的與前面的名詞搭配。例如：

acquaintance with 與……相識	attention to 對……注意

contribution to 對……貢獻

devotion to 獻身於

interest in 對……感興趣

objection to 對……反對

sympathy with 對……同情

effect / influence on 對……的影響

reason for ……的原因

desire for 對……願望

independence of 獨立於

love for 對……的熱愛

similarity to 與……類似

difficulty with 做……有困難

marriage to 和……結婚

2. 與動詞搭配

agree with sb. 同意某人

aim at 針對

arrive at 到達

begin with 從……開始

care about 重視，講究

cooperate with 與……合作

depend on 依賴

dream of 夢想，想像

drive into 撞上

laugh at 取笑，嘲笑

look at 看

look for 尋找

play with 玩弄

shoot at 向……開槍

succeed in 在……取得成功

account for 說明

apologize for 就……道歉

ask for 向……要……

bump into 撞上，碰到

care for 喜歡，照看

depart from 離開

die of 死於

dress in 穿……衣服

insist on 堅持要……

listen to 聽，聽取

look after 照看，照顧

run into 碰到，撞上

search for 尋找，搜尋

smile at 對……微笑

specialize in 專攻

3. 與形容詞搭配

absent from 不在

angry with sb. 對某人生氣

anxious about 擔心

astonished at 對……感到驚訝

clever at 善於

equal to 與……平等

famous for 以……著名

interested in 對……感興趣

keen on 喜愛

polite to 對……有禮貌

afraid of 對……害怕

angry about sth. 為某事生氣

anxious for 急需，渴求

bad at 不善於

different from 與……不同

faithful to 對……忠實

full of 充滿

kind to 對……友好

opposite to 與……對面

rude to 對……無禮

shocked at 對……感到震驚   surprised at 對……感到驚奇
wrong with 出錯，有毛病

🔵 重點提示

(1) 詞根或詞源相同的名詞、動詞和形容詞一般共用一個介系詞。例如：

depend / dependent / dependence **on** 依賴，依靠
independent / independence **of** 獨立（於）
interest / interested **in** 對……感興趣
responsible / responsibility **for** 負責
skill / skilled / skillful **at** 熟練，善於
succeed / success / successful **in** 在……上取得成功
sympathy/sympathize/sympathetic **with**同情

(2) 一個名詞、動詞或形容詞往往可以和一個以上的介系詞搭配，但意思有所不同。例如：

look for（尋找），look at（看）；compare with（與……相比），compare to（把…比作）等。但有時區別並不大，例如：popular with和popular among（受……歡迎）；originate in和originate from（起源於，產生於）等。

第六節 一些常用介系詞的基本用法

1. about

(1) 關於，有關（譯法較靈活）
However, he went on to explain that he was not sure **about** two things—the grammar and some of the idioms.
不過，他接著說明，在文法和某些習慣用語方面他還是不太有把握。

(2) 在周圍
Everything **about** us is so beautiful. 我們周圍的一切是這樣的美好。
He likes travelling **about** the world. 他喜歡環遊世界。

(3) 在某個範圍內
Yesterday they walked **about** the city. 昨天他們到市區逛了逛。

(4) 在……一帶（附近，身邊等）
I haven't any money **about** me. 我身邊沒帶錢。

(5) 用於某些短語

What about meeting outside the theatre? 在劇場外見面怎麼樣？

How about going to Thailand for our holidays? 我們到泰國去渡假如何？

2. after

(1) 在⋯⋯以後（之後）

Then anyone who wants to can go for a walk round Aswan **after** the boat trip.

那麼，想去散步的人，就可以在乘船遊覽之後，到亞斯文各處走一走。

(2) 在⋯⋯後面

Shut the door **after** you when you leave the room.

當你離開房間的時候，請隨手關門。

(3) 仿照，模仿

Read **after** me. 跟我讀。

This is a painting **after** Picasso. 這是一幅模仿畢卡索的畫。

(4) 用於某些短語

Day after day the mouse came back and was given more bread.

老鼠天天都回來，（而迪士尼）也天天給老鼠吃麵包。

Some folk songs are passed on **generation after generation**.

有些民歌是一代一代地傳下來的。

3. at

(1) 在（某地點或場合）

Chaplin sits down **at** the table and eats the shoe with a knife and fork, enjoying every mouthful.

卓別林在桌子旁坐下，拿著刀叉吃鞋子，一口一口地吃得津津有味。

In 1986 there was a bad accident **at** a nuclear power station.

1986年一座核電站發生了一起嚴重的事故。

(2) 在（某時刻、時間、階段等）

In China, children usually start schooling **at** seven.

在中國，兒童通常七歲開始上學。

Exactly speaking, they will arrive **at** 8:14 pm.

準確地説，他們將於下午8點14分到達。

(3) 向（某方向，目標）

He looked **at** me without expression. 他毫無表情地看著我。

It's not good to laugh **at** other people. 取笑別人是不好的。

(4) 對……（說明引起某種情緒的原因）

I am pleased **at** your success. 我為你的成功而高興。

The whole country was very sad **at** the news of his death. 噩耗傳來，舉國悲痛。

(5) 處於（某種狀態），進行（某種活動）

What is he **at** now? 他現在在做什麼？

He is hard **at** it. 他正在努力工作。

(6) 表示價格、速度、數量等

The train runs **at** the speed of ninety miles an hour.

火車以每小時九十英里的速度行駛。

The interest is **at** 5 percent. 利息是百分之五。

(7) 在（某方面）

She is good **at** English. 她的英語成績很好。

Gauss was a genius **at** math. 高斯是個數學天才。

(8) 用於某些短語

There is no mistake **at** all in his examination paper. 他的考卷裡一個錯誤也沒有。

You can borrow three books **at** a time. 你一次可借三本書。

4. before

(1) 在……前面

Your name comes **before** mine on the list. 名單上你的名字在我的前面。

He was brought **before** the judge. 他被帶到法官面前。

(2) 在……之前

He learnt how to clean rough ground **before** planting crops.

他學會了在種植作物之前怎樣平整土地。

In some western countries, there are very exciting carnivals, which take place forty days **before** Easter, usually in February.

在一些西方國家有激動人心的狂歡節，通常在二月，復活節前40天。

(3) 用於某些短語

He made such rapid progress that **before** long he began to write articles in English for an American newspaper.

他進步很快，不久就開始用英文替一家美國報紙撰稿。

They had an exam the day **before** yesterday. 他們前天進行了一次考試。

5. by

(1) 在……旁邊，在近旁，經過

He goes **by** the bank every morning on his way to school.

他每天早晨上學都經過銀行。

(2) 不遲於，到……為止

By the end of this year, the total money collected had come to over 92 million dollars, all of which were sent to Africa.

到年底，集資總數已超過 9,200 萬美元，所有這些錢全都送往非洲。

Maybe **by** tomorrow morning the weather will have cleared up.

也許到明天早晨，天就會晴了。

(3)（表示方法、手段）靠，用，通過

They exchanged New Year's greetings **by** email.

他們通過電子郵件互致新年問候。

They will be able to do drawings and send them **by** mail or by fax.

他們將能製圖，並通過郵寄或通過傳真把圖紙寄出去。

The visiting guests were warmly welcomed **by** the workers.

來訪的客人們受到工人們的熱烈歡迎。

(4)（表示關係）就……來說

He is a doctor **by** profession. 他的職業是醫生。

She is an Englishwoman **by** birth. 她的祖籍是英國。

(5)（表示數量增減的程度）相差

In Britain, sales of cigarettes have been reduced **by** 30% in the last ten years.

最近十年來，英國的香煙銷售量下降了30%。

(6) 用於某些短語

by oneself 獨自地，stand by sb. 支持某人，by far 到目前為止，by the way 順便說一句，by any means 以任何辦法，one by one 一個一個地，等等。

6. for

(1)（表示目的）為了

I have been offered a scholarship at a university in Australia **for** my further education.

我得到了澳洲一所大學提供給我的進修獎學金。

(2)（表示物件、用途等）為了，對於，供

Have times been hard **for** you? 這些年近況不太好吧？

The problem was that it was too valuable **for** everyday use.

問題是這對日常使用來說太貴了。

(3)（表示原因）由於，因為

Antonio had many times scolded Shylock publicly **for** being greedy and cruel.

安東尼曾多次公開罵夏洛克貪婪和殘忍。

The gas company cut off our gas supply **for** no reason.

煤氣公司無緣無故地中斷了我們的煤氣供應。

(4)（表示時間、距離、數量）達到，共計

When smokers who are used to nicotine go without it **for** an hour or two, they begin to feel bad.

那些對尼古丁上了癮的吸煙人，一兩個小時（體內）缺少尼古丁，他們便會開始覺得難受。

For the past three weeks we have been in a Russian trading post on the Aleutian Islands.

在過去的三個星期裡，我們一直待在阿留申群島上一個俄國人的貿易站。

(5) 贊成，擁護

Are you **for** or against the proposal? 你贊成還是反對這項建議？

(6) 與名詞或代名詞連用，後跟動詞不定式，構成短語

It's a great honor **for** me to be present at the conference.

參加這次大會我感到很榮幸。

(7) 至於，就……而言

So much **for** today. 今天就講到這裡。

My son is tall **for** his age. 就我兒子的年齡而言，他的個子是算高的。

(8)（表示等值或比例關係）換

He sold his house **for** 100,000 dollars. 他那幢房子賣了十萬美元。

Bob asked all the airlines to fly the pop stars **for** free.

鮑伯請求所有的航空公司免費運送流行歌星。

(9)（表示目標、去向）往，向

He left **for** Beijing yesterday. 他昨天到北京去了。

(10) 代替、代表

Will you please act **for** me in the matter? 請你替我處理這件事情好嗎？

(11) 用於某些短語

He must be **waiting for** you at a certain place. 他一定是在某個地方等你。

This project will **call for** a lot of money. 這項工程需要大筆資金。

for example 例如，for instance 例如，go in for 從事、愛好，look for 尋找，for the sake of 為了，prepare for 準備，等等。

7. from

(1)（表示起點）自，從

It appears **from** Monday to Saturday with a Sunday edition of Business Weekly each week.

這份報紙每週星期一到星期六出版，星期天出商業週刊。

In this way stories were passed on **from** one person to another.

故事就是用這種方式流傳下來的。

(2)（表示來源）從，從……來

The museum has an exhibition with rocks **from** the moon on show.

博物館有個展覽，正展出從月球取回的岩石。

That light coming **from** the stars was bent as it passed the sun.

來自星球的光經過太陽時變彎曲了。

(3)（表示原因）由於

In big cities during cold winter, many old people die **from** the polluted air.

寒冬，在大城市裡，許多老人死於空氣污染。

The problem is that 300 people are dying each day **from** illnesses caused by smoking.

問題在於每天都有300人死於因吸煙而引起的疾病。

(4)（表示原料等在製造過程中有所改變的）由

Electricity can now be made **from** the water which rushes through the base of the dam.

從水壩底部急速流出的水現在可以用來發電。

They made clothes and shoes **from** furs and from skins of seals.

他們用獸毛和海豹皮做衣服和鞋子。

(5) 表示分離、離開、除去、免掉、阻止、逃避、剝奪等

What prevented you **from** coming? 什麼事讓你來不了？

Why were you absent **from** school yesterday? 你昨天為什麼不上學？

(6) 用於某些短語

from the beginning 一開始，from beginning to end 從頭到尾，from time to time 不時地，differ from 不同於，except from 除……以外，等等。

8. in

(1) （表示地點、場所、部位）在……裡，在……中

In France, it is the custom to shake hands with people **in** the office every morning.

在法國，每天早上在辦公室裡和人握手是一種習俗。

All important events **in** the world are covered in *China Daily*.

世界上發生的重要事件《中國日報》都有報導。

It was the astronauts' first experience of living **in** space.

這是太空人們的首次太空生活經歷。

(2) （表示時間）在……期間，在……內，過……

The dance was popular **in** the 1920s. 這種舞蹈流行於20世紀20年代。

The film will be shown **in** two or three days. 這部影片將在兩三天後上映。

I'll be ready **in** a moment. 過一會兒我就準備好了。

(3) （表示地位、形式、方式等）以，按照，符合於

In this way over several days the artist and his mouse became good friends.

就這樣過了幾天，這位藝術家和他的老鼠成了好朋友。

Male monkeys lose their hair **in** the same way as men.

公猴和男人一樣以同樣的方式掉毛髮。

(4) 在……上，在……方面

The foods that you buy in hamburger restaurants are high **in** fat, sugar and salt.

你在漢堡包餐館買的食物所含的脂肪、糖和鹽的成分都很高。

(5) （表示數量、程度或比例）按照，在……中

The chance is that one smoker **in** four will die from smoking.

有這種可能，就是每四個抽煙者中就可能有一人死於抽煙。

The names are arranged **in** alphabetic order. 姓名按字母順序排列。

(6) （表示服飾）穿著，戴著

She is **in** white today. 今天她穿著白色的衣服。

(7) 用於某些片語

in advance 事先，in all 總計，in one's opinion 依……看，in a word 總而言之，
in spite of 儘管，in order to 為了……，in any case 不管怎樣，in case 如果、萬
一，in the end 最後，in fact 實際上，in detail 詳細地，in front of 在……前面，
in a hurry 匆匆忙忙地，in time 及時，in turn 輪流地，be interested in 對……感
興趣，等等。

9. like

(1) 像，像……一樣

He soon drew other cartoon characters **like** Donald Duck.
他不久又畫出了其他一些像唐老鴨那樣的動畫人物。

(2)（與this, that連用）這樣，那樣

Don't treat your mother **like that**. 不要那樣對待你母親。

(3) 用於某些片語

Do you **feel like** swimming? 你想去游泳嗎？

10. of

(1)（表示所屬關係）……的

Sugar is not a necessary part **of** a healthy diet.
糖並不是構成保健飲食的必要組成部分。
First aid is the science **of** giving medical care to a person before a doctor can
be found.
急救是在找到大夫之前，對一個人進行醫療護理的科學。

(2) 表示具有某種性質、特徵、內容、狀況等

The development **of** radio, television and other media has gone hand in hand
with the development **of** advertising.
廣播、電視和其他媒體的發展與廣告的發展齊步同行。
The education **of** one's children is the foundation of society.—Plato
子女的教育是社會的基礎。—（古希臘）柏拉圖

(3) 與表示數量的詞連用

Some **of** us do not know much about theater. 我們有些人對戲劇瞭解不多。

(4)（關於）……的

People have been talking **of** it a lot recently. 近來人們對此談得很多。

(5)（表示原因）由於，因為

In a cold winter, many wild animals may die **of** hunger.
在嚴寒的冬天，很多野生動物可能餓死。

Also **of** necessity, he had to make his own living. 必然，他也得自己謀生了。

(6) 用於「形容詞 + **of** + 名詞或代名詞」這一句型中

It's kind **of** you to invite me to join you in the travel.
你邀請我跟你們一起去旅行，真是太好了。

It is good **of** your mother to come to help us. 你母親來幫助我們，真令人感謝。

(7) 與形容詞連用，表示對某人或某事有某種情緒

I am proud **of** his achievements. 我為他的成就而感到驕傲。

He is tired **of** this lifestyle. 他對這種生活方式感到厭倦。

(8) 用於某些片語

of course 當然，自然；because of 由於，因為；instead of 代替，而不是，等等。

11. on

(1) 在⋯⋯上

The news **on** the Internet provides information about all kinds of fields.
網路上的新聞提供了各個領域的資訊。

I'd like to take a boat **on** the River Nile. 我很想乘船行駛在尼羅河上。

(2) 在⋯⋯旁，靠近

London lies **on** the River Thames. 倫敦位於泰晤士河畔。

They live in a house **on** the main road. 他們住在主要道路上的一幢房子裡。

(3)（表示時間）在⋯⋯的時候

On reading it, he found that a servant of the family in France had been put in prison, through no fault of his own.
在讀信的時候，他發現在法國那個家庭裡的一個僕人自己沒有任何罪過，卻被關進了監獄。

On his return to India, he had the chance to travel to South Africa to work on a law case. 他一回到印度，就得到一個去南非辦理一樁法律案子的機會。

(4) 關於，論及，有關

Let's ask for the teacher's advice **on** our English study.
咱們去徵求老師對我們英語學習的意見吧。

I can't agree with you **on** this point. 關於這一點，我不能同意你的意見。

(5) 從事……，處於……情況中

He will go to Beijing **on** business next week. 他下星期要到北京出差。

They are **on** a friendly visit to China. 他們正在中國進行友好訪問。

(6) 透過……，以……的方式

We've just heard a warning **on** the radio that a hurricane is likely to come.
我們剛剛從收音機裡聽到警報，一場颶風有可能就要來了。

(7) 用於某些短語

on duty 值日，on holiday 休假，on the one hand... ，on the other hand 一方面……另一方面……，on purpose 故意地，on time 準時，on the whole 總的說來，on the left 在左邊，on the right 在右邊，on leave 在休假，on fire 著火了，call on 拜訪，depend on 依靠，live on 以……為生，insist on 堅持，等等。

12. to

(1)（表示方向、距離）到，向，去

He has been **to** many countries, such as USA, Canada and England.
他到過許多國家，如美國、加拿大和英國等。

(2)（表示時間）直到……為止，到

He wakes at a quarter **to** six every morning. 他每天早上六點差一刻醒來。

(3)（表示關聯、聯繫）對於，至於，向

Some people have the wrong attitude **to** people with disabilities.
有些人對殘疾人士抱有錯誤的態度。

The library is open **to** the public every day. 那間圖書館每天對公眾開放。

(4) 表示比較、比例、參照

We are quite happy now **to** what we used to be.
比起我們過去的情況，我們現在是很幸福了。

I prefer walking **to** riding a bike. 我喜歡步行，勝過騎自行車。

(5) 用於某些短語

Victory **belongs to** the most persevering. 勝利屬於最堅強不屈的人。

You must **pay attention to** some detailed information. 你必須注意一些細節內容。

13. with

(1)（表示陪伴或關係）和……一起，和，同，與

Will you play chess **with** me? 你跟我下棋好嗎？

You can listen to English songs on the radio or use English to communicate **with** people around the world through the Internet.
你在收音機裡可以收聽英語歌曲，或在網路上使用英語與世界各地的人溝通。

(2)（表示如何對待別人）對

He is very patient **with** me. 他對我非常有耐心。

We are very pleased **with** what he has done. 我們對他所做的事情感到很滿意。

(3) 就……來說，關於

It is also popular **with** students of English, who read it in order to improve their English.
這份報紙也頗受學英語學生的歡迎，他們看報是為了提高他們的英語水準。

It is the custom **with** the Chinese to let off firecrackers on festival occasions.
中國人的習俗是節日鳴放鞭炮。

How are you getting along **with** your business recently?
你近來生意做得怎麼樣？

(4)（表示原因）由於，因為

He appeared calm, but inside his heart was beating wildly **with** fear.
他表面顯得平靜，但他內心卻因為害怕而跳個不停。

When I found her she was blue **with** cold. 當我找到她時，她已凍得發紫了。

(5)（表示方式）用

Robots can perform many different tasks **with** that hand.
機器人用那隻手可以完成許多艱鉅的任務。

You can't tighten up a screw **with** a hammer. 用錘子擰螺絲是不行的。

(6)（表示用以填充、覆蓋等的東西）用，以，被

The supermarket is crowded **with** shoppers. 超級市場裡擠滿了購物者。

The front door was decorated **with** neon lights. 大門口裝飾著霓虹燈。

(7)（表示同時或同一方向）隨著

A tree's shadow moves **with** the sun. 樹影隨著太陽移動。

With these words he left the meeting room. 說完這些話他就離開了會議室。

(8) 後面加複合受詞，表示伴隨情況

The woodcutter was standing next to a fallen tree, **with** lots of small pieces of wood **in front of him**.
伐木工人站在一棵倒下的樹旁，在他前面有許多碎木片。

The guard stood in front of the gate, **with** a gun **in his hands**.
衛兵站在大門前，手中端著槍。

(9) 有，具有，帶有
Mr. Pattis replied **with** a laugh. 帕蒂斯先生大笑著回答說。
China is a great country **with** a long history. 中國是一個有悠久歷史的偉大國家。

(10) 儘管，雖然有
With all his achievements he remains modest and prudent.
他雖有很多成就，但還是謙虛、謹慎。
With all her faults he still liked her. 儘管她有許多缺點，他仍然喜愛她。

(11) 用於某些片語
busy with 忙於，catch up with 趕上，go on with 繼續下去，have to do with 與……有關，do away with 廢除，interfere with 干預，meet with 遇到，keep up with 跟上，get in touch with 與……取得聯繫，along with 隨同，together with 和……一起，等等。

14. without

I once did it **without** being caught. 我有一次做了這件事而沒有被發現。
He came here **without** being asked. 他沒有被邀請就來這裡了。
Spaceships **without** people have reached other parts of the universe.
無人駕駛太空船已到達了宇宙其他一些地方。

🔵 文法實戰演練

01. So far we have done a lot to build a low-carbon economy, but it is _____ ideal. We have to work still harder.（2010江蘇卷）
　　A. next to　　　B. far from　　　C. out of　　　D. due to

02. We give dogs time, space and love we can spare, and _____, dogs give us their all.（2010江西卷）
　　A. in all　　　B. in fact　　　C. in short　　　D. in return

03. Nowadays some hospitals refer to patients _____ name, not case number.（2010江西卷）
　　A. of　　　B. as　　　C. by　　　D. with

04. More and more high-rise buildings have been built in big cities _____ space.（2010福建卷）

    A. in search of   B. in place of   C. for lack of   D. for fear of

05. I agree to his suggestion _____ the condition that he drops all charges.（2010遼寧卷）

    A. by   B. in   C. on   D. to

06. This special school accepts all disabled students, _____ educational level and background.（2009江蘇卷）

    A. according to   B. regardless of   C. in addition to   D. in terms of

07. You'd sound a lot more polite if you make a request _____ a question.（2009湖北卷）

    A. in search of   B. in the form of   C. in need of   D. in the direction

08. The wine industry in the area has developed in a special way, _____ little foreign ownership.（2009北京卷）

    A. by   B. of   C. with   D. from

09. Children need friends _____ their own age to play with.（2009 遼寧卷）

    A. of   B. for   C. in   D. at

10. It saves time in the kitchen to have things you use a lot _____ easy reach.（2009山東卷）

    A. near   B. upon   C. within   D. around

答案剖析

01. **B.**　介系詞用法。A. next to 靠近；B. far from 離……很遠；C. out of 出於；D. due to 由於。從全句理解選B項最貼切。句意：到目前為止我們為打造低碳經濟已經做了很多，但這還遠遠不夠。我們還要更加努力。

02. **D.**　介系詞用法。A. in all 共計；B. in fact 實際上；C. in short 簡而言之；D. in return 作為回報。句意：我們給狗兒我們閒暇的時間、多餘的空間以及分出來的愛，而作為回報，狗兒把它們的一切給予我們。

03. **C.** 介系詞辨析。 A. of ……的；B. as 作為、當作；C. by 以……的方式、被用；D. with 帶有。顯然by name 為固定搭配，最合語意。句意：現在一些醫院以名字來稱呼病人，而不是以病號來稱呼。

04. **C.** 介系詞辨析。A. in search of 尋求；B. in place of 替代；C. for lack of 缺乏；D. for fear of 以免。句意：因為缺少地方，所以大城市裡建起了越來越多的高樓。

05. **C.** 介系詞用法。片語：on the condition that 以……為條件。句意：我同意他的建議，條件是他放棄所有指控。

06. **B.** 介系詞辨析。A. according to 根據； B. regardless of 不管、不顧；C. in addition to 除……以外；D. in terms of 就……而言。句意：這所特別的學校接收所有的殘疾學生，不論他們的教育水準和背景。

07. **B.** 介系詞辨析。A. in search of 尋找；B. in the form of 以……形式；C. in need of 需求；D. in the direction 去的方向。句意：如果你以提問的方式來表示請求，似乎更為有禮貌。

08. **C.** 介系詞辨析。A. by 靠近；B. of （表所屬）……的；C. with 帶有；D. from 從、距……。句中短語with little foreign ownership 作伴隨狀語，此處with 意為「具有、擁有」，比較符合題意要求。句意：該地區的釀酒工業以一種特殊的方式發展，幾乎沒有外國的所有權。

09. **A.** friends of their own age 短語中的of...age是固定搭配。句意：孩子們需要和同齡的夥伴一起玩耍。

10. **C.** within easy reach是固定片語，意為：在夠得到的範圍內。例如：We live within easy reach of the shops. 我們住得離商店都很近。句意：把廚房裡你常用的東西放在順手可拿的地方可節省時間。

第八章 連接詞

第一節 概述

連接詞是連接單字、短語、子句或句子的一種虛詞，在句中不單獨作句子成分，一般不重讀。根據其性質可分為兩大類：並列連接詞和從屬連接詞。

第二節 並列連接詞

並列連接詞用來連接雙方是並列關係的詞、短語、子句或句子。常見的並列連接詞有：and, but, or, nor, for, as well as, both...and, either...or, neither...nor, however, nevertheless, so, therefore, yet, not only...but also, then等。

1. 表示轉折意思的並列連接詞

(1) **but**

Science knows no national boundaries, **but** a scientist has his motherland.
科學沒有國界，但科學家有祖國。

The true value of life is not in what we get, **but** in what we give.—Edison
人生的真正價值不在於我們得到什麼，而在於我們奉獻什麼。—（美）愛迪生

We're making good progress, **but** we've still a long way to go.
我們正在取得可喜的進步，但我們還有很長的路要走。

(2) **yet**

One strange animal lays eggs, **yet** feeds its young on its milk.
有一種怪獸會產卵，然而又給幼兒哺乳。

Time covers up everything, **yet** it also reveals everything.
時間遮蓋一切，可也顯現一切。（德國諺語）

(3) **however**

In Bulgaria, parts of Greece, and Iran, **however**, the gestures have the opposite meaning.
可是，在保加利亞、希臘的部分地區以及伊朗，這手勢就有相反的意思。

However, his struggle had already changed the whole of society in the USA.
然而，他的鬥爭已經改變了整個美國社會。

(4) **nevertheless**

There was no news; **nevertheless**, she went on hoping.
沒有消息，然而她繼續抱持希望。

2. 表示因果關係的並列連接詞

(1) for

You'd better put on your sweater, **for** it's rather cold outside.

你最好把毛衣穿上，因為外面相當冷。

You must get rid of carelessness, **for** it often leads to errors.

你一定要克服粗心大意，因為粗心大意常常引起差錯。

(2) so

The trees in the forests can keep rain drops from hitting the soil directly, **so** soil is not easily washed away.

森林裡的樹木能夠防止雨滴直接衝擊土壤，因此土壤也就不容易被沖走了。

(3) therefore

The sperm whale **therefore** has to look for the squid using sound waves.

因此巨頭鯨必須用聲波去搜尋魷魚。

3. 其他的並列連接詞

(1) and

Dinosaurs lived on the earth for more than 150 million years, **and** then disappeared about 65 million years ago.

恐龍在地球上生活1億5千萬年以上，後來大約在6千5百萬年以前消失。

We should first turn our life into a dream, **and** then turn the dream into reality.

我們首先要把生活變成一個夢，然後再把夢變成現實。

She closed her eyes **and** felt the warmth of the sun on her face.

她閉上眼睛，臉上感到陽光的暖意。

(2) or

When dissolved gases and solids mix with pure water, the result is sea water, **or** salt water.

當溶解的氣體和固體與純水混合時，就變成了海水，或叫鹽水。

Have an aim in life, **or** your energies will all be wasted.

人生要有目標，否則你的精力會白白浪費。

(3) either...or...

You can contact us **either** by phone, by email, **or** by letter.

你可以透過電話、電子郵件或者信函來聯繫我們。

(4) **neither...nor...**

Neither you **nor** he is in good health. 你和他身體都不好。

He wants **neither** fame **nor** wealth. 他既不求名，也不求利。

(5) **not only...but also...**

He **not only** has to type out the answer on the computer, **but** he **also** gets the computer to translate it into sounds.

他不僅要把答案在電腦上打出來，而且還要讓電腦把答案轉變成聲音。

Many people like this film **not just / only** because the story itself is moving, **but** because most of the people in the film use their real names and play themselves.

許多人喜歡這部片子不僅因為故事感人，而且因為影片中的大多數人用的是真名，扮演的是他們自己在生活中的真實角色。

Drunk driving can **not only** cause traffic accidents, **but also** endanger the lives of pedestrians.

酒後駕車不僅會造成交通事故，而且會危害到行人的生命。

Thrift is **not only** a great virtue, **but also** a great revenue.

節儉不僅是一大美德，而且是一大財源。

One lives **not only** for himself, **but also** for his motherland.

人不僅為自己而生，而且也為祖國活著。

(6) **both...and...**

They surf three times a day if possible, in **both** winter **and** summer.

無論冬夏，只要有可能，他們一天都要衝浪三次。

(7) **as well as**

Future agriculture should depend on high technology **as well as** traditional methods.

將來的農業不但要依靠傳統的方法，也要依靠高科技。

The labor of our time is a great right **as well as** a great obligation.

我們時代的勞動既是偉大的義務，也是偉大的權利。

第三節　從屬連接詞

　　從屬連接詞主要用來引導子句。常見的從屬連接詞有：after, although, as, as if, as soon as, as long as, as...as, as well as, before, because, if, even if, in case, in order that, now that, once, on condition that, since, so that, so...that, such...that, so...as, that, till, though, than, unless, until, when, whether, while等等。

1. 引導時間狀語*子句的從屬連接詞　（*狀語定義請見p.23）

(1) **after**

After the work was done, we sat down to sum up experience.

工作結束後，我們坐下來總結經驗。

I arrived **after** he left. 我在他離開以後到達。

(2) **as**

As she sang, the tears ran down her cheeks. 她唱歌的時候，淚流滿面。

As the sun sinks lower and lower, it looks like a great fiery ball.

當太陽越沉越低的時候，它看上去像一個大火球。

(3) **as soon as**

In my personal opinion, you should have done this **as soon as** you found out he was stealing.

依我個人之見，你一發現他偷東西，就該去報告。

As soon as the reporters know what to write about, they get down to work.

記者們一旦知道他們所要寫的新聞，就著手工作起來。

(4) **before**

All things are difficult **before** they are easy.—Thomas Fuller

萬事先難後易。—（英）湯瑪斯·富勒

Before he died, he was honored in a number of ways for his contributions to the film industry.

在他逝世之前，他由於在電影事業方面的貢獻而獲得了許多榮譽。

(5) **when**

One day Chuck is on a flight across the Pacific Ocean **when** suddenly his plane crashes. 一天，當查克飛越太平洋時，他的飛機突然墜毀。

Westerners expect people to look at each other in the eyes **when** they talk

西方人士談話時希望互相看著對方的眼睛。

(6) **while**

Boards are laid down to protect the precious painted stones **while** the repair work is going on.

在進行修復工作的時候，為了保護這些繪有花紋的珍貴石頭，在它們上面鋪上木板。

While you are at school, or walking home, your body is burning up 100 calories an hour.

你在學校上課或者走路回家的時候，你的體內每小時消耗100卡熱量。

(7) since

Where have you been **since** I last saw you?

自從上次和你見面以後，你到哪裡去了？

It's just a week **since** we arrived here. 我們到這裡剛好一星期了。

(8) till / until

Let's wait **until** the rain stops. 咱們等到雨停吧。

No man has learned the art of life **till** he has been well tempted.

經歷過各種誘惑的人才能學會生活的藝術。

(9) once

Once China awakens, the world will shake.—Napoleon

中國一旦覺醒，世界就會震動。—（法）拿破崙

He wouldn't change his mind **once** he made the decision.

他一旦作出決定就不會改變的。

Once you choose your way of life, be brave to stick it out and never return.

生活的道路一旦選定，就要勇敢地走到底，絕不回頭。

2. 引導原因狀語子句的從屬連接詞

(1) as

As the oceans are the sources of life on earth, the estuaries are our planet's nurseries.

因為海洋是地球上生命的泉源，河流的入海口就是我們這個星球上的生長溫床。

As there is only one narrow entrance where the Mediterranean meets the Atlantic... 因為地中海和大西洋的匯合處只有一個狹窄的入口……

(2) because

Radioactive matter is dangerous to work with **because** it has a bad effect on the blood. 從事放射性工作是危險的，因為它對血液有不良影響。

They are the only two members of the "billion club", **because** they are the only countries with populations of more than one billion.

它們是「十億俱樂部」僅有的兩個成員，因為它們是人口超過十億的僅有的兩個國家。

(3) since

Why do people come to his lecture **since** he is difficult to understand?

既然他說話難懂，人們為什麼還來聽他的演講呢？

Since we've got a few minutes to wait for the train, let's have a cup of tea.
既然有幾分鐘等火車，咱們就喝杯茶吧。

(4) **now that**

Now that we are alone, we can speak freely.
既然沒有別人了，我們就可以無拘束地談談了。

Now that you are well again, you can work with them.
既然你已經康復了，你就可以跟他們一起工作。

3. 引導條件狀語子句的從屬連接詞

(1) **if**

If a person is thirsty of knowledge, there lies in front of him a way to success.
如果一個人渴望知識，那麼成功之路就在他腳下。

If everyone in the country knew first aid, many lives would be saved.
如果每個國民都懂得急救，那麼許多人的生命是可以挽救得了的。

If you treasure the value of yourself, you have to create value for the world.
如果你珍愛你自己的價值，你就得給世界創造價值。

(2) **unless**

One cannot learn a foreign language **unless** he works hard at it.
一個人若不下功夫，就學不好外語。

Victory won't come to me **unless** I go to it.
勝利是不會向我走來的，我必須自己走向勝利。

(3) **as / so long as**

You may borrow this book **as long as** you keep it clean.
我可以借給你這本書，只要你不把它弄髒。

As / So long as you are happy, it doesn't matter what you do.
只要你高興，你做什麼都行。

(4) **in case**

You'd better take an umbrella **in case** it rains. 你最好帶把雨傘去以防下雨。

4. 引導讓步狀語子句的從屬連接詞

(1) **although / though**

Although a man may be born clever, his intelligence need also be further developed.
雖然一個人也許生來聰明，但他的智力仍需進一步開發。

(2) **even if / even though**

Even if she will not be punished by law, she will be troubled by her conscience.

即使她不會受到法律的制裁，也會受到良心的譴責。

Even though we have made great achievements, we should not be proud.

即使我們取得了很大的成績，我們也不應該驕傲。

(3) **while**

While there are many different interpretations of our body language, some gestures seem to be universal.

雖然對於手勢語的解釋各有不同，但某些手勢似乎是全球通用的。

While I admit his good points, I can see still his shortcomings.

儘管我承認他的優點，我依然能看到他的缺點。

5. 引導目的狀語子句的從屬連接詞

so that

He told the BBC that he wanted 17 hours of nonstop TV time **so that** both concerts could be shown on television.

他要求英國廣播公司提供17個小時的連續電視節目時間，以便播放這兩場音樂會的節目。

6. 引導結果狀語子句的從屬連接詞

(1) **so...that...**

It is **so** hot **that** we do not want to go out. 天氣太熱，我們都不想出去。

The film was **so** interesting **that** I went to see it several times.

這部電影十分有趣，所以我去看過好幾次。

(2) **such...that...**

He made **such** rapid progress **that** before long he began to write articles in English for an American newspaper.

他進步得非常快，不久他就開始用英文替一家美國報紙寫文章了。

7. 引導比較狀語子句的從屬連接詞

(1) **as / so...as...**

The work is not **so** easy **as** you imagine. 這工作絕不像你想像得那麼簡單。

(2) **than**

He who can take advice is sometimes wiser **than** he who gives it.

能夠接受忠告的人有時候比提出忠告的人更加高明。

8. 引導主語子句、表語子句、受詞子句等的從屬連接詞

(1) if

I wonder **if** he will accept the invitation.

我不知道他是否會接受這個邀請。（引導受詞子句）

(2) that

Current trends indicate **that** transportation is becoming cleaner, faster and safer.

當前的趨勢表明，交通正在變得更加乾淨、快捷和安全。（引導受詞子句）

That she's still alive is a sheer luck. 她還活著真是僥倖。（引導主語子句）

Your trouble is **that** you are absent-minded.

你的問題是你太心不在焉了。（引導表語子句）

(3) whether

Whether John will go still remains a question.

約翰是否會去還是個問題。（引導主語子句）

The question is **whether** the president will agree to the proposal.

問題是主席是否會同意這項建議。（引導表語子句）

I asked Tom **whether** he was coming to the party.

我問湯姆是否來參加聚會。（引導受詞子句）

*表語定義請見p.23

🔵 文法實戰演練

01. Mary made coffee _____ her guests were finishing their meal.（2010 全國卷 I）

    A. so that   B. although   C. while   D. as if

02. Just use this room for the time being, and we'll offer you a larger one _____ it becomes available.（2010安徽卷）

    A. as soon as   B. unless   C. as far as   D. until

03. Tim is in good shape physically _____ he doesn't get much exercise.（2010 湖南卷）

    A. if   B. even though   C. unless   D. as long as

04. The old man asked Lucy to move to another chair _____ he wanted to sit next to his wife.（2010遼寧卷）

    A. although   B. unless   C. because   D. if

05. _____ you may have, you should gather your courage to face the challenge.（2010上海卷）

    A. However a serious problem   B. What a serious problem

    C. However serious a problem   D. What serious a problem

06. It just isn't fair _____ I was working as a waiter last month, my friends were lying on the beach.（2009遼寧卷）

    A. whenever   B. though   C. for   D. while

07. ─Shall we have our picnic tomorrow?

    ─_____ it doesn't rain.（2009山東卷）

    A. Until   B. While   C. Once   D. If

08. John plays basketball well, _____ his favorite sport is badminton.（2009北京卷）

    A. so   B. or   C. yet   D. for

09. All the dishes in the menu, _____ otherwise stated, will serve two to three people.（2009全國卷Ⅱ）

    A. as   B. if   C. though   D. unless

10. My parents don't mind what job I do _____ I am happy.（2009陝西卷）

    A. even though   B. as soon as   C. as long as   D. as though

● 答案剖析

01. **C.** 從屬連接詞辨析。A. so that 以便；B. although 雖然、儘管； C. while 在……時候；D. as if 好像、彷彿。答案while強調一段時間同時發生的事情，而不是一個點。該句為時間狀語子句。句意：當客人們快用完飯的時候，瑪麗煮好了咖啡。

02. **A.** 從屬連接詞辨析。A. as soon as 一……就；B. unless 除非；C. as far as 就……、盡……；D. until 直到……為止。句中the time being 意為「臨時」，as soon as 表示「一……就」。類似的連接詞還有「no sooner...than, hardly...when, before」。句意：你僅臨時用一下這個房間，一有可能，我們就給你們換個大一點的房間。

03. **B.** 從屬連接詞辨析。A. if 如果、假使；B. even though 儘管；C. unless 除非；D. as long as 只要。句意：儘管提姆鍛鍊不多，可他的體型還是挺好的。本題是由從屬連接詞 even though引出的讓步狀語子句。

04. **C.** 連接詞辨析。A. although 雖然；B. unless 除非；D. if 如果，均不符合題意。只有C項because符合題意。常用來引導原因狀語子句的引導詞還有as, since, now that, for the reason that, in that, seeing that等。句意：老人請露西挪到另一把椅子坐，因為他想挨著自己的妻子坐。

05. **C.** 剖析：用句型「however + 形容詞 + a/an + 單數可數名詞」的句型來表示，引導讓步狀語子句。提示：常用來引導讓步狀語子句的引導詞還有：though, although, as, whether...or not, whatever, whichever, whoever, whomever, no matter who / what / how等。句意：不管你面對的問題有多嚴重，你都應該鼓起勇氣面對。

06. **D.** 考連接詞在具體語境中的辨析。A. whenever 無論何時；B. though 雖然；C. for 因為、由於；D. while 在……時候。while 引導時間狀語子句，強調一段時間。句意：上個月我在做服務生的時候，我的朋友們躺在沙灘上，我覺得這不公平。

07. **D.** 連接詞辨析。A. Until 直到；B. While 在……期間；C. Once 一旦……就……；D. If 如果。通讀可知，答案D最符合題意。

08. **C.** 考並列連接詞用法。A. so 因此、所以；B. or 或、否則；C. yet 然而、可是；D. for 因為、由於。前半句提到約翰的籃球打得很棒，後半句說他最喜歡的運動是羽毛球，由此可知空格處應填表轉折關係的連接詞yet，構成並列複合句。

09. **D.** 考連接詞。A. as 如同、因為；B. if 如果、假如、是否；C. though 雖然、可是；D. unless 如果不、除非。關鍵字組：unless otherwise stated 除非另有說明。引導條件狀語子句。句意：這份菜單上的所有菜色，除非另有說明，應該夠兩到三個人食用。

10. **C.** 考連接詞。A. even though 即使；B. as soon as 一……就……；C. as long as 只要；D. as though 彷彿。as long as「只要」符合語境，引導條件狀語子句。句意：我父母不介意我做任何工作，只要我高興。

第一節 概述

感嘆詞用來表示喜怒哀樂等感情或情緒，與它所在的句子無語法上的聯繫，因此可以被看作句子的獨立成分，但在意思上有關聯，後面的句子常常說明產生這種感情或情緒的性質、原因等。在感嘆的情緒較強時，後面通常跟感嘆號，如果不強，後面則跟逗號。例如：

Oh! What a fright you gave me! 啊！你嚇了我一跳！

Oh, is that so? 啊，是這樣嗎？

感嘆詞一般放在句首，但有時也可以放在句中。例如：

The old man, **alas**, isn't out of danger yet. 那位老人，唉，還沒脫離危險。

第二節 一些常用的感嘆詞

1. ah 表示驚訝、贊同、恐懼、高興、痛苦、懇求等

Ah, here is the thing I'm after! 啊，這才是我要找的東西！（表示高興）

Ah, that's right. 啊，這就對了。（表示贊同）

Ah! I have never heard of such things before.
喲！我從來沒聽說過這樣的事。（表示驚訝）

2. aha 表示勝利或滿意

Aha, our team won! 啊哈，我們隊贏了。

3. oh / o 表示驚訝、恐懼、痛苦、高興等

Oh! What a wonder! 呵！真是奇跡！（表示驚訝）

Oh, Mummy! Will you come here, please?
哦，媽媽！你過來好嗎？（表示恐懼）

Oh! What a naughty boy! 唉！這個男孩真淘氣！（表示生氣）

O Henry, what are you doing over there?
嗳，亨利，你在那裡做什麼呀？（表示不耐煩）

Oh! What a fine day today! 啊！今天天氣真好！（表示高興）

Oh! We are too careless! 唉！我們太粗心了！（表示後悔）

4. well 表示驚訝、快慰、無奈、同意、期望等

Well, have you considered using the lab in your free class?
喂，你考慮過在課餘時間使用實驗室嗎？（表示期望）

Well, who would have thought about it? 唉，誰會想到這樣呢？（表示驚訝）

Well, here we are at last. 好了，我們終於到了。（表示快慰）

Well, there is nothing we can do about it.
是，我們是無能為力的了。（表示無奈）

Very well, then, we'll talk it over again tomorrow.
很好，那麼我們明天再談一談吧。（表示同意）

Well, you may be right. 好吧，也許你是對的。（表示讓步）

5. here 用來引起別人的注意

Here! Don't cry! 好了，別哭了。

Here, let me try it. 來，讓我試試。

Here, you two, run away quickly. 喂，你們兩個，快跑開呀！

6. come 表示促使注意、勸導、不耐煩、鼓勵等

Come, come, no time for such things.
得啦，得啦，沒有時間談這些事了。（表示不耐煩）

Come, come, it isn't as bad as that.
好了，好了，並不是那樣糟糕。（表示鼓勵）

Come, come, Alice, you must be patient.
好了，愛麗絲，你得忍耐點。（表示勸導）

Come, tell me all about it. 喂，把這件事全告訴我吧。（表示促使注意）

7. why 表示驚奇、不耐煩、抗議、贊成、猶豫等

Why, even a child knows that! 哎呀，這連小孩子都知道！（表示不耐煩）

Why, what's the harm? 哎，這有什麼害處呢？（表示抗議）

Why, of course, I'll do it. 噢，當然，我要做的。（表示贊成）

Why, yes, I think so. 呃，對的，我是這樣想的。（表示猶豫）

8. 其他的感嘆詞

Hello! How are you? 嘿，你好？（用來招呼人，相當於「喂」、「嘿」等）

And say " Hi "to Bob from me.
並且替我向鮑伯問好。（表示問候或用以喚起注意）

Oh dear! Why should you be so cross!
哎呀！你怎麼生這麼大的氣！（表示驚奇、傷心等）

Say, haven't I seen you before somewhere?
哎呀，我以前是不是在什麼地方見過你？

Nonsense! I do not believe it. 胡說，我不相信。

⚫ 文法實戰演練

01. —We've spent too much money recently.

—Well, it isn't surprising. Our friends and relatives _____ around all the time. （2010安徽卷）

A. are coming   B. had come

C. were coming   D. have been coming

02. —Sorry, Professor Smith. I didn't finish the assignment yesterday.

—Oh, you _____ have done it as yesterday was the deadline. （2010上海卷）

A. must   B. mustn't   C. should   D. shouldn't

03. —I'm sorry. That wasn't of much help.

—Oh, _____. As a matter of fact, it was most helpful. （2010四川卷）

A. sure it was   B. it doesn't matter   C. of course not   D. thanks anyway

04. —It's the office! So you _____ know eating is not allowed here.

—Oh, sorry. （2009 湖南卷）

A. must   B. will   C. may   D. need

05. —Ken, _____, but your TV is going too loud.

—Oh, I'm sorry. I'll turn it down right now. （2009重慶卷）

A. I'd like to talk with you   B. I'm really tired of this

C. I hate to say this   D. I need your help

06. —What's the matter with Della?

—Well, her parents wouldn't allow her to go to the party, but she still _____. （2009江蘇卷）

A. hopes to   B. hopes so   C. hopes not   D. hopes for

07. —I've read another book this week.

—Well, maybe _____ is not how much you read but what you read that counts. （2009浙江卷）

A. this   B. that   C. there   D. it

08. —John and I will celebrate our fortieth wedding anniversary next month.

—Oh, _____! （2009山東卷）

A. cheer up   B. well done   C. go ahead   D. congratulations

09. —What is the price of petrol these days?

　　—Oh, it _____ sharply since last month.（2009江西卷）

　　A. is raised　　　B. has risen　　　C. has arisen　　　D. is increased

10. —Ann is in hospital.

　　—Oh, really? I _____ know. I _____ go and visit her.（2009江蘇卷）

　　A. didn't; am going to　　　　　B. don't; would

　　C. don't; will　　　　　　　　　D. didn't; will

答案剖析

01. D. 考時態。前句說「最近我們花太多錢了」；後句說「這沒什麼，最近親朋好友一直來訪」。通讀上下文得知，應選D. have been coming，強調從過去到現在一直產生的影響。句中使用的感嘆詞Well表示讚嘆、同意、無奈，譯成中文是「啊、對、好啦」。

02. C. 此題考「虛擬」，用於完成式的肯定句中，表示過去應該完成而未完成的事，用句式：should + have + 過去分詞。句意：一抱歉，史密斯教授，我沒有完成昨天分配的任務。一啊，因為昨天就是最後期限了，你本應當完成的。

03. A. 此題答案：A. sure it was 真幫了忙，其他選項均不合題意。

句意：一對不起。幫忙不多。

　　　一哦，真幫了忙。事實上，幫得挺多的。

選項 B. it doesn't matter 沒關係、不要緊，也可說no matter。

例如：一Is Doctor Zhang here? 張醫生在嗎？

　　　一She isn't here. 她不在。

　　　一Oh, it doesn't matter, I'll see her later. 哦，沒關係，我等一下再找她。

選項 C. of course not 當然不。

　　　一You don't like sports, do you? 你不喜歡運動，是嗎？

　　　一Why, of course not. 唔，當然不。

　　　選項D. thanks anyway 不管怎樣還是要感謝

　　　本題句中Oh是感嘆詞，表情感，一般位於句首，不作句子成分。

04. A. 感嘆句答語中，使用感嘆詞Oh, oh可與O替換，通常在Oh後用逗號，O後不用逗號。B. will 將會；C. may 可能；D. need 需要；均不符合題意，只有A項must 合題意。句意：一這是辦公室。因而你應當知道這裡不允許吃飯。一噢，對不起。

05. **C.** 考交際用語。通讀前後問答語意，得知發話者感覺肯的電視機聲音太大，肯自然接受意見。顯然選項 A. 我想和你聊聊；B. 我真的太厭煩這個；D. 我需要你的幫助，均不合題意。只有C符合。句意：一肯，我本不想說，可是你的電視機聲音實在是太大啦。一噢，對不起，我立刻把它調低。

06. **A.** What's the matter with Della? 此句一般是問對方的異常情緒或身體健康，類似的句式還有：What's wrong? What's up? What's all this? What's it? 不定式的省略一般保留不定式符號to，此題完整句式為：she still hopes to (go to the party)。

07. **D.** 考強調結構：it is not...but...that句型。被強調部分是：not how much you read but what you read，句意：讀書不在於數量多少，而在於讀了什麼有價值的書。因此答案選D項。

08. **D.** 考交際用語。A. 高興、振作起來；B. 做得好；C. 前進、去吧；D. 祝賀、恭喜。通讀前後句，顯然要選D項。句意：一約翰和我下月將慶祝我們結婚四十周年。一噢，恭喜、恭喜！

09. **B.** 根據時間狀語since last month，可確定應選現在完成式，又依據主語the price和謂語rise的關係，可知只有B項has risen最恰當。句意：一近期石油的價格是多少啊？一啊，自上個月以來是急遽上漲。

10. **D.** 從對話可知，說話人事前不知安已住院，因此第一空應填一般過去式；知道安住院後才決定去看她，要填will。而am going to是表示事前早已安排好要做的事，這裡一定不合題意。句中「Oh, really?」表示驚訝。

第十章 動詞

第一節 概述

　　動詞主要表示動作，其次表示狀態或性質，有時態、語態、語氣等形式的變化。

　　動詞的分類有許多種，大致可以根據其在句子中的功用分為及物動詞與不及物動詞，連綴動詞介乎二者之間。其次，按其構成動詞片語的作用分為主動詞和助動詞。第三，按照動詞的過去式和過去分詞的構成方式，可分為規則動詞和不規則動詞。最後還有由動詞與介詞、副詞組成的短語動詞。

1. 及物動詞與不及物動詞

　　及物動詞後需跟有直接受詞。例如：

I want to **introduce** my friend Jane. 我想介紹一下我的朋友，珍。

🔵 重點提示

及物動詞可以有一個或兩個受詞或複合受詞。例如：

"You **speak** English very well." she said.

她說：「你英語講得很好。」（一個受詞）

Can you **lend** me 2 yuan?

你能借我兩塊錢嗎？（雙受詞，2 yuan是直接受詞，me是間接受詞）

They **elected** Abraham Lincoln President.

他們選舉亞伯拉罕·林肯為總統。（複合受詞）

不及物動詞後不跟受詞。例如：

He has **travelled** all over the world. 他曾在世界各地旅行。

很多的動詞既可作及物動詞，又可作不及物動詞。例如：

Wish you **play** well in Guangzhou! 祝你在廣州玩得愉快！（不及物動詞）

Let's go to **play** football! 我們去踢足球吧！（及物動詞）

一般說來，只有及物動詞才有被動語態，因為只有及物動詞才可能有動作的承受者。不及物動詞只有主動語態，沒有被動語態。

The building of a new car factory **was agreed on** last month and a new company **has been started**.

蓋一間新的汽車廠的建議於上個月得到同意，一家新的公司已經開業。（被動語態）

The sun **rises** in the east. 太陽在東方升起。（不能改成被動語態）

2. 連綴動詞

連綴動詞是一個表示謂語關係的動詞。它必須後接表語*。（*表語定義請見p.23）

(1) **be**是最基本的連綴動詞

Suffering **is** the teacher of life. —Balzac 苦難是人生的老師。—（法）巴爾扎克

Ability and wisdom **are** mental weapons for man. 才智是人的精神武器。

(2) 常用的連綴動詞還有：appear（出現），become（變成），get（成為），look
（看起來），remain（仍是），seem（看似）等等。

During the 1990s, American country music **has become** more and more popular.
20世紀90年代，美國鄉村音樂變得越來越流行。

A monkey **remains** a monkey, though dressed in silk.

猴子依然是猴子，儘管穿上絲綢的衣服。

(3) 連綴動詞還有表示感覺和知覺的一些動詞，例如：feel（感覺），look（看起
來），taste（品嚐），smell（嗅），sound（聽起來）等等。

I was in the kitchen cooking something and I **felt** the floor move.
我在廚房正煮飯時，感覺地板動了。

It **sounded** like a train that was going under my house.
聽起來像一輛正在我家房子底下行駛著的火車發出的聲音。

(4) 有些可以和形容詞連用的動詞也屬於連綴動詞，例如：blow open（吹開），
push open（推開），break loose（掙脫出來），go wrong（出錯），go bad
（變質），grow better（變得更好），fall ill（生病），turn pale（臉發白），
stand quiet（靜立）等等。

3. 主動詞和助動詞

(1) 主動詞又叫實義動詞，它是動詞片語的中心詞，是動詞片語不可缺少的詞。實義
動詞意義完全，能獨立用作謂語。

And when **do** you **take** your next exam? 還有，你什麼時候參加下次考試？

I **watched** all the glasses that were on the table fall off onto the floor.
我看到在桌子上的所有玻璃杯掉落到地板上。

(2) 助動詞本身無辭彙意義，不能單獨用作謂語。助動詞分為三類：基本助動詞、情
態動詞和半助動詞。

    a) 基本助動詞只有三個，即be，do，have。它們在句子中與實義動詞一起構成
       各種時態、語態和語氣以及否定和疑問結構。例如：

       Your letter **has** been received. 你的來信已經收到。（用於現在完成式）

The Pacific plate **is** moving very slowly—at 5.3 centimeters a year.

太平洋板塊移動得很慢——每年才移動5.3公分。（用於現在進行式）

The cars will **be** supplied to people all over the country.

這些汽車將向全國各地的人供應。（用於被動語態）

How many different time areas **do** you have in China?

在中國你們有幾個不同的時區？（用於疑問結構）

You **don't** need anything special.

你不需要什麼特別的東西。（用於否定結構）

b) 如果把現在式形式和過去式形式情態助動詞都計算在內，則總共有十三個，
即：can / could, may / might, will / would, shall / should, dare, must, ought
to, need, used to。他們只能與實義動詞一起構成謂語。例如：

I **used to** get along very well with my cousin and we **used to** be very good
friends.

我過去和我表弟相處得很好，我們曾經是好朋友。

There **will** be an end to slavery. Slaves **will** have their freedom.

奴隸制必將結束。奴隸們將得到自由。

I suggest you **should** ask Mr. Wu. 我建議你去問吳先生。

Do you think that **would** help? 你認為這會有幫助嗎？

You **might** not be able to buy your ticket until three days before you
travelled.

過去你可能要在旅行前三天才能買到票。

I **cannot** go until he comes. 我一直要等他來了才能走。

We **must** make the buying of tickets easier for our passengers.

我們一定要讓我們的旅客買機票容易些。

(3) 半助動詞是指在功能上介乎主動詞和助動詞之間，本身有辭彙意義的一類結構。
它們有：have to, be going to, happen to, seem to 等等。

We **have to** change it in a few years' time for a bigger one.

幾年以後我們還得把電腦換成一台大一些的。

I'm **going to** write a report next week. 我下週打算寫一篇報告。

4. 規則動詞和不規則動詞

大多數動詞的過去式和過去分詞都是在原形後加字尾ed構成（例如：work/
worked/worked，study/studied/studied，stop/stopped/stopped），這類動詞叫規
則動詞。有一些動詞不以加字尾ed 的方式構成過去式和過去分詞（例如：cut/cut/
cut，build/built/built，begin/began/begun），這類動詞叫不規則動詞。現有的不規

則動詞總數不過二百多個。這些不規則動詞可分為三類：

(1) 第一類不規則動詞的特點是它們的三個主要形式（即原形，過去式，過去分詞）
同形

| burst | burst | burst |
| cast | cast | cast...（從略） |

(2) 第二類不規則動詞的過去式與過去分詞同形

| bend | bent | bent |
| bring | brought | brought...（從略） |

(3) 第三類不規則動詞的原形、過去式和過去分詞都不相同

| arise | arose | arisen |
| awake | awoke/awaked | awoken/awaked...（從略） |

此外還有少數不規則動詞的過去分詞與原形相同

come	came	come
become	became	become
run	ran	run

5. 短語動詞

　　短語動詞是一種固定片語，由動詞加介詞或副詞等構成，它的作用相當於一個動詞。例如：

Then we **took off** and flew over a part of the forest.
隨後我們的飛機起飛了，飛過一片森林。
The electricity was **cut off** for several days too. 電源也被切斷了好幾天。

第二節　動詞的基本形式

　　英語動詞有五種基本形式，即動詞原形、第三人稱單數現在式、過去式、過去分詞和現在分詞。現將五種基本形式以study等為例列表如下：

原形	第三人稱單數現在式	過去式	過去分詞	現在分詞
study	studies	studied	studied	studying
do	does	did	done	doing
have	has	had	had	having
learn	learns	learned / learnt	learned / learnt	learning

1. 原形動詞

　　各詞典中所列的動詞形式都是原形，也就是前面不帶to的形式。例如：go，come，carry，catch等。

2. 第三人稱單數現在式

當主語是第三人稱單數，動詞用的時態是一般現在式。例如：

My dad **has** only two men working for him. 我爸爸只雇了兩個人為他工作。

第三人稱單數現在式一般由動詞原形後加s或es構成。其變化規則如下：

情況	變化	規則例詞
一般情況	-s	works, learns, comes, eats, plays, says, wants, needs
結尾為ss, x, sh, ch或o	-es	passes, discusses, washes, pushes, teaches, watches, boxes, fixes, goes
結尾為「子音字母+y」	變y為i再加-es	carry—carries, cry—cries study—studies, hurry—hurries fly—flies, try—tries

注：動詞be和have的第三人稱單數現在式分別是is和has。

3. 過去式與過去分詞

動詞過去式和過去分詞的構成有規則的和不規則的兩種（不規則動詞見上節）。規則動詞的過去式和過去分詞一般由動詞原形加ed構成。其變化規則和讀音如下：

構成 例詞 讀音	在動詞後加ed	在以e結尾的動詞後加d	以「子音字母+y」結尾的動詞，先將y變為i再加ed	以重讀閉音節或r音節結尾而末尾只有一個子音字母時，須重複這個子音字母再加ed
在無聲子音後讀/t/	looked clashed watched developed	hoped liked joked		stopped mapped clapped
在母音和有聲子音後讀/d/	stayed entered bowed called	named disguised believed	studied tried copied carried	planned inferred preferred referred
在子音/t, d/後讀/id/	expected rested needed			admitted omitted permitted

4. 現在分詞

現在分詞的結構一般是在動詞原形後加ing。其規則列表如下：

情況	加法	例詞
一般情況	-ing	doing, looking, studying, agreeing
以不發音的e結尾的動詞	去e再加ing	having, facing, taking, writing
以重讀閉音節結尾，且末尾只有一個子音字母	重複該字母再加ing	sitting, planning, swimming

📄 文法實戰演練

01. Just as the clothes a person wears, the food he eats and the friends with whom he spends his time, his house _____ his personality.（2010湖北卷）

    A. resembles   B. strengthens   C. reflects   D. shapes

02. He telephoned the travel agency to _____ three air tickets to London.（2010天津卷）

    A. order   B. arrange   C. take   D. book

03. You look well. The air and the sea food in Sanya must _____ you, I suppose.（2010陝西卷）

    A. agree with   B. agree to   C. agree on   D. agree about

04. Thousands of people _____ to watch yesterday's match against Ireland.（2010遼寧卷）

    A. turned on   B. turned in   C. turned around   D. turned out

05. We've just moved into a bigger house and there's a lot to do. Let's _____ it.（2010福建卷）

    A. keep up with   B. do away with   C. get down to   D. look forward to

06. I tried phoning her office, but I couldn't _____.（2009 全國卷Ⅰ）

    A. get along   B. get on   C. get to   D. get through

07. —Have you _____?

    —No. I had the wrong number.（2009四川卷）

    A. got in   B. got away   C. got off   D. got through

08. —Sorry, I have to _____ now. It's time for class.

    —OK, I'll call back later.（2009天津卷）

    A. hang up   B. break up   C. give up   D. hold up

09. A notice was _____ in order to remind the students of the changed lecture time.（2009陝西卷）

    A. sent up   B. given up   C. set up   D. put up

10. We tried to find a table for seven, but they were all _____.（2009安徽卷）

    A. given away   B. kept away   C. taken up   D. used up

答案剖析

01. **C.** 本題考動詞詞意在句中的準確運用。A. resembles 相像；B. strengthens 加強；C. reflects 反映；D. shapes 塑形。通讀全句只有C選項詞意放入句中最得體。句意：正像一個人的穿衣、吃飯、與朋友的交往一樣，他住的房子也能反映出他的個性。

02. **D.** 本題考動詞詞意辨析在句中的準確運用。arrange（約定、安排）和take（買、租）比較好排除。order和book兩項則非常難以區分。order 一般指訂飯，例如：order many dishes 訂好多菜；而book也作「訂購」解釋，多與訂電影票 tickets，房間 room，座位 seats有關。句意：他打電話給旅行社預訂三張去倫敦的機票。

03. **A.** 動詞短語辨析。A. agree with 同意（某人的）意見、與……相適應；B. agree to 同意某一安排、計畫；C. agree on 對某事物意見一致、達成協議；D. agree about 對某一事有相同看法。句意：你看起來氣色挺好。我想三亞的空氣和海鮮一定適合你。

04. **D.** 動詞短語辨析。A. turned on 打開；B. turned in 上交公物；C. turned around 轉身；D. turned out 結果、外出。句意：數千人出來觀看昨天對愛爾蘭隊的比賽。

05. **C.** 動詞短語辨析。A. keep up with 追趕上；B. do away with 廢棄；C. get down to 開始認真做某事；D. look forward to 期望。全方位比較，只有C選項最合題意。句意：我們剛搬入一個大一點的房子，有好多事要做，讓我們開始做吧。

06. **D.** 動詞短語辨析。A. get along 進展、和諧；B. get on 上車、過活；C. get to 抵達、變得；D. get through 撥通。全方位比較，只有D選項最合題意。句意：我試著打電話到她的辦公室，不過沒接通。

07. **D.** 動詞短語辨析。A. got in 抵達、收割；B. got away 離開、逃脫；C. got off 出發、脫下；D. got through 通過、撥通。從兩人對話可知，只有D選項最合題意。句意：一你撥通電話了嗎？一沒有，號碼不對。

08. **A.** 動詞短語辨析。A. hang up 掛斷電話；B. break up 分解、分裂；C. give up 放棄；D. hold up 阻擋、使停頓。由It's time for class. 可推測，此處應選A選項hang up掛斷電話。句意：一對不起。我得掛電話了。該上課啦。一好吧，我晚一點打過去。

09. **D.** 　動詞短語辨析。A. sent up 使上升；B. given up 放棄；C. set up 樹立、創立；D. put up 張貼、掛起。通讀全句，可知句意是：為了提醒學生演講時間的變更，一張通知張貼出來。

10. **C.** 　動詞短語辨析。A. given away 分發；B. kept away 避開、迴避；C. taken up 佔據、佔用；D. used up 用完、耗盡。通讀全句，可知句意是：我們非常想找張能坐七個人吃飯的桌子，可是這些桌子都被人占了。

特別提示：9、10兩題均為被動語態。這幾道動詞短語辨析題告訴我們，對於「習慣用語和固定搭配」，平時一定要不斷累積，反覆運用。

第十一章 動詞的時態

第一節 概述

　　動詞時態是表示動作或狀態發生或存在的時間和表現方式的一種動詞形式。從時間上看，英語動詞的時態有現在、過去、未來和過去未來之分；從方式上看，英語動詞的時態又有一般、進行、完成和完成進行之別。動詞所表示的動作或狀態可發生或存在於四種不同的時間，表現為四種不同的方式，每一種「時間+方式」構成一種時態。英語動詞的時態有十六種，其中有些時態並不常見。現以行為動詞study為例列表如下：

形態 時間	一般	進行	完成	完成進行
現在	study / studies	am / are / is studying	have / has studied	have / has been studying
過去	studied	was / were studying	had studied	had been studying
未來	shall / will study	shall / will be studying	shall / will have studied	shall / will have been studying
過去未來	should / would study	should / would be studying	should / would have studied	should / would have been studying

第二節 一般現在式

　　一般現在式通常表示經常發生的或習慣性的動作或目前的狀態。

1. 構成

　　通常以動詞原形表示。主語為第三人稱單數時，其變化可參見第十章中動詞的基本形式中第三人稱單數現在式的表格。

2. 用法

(1) 一般現在式動詞表示現狀、性質、狀態和經常的或習慣性的動作

　　We **are** very pleased. 我們很高興。

　　What's your name? 你叫什麼名字？

　　How **do** you **come** to school? 你是怎樣來學校的？

　　Most of the time we **eat** fish. 大多數時間我們吃魚。

　　這些動詞常與頻率副詞連用，即與 always, ever, frequently, hardly ever, never, occasionally, often, rarely, seldom, sometimes, usually, every day, now, once a week, on Sundays等時間狀語*連用。例如：

　　Nature **is always** beautiful.—Rodin 自然總是美的。—（法）羅丹

　　*狀語定義請見p.23

The farmers **move** on to a new place **every two or three years**.
這些農民每兩三年就移到另一個地方。
On this special day Americans **always have** the traditional dinner of turkey, sweet potatoes and pumpkin pies.
在這個特別的日子裡，美國人總是舉行傳統宴會，吃火雞、甜薯和南瓜餡餅。
Every day I work from dawn till dark. 每天我從早工作到晚。

(2) 一般現在式動詞表示客觀事實或普遍真理
Water **boils** at 100℃. 水在攝氏一百度時沸騰。
In June 1752, I wanted to show that lightning and electricity **are** the same.
1752年6月，我要證明閃電和電是一回事。
There **are** five different time areas in the States. 在美國有五個不同的時區。

(3) 表示將來確定會發生的動作（例如：已安排或計畫好的動作）。這種用法常用動詞有：go, come, leave, start, arrive, be, sail等等，往往後接時間狀語
Your future **is** bright. 你的前途是光明的。
The next train **leaves** at 9:15. 下趟火車九點十五分開。

(4) 在由when, which, before, after, until, as soon as等引導的時間狀語子句和由連詞if 和unless引導的條件子句中，可用一般現在式代替一般未來式
If your brother **passes** the exam, he will be enrolled.
如果你弟弟考試及格了，他就會被錄取。
Before you **leave** the lab, make sure the electricity is turned off and the windows are shut.
在你離開實驗室以前，一定要保證把電源關掉，把窗戶關好。
If a person **loses** one third of his / her blood, he / she may die.
如果一個人流血超過其血量的三分之一，他（她）可能會死。

(5) 在句型I hope，I bet 等後面的that...分句中和句型see (to it) / make sure / make certain + that...分句中，可用一般現在式表示未來時間
I hope you **have** a good time. 我希望你玩得很愉快。
Make sure that the guests **have** a good rest. 務必使客人們好好休息。
I bet it **rains** tomorrow. 我敢打賭明天要下雨。

(6) 在某些以here, there開頭的句子中，用一般現在式動詞表示現在發生的動作
"Now watch, here **are** three bottles," he said.
他說：「現在看仔細，這裡有三隻瓶子。」
Here **comes** the English teacher! 英語老師來了。

(7) 一般現在式也可用於敘事文或新聞報導中追述往事，以增進描述的生動性和真實感，即所謂的「歷史性現在式」

...They are taken on board and Captain Nemo **decides** not to kill them but make them his permanent guests. From that day on they start planning their escape.

……他們被帶上船，尼莫船長決定不殺害他們，而把他們作為他的永久客人，從那以後他們就開始策劃出逃。

(8) 在戲法表演、技術操作表演、體育比賽中解說員敘述迅速、短暫動作時，可用一般現在式表示正在進行的或剛才發生的動作。在舞臺說明中，也可用一般現在式表示動作

Ma Lianbao **passes** the ball to Mu Tiezhu, Mu **shoots** —a fine shot!

馬連保把球傳給穆鐵柱，穆鐵柱投籃，好球！

When the curtain **rises**, Mary is sitting at her desk. The phone **rings**. She **picks** it up and **listens** quietly.

布幕升起，瑪麗坐在桌前。電話鈴響，她拿起聽筒，靜靜地聽著。

第三節 現在進行式

英語動詞進行式的主要特點是它所表示的動作具有持續性、暫時性和未完成性。

1. 構成

由「is（am, are）+現在分詞（動詞＋ing）」構成。

2. 用法

(1) 表示說話時正在發生或進行著的動作

Don't disturb him. He's **listening** to the weather forecast.

不要打擾他，他在聽天氣預報。

We'll have to take a roundabout course, for the road **is being repaired**.

我們只得繞遠路走了，因為這條路正在修理。

I'm **sitting** on a rock near the river with my friends.

我正和我的朋友們坐在河邊的一塊岩石上。

They **are talking** about the coming weekend.

他們正在談論即將到來的週末。

We **are having** a wonderful time in the forest.

我們在森林裡正玩得開心。

🔵 重點提示

a) 有時現在進行式所表示的動作並不一定在説話人的説話時刻正在進行，而是在包括説話時刻在內的一段時間當中進行。例如：

Now, as one of the stars in the NBA, Yao Ming **is working** hard to live his dream and show the world that Chinese basketball players love this game too!
現在，作為一名NBA的明星球員，姚明正在努力實現自己的夢想，並向全世界表明中國籃球運動員也熱愛這項運動。

What **are** you **learning** this term? 你們這個學期在學什麼？

b) 應注意現在進行式的這一用法與一般現在式的區別。用一般現在式往往帶有長久的含義，而用現在進行式則有表示暫時性的含義。試比較：

He **lives** in Beijing. 他住在北京。（指長久住在北京）

He **is** now **living** in Beijing. 他現在住在北京。（指暫時住在北京）

She **works** in a hospital. 她在一所醫院裡工作。（經常性工作）

She **is working** in a hospital. 她這些天在一所醫院裡工作。（臨時性工作）

(2) 表示按計劃安排近期內即將發生的動作，即常表示最近或較近的將來。come, go, leave, start, arrive等動詞常與表示將來時間的狀語連用，表示「意圖」「安排」（但不是固定不變的）或「打算」的含義。這種用法比較生動，給人一種期待感

I'm **changing** my hotel. 我就要換旅館了。

What **are** you **doing** on Saturday evening? 你週六晚上打算做什麼？

He's **singing** at the New Theater on Saturday. 他將於週六在新劇院舉行演唱會。

I **must be leaving** now. 我現在該走了。

🔵 重點提示

現在進行式表示將來時間的用法還常見於某些時間狀語子句和條件狀語子句中。
例如：

If the man **is** not **breathing**, you must try to start his breathing at once.
如果這個人不再呼吸，你就必須馬上盡力讓他重新開始呼吸。

Don't reach sideways while you **are standing** on a ladder.
站在梯子上不要斜向一邊伸手取東西。

When you **are travelling**, you should take care of your health.
旅行時，你應該注意身體健康。

(3) 現在進行式動詞常與always, continually, really, actually, only, simply, merely, constantly, for ever, all the time等狀語連用，表示反覆出現的或習慣性的動作，或強調感情色彩

The size and location of the world's deserts are always **changing**.
世界上沙漠的面積和位置總是在變化的。
John is constantly **complaining** that he is poorly paid.
約翰總是抱怨他工資低。

 重點提示

現在進行式的用法與一般現在式的區別在於後者只是說明事實，而前者則往往帶有說話人的感情色彩，如讚揚、遺憾、討厭或不滿等。比較：
Jack **comes** late for school. 傑克上學遲到。（只說明事實）
Jack **is** always **coming** late for school.
傑克上學老是遲到。（表示說話人對Jack的不滿）
Mary **does** fine work at school.
瑪麗在學校成績優秀。（只說明事實）
Mary **is** constantly **doing** fine work at school.
瑪麗在學校總是成績優秀。（表示說話人對Mary的讚揚）

(4) 口語中某些表示說話的動詞，例如：ask, tell, talk, say, exaggerate等也用現在進行式表示剛剛過去的動作

The swimmer who you **are asking about** is over there.
你剛才問的那個游泳者就在那邊。
I don't know what you **are talking about**.
我不知道你在講什麼。
You don't believe it? You know I'm **telling** the truth.
你不相信？你要知道我說的可都是實話。

(5) 少數幾個表示心理活動的靜態動詞，如hope, wonder等，也可用現在進行式表示客氣的口氣

I'm **hoping** you'll give us some advice. 我希望你能給我們提些建議。
I'm **wondering** if I may have a word with you. 我在想是否可以和你說說話。
顯然，用I'm hoping，I'm wondering當然比I hope，I wonder 口氣要婉轉一些。

重點提示

能用於現在進行式的動詞通常都是表示動作的動詞，尤其是表示持續動作的動詞，例如：work, study, live, stay, read, write等；不表示持續的行為，而表示知覺、感覺、看法、認識、感情、願望或某種狀態的動詞通常不用現在進行式，例如：see, hear, smell, taste, recognize, notice, forget, remember, understand, know, believe, suppose, mean, love, hate, like, dislike, forgive, want, refuse, belong to, seem, possess等。

第四節 一般未來式

一般未來式動詞表示將來發生的動作或情況。它的表現形式如下：

1. shall / will + 動詞原形

will 用於第一、二、三人稱主語，shall用於第一人稱。

(1)「will / shall + 動詞原形」可表示將來，常與一些表將來的時間狀語或狀語子句連用，也可表示預見

...an even bigger earthquake **will hit** the area around San Francisco.
……舊金山市周圍地區還會發生更大的地震。

Space stations and bases on the moon **will serve** as stepping stones to Mars and other heavenly bodies.
月球上的太空站和基地將成為到達火星和其他天體的橋樑。

But it **will be** more than 100 years before the country begins once again to look as it did before.
不過，這個國家要想恢復到以前那樣，得要100多年。

(2) will / shall有時既表示將來，也表示意願、意圖、決心、允諾等，在疑問句中還可用來徵詢聽話人的意圖或徵求允諾

I **will tell** you all about it. 我願意把全部情況告訴你。（意願）

I **will give** you an honest answer. 我會給你一個誠實的答案。（允諾）

I **will** not **stop** my fight against slavery until all slaves are free.
我不會停止反對奴隸制的鬥爭，一直到所有的奴隸都自由為止。（決心）

Shall we **talk** about it when I get back from my holiday?
等我渡假回來後,我們再來談論這件事，好嗎？（徵詢他人意見）

Will you **come** to the lecture this afternoon?
你今天下午會來聽演講嗎？（徵詢他人意願）

(3) will還可以用於條件子句，表示將來的意願

If we go on polluting the world, it **won't** be fit for us to live in.

如果我們再這樣繼續污染下去，地球就不適合我們居住了。

If people don't stop polluting the seas and rivers, there **will be** no fish left.

人類再不停止污染海洋和河流，魚就要死光了。

2. be going to + 不定式

(1) 這一結構表示主體現在打算在最近或將來要做某事

I'm **going to** attend a meeting next week. 我下個星期要參加一個會議。

Where **are** they **going to** next Sunday? 下個星期天，他們要去哪裡？

(2)「be going to+不定式」還可以表示「預見」，即現在已有跡象表明將要發生或即將發生某種情況

Look at these black clouds—it **is going to** rain. 看這些烏雲—天就要下雨了。

Look out! That tree **is going to** fall down. 小心！那棵樹要倒了。

🔵 重點提示

will和be going to都可以表示某種意願，有時可以互換使用，但be going to 往表示事先經過考慮的打算；will多表示意願、決心，因而有時又不能交替使用。例如：

I'**ll** tell you something that does sound strange.

我要告訴你聽起來確實有些奇怪的事。（這裡可和am going to互換使用）

I **am going to** have the computer mended this afternoon.

今天下午我要叫人修理我的電腦。（可和will互換使用）

He is working hard and **is going to** try for the college entrance exam.

他學習很努力，正在准備考大學。（不能用will替換）

—What a terrible heavy box! 這箱子實在太重了。

—I'**ll** help you to carry it. 我來幫你提。（這裡不能用am going to 替換）

3. be to + 不定式

(1) 這一結構常用來表示按計劃或安排即將發生的動作

We **are to see** our English teacher next Sunday.

下星期天我們要去看我們的英語老師。

They **are to be** back by 5 o'clock. 他們5點鐘以前回來。

(2) 表示職責、義務、意圖、約定、禁止、可能性等

We **are to meet** at the school gate. 我們約定在校門口碰頭。

Smoking **is not to be** allowed here. 這裡禁止抽煙。

4. be about + 不定式 / be on the point of + 名詞／動名詞

這一結構表示快要做某事，但不能與確切的時間狀語連用。例如：

The plane **is on the point of taking off**. 這架飛機快要起飛了。

The sports meet **is about to start** now. 運動會即將開始。

第五節 一般過去式

1. 構成

一般過去式是未與進行式或完成式相結合的過去式形式。

2 基本用法

(1) 一般過去式常表示過去某一時間所發生的動作或存在的狀態，其中也包括習慣性動作，常與表示過去的時間狀語連用。例如：two hours ago, the day before yesterday, last month, in 1898, just now, during the night, in those days等等

I often **played** hide-and-seek when I was a child.

我小時候經常玩捉迷藏。

Once upon a time there **lived** in India a king whose name was Midas.

從前在印度住著一個名叫邁達斯的國王。

Another earthquake **shook** San Francisco on October 17th, 1989.

1989年10月17日地震又一次襲擊了舊金山市。

From then on, Thanksgiving **became** one of the greatest American holidays.

從那時起，感恩節就成了美國最盛大的節日之一。

The dragon **used to** represent imperial power in old China.

在古中國龍常常代表皇權。

(2) 在want, wonder, think, hope等少數幾個動詞中可用一般過去式表示婉轉口氣

We **thought** he was an honest man. 我們原本以為他是個老實人。

—Can I be of any help to you? 我能幫助你嗎？

—Yes, I **wondered** if I could use your book. 是的，我不知道能否用你的書。

(3) 在It's time..., I wish..., I'd rather...等結構後面的that...分句中，以及在某些條件句中，可用一般過去式表示與現在事實相反或者表示對將來事態的主觀設想

It's time you **went** to bed. 你（現在）該去睡覺了。

I wish you **lived** close to us. 我真希望你和我們住得近一些。

If the rain **stopped** today, we would go out for a walk.

今天雨要是停了的話，我們就出去走走。（即：天還下著雨，我們出不去。）

I'd rather that my brother **took** the bigger orange.

我倒寧願我兄弟拿那一顆較大的橘子。

(4) 情態動詞shall的一般過去式should在句子中可表示「應該」或「應當」之意

All parents **should** know some first aid.

所有做父母的，都應當知道一些急救的知識。

第六節 現在完成式

1. 構成

由「have / has + 過去分詞」構成。

2. 基本用法

現在完成式有兩個主要用法，一是「已完成」用法；另一個是「未完成」用法。

(1)「已完成」用法：指動作或過程發生在說話之前某個沒有明確說出的過去時間，現在已經完成，但後果或影響至今仍然存在。一般過去式只限於表示過去的動作本身，與現在的結果無關，而現在完成式把過去的動作和現在的結果聯繫起來。這是它們之間的主要區別

Your letter **has been received**. 你的來信已經收到。

Your letter **was received**. 你的來信收到了。（只表示過去的動作）

We **have bought** a new computer.

我們已經買了一台新電腦。（含義是：現在已經有電腦了）

We **bought** a new computer yesterday. 昨天我們買了一台新電腦。

He **has given up** drinking.

他已經戒酒了。（含義是：他在一個過去時間戒了酒，現在已經不喝酒了）

He **gave up drinking** last month. 他上個月戒了酒。

Many parts of the world, which once had large populations and produced plenty of crops, **have become** deserts.

世界上很多地區，曾經一度人口眾多，生產過大量農作物，現在已經變成沙漠。

重點提示

have / has gone to和 have / has been to 在意義上的區別：

She **has gone** to Beijing. 她已經到北京去了。

（含義是：她已前往北京，或在途中，或已到達。現在人不在這裡）

She **has been** to Beijing. 她曾到過北京。

（含義是：她過去到過北京。表示一種經歷，說話時她還在這裡）

(2) 現在完成式的「未完成」用法是指它可以表示開始於過去持續到現在（也許還會繼續進行下去）的動作或狀態。這一用法與「已完成」用法的主要區別在於，它通常都要與以for..., since...等開頭的表示一段時間的狀語連用，而「已完成」用法則通常不與表示一段時間的狀語連用

They **have lived** here for more than twenty years. 他們已在此住了20多年。

（含義是：他們可能現在已不住在這裡，也有可能再住下去）

I've never **heard** from him since he left. 自從他走後，我一直沒收到他的信。

She **has studied** English since 2004. 她從2004年起就學習英語。

 重點提示

有些動詞（例如：come, go, leave, arrive, join, die, bury和marry等）所表示的動作是一時的，非延續性的，因而不能與以for..., since...等開頭的表示一段時間的狀語連用。

(3) 現在完成式不能和明確指出時間的狀語（例如：last week, yesterday, in 1949, a minute ago, just now, when I came in 等）連用，但它可以和不明確指出時間的狀語（例如：just, already, yet, sometimes, always, often, before, lately, recently, once, twice, ever, never等）連用；也可以和表示包括現在在內的時間狀語（例如：this morning, today, now, this week, this month等）連用

"I've **always been interested** in geography," he said.

他說：「我一直對地理感興趣。」

We've **just heard** a warning on the radio that a hurricane is likely to come.

我們剛剛從收音機裡聽到警報：一場颶風有可能就要來了。

Today country music **has returned**. It **has become** big business.

今天鄉村音樂又回來了。它已成為一個大行業。

During the 1990s, American country music **has become** more and more popular.

20世紀90年代，美國鄉村音樂變得越來越流行了。

Now, however, the music **has reached** all parts of the States, from Los Angeles in the west to New York in the east.

然而現在，鄉村音樂已傳遍了從西部的洛杉磯到東部的紐約的美國全國各地。

It **has been cold** this winter.

今年冬天一直很冷。（説話時仍是冬天）

(4) 此外，在「It's the first / the second...time (that)...」等結構中以及在一些時間或條件狀語子句中，子句的謂語常用現在完成式

It's the first time (that) I **have visited** this city.

這是我第一次參觀這座城市。

We'll start at six if it **has stopped** raining by that time.

我們將在六點鐘開始，如果那時已經不下雨的話。

I'll go and visit him as soon as I **have finished** doing my homework.

我一做完作業就會去看他的。

(5) 強調一個過去的動作，這個動作反覆出現並同現在發生聯繫

I **have been warning** him time and again not to be so mean to his employees.

我三番兩次地告誡他不要對員工那麼刻薄。

The parents **have been telling** their child repeatedly not to go near the railway.

父母再三告訴孩子不要走近鐵路。

第七節 過去進行式

1. 構成

由「was / were +現在分詞」構成。

2. 基本用法

過去進行式主要表示過去某個時刻或時候正在進行的動作。它可用於下列幾個方面：

(1) 表示過去某時正在發生的動作，或與過去發生的某事同時發生的動作（即與when / while引出的時間狀語子句連用）

What **was** he **doing** at this time last week? 上個星期的這個時候他在做什麼？

While we **were having** supper, all the lights went out.

我們吃飯的時候，燈滅了。

When Prof White came into the classroom, the students **were doing** their homework.

當懷特教授走進教室時，學生們正在做作業。

(2) 表示過去某一個階段時間內一直在進行的動作

They **were expecting** you yesterday. 他們昨天一直在等你。

In those years, I **was studying** at middle school. 那些年，我在中學讀書。

(3) 過去進行式可用來為一個或一系列動作的發生提供背景，使形象逼真、生動

Smoke **was coming** from the chimney of the farm house. The farmer's children **were playing** with the dog and the farmer himself **was leaning** on his gate. I crossed the road and touched him on the elbow. "What do you want?" he said.

煙從那農舍的煙囪冒出來，農民的孩子正在和小狗玩耍，農夫靠在自己家的門上，我過馬路去碰碰他的胳膊，他問：「你想要什麼？」

(4) 與always, constantly, continually, forever等狀語連用表示不同的感情色彩。這一用法和現在進行式的相應用法一樣，通常表示説話人對某種行為的厭煩等不滿情緒

He **was continually asking** questions. 他老是提問題。（帶有厭煩情緒）

The two brothers **were frequently quarrelling**.

兩兄弟常吵架。（帶有不滿情緒）

She **was always coming** home late. 她老是很晚才回家。（帶有埋怨情緒）

He **was forever complaining** about his work.

他老是因為工作而不停抱怨。（表厭煩）

(5) hope, want, wonder, think等動詞的過去進行式還可用來表示有禮貌的請求，口氣婉轉

I **was hoping** you could lend me some books. 我希望你能借我一些書。

I **was wondering** if you could help me. 我不知道你能否幫我一下。

Were you **wanting** to see me? 你想見我嗎？

(6) 表示將來的用法，即表示在過去預計、安排未來要發生的動作

They wanted to know when we **were leaving** for Shenzhen.

他們想知道我們什麼時候去深圳。

He told us over the phone that he **was coming** to see us the next day.

他在電話裡告訴我們，第二天他要來看我們。

She **was meeting** her friend at the station the next day.

第二天她要到車站接她的朋友。

第八節 過去完成式

1. 構成

由「助動詞had（用於各種人稱和數）+ 過去分詞」構成。

2. 用法

過去完成式用以表示到過去某一時間動作已經完成或延續到某一過去時間的動作或狀態，也就是說發生在「過去的過去」。它常用於以下情況：

(1) 在某一過去時間以前（即：by / before + 過去時間）或過去事件之前（即：when / before / than狀語子句內的一般過去式）已發生並完成的動作或存在的狀態，這一動作可以是一直持續到過去這一時刻或將繼續下去

When we arrived at the station, we found the train **had already gone**.
當我們到達車站時，我們發現火車已經開走了。

They h**ad** never **heard** this kind of music before.
們以前從來沒有聽到過這種音樂。

The car which my uncle **had just bought** was destroyed in the earthquake.
我叔叔剛買的小汽車在地震中被毀了。

By five o'clock yesterday we **had done** a lot of work.
到昨天五點鐘，我們已經做了許多工作

By the middle of last month **had lived** in Beijing for five years.
到上個月中旬，我已在北京住了五年了。

(2) 用於以連詞when, as soon as, as...as, before, until, now that引導的狀語子句中或一些受詞子句中以表示動作發生的時間早於主句所表示的動作，可表示原因、動作先後等關係

We took a taxi home, as the last bus **had already gone**.
由於最後一班公車已經開走了，所以我們就搭了計程車回家。（表原因）

When he **had played** a few times, more people came to hear him sing.
在他演奏幾次之後，更多的人來聽他演唱。（表時間先後）

Rick made some more records, but he wasn't as popular as he **had been before**.
里克製作了更多的唱片，但他並沒有像以前那樣有名。

I got to the theatre and found that they **had sold** all the tickets.
我到了劇院發現所有的票都已被賣光了。

He got to the airport and suddenly realized that he **had forgotten** to bring his ticket.
他趕到飛機場，突然意識到忘了帶飛機票。

(3) 過去完成式有時可以表示一種未實現的願望或想法，過去時間往往由一般過去式所表示

I **had meant** to buy this cellphone, but I brought no money.

我本想買這支手機，但身上沒帶錢。

He **had intended** to speak, but time did not permit.

他本想發言，可是時間不允許。

(4) 在No sooner...than...; Hardly（Scarcely）...when...的結構中，前面的動詞多用過去完成式

No sooner **had** he **arrived** home than he was asked to start on another journey.

他剛到家就被要求做另一次旅行。

Hardly **had** we **got** into the country when it began to rain.

我們剛到鄉間就下雨了。

(5) 過去完成式動詞也常用於間接引語和假設語氣中

She said that she **had** not **heard** from him since May.

她說自五月以來她就沒有收到過他的信。（間接引語）

If I **had seen** him this morning, I would have asked him about it.

今天早晨我要是見到他，我會問起他那件事的。（假設語氣）

第九節 一般過去未來式

過去將來時表示從過去某一時間看將要發生的動作或存在的狀態。這種時態常用在受詞子句中。它主要有以下幾種形式：

1. should / would＋動詞原形

這一形式表示過去未來時間通常帶有表示過去未來的時間狀語，而且多見於子句或間接引語中，主句謂語動詞為過去式。例如：

My brother told me that he **would be** back on Saturday.

我哥哥告訴我他將於星期六回來。

He said that the meeting **would begin** at half past nine this morning.

他說會議將在今天上午九點半開始。

I wasn't sure if I **would (should) go** to see him next Sunday.

我不能肯定下個星期日會不會去看他。

No one knew which country **would hold** the next Olympic Games.

沒有人知道下一屆奧林匹克運動會將在哪個國家舉辦。

2. was / were going to ＋不定式

這一形式也通常帶有表示過去未來時間的狀語。例如：

I thought the film **was going to** be interesting. 我還以為這部電影會比較有趣。

I **was going to** play volleyball on Monday, but I can't now.

我還打算星期一打排球，但現在看來不行了。

I thought the actors **were going to** be beautiful.

我還以為這些演員會很漂亮。

> 注意：從上面這些例子中，可以看出，用「was / were going to＋不定式」表示
> 的動作或事態，有時往往可表示過去本打算或本認為會發生的動作或事
> 態，但事實上卻並沒有實現或發生。

3. was / were to ＋不定式

此形式通常指按過去的計畫、安排將在某個過去未來時間發生的事。例如：

She said that they **were to see** their English teacher the next week.

她說下個星期她們要去看她們的英語老師。

We **were to finish** the work in three days. 我們打算三天內完成任務。

As I **was to leave** the next day, I went to bed early on Thursday evening.

由於第二天就要走，我星期四晚上很早就睡覺了。

4. was / were about to＋不定式

這種結構通常指最近的過去未來時間發生的事。例如：

The train **was about to** leave. 火車馬上就要開了。

 重點提示

這一結構在一修飾語境中常指未曾實現的意圖，表示即將或正想做某事時，突然
發生了什麼事。例如：

She **was** just **about to** open the window and shout at the dog to frighten it,
when she stopped and stood quite still.

她剛要打開窗戶，大聲嚇唬一下那條狗，突然，她停了下來，站著一動也不動。

They **were about to** start when it rained. 他們正要出發，天就下起雨來了。

The young man **was about to** escape, but the policeman appeared before him.

那個年輕人剛想要跑，員警卻出現在他的面前了。

5. 過去進行式和一般過去式表示過去未來

(1) 用過去進行式表示過去未來通常指按過去的計畫、安排即將在某一過去時間發生的事

They said they **were leaving** for America pretty soon.
他們説他們很快就要去美國了。

He didn't want to see the film, because he **was playing** tennis in the afternoon.
他不想看電影，因為他下午要打網球。

(2) 用一般過去式表示過去未來通常用於某些條件狀語和時間狀語子句中

We informed him that school **began** in September.
我們通知他學校將於九月份開學。

She told me that she would come to see me when she **visited** China again.
她告訴我説下次她來訪問中國的話，她會來看我。

If he **had** time, he would speak to her.
他如果有時間，就會跟她説的。

第十節 現在完成進行式和過去完成進行式

1. 現在完成進行式

(1) 構成：have / has been + 現在分詞

(2) 基本用法

    a) 現在完成進行式表示在過去某一時刻開始，一直持續到現在的動作。這一動作可能剛完成，也可能仍在進行。它所表示的動作具有持續性、暫時性和未完成性。這個時態多用於延續性動詞，例如：live, learn, lie, stay, sit, wait, stand, rest, study等，並常和all this morning, these few days, all night, this month, recently 等狀語以及since（自從）和for（經歷）所引導的狀語短語或子句連用（與since和for連用時，動作常會繼續下去）。例如：

    No matter which method you **have been using**, today you must do as I tell you. 不管你一直用的是哪種方法，今天你必須按照我告訴你的去做。

    It's **been raining** for about two hours. 雨下了大約兩小時了。

    The CCTV **has been broadcasting** English programs ever since 1977.
    中國中央電視臺自1977年以來一直在播放英語節目。

    How long **have** you **been living** here? 你在這裡住了多久啦？

    b) 表重複。有時現在完成進行式所表示的動作並不是一直在不停地進行，而是在斷斷續續地重複。這時現在完成進行式即可用於終止性動詞。例如：

You **have been saying** that for five years.

這話你已經說了有五年了。

I **have been telephoning** you several times in two days.

兩天內我打過幾次電話給你。

c) 現在完成進行式有時可指「剛才」或「近來」發生的動作，往往暗示這個動作對現狀的影響，和現在的情況有聯繫，常含有一種因果關係。例如：

What **have** you **been doing** this morning?（You look tired.）

你今天早晨做了什麼了？（看來你累了。）

What **have** you **been eating** to get as fat as this?

你吃什麼啦，怎麼這麼胖？

She speaks English quite well because she **has been staying** in London for some years.

她英語講得很好，因為她待在倫敦已經好幾年了。

I feel a bit tired because I **have been playing** basketball.

我有些累，我剛才一直在打籃球。

⬤ 重點提示

現在完成進行式與現在完成式的主要區別：這兩者都可以表示「從過去開始一直持續到現在」這一概念，有時兩者可以互相代用，但前者多用於口語，並重表示動作的延續性，而後者著重表示動作的結果。一般不能用於進行時的動詞也不能用於現在完成進行式。試比較：

I **have written** six letters since breakfast. 從吃完早飯到現在我已經寫了六封信。
I **have been writing** letters. 我一直在寫信。

She **has read** this book. 她讀過這本書了。
She **has been reading** this book. 她一直在讀這本書。

The students **have tried** to improve their reading comprehension.
學生們試圖提高閱讀理解力。（動作已結束）
The students **have been trying** to improve their reading comprehension.
學生們一直在設法提高閱讀理解力。（動作還在進行之中）

2. 過去完成進行式

(1) 構成：had been + 現在分詞

(2) 基本用法

    a) 過去完成進行式主要表示一直持續到過去某一時刻的動作。該動作可能剛結束，也可能還在進行。和過去完成式一樣，過去完成進行式也必須以一過去時間為前提，但有時上下文清楚時，過去時間也可省去。例如：

    I was tired out; I **had been reading** for hours at a stretch.

    我連續讀了幾小時的書，累極了。

    I **had been looking** for it for days before I found it.

    這個東西，我找了很多天才找到。

    She told me that she **had been playing** volleyball.

    她告訴我她剛才在打排球。

    He **had been working** in a factory before he came to the university.

    他進大學之前一直在工廠工作。

    b) 和過去完成式一樣，過去完成進行式亦可後接具有「突然」意義的when子句（此子句用一般過去式）。例如：

    She **had been looking** at the photo for quite a long time when she **realized** it was the very one she wanted.

    她看了好長時間照片，突然意識到這正是她想要的那一張。

    He'**d only been watching** TV for ten minutes when his younger brother **came** in.

    他剛看了十分鐘電視，他弟弟就進來了。

第十一節　其他時態用法

    在前面章節中提到英語動詞的時態總共有十六種，而上文中我們已經講過了十種，其餘六種是：未來完成式，過去未來完成式，未來進行式，過去未來進行式，未來完成進行式，過去未來完成進行式。這些時態在日常生活中並不常見，因此只在這裡略提一下。

1. 未來完成式

(1) 構成：shall / will + have + 過去分詞

(2) 基本用法

    a) 該時態主要表示將來某時之前已經完成的動作，並往往對將來某一時間產生影響。它常與表示未來的時間狀語「by / before + 未來時間或條件狀語子句」連用。例如：

    By the end of this month we **shall have finished** this project.

    我們將在本月底前完成這項工程。

Before bedtime Xiao Ming **will have completed** his work.
到上床睡覺的時候，小明會做完他的作業。

She **will have changed** her mind **before** long, I'm afraid.
我怕不久以後她就會改變她的主意。

When you have done that, I **shall have** also **finished** my homework.
你做完那件事，我也要完成我的家庭作業了。

If you go at six o'clock, I **shall not** yet **have finished** dinner.
你如果六點鐘去，我還沒有吃完晚飯哩。

b) 表示說話人對某一已完成的動作或事態的推測，主要用於第二、第三人稱主語。

We worked together for a year. He **won't have forgotten** me.
我們在一起工作了一年，他不會忘了我的。

You **will have received** an invitation to the wedding also.
你也會收到參加婚禮的請帖的。

2. 過去未來完成式

(1) 構成：should / would + have + 過去分詞

(2) 基本用法

　　a) 該時態是未來完成式的過去形式，表示在過去未來某一時間以前發生的動作，並往往會對過去未來某一時間產生影響。它常和表過去未來的時間狀語連用。例如：

The visitors **would have arrived** by two o'clock. 賓客們將於兩點鐘前到達。
He said he **would have come** back by the end of next month.
他說到下個月底就要回來了。

　　b) 表示推測，would是情態動詞，有「大概」或「料想是」等含義。例如：

That **would have been** rather easy.
那大概是很容易的吧。

　　c) 過去未來完成式還常用在假設語氣中，表示與過去的事實相反。例如：

If I had seen him this afternoon, I **would have told** him about it.
今天下午我要是見到他，我會告訴他那件事的。

If I had had time last week, I **would have gone** to town.
我上個星期要是有時間的話，就會去鎮裡了。

3. 未來進行式

(1) 構成：shall / will + be + 現在分詞

(2) 基本用法

a) 表示未來某時正在進行的動作，常表示事情的正常發展，是由客觀情況決定的。例如：

We **will be seeing** a fashion show this time tomorrow afternoon.
明天下午的這時候我們將在看一場時裝表演。

I'll **be taking** my holidays soon. 我不久將要渡假了。

The bus **will be leaving** in a second. 公車馬上就要開了。

Will you **be telephoning** him tomorrow? 你明天會不會打電話給他？

b) 表示「純粹」未來

未來進行式不帶感情色彩，而一般未來式中的will起著情態動詞的作用，常表示意願、決心等。因此，現代口語中常用此時態表示未來發生的動作或情況。試比較：

I **will** go to Shanghai tomorrow.
我明天要去上海。（表意願、打算、決心等）

The people of Beijing, and of the whole country, **will be going** to light the Olympic torch to welcome athletes and sports fans from all over the world.
北京人和全體中國人，將準備點燃奧運會的火炬，歡迎來自世界各國的運動員和體育迷。

c) 表示推測，will還有「大概」或「一定」的意味，即表示一種揣想和表示某種傾向或習慣性的動作，不表將來而表現在，常與now連用。例如：

They **will be watching** football game **now**. 他們現在大概在觀看足球賽呢。

It's Sunday. She **won't be studying now**. 今天是星期天，她不會在讀書的。

d) 表示婉轉口氣，表達有禮貌地詢問、請求等。例如：

Will you **be needing** anything else? 你還需要什麼嗎？

When **will** you **be coming** to see me? 你什麼時候會來看我？

Will you **be lending** me your bike? 你能借給我自行車嗎？

4. 過去未來進行式

(1) 構成：should / would + be + 現在分詞

(2) 基本用法

這一時態是未來進行時的過去形式，表示在過去未來某一時間正在發生的動作。和未來進行式一樣，它也常表示計畫中的事，不表示意願或打算。它經常用在受詞子句、修飾語子句、狀語子句，尤其是間接引語中。例如：

She told us that she **would be leaving** next week.
她告訴我說她下個星期要走了。

The country he **would be leaving** for was Singapore. 他要去的國家是新加坡。

As she **would be taking** an English exam, she studied very hard.

由於要參加英語考試，她學習很用功。

5. 未來完成進行式

(1) 構成：shall / will + have been + 現在分詞

(2) 基本用法

該時態主要表示動作從某一時間開始一直延續到將來某一時間。這一動作可能是已經完成，也可能還要繼續下去。它常和表示將來某一時間的狀語連用。例如：

I **shall have been studying** English for twelve years by the end of the year.

到今年年底，我將學習英語十二年了。

If we don't hurry up the train **will have been leaving** before we get there.

咱們如不快一點兒，等我們到了那兒，火車就會開走了。

6. 過去未來完成進行式

(1) 構成：should / would + have been + 現在分詞

(2) 基本用法

該時態是未來完成進行式的過去形式，主要表示動作從過去某一時間開始一直延續到過去將來某一時間。這一動作可能已完成，也可能繼續下去。例如：

The woman said that by the end of the year she **would have been staying** here for fifteen years.

這婦人說，到了年底，她將待在這兒十五年了。

第十二節 時態的呼應

在英語的複合句中，子句中的動詞時態往往受制於主句中的動詞時態，通常根據主句時態加以適當調整。這種現象叫做時態的呼應，或時態的一致。

1. 主句與子句間時態的呼應

當主句的謂語動詞為過去式時，子句多用過去式。這可分為三種情況：1）子句裡的謂語動詞所表示的動作與主句的謂語動詞所表示的動作同時發生，子句須用一般過去式或過去進行時；2）子句的謂語動詞所表示的動作發生在主句的謂語動詞所表示的動作之前，子句須用過去完成式；3）子句的謂語動詞所表示的動作在主句的謂語動詞所表示的動作之後，子句謂語動詞須用過去未來時態。例如：

Lincoln said that it **was** not right for the South to break away from the Union.

林肯說南方各州脫離聯邦是不對的。

...but the finger I put into my mouth was not the one I **had dipped** into the cup.

……但是我放進嘴裡的指頭不是我在杯子裡蘸了一下的那個指頭。

She said that she **had gone** there the day before.

她說她前一天去過那裡。

He told me that he **had put** my book on the desk.

他告訴我他已經把我的書放在桌上了。

He said that he **was afraid** he couldn't finish that work.

他說他怕完成不了那項工作。

He said he **was going to** be a teacher after graduation.

他說他畢業後要當教師。

2. 主句的謂語動詞為過去式時，子句表示的是客觀真理、格言、諺語、習慣動作時，子句仍用一般現在式

The government has started a new school project in which the Inuit **teach** their own young children.

政府已經啟動辦一所新學校的計畫，讓因紐特人在學校教育他們自己的孩子。

He said that light **travels** much faster than sound.

他說光傳播的速度比聲音傳播的速度要快得多。

The teacher explained to the students that the movement of the earth around the sun **causes** season.

老師向學生們解釋，地球繞太陽運行產生了季節的變化。

He told us that where there **is** a will, there **is** a way.

他告訴我們有志者事竟成。

I heard that she always **likes** listening to music while reading.

我聽說她老是喜歡邊看書邊聽音樂。

 重點提示

當主句的謂語動詞為過去式時，並且子句中有表示確定的過去時間的狀語，子句時態用一般過去式。例如：

He said that it **was nine o'clock then**. 他說那時是九點鐘。

She told me she **joined** the Party **in 1997**. 她告訴我她是1997年入黨的。

3. 當主句謂語動詞為現在或未來時態時，子句可根據意思需要選用任何時態

The problem with tobacco is that it **contains** a drug called nicotine.

煙草的問題是，它含有一種名為尼古丁的藥物。

Do you know who they **are waiting for**? 你知道他們在等誰嗎？

The trouble is that she **has lost** his address. 問題是她已經丟失了他的地址。

You'll notice that the people there **speak** quite differently from the rest of Canada.

你會注意到那兒的人所說的話與加拿大其他地方的完全不同。

🔵 文法實戰演練

01. —Have you finished reading *Jane Eyre*?

—No, I _____ my homework all day yesterday.（2010全國卷Ⅰ）

A. was doing   B. would do   C. had done   D. do

02. —Why, Jack, you look so tired!

—Well, I _____ the house and I must finish the work tomorrow.（2010江蘇卷）

A. was painting   B. will be painting

C. have painted   D. have been painting

03. For many years, people _____ electric cars. However, making them has been more difficult than predicted.（2010浙江卷）

A. had dreamed of   B. have dreamed of

C. dreamed of   D. dream of

04. —Guess what, we've got our visas for a short-term visit to the UK this summer.

—How nice! You _____ a different culture then.（2010福建卷）

A. will be experiencing   B. have experienced

C. have been experiencing   D. will have experienced

05. —I'm sorry, but I don't quite follow you. Did you say you wanted to return on September 20?

—Sorry, I _____ myself clear. We want to return on October 20.（2010北京卷）

A. hadn't made   B. wouldn't make   C. don't make   D. haven't made

06. Every few years, the coal workers _____ their lungs X-rayed to ensure their health.（2010上海卷）

    A. are having   B. have   C. have had   D. had had

07. I was out of town at the time, so I don't know exactly how it _____.（2009山東卷）

    A. was happening   B. happened

    C. happens   D. has happened

08. Edward, you play so well. But I _____ you played the piano.（2009寧夏、海南卷）

    A. didn't know   B. hadn't known   C. don't know   D. haven't known

09. —Ann is in hospital.

    —Oh, really? I _____ know. I _____ go and visit her.（2009江蘇卷）

    A. didn't; am going to   B. don't; would

    C. don't; will   D. didn't; will

10. My parents _____ in Hong Kong. They were born there and have never lived anywhere else.（2009天津卷）

    A. live   B. lived   C. were living   D. will live

🌑 答案剖析

01. **A.** 句意：一你讀完了《簡愛》嗎？一沒有，我昨天一直在做作業。由題幹中時間狀語all day yesterday可知，這裡表示過去的持續動作或狀態，所以謂語應用動詞的過去進行式，表示「昨天一直做作業」，答案為A。

02. **D.** 句意：我給房子刷油漆一直進行到現在，而且到明天必須完成。根據上一句you look so tired得知，油漆房子的動作已經開始了，由下面I must finish the work tomorrow可知動作還沒結束，還要繼續下去，因此用現在完成進行式。

03. **B.** 句意：許多年來，人們一直夢想著電動汽車。然而，製造它們比想像的要難得多。由題幹中的時間狀語for many years可知，題中應該用完成時態，排除C、D；再根據後面句子的時態判斷應該用現在完成式，故答案為B。

04. **A.**　句意：一你猜怎麼了，我們獲得了這個夏天到英國短期旅遊的簽證。一太好了，那你到時就可以體驗一種不同的文化了。由上下文內容可知，今年夏天去英國度假是將來要發生的事情，因此體驗一種不同的文化也是將來的事情，所以用未來進行式。

05. **D.**　句意：一對不起，我不太懂你的意思。你剛才說要到9月20日回來嗎？一對不起，我想我沒有把我的意思表達清楚。我們想10月20日回來。由句意可知，「我」雖然剛剛已經表達了自己的意思，但現在導致的結果是沒有表達清楚，應用現在完成式，故答案選D。

06. **B.**　根據時間狀語every few years，可判斷出本句應為一般現在式，因此選B。

07. **B.**　句意：那時我出城了，因此不十分瞭解那件事是怎麼發生的。前一句隱藏著at the time「那時」的時間狀語，排除C、D；「如何發生」不能用進行式，因此A選項錯。

08. **A.**　根據語境知道，說話者只能是過去不瞭解「Edward彈鋼琴這麼好」的情況，所以A選項正確。

09. **D.**　由會話的語境可以知道，「安住院」的情況是「過去」不知道，現在已經知道了，並打算要去看她，所以應選D。

10. **A.**　根據語境可知，「我的父母現在生活在香港」。表達現在存在的狀態用一般現在式，故答案選A。

第十二章 動詞被動語態

第一節 概述

語態是用來說明主語和謂語之間關係的一種動詞形式。英語動詞有主動和被動兩種語態。主動語態表示主語是動作的執行者或行為的主體。被動語態表示主語是動作的承受者或行為的物件。

第二節 被動語態的常見結構

1. be + 過去分詞

被動語態較常見的時態變化（以動詞 ask為例）列表如下：

時間 \ 形態	一般	進行	完成
現在	I am asked	I am being asked	I have been asked
過去	I was asked	I was being asked	I had been asked
未來	I shall be asked	無此時態，用一般未來式代替	I shall have been asked
過去未來	I should be asked		

History **is made** by the people. 歷史是由人民創造的。

Nature would not cheat us, we **are** often **cheated** by ourselves.
大自然不會欺騙我們，欺騙我們的往往是自己。

In 2008, the 29th Olympic Games **will be held** in Beijing.
2008年，第29屆奧運會將在北京舉行。

The term "Information Highway" **was coined** a few years ago.
「資訊高速公路」這個術語是幾年前造出來的。

Many international conferences **are held** in Geneva.
許多國際會議在日內瓦舉行。

Modernism **was invented** in the 1920s by a group of architects who wanted to change society with buildings that went against people's feeling of beauty.
現代主義是20世紀20年代一群建築師們所創立的，他們想用背離人們審美標準的建築來改變社會。

2. 情態動詞 + be + 過去分詞

If they managed to sell lots of copies, then the money from the record sales **could be spent** on food and other things for Africa.
如果他們設法銷售大量的唱片，那麼從銷售唱片得來的錢，就可以用來為非洲購買食品和其他物品。

First aid is the science of giving medical care to a person before a doctor **can be found**.

急救是在沒能夠找到醫生之前對一個人進行醫療護理的科學。

True friends **must be** carefully **selected**.

真正的朋友必須經過嚴格的選擇。

3. get + 過去分詞

這種結構多用在口語中，後面一般不接by短語。例如：

To my surprise, he did not **get hurt** when he fell from the tree.

使我驚奇的是，他從樹上跌下來竟沒有摔傷。

My watch **got broken** while I was playing basketball.

我的錶在打籃球時給弄壞了。

4. 短語動詞的被動語態

原則上，英語中只有及物動詞才有被動語態，但是有些短語動詞常用作及物動詞，因此它們也有被動語態。但應注意：短語動詞是一個不可分割的整體，在變為被動語態時，不可丟掉構成短語動詞的介系詞或副詞。例如：

We have brought down the price. （主動）→我們已經削減了價格。

The price **has been brought down**. （被動）價格已被削減。

They will put up a notice on the wall. （主動）→他們將在牆上張貼佈告。

A notice **will be put up** on the wall. （被動）佈告將被張貼在牆上。

A new training centre **will be set up**. 將成立一個新的培訓中心。

He **was praised for** his hard work. 他因工作努力受到了表揚。

Manmade satellites **have been sent up** into space by many countries.

許多國家都曾經向太空發射了人造衛星。

The soil **is made from** the dead leaves of the trees above.

那裡的土壤是由上面的枯葉腐爛而成的。

有些由「動詞 + 名詞 + 介系詞」構成的短語動詞，其結構比較鬆散，變成被動語態可有兩種形式：一種是把短語動詞看作一個整體，當作一個及物動詞處理；另一種是，不把這類短語動詞作為一個及物動詞看待，而是把該短語中的「動詞 + 名詞」結構作為「動詞 + 受詞」來處理，將這個結構變為被動語態。第二種方法常用於正式文體中。例如：

We must take good care of the children. （主動）

→ The children **must be taken good care of**. （被動）

Good care must **be taken of** the children. （被動）

我們必須好好照顧這些孩子。

We should make more use of this new technology.（主動）

→ This new technology **should be made** more use of .（被動）

More use **should be made of** this new technology.（被動）

我們應該更多地利用這種新技術。

🔵 重點提示

把主動語態變為被動語態時，句中謂語動詞變為被動語態，及物動詞的受詞變為主語。但某些動詞（例如：give, send, pay, tell, buy, lend, offer, throw, hand, bring, get, make, leave等）有時帶兩個受詞，變成被動語態時，有形成兩種結構的可能：一是把主動結構的間接受詞變為被動結構中的主語；另一種方法是把直接受詞變成被動結構的主語，但這時間接受詞之前則應加介系詞to（可省）或for（一般不可省）。例如：

Someone gave me a book. 有人給我一本書。

I **was given** a book (by someone).

A book **was given to** me. (by someone).

He bought me a present. 他買了一樣禮物給我。

I **was bought** a present (by him).

A present **was bought for** me (by him).

主動結構中若受詞是一個that子句，變為被動結構時，可用it作被動句的形式主語。例如：

It is believed that before writing was developed, people in China used to keep records by putting a number of stones together.

人們相信，在書寫技術出現以前，中國人就常把若干石塊放在一起記事。

It is said that 125,000 people died in Russia as a result of illness caused by this accident.

據說事故引起了各種疾病，導致俄羅斯死了125,000人。

It is thought that between the years 1550 and 1950, an average of one kind of living thing died out each year.

人們認為，在1550年到1950年間，平均每年有一種生物絕種。

At all these centers **it is hoped** that one day they will have enough animals to set them free and let them live in the wild again.

在這些中心，人們希望有一天他們會有足夠的動物可以放出去，讓它們重新生活在曠野裡。

或者有時可把主動句中受詞子句的主語變為被動句的主語，受詞子句中的謂語部分變為不定式短語。例如：

People **say** that another bridge will be built over the river.（主動句）

It **is said** that another bridge will be built over the river.（被動句）

Another bridge **is said to be built** over the river.（被動句）

據說河上要建一座橋。

第三節　被動語態的基本用法

在英語中，被動語態遠沒有主動語態使用得廣泛。被動語態多用於書面語，在口語中使用較少。被動語態的使用往往不是隨意的，而是根據上下文所表達的思想，或描述的事物的需要來決定的。英語的被動語態常用於以下場合：

1. 強調或突出動作的承受者

More trees **will be planted** and new roads **will be built** by the people of Beijing.

北京人民將栽種更多的樹，建更多的新路。

New Zealand wine is of high quality and **is sold** all over the world.

紐西蘭葡萄酒品質很高，行銷全世界。

Modern cellphones are more than just phones—they **are being used** as cameras and radios, and to send email or surf the Internet.

現代手機不僅僅是電話——它們也當作照相機和收音機使用，還可以發送電子郵件或上網。

2. 不知道或無須說出動作的執行者（不帶by短語）

In the USA 1.5 million copies **were sold** in the first fortnight.

在美國頭兩週就銷售了150萬張唱片。

Credit cards **are mainly used** to make purchases.　信用卡主要用於購物。

The boy **was punished** for lying.　那個男孩因撒謊而受到懲罰。

3. 為使句子結構簡練、緊湊，上下連貫，即出於行文的需要

By the end of the year, the total money collected had come to over 92 million dollars, all of which **were sent to** Africa.

到年底，集資總數已超過 9,200 萬美元，所有這些錢都送往非洲。

There used to be a lot of coal mines in the south, but many of them **have been closed**, or **are about to be closed**.

南方過去有很多煤礦，但其中有不少現在已經關閉，或者就要關閉。

She appeared on the stage and **was** warmly **applauded** by the audience.
她出現在臺上，觀眾熱烈鼓掌。

The lecture **will be made** by Joe, who is a young artist from the States.
喬將作這次報告，他是一位年輕的美國藝術家。

4. 在科技文獻中，為了客觀地描述事物及其過程，常使用被動語態

Second, electricity can now **be made** from the water which rushes through the base of the dam.
第二，現在可以利用穿過壩基的急流來發電。

Cars of this kind **were made** in the eighties (in the 80s).
這種小汽車是80年代製造的。

Other scientists had said that wheat **should be planted** with space between the plants.
別的科學家説過小麥栽培株距應當大一些。

The lake that **has been made** by the dam is about 500 kilometers long.
由水壩攔成的湖約有500公里長。

5. 被動語態還可以用在新聞報導中，為了體現新聞的客觀性

In the hurricane last night a tree fell onto the cage where it **was kept** and in the morning it **was found** that the lion has escaped.
在昨晚的颶風中，一棵樹倒在關這頭獅子的籠子上，早上就發現獅子已跑了。

Fifteen million trees **had been blown down** by the high winds...
一千五百萬棵樹被強風刮倒……

6. 有些動詞習慣上常用被動語態

When and where **were** you **born**? 你何時何地出生？

The people of northern Canada **are called** Inuit, who came from Asia and settled in Canada about 4,000 years ago.
北部的加拿大人被稱為是因紐特人，這些人來自亞洲，約於4,000年前定居於加拿大。

It's **done**! 完成啦！（一般現在式被動式表動作已完成）

The UK **is made up** of four countries. 聯合王國是由四部分國土組成的。

This book **was considered** to be an important summary of the knowledge of farming.
這本書被認為是農事知識的重要總結。

第四節 一些特殊的被動結構

在英語中，及物動詞的被動語態是表示被動意義的主要方法，但還有其他一些也表示被動意義的結構。

1. 主動結構表被動含義的動詞

某些由及物動詞轉化來的不及物動詞，例如：read, write, clean, wash, iron, burn, draw, cook, keep, cut, open, blow, peel, sell, act等，常和副詞well, easily, smoothly等連用，且通常用主動結構表示被動含義。這些動詞的主語一般是表物的詞，且這些物往往具有某種內在的特點，這些句子的時態多用一般現在時或一般未來式。

This pen **writes** smoothly. 這支筆寫起來很流暢。

In hot weather meat **won't keep** long. 熱天，肉不能長時間存放。

The door **can't open**. 這扇門打不開。

The cloth **washes** well. 這種布料很好洗。

Clothes **iron** more easily when damp. 衣服潮濕時熨起來比較方便。

> ### 🔵 重點提示
>
> 有些動詞，例如：cook, print, do等，常用主動結構的進行時表被動含義。
>
> The cakes **are baking**. 蛋糕正在烘烤。
>
> The lunch **is cooking**. 午飯正在作。
>
> The book **is printing**. 這本書在排印中。
>
> Fish **is selling** briskly. 魚很暢銷。
>
> A new car factory **is building**. 一個新的汽車製造廠在建造中。

2. 動詞need... + v-ing結構表被動含義

動詞need, require, want, deserve, be worth後續v-ing的主動結構常表被動含義。例如：

My watch can't work, it **needs repairing**. 我的手錶不會走了，需要修了。

This film is really **worth seeing**. 這部電影的確值得看。

3.「連綴動詞 + 形容詞」結構表被動含義

某些連綴動詞，如feel, prove, smell, taste, sound, look等加上形容詞，也可用主動語態表示被動意義。

How sweet these flowers **smell**! 這些花聞上去多麼香啊！

The music **sounds** very familiar to me. 這音樂我聽起來很耳熟。

The food **tastes** delicious. 這食物很美味。

Your suggestion **proved** quite effective. 你的建議已證明是很有效的。

Modern dance **looks** more beautiful than traditional ballet.

現代派舞蹈看起來比傳統的芭蕾更優美。

4. 字尾為able或ible的形容詞表被動含義

有些以字尾able或ible結尾的形容詞，例如：acceptable, available, drinkable, eatable, reliable, visible, punishable, feasible等，也可表示被動意義。

Your advice **is** not **acceptable**. (= not worth accepting)

你的建議是不可取的。

The water in the river **is** not **drinkable**. 這條河裡的水是不能喝的。

He **is** a **respectable** man. 他是一個值得尊敬的人。

5. 介系詞短語表被動含義

某些介系詞短語，例如：under discussion, under consideration, on display, on sale, under arrest, on trial, in dispute等，也可用主動結構表示被動含義。

This problem **is** still **under discussion**. 這個問題仍在討論之中。

Some fresh vegetables **have been on sale**. 一些新鮮的蔬菜已經上市出售。

第五節 被動結構和帶表語*的結構

在上文中說被動語態的基本結構是「be + 過去分詞」，但這一結構不一定都是被動結構，有時是繫表結構*。這兩種結構的區別如下：

1. 過去分詞表動作和表狀態的區分

被動語態中的過去分詞是動詞，表動作；繫表結構中的過去分詞相當於形容詞，表狀態。例如：

These letters **were written** in 1853. 這些信寫於1853年。（被動結構）

This letter **was** well **written**. 這封信寫得很好。（繫表結構）

The pieces of stone **were** then **carried** to the new place for the temple, 60 meters higher up the hill.

然後把石頭搬運到寺廟的新址──比原址高出60米的山上。（被動結構）

She **was surprised** by his appearance. 他的出現使她吃了一驚。（被動結構）

I **was** not at all **surprised** at her success.

對她的成功，我絲毫不感到吃驚。（繫表結構）

These books **are sold** quickly. 這些書賣得快。（被動結構）

These books **are all sold out**. 這些書全賣完了。（繫表結構）

*表語定義請見p.23
*繫表結構：連綴動詞＋表語的結構。

2. 跟by多為被動結構，不跟by一般為繫表結構

被動結構可以跟by短語，而繫表結構則一般不用by短語。例如：

The mountain **is covered** with snow all the year round.

山上終年覆蓋著雪。（繫表結構）

When the dam **was finished**, many of the temples **would be covered by** the waters of the new lake.

在水壩建成之後，其中有許多寺廟將會被湖水淹沒。（被動結構）

3. 繫表結構與被動結構運用的時態成分

繫表結構通常只用於一般現在式或一般過去式，而被動結構可用於多種時態。例如：

He **was** quite **interested** in pop music.

他對流行歌曲很感興趣。（繫表結構）

He also wanted to see how the money **should be spent.**

他還想瞭解應該如何使用這筆錢。（被動結構）

At least 30,000 houses **will be built** for the workers.

至少3萬間房子將造起來給工人住。（被動結構）

4. very，much在繫表結構和被動結構中的運用

繫表結構中的過去分詞可被very等副詞修飾；被動結構中的過去分詞可用much修飾。比較：

The husband **was very agitated** about his wife's health.

丈夫為他妻子的健康狀況深感不安。（繫表結構）

The driver **was much agitated** by the young man's death in the car accident.

在這次車禍中，那個年輕人的死，使司機深感不安。（被動結構）

5. 繫表結構中過去分詞與介系詞的搭配

系表結構中的過去分詞常常有其固定的介系詞搭配，被動結構則沒有。例如：

Each stone **was marked with** a number. 每塊石頭上都標有號碼。

The Christmas tree **was decorated with** lights and glass balls.

聖誕樹上裝飾著燈和玻璃球。

He **was puzzled about** it. 他為那件事感到困惑。

The scientist **was** completely **absorbed in** the experiment.
這位科學家全神貫注於做實驗。
The foreign teacher **was** not **accustomed to** Chinese food.
這個外國老師不習慣吃中國食物。

🔵 文法實戰演練

01. Every year a flood of farmers arrive in Shenzhen for the money-making jobs they _____ before leaving their hometowns.（2010福建卷）
    A. promised   B. were promised
    C. have promised   D. have been promised

02. Traditional folk arts of Tianjin like paper cutting _____ at the culture show of the 2010 Shanghai World Expo.（2010天津卷）
    A. are exhibiting   B. is exhibiting
    C. are being exhibited   D. is being exhibited

03. In the spoken English of some areas in the US, the"r"sounds at the end of the words _____.（2010北京卷）
    A. are dropped   B. drop
    C. are being dropped   D. have dropped

04. It is reported that many a new house _____ at present in the disaster area.（2010陝西卷）
    A. are being built   B. were being built
    C. was being built   D. is being built

05. The church tower which _____ will be open to tourists soon. The work is almost finished.（2010上海卷）
    A. has restored   B. has been restored
    C. is restoring   D. is being restored

06. You've failed to do what you _____ to and I'm afraid the teacher will blame you.（2010四川卷）
    A. will expect   B. will be expected   C. expected   D. were expected

07. —Hi, Torry, can I use your computer for a while this afternoon?

　　—Sorry. _____.（2009江蘇卷）

　　A. It's repaired　　　　　　　　B. It has been repaired

　　C. It's being repaired　　　　　D. It had been repaired

08. His sister left home in 1998, and _____ since.（2009全國卷Ⅰ）

　　A. had not been heard of　　　　B. has not been heard of

　　C. had not heard of　　　　　　D. has not heard of

09. The way the guests _____ in the hotel influenced their evaluation of the service.（2009北京卷）

　　A. treated　　　　　　　　　　B. were treated

　　C. would treat　　　　　　　　D. would be treated

10. During the period of recent terrorist activities, people _____ not to touch any unattended bag.（2009上海卷）

　　A. had always been warned　　　B. were always being warned

　　C. are always warning　　　　　D. always warned

答案剖析

01. **D.** 句意：每年，大批的農民來到深圳，尋找離家前被許諾過的能賺到錢的工作。根據時間狀語every year可判斷應用與現在有關的時態，排除A、B；根據時間狀語before leaving their hometowns可判斷出，農民在離開家鄉前被許諾能找到賺錢的工作，所以用被動語態。

02. **C.** 句意：天津的傳統民間藝術，例如剪紙，正在2010年上海世博會的文化展上展出。句中的主語traditional folk arts是複數，並且與exhibit有被動關係，表示當前正在進行的被動動作，應用現在進行式的被動語態，故答案選C。

03. **A.** 句意：在美國一些地方的英語口語中，單詞結尾的字母r的發音通常被弱化。由句意可知，此句描述的是一般情況，且主語是謂語動詞動作的承受者，應用一般現在式的被動語態。

04. **D.** 句意：據報導，目前受災地區正在建造許多新房子。「many a + 單數名詞」作主語，謂語要用單數形式；時間狀語at present表明，時態要用現在進行式；house和build之間是被動關係，應用現在進行式的被動語態。

05. **D.** 　題幹的第一句是一個含有修飾語子句的主從複合句，子句主語是謂語動詞動作的承受者，應用被動語態。後面一句The work is almost finished表明，動作正在進行，所以用現在進行式的被動語態。

06. **D.** 　分析句意可知，what引導的受詞子句的動作發生在have failed to do之前，應該選擇過去式；子句中的主語you是動詞expect的承受者，謂語動詞用一般過去式的被動語態。

07. **C.** 　根據sorry一詞可知，第二個說話者拒絕了第一個人借電腦的要求，「我的電腦正在被修理」才是拒絕的充分理由。

08. **B.** 　句意：他的妹妹自從1998年離家後一直杳無音訊。根據since可知，本題需用完成時態，根據句意可知需用現在完成式的被動語態，故答案為B。根據時間狀語決定時態，根據句意決定修飾語態是解題方法。

09. **B.** 　The way是其後修飾語子句所修飾的先行詞，根據主句謂語influenced這一動詞的時態可判斷出，修飾語子句應用一般過去式。guests與treat之間是被動關係，所以用被動語態。

10. **B.** 　根據題幹people和warn之間是被動關係，排除C、D；A選項過去完成式沒有過去的動作作參照點，不符合語意；答案B表示「人們一直在被警告不要去接觸任何無人看管的包裹」。

第十三章 動詞假設語氣

第一節 概述

　　語氣是動詞的一種形式，表示說話人對其所述內容、對某一動作或狀態的看法和態度。英語中有三種語氣，它們是：直陳語氣、祈使語氣和假設語氣。

　　直陳語氣一般用來表示所說的話是事實或提出疑問，廣泛用於陳述句、疑問句、感嘆句。可以說95％的英語句子用的都是直陳語氣。祈使語氣表示所說的話是請求、命令、指示或勸告等。假設語氣表示說話人所說的並不是事實，而是一種假設、建議或主觀願望。例如：

We met in this very room. 我們碰巧在這間屋子裡相遇。（直陳語氣）

Do come to the meeting next Friday. 下星期五一定要來參加會議。（祈使語氣）

Second, if you think there may be an earthquake, it is better to build houses on rock, not on sand.

第二，如果你認為可能發生地震，那就最好把房子建在岩石上，而不要建在沙地裡。（假設語氣）

第二節 假設語氣在條件句中的應用

　　條件句分真實條件句與非真實條件句兩種。真實條件句所表的假設是可能發生或實現的，句中的條件子句與結果主句皆用直陳語氣，且這種句子主句是一般將來式時，子句則要用一般現在式表示將來式。例如：

This **means** that if there **is** another big earthquake, a great many houses and buildings **will be destroyed**.

這就意味著假如再來一次大地震的話，許多房子和大樓將被摧毀。

You **may go** if you **want** to (go).

要是你想去，你可以去。

If you **don't take** his advice seriously, you **may make** a big mistake.

你如果不把他的勸告當回事，你可能會犯大錯誤。

You'll **be late** for class if you don't hurry.

如果你不快一點，上課就要遲到了。

If winter **comes, can** spring **be** far behind?

如果冬天到了，春天還會遠嗎？

If we **don't get** lost, we'll never **find** a new route.

如果我們不迷路，就永遠找不到一條新路。

　　非真實條件句所表的假設是指不可能或不大可能發生或實現的，句中的條件子句與結果主句都得用假設語氣。例如：

If the rain **stopped** today, we **would go out** for a walk.

今天雨要是停了的話，我們就出去走走。（意即：天還下著雨，我們出不去）

非真實條件句中的虛擬時態有以下幾種情況：

1. 表示與現在事實相反的假設

其基本結構是：條件句中謂語動詞用過去式（be的過去式用were），主句中用「would / should / could / might + 動詞原形」。例如：

If I **were** you, I **wouldn't do** it like that.

假如我是你的話，我就不會這樣做。

2. 表示與過去事實相反的非真實條件句

其基本結構是：條件句謂語動詞用「had + 過去分詞」，而主句謂語動詞用「would / should / could / might + have + 過去分詞」。例如：

If we **had known** that she was to arrive yesterday, we **could have met** her at the station.

如果我們知道她昨天到，就可以到車站接她了。（事實是：我們不知道她昨天到，所以我們沒能到車站去接她）

3. 表示與將來事實相反的情況

基本結構有三種：(1) 條件句謂語動詞用過去式（be的過去式一般用were），結果主句用「should / would / could / might + 動詞原形」；(2)條件子句的謂語用「should + 動詞原形」，結果主句用「should / would / could / might +動詞原形」；(3) 條件子句的謂語用「were to + 動詞原形」，結果主句與上同。例如：

If it **rained** tomorrow, our plan **would be put off**.

假如明天下雨，我們的計畫就得推遲。（最近天氣很好。）（條件子句中的謂語用過去式，表示說話人認為「下雨」的可能性不大；而如果用一般現在式的話，則表示說話人認為「下雨」的可能性很大）

If he **should see** me, he **would tell** me.

假如他看見我，就會告訴我。（用「should + 動詞原形」強調一種有偶然實現的可能性，其實現性比用「were to + 動詞原形」大，比「過去式」小）

If he **were to come**, what **should** we **say** to him?

假如他來了，我們對他說什麼呢？（用「were to + 動詞原形」比較正式，多用於書面語中，表示實現的可能性很小）

If the sea **were to rise** 500 feet, India **would become** an island.

如果海洋水面上升500英尺，印度就將變為一個孤島了。

4. 省掉if的條件子句的用法

如果子句的謂語中有should，had，were時，則可以省去if，把這些詞提到句首，用倒裝主、謂語序來表達假設條件。例如：

Were I you, I would get up early every morning.

如果我是你，我每天早晨就早起。（這是一種勸人做某事的委婉說法）

Should she come tomorrow, I should give her the book.

假如她明天來，我就給她這本書。

5. 省去條件子句或主句的用法

在上下文清楚的情況下，條件子句或主句有時可省略。條件子句不表示出來，只暗含在上下文中，這種句子叫做「含蓄條件句」。例如：

You **might get burnt** and you **might drop** the pan of burning oil.

你可能被燒傷，你也可能把起火的油鍋扔掉。（省略了條件子句「If you tried to carry the pan out of the kitchen」）

In that case, you **wouldn't have** a pan on fire. You'**d have** a house on fire!

如果是那樣的話，那你就不是使一個油鍋著火，而會使一座房子失火了！（此句假設條件沒有明確表示出來，而是用介詞短語in that case表示的，但根據上下文應該看得出「that case」指的是什麼）

We **would have succeeded**.

我們本來是會成功的。（可能暗含if we had kept trying）

在強調條件子句時，常省去主句，這種句子常表示「已不能實現」的願望，它常用if only來引導。例如：

If only my old friend **were** with me!

如果老朋友同我在一起多好啊！（實際上老朋友不在）

6. 用介詞短語表示的虛擬條件句

一些含有條件意味的介詞短語也可表示假設條件，如上面講到的in that case，還有：without...，in the absence of...（沒有……的話），but for...（要是沒有……）等。例如：

There would be no industry **without** steel and oil.

沒有鋼鐵和石油就沒有工業。

But for his help, I would not have finished my college education in time.

要不是他的幫助我是不會及時讀完大學的。

7. 非if詞語引導的條件子句

除了if外，還可用when, unless, lest, suppose, for fear that, in case, on condition that 等詞語來引導條件子句。

I'll tell the matter to him **on condition that** he keeps it secret.
我願意把那件事告訴他，條件是他得保守秘密。

Suppose you **were** the author, what would you do?
假如你是這個作者的話，你會怎麼做？

第三節 假設語氣在某些子句中的應用

1. 在狀語子句中的用法

(1) 在 as if (though) 引導的方式狀語子句中
He acted **as though** nothing had happened. 他表現得若無其事。
I remember the whole thing **as if** it were yesterday.
我記得整件事情就好像是昨天一樣。

(2) 在whether...or, no matter how / what, however, whatever等詞或even if (though)
引導的讓步狀語子句中
Remember, science requires your whole life. And **even if** you had two lives to
give, they would be not enough.
記住：科學需要你獻出整個生命，即使你有兩次生命也是不夠的。

2. 在名詞性子句中的應用

(1) 主語子句由連詞that所引導，常用在It is（was）+ 形容詞 + that...句
型中。其謂語用「should + 動詞原形」（或should + have + 過去分詞）或只
用動詞原形（尤其是美國英語）。常用的這類形容詞有：advisable, desirable,
desired, essential, imperative（迫切的）, important, natural, necessary,
preferable, strange, urgent等
It is **necessary that** we **should use** a shortwave radio to pick up the programs.
我們必須使用短波收音機才能收聽到這些節目。
It is **imperative that** we **should apply** theories to practice.
我們應當理論聯繫實際。

(2) 在It is（high）time that...句型中，that子句中的動詞常用過去式表示將來，意思
是「該做……事了」
It's high time you **studied** hard. 你該努力讀書了。
It is time (that) we **started**. 我們該出發了。

3. 在受詞子句中的應用

(1) 在動詞advise, ask, beg, command, decide, demand, deserve, desire, determine, direct, insist, intend, maintain, order, prefer, propose, recommend, request, require, resolve, suggest, urge等後面的受詞子句中用「should + 動詞原形」（should可省略），表示建議、要求、命令等假設語氣

I **suggest** we **go shopping** together and **look for** a nice tank.
我建議我們一起去買東西，找一個好的大容器。

The leaders **ordered** that a fact finding group **be formed**.
領導人命令成立調查小組。

The doctor **insisted** that the patient (**should**) **stay** in bed for two weeks.
醫生堅持要這個病人臥床休息兩星期。

He **advised** that farmers **choose** the best seed heads, the ones that had the best color.
他勸農民要挑選最好的穀穗，即那些顏色最好的穀穗。

Bob **asked** that all the airlines **fly** the pop stars for free.
鮑伯請求所有的航空公司免費運送流行歌星。

(2) 在動詞wish後可接體現假設語氣的受詞子句，通常表示不可能實現的願望。子句中的謂語動詞如用過去式，則表示目前未能實現的願望。如用過去完成式，則表示過去未能實現的願望。有時在子句中，用「would（might）+ 動詞原形」表示有可能實現的願望

I wish I **were** young again. 我希望自己仍然年輕。

I wish I **hadn't told** him that. 我真希望沒有告訴他那些。

I wish you **would stay** a little longer. 我希望你再待一會兒。

(3) 用would / had rather，would / as soon / sooner，would / should / prefer + that 子句等表示願望，其謂語動詞若用動詞原形則表示與將來事實相反；若用一般過去式則表示與現在事實相反；若用過去完成式則表示與過去事實相反

I **'d prefer** that you do that tomorrow. 我倒希望你明天做這件事情。

I **would rather** you came tomorrow. 我寧願你明天來。

She **would** / **had rather** that we **hadn't left** yesterday.
她寧願我們不是昨天離開。

4. 在表語子句和同位語子句中的應用

在表示提議、建議、命令、要求的名詞，例如：advice, decision, demand, desire, idea, motion, order, plan, preference, proposal, request, recommendation, suggestion等作主語時，其表語子句或同位語子句中的謂語用「should + 動詞原形」（should可省略）。

His **suggestion** is that the question (should) be discussed at the next meeting.
他的建議是這個問題應在下次會議上討論。（表語子句）

Our only **request** is that this should be settled as soon as possible.
我們唯一的請求就是儘快解決這個問題。（表語子句）

He gave the **order** that the test be finished before 6.
他要求測試在六點鐘之前完成。（同位語子句）

She gave us a piece of **advice** that we should try it in another way.
她給我們提出了一個建議，叫我們用另一種方法試試看。（同位語子句）

第四節　假設語氣在其他情況下的應用

1. 在有but或otherwise連接的並列句中，有時其中一個分句可用假設語氣

He **would have gone** to the cinema with you, but his friend came.
他本來可以和你一起去電影院的，但他的朋友來了。

這句話用otherwise可改成：

His friend came, otherwise he **would have gone** to the cinema with you.
他的朋友來了，否則他本來可以和你一起去電影院的。

2. 表示祝願、詛咒、禁止、命令等語句中假設語氣的應用。這種用法一般出現在簡單句中，且謂語要用動詞原形。

Have a good trip. = **Have** a good journey.　祝您旅行愉快。

Good luck with your trip!　祝你一路（平安）！

May our friendship be evergreen!　願我們的友誼萬古長青！

Long **live** the great unity of the Chinese people!　中國人民大團結萬歲！

Everybody **go out**!　大家都出去！（表命令）

🔘 文法實戰演練

01. —John went to the hospital alone.
　　—If he _____ me about it, I would have gone with him.（2010天津卷）
　　A. should tell　　　B. tells　　　　　C. told　　　　　　D. had told

02. —The weather has been very hot and dry.

—Yes. If it had rained even a drop, things would be much better now! And my vegetables _____.（2010北京卷）

A. wouldn't die
B. didn't die
C. hadn't died
D. wouldn't have died

03. Had I known about this computer program, a huge amount of time and energy _____.（2010浙江卷）

A. would have been saved
B. had been saved
C. will be saved
D. was saved

04. George is going to talk about the geography of his country, but I'd rather he _____ more on its culture.（2010江蘇卷）

A. focus
B. focused
C. would focus
D. had focused

05. This printer is of good quality. If it _____ break down within the first year, we would repair it at our expense.（2009天津卷）

A. would
B. should
C. could
D. might

06. The doctor recommended that you _____ swim after eating a large meal.（2009浙江卷）

A. wouldn't
B. couldn't
C. needn't
D. shouldn't

07. But for the help of my English teacher, I _____ the first prize in the English Writing Competition.（2009福建卷）

A. would not win
B. would not have won
C. would win
D. would have won

答案剖析

01. **D.** 句意：—約翰一個人去醫院了。—如果他告訴我的話，我就會陪他去的。根據句意可知，這與過去的客觀事實相反。如果子句表示與過去事實相反的假設語氣，其時態形式應為過去完成式。

02. **D.** 句意：哪怕只下過一滴雨，現在情況也會好得多！我的蔬菜也不會死掉。表示與過去事實相反的假設語氣，主句謂語動詞通常用would / wouldn't have done形式。

03. **A.** 句意：如果當初我瞭解這個電腦程式的話，就可以節省大量的時間和精力了。if引導的假設語氣子句如果去掉if，則可以將had / were / should提到主語前面。分析該句的結構及含義可知，主句表示的是與過去事實相反的假設語氣，謂語應用would / could / might / should + have done，A選項正確。

04. **B.** would rather後面的子句應用假設語氣，謂語動詞用過去式。

05. **B.** 前句This printer is of good quality表明「印表機在一年內出故障」是不太可能發生的事情，所表示的是與未來事實相反的假設語氣，條件句用「should + 動詞原形」。

06. **D.** recommend作「勸告，建議」講，其後受詞子句的謂語動詞要使用假設語氣，即「should + 動詞原形」，其中should可以省略。

07. **B.** but for表示「若不，若沒有，要不是」，引起的短語作狀語，句子的謂語動詞常用假設語氣。此處表示與過去事實相反的假設，所以句子謂語採用would have done的形式。再根據句意可知，應採用否定形式。例如：We'd have been lost but for you. 如果沒有你，我們早就迷路了。But for your help, I should have failed. 如果不是你的幫助，我早已失敗了。

第十四章 助動詞和情態動詞

第一節 概述

　　助動詞本身無詞義，表示動作，不能單獨作謂語，只起輔助作用，與其他動詞的一定形式一起構成謂語動詞，或表示否定、疑問，或表示時態和語法，或加強語氣等。

第二節 助動詞的用法

1. 基本助動詞和情態助動詞

　　英語中的助動詞有：be（be, been, being, am, are, is, was, were）；have（have, has, had, having）；do（do, does, did）；shall, will, should, would。

　　這些助動詞一般沒有辭彙意義，它們的語法作用主要是協助主動詞／行為動詞構成複雜動詞片語，構成謂語，表示時態、語態、語氣，或構成疑問及否定形式。具體如下：

(1) 由be, have, shall（should）, will（would）構成除一般現在式和一般過去式以外的全部時態

Then you **will** see the sign for the rest rooms.

接著你就會看到洗手間的標誌。（由 will 構成一般未來式）

He **shall have** been here by 11 o'clock tomorrow.

他將在明天11點前到達這裡。（由shall have 構成未來完成式）

Carl **has** left San Francisco and **is** now working at Disneyland.

卡爾離開了舊金山市，現在狄斯奈樂園工作。（由has構成現在完成式，由is構成現在進行式）

We **shall be** having rain, rain, and nothing but rain.

將會沒完沒了地下雨。（由shall be 構成未來進行式）

He **has been** scoring plenty of goals this season.

在這個（足球）賽季裡，他踢進了許多球。（由 has been構成現在完成進行式）

(2) 由 be 構成各種時態的被動語態

He **is respected** by everybody. 他受大家尊敬。（構成一般現在式的被動語態）

Walt Disney, the great filmmaker, **was born** in Chicago in 1901.

偉大的電影製片家華特·迪士尼於1901年出生於芝加哥。（構成一般過去式的被動語態）

I suspected that I **had been followed and watched** since I arrived in Shanghai.

我懷疑我到達上海以後就已被跟蹤和監視。（構成過去完成式的被動語態）

I know he hates **being interrupted**.
我知道他不喜歡別人打斷他講話。（構成動名詞的被動語態）

(3) 由were, had, would, should, should have, would have等構成各種假設語氣
If I **were** you, I **would** go to Beijing instead of Shanghai.
假如我是你的話，我就去北京了，而不是去上海。
She insisted that she (**should**) **go** to the south for her holiday.
她堅持要去南方渡假。
If I had left a little earlier, I **would have** caught the train.
我要是早點動身就會趕上這趟火車了。
They are talking friendly as if they **had been** good friends for years.
他們交談很熟絡，就像是多年的好朋友似的。

(4) 由do, does, did構成一般現在式和一般過去式的疑問結構
Do you see the big gate over there? 你看得見那邊的那個大門嗎？
How long **does** it take to walk around the park?
逛一圈公園需花多長時間？
When **did** you become a well-known filmmaker?
你是在什麼時候成為一位著名的電影製片人的？

(5) 由don't, does not, did not 構成一般現在式和一般過去式的否定結構
The company that Walt Disney started **does not** just make films.
華特‧迪士尼所創建的公司不只是製作電影。
Disney **didn't** lose heart even after he **couldn't** get them interested in his pictures.
即使無法使他們對他的畫產生興趣，迪士尼也沒有灰心。

(6) 當兩個或兩個以上包含相同助動詞的謂語動詞並列時，後面的助動詞通常省略
The test paper **should be** completed and handed in 90 minutes.
試卷應該在 90 分鐘內完成並繳交。
Having explained the rule and given a few examples，the teacher asked the students to do the exercise at once.
教師在解釋完規則並舉了幾個例子後，馬上要求學生做這一練習。
助動詞在句子中一般不重讀，但當它代替前面的動詞或強調動詞的意義時則應重讀。例如：
— **Do** you speak English? 你會說英語嗎？
— Yes, I **do**. 是，我會說。

2. 助動詞be的形式和用法

(1) 助動詞be有八種形式

原形	一般現在式			現在分詞	過去式		過去分詞
be	第一人稱 單數	第三人稱 單數	其他	being	第一、三 人稱單數	其他	been
	am	is	are		was	were	

注：are / were用於第二人稱單數和複數。

(2) 助動詞be的主要用法

a) 與現在分詞構成各種進行式態以及與have been和現在分詞構成完成進行式。
例如：

The problem is that 300 people **are dying** each day from illness caused by smoking.

問題在於每天都有300人因吸煙患病而死亡。

What **have** you **been doing** these days? 這幾天來你在做什麼？

I'll **be seeing** her at 7 tomorrow evening. 我將在明晚七點會見她。

b) 與過去分詞構成被動語態。例如：

In Britain, sales of cigarettes **have been reduced** by 30% in the last ten years.

最近十年來，英國香煙的銷售額下降了30%。

Preparations **are being made** for the cooperative programs.

合作專案的準備工作正在進行。

He was an ardent fighter for freedom and independence. He **was loved** by millions and **hated** only by a handful.

他是個爭取自由和獨立的熱忱戰士，為數百萬人所愛戴，為僅僅一小撮人所仇恨。

c) 用作連綴動詞構成「繫+表」結構*。例如：

It's **a pleasure** to meet you. Can I take those boxes for you?

真高興見到你。讓我幫你拿這些箱子，行嗎？

The problem **is how to help smokers kick their habit.**

問題在於如何幫助吸菸者戒除他們的（吸煙）習慣。

d) 與動詞不定式構成謂語，表示：

按計劃安排要發生的事或打算要做的事（相當於be going to）。例如：

Steven Spielberg **is to produce** two films this year.

史蒂芬·史匹柏今年要拍兩部電影。

Who **is to bear** the responsibility? 誰來承擔責任？

應當（該）做的事（相當於should）。例如：

You're to be back to the office before five o'clock.

你應該在五點前回到辦公室。

There is no one knowing what was to be done. 沒有人知道該怎麼辦。

能夠、可以做的事（相當於can，may）。例如：

We Chinese are not to be cowed. 我們中國人是嚇不倒的。

Such books are to be found in our library. 這種書在我們圖書館裡找得到。

必須或不得不做的事（相當於must，need或have to）。例如：

This letter is to be handed to her in person.

這封信必須親自交給她。

These goods are not to be carried out of the warehouse without permission from the General Manager.

未經總經理的許可，這批貨物不得搬離倉庫。

想要做的事（相當於want to，intend to，多用於條件子句中）。例如：

If there is to be peace, we must try in every way to prevent war.

要和平，就得想盡一切辦法來防止戰爭。

If I were to do it in this way, what could you do?

如果我要這樣做，你又能怎麼辦？

後來將發生的事（相當於be destined to，多用於過去式）。例如：

The worse problem was still to come. 更糟的問題還在後頭。

In the next few years they were to work together in the same company.

在以後的幾年中，他們將在同一公司內共事。

*繫表結構為連綴動詞+表語的結構

3. 助動詞have的形式和用法

(1) 助動詞have有五種形式

原形	第三人稱單數	現在分詞	過去式	過去分詞
have	has	having	had	had

(2) 助動詞have的主要用法

　　a) 與過去分詞構成各種完成式。例如：

　　They fulfilled the plan earlier than they had expected.

　　他們完成計畫比預料的要早。

　　b) 與「been + 現在分詞」構成各種完成進行式。例如：

　　How have you been getting on with your work?

　　你的工作進行得怎麼樣了？

It **had been raining** for ten days. The streets were all under water.

一連下了十天雨，街道全被淹了。

c) 和動詞不定式連用構成謂語，表示因客觀環境促使不得不做的事。例如：

The bus has left, and if we want to catch the train, we'll **have to take** a taxi.

公車開走了，假如想趕上那趟火車，我們不得不搭計程車。

—Do we **have to write** the paper in English?

我們需要用英語來寫這篇論文嗎？

—No, you **don't have to**. And you can write it in Chinese.

不必，你們可以用中文寫。

🔵 重點提示

由於have to 有情態意義，詳見「情態動詞」有關章節。

a) have還可用作實義動詞，表示「有」、「吃」等含義。例如：

Would you like to **have** some beer? 你想喝點啤酒嗎？

b) have還可用作使役動詞。例如：

Would you please **have** someone take these things to his office?

請你叫人把這些東西拿到他的辦公室去，好嗎？

4. 助動詞do的形式和用法

(1) 助動詞do有三種形式

原形	第三人稱單數	現在分詞	過去式	過去分詞
do	does	doing	did	done

(2) 助動詞do的主要用法

a) 構成一般現在式和一般過去式的疑問句。例如：

Did you think you would be a famous artist as a young man?

年輕時你曾想過你會成為著名的藝術家嗎？

What **do you do** as a director? 身為導演，你做些什麼？

— **Does** he **smoke**? 他抽煙嗎？

—No, he **doesn't**. 不抽。

b) 構成一般現在式和一般過去式的否定句。例如：

Some of us **do not know** much about the play.

我們一些人不太瞭解這個劇本。

He **doesn't like** reading magazines. 他不喜歡看雜誌。

c) 代替前面剛出現的動詞，以避免重複。例如：

—You like folk music very much, don't you? 你很喜歡民間音樂，對嗎？

—Yes, I **do**.（do 用來代替like folk music） 對，我喜歡。

You don't want to be fined. Neither **does** he.（does 用來代替want to be fined）

你不願被罰款，他也不願。

d) 用於加強語氣，表示強調（多用於肯定式中）。例如：

He didn't think that I wrote the paper by myself alone, but I **did write** it myself.

他認為這篇論文不是我獨自寫的，但確實是我自己一個人寫的。

We are very glad that she **does intend to** take part in the competition.

她的確打算參加比賽，我們很高興。

e) 用於懇求。例如：

Do come and join us tomorrow evening.

明天晚上一定要來和我們一起活動。

注意：do還可用作實義動詞，表示「做」等含義。例如：

They went out to **do** some shopping. 他們去外面買東西了。

Would you please **do** me a favor? 你願意幫我一個忙嗎？

5. 助動詞shall (should) 和will (would) 的用法

(1) 助動詞shall (should) 的主要用法

a) 構成各種未來時態，表示「未來」情況，這時它在陳述句中只用於第一人稱；在疑問句中只用於第二人稱（現代英語中多用will / would）。例如：

We **shall go** to Shanghai by train tomorrow afternoon.

我們將於明天下午坐火車去上海。

He asked whether he **should get** a taxi for her.

他問是否需要給她叫一輛計程車。

b) 用於受詞、主語等子句中，表示「應當」的意思，可用於各種人稱，多用動詞原形或「should + 動詞原形」結構中，具體參見「假設語氣」。例如：

The teacher suggested that we (**should**) **read** a number of materials before we began to write a final paper.

老師建議，我們開始寫期末論文之前應當閱讀一些資料。

It is desired that they (**should**) **get** everything ready by the end of this month.

希望他們到本月底把一切都準備好。

His only requirement is that the courses (**should**) **be** adjusted.

他唯一的要求是把課程作些調整。

We'll keep a seat for you in case you **should change** your mind.

我們給你留個座位，免得你會改變主意。

c) 可用作情態動詞，詳見情態動詞一章。

(2) 助動詞**will (would)** 的主要用法

    a) 構成各種未來時態，一般用於第二、三人稱。例如：

Go through the gate and you'**ll find** the entrance to ABC company on the other side.

穿過那道門，你就會看到在另一邊通往ABC公司的入口處。

They said that they **would finish** it soon. 他們說很快就要做完了。

    b) 可用作情態動詞，詳見「情態動詞的用法」一節。

    c) would可以用來構成假設語氣，「would+動詞原形」用在表示現在及未來情況的假設條件句的主句中，「would+have+過去分詞」用在表示過去情況的假設條件句的主句中，具體參見「假設語氣」一節。例如：

If it were not for their help, we **would be** in a very difficult situation.

要不是他們的幫助，我們的處境就會很艱難。

If we had invited her, she **would have come** to the party.

要是我們邀請了她，她就會來參加晚會的。

第三節 情態動詞的用法

1. 情態動詞的含義和特徵

    情態動詞只有情態意義，即它表示說話人對動作的觀點，如需要、可能、意願或懷疑等。情態動詞主要有：can (could), may (might), must, ought to, need, dare (dared), have to (had to)。此外shall, will, should, would在一定場合下也可用作情態動詞。

    情態動詞具有以下特徵：

(1) 在形式上，情態動詞沒有實義動詞的各種變化，只有could, would, had to, was (were) to, might, should 等幾個過去式。其他如must, ought to等的過去式皆與現在式同形，且在各種人稱後都用同樣的形式

(2) 在意義上，大多數情態動詞有多個意義。如can可表示「能夠」、「可能」、「允許」等，may可表示「可能」、「允許」、「目的」、「讓步」等

(3) 在用法上，情態動詞（除ought跟不定式外）與助動詞一樣，須後接動詞原形，而構成謂語動詞

2. 情態動詞can (could) 的用法

(1) 情態動詞can的主要用法

    a) 表示能力：

        Is there anything else I **can** do for you? 我還能為你做些別的事嗎？

        An apprentice who **can't** surpass his master is unfortunate.—Da Vinci.

        不能超過師傅的徒弟是不幸的。—（義大利）達·文西

        Doing this **can** save a lot of time and money.

        這樣做可以節省許多時間和金錢。

    b) 表示客觀可能性：

        If it is raining tomorrow, the sports **can** take place indoors.

        如果明天下雨，運動會就可能在室內舉行。

        She **can't** be serious about it. 她不可能認真對待這件事。

        Nowadays, even juveniles **can** get high blood pressure.

        現在，甚至連青少年都有可能得高血壓。

    c) 表示允許：

        No one **can** smoke in the office. 在辦公室裡任何人都不能抽煙。

        You **can** bring the dictionary in the exam tomorrow.

        在明天的考試中你們可以帶字典來。

    d) 表示請求、命令、驚異、懷疑、迷惑等態度，主要用在否定句、疑問句或驚歎句中：

        Can you tell me the way to the railway station?

        你能告訴我去火車站怎麼走嗎？

        Can it be true? 那會是真的嗎？

    e) 用於固定的習語中：

        She **can't help** laughing after hearing such a joke.

        聽了這樣的笑話，她不禁大笑起來。

        I **can't but** ask him about it. 關於那件事我只得問他。

        I **cannot stand** it any longer. 我可再也無法忍受了。

        The small board **cannot bear** truckloads. 這塊小木板不能承受卡車的重量。

(2) 情態動詞could的主要用法

    a) 表示過去的「可能性」或「能力」。例如：

        He **could be** very naughty when he was a child. 他小時候可能是很頑皮的。

        She asked whether she **could** take the books out of the reading room.

        她問可不可以把書帶出閱覽室。

b) 表示驚異、懷疑、不相信等態度，這時，could可與can換用，用could時語氣較用can時更加緩和，兩者在時間上沒有什麼差別。例如：

How **could** he be so foolish?　他怎會如此愚蠢呢？

He **could not (can't)** be over sixty.　他不可能有六十多歲了。

Could it be true? 那會是真的嗎？

c) 比較委婉客氣地提出請求或陳述看法等，時間與can沒什麼差別。例如：

I'm afraid that we **couldn't** give you an answer now.

恐怕現在我們無法回答你。

Could I see your ID card?　我可否看看你的身份證？

d) 在假設語氣中構成謂語，常與動詞的完成式連用，表示過去本可以完成而實際上卻未完成的動作。例如：

If you had studied harder, you **could have got** much better grades.

要是你更加用功的話，你本來可以取得更好的成績。

If you had been a little more careful, you **could have avoided** this serious mistake.

假如你稍加注意的話，你原本可以避免這種嚴重的錯誤。

We would be much obliged if you **could send** us a sample.

如能承蒙寄一份樣品，我們將不勝感激。

3. 情態動詞may (might) 的用法

(1) 情態動詞may的主要用法

a) 表示允許，多用來詢問或說明一件事可不可以做。 在回答用may的疑問句 時，多用其他形式而避免使用may這個詞，以免顯得口氣太嚴峻或不客氣。例如：

—**May** I borrow your bicycle?　我可以借用一下你的自行車嗎？

—Certainly.　當然可以。

Students **may not** stay out after 10:30 p.m. without written permission.

沒有書面同意，學生晚上10:30 後不得留在外面。

—**May** I smoke here?　我可以在這裡抽煙嗎？

—Yes, please.（或Yes, you can.）　請抽吧。

—No, please don't.（或No, **you mustn't**.）　請不要抽。

b) 表示可能。用來表示一件事或許會發生，或是某種情況可能會存在。通常只用於肯定或否定陳述句中，而不用於疑問句中。例如：

Man's next visit **may** be to Mars.　人類的下一個訪問目標可能是火星。

The dialect of one city **may** be quite different from that of another.

一個城市的方言與另一城市的方言可能十分不同。

Your manager **may** be waiting for you in the office.

你的經理可能正在辦公室裡等你。

Too many sweet foods **may** increase your weight.

吃太多的甜食可能會使你發胖。

c) 表示目的或讓步。在表示目的或讓步的狀語子句中構成謂語。例如：

She is saving her money so that she **may** go to study in the United States next year.

她正在存錢，以便明年可以到美國去讀書。

Write to him at once so that he **may** know about it.

馬上寫信給他讓他知道此事。

d) 用於固定習語中。例如：

You **may (might) as well** tell him the truth. 你還是把事實真相告訴他比較好。

His appearance has changed so much that you **may well** not recognize him.

他的外貌變化如此之大，你很可能認不出他來。

(2) 情態動詞might的主要用法

　　a) 作為 may 的過去式，用來表示過去的「可能」和「允許」，多用於間接引語。例如：

He said that I **might** use his telephone. 他說我可以用一下他的電話。

He asked if he **might** glance through my album. 他問可不可以翻翻我的相本。

　　b) 表示現在的「可能」或「允許」，即表示現在可以做的事或可能發生的事，這時 might 不是 may 的過去式，兩者表示的時間一樣，只是用 might 時語氣比較婉轉或是實現的可能性更小一些。例如：

They **might** have a lot of work to do. 他們可能有很多事要做。

Might I have a word with you? 我可以跟你說句話嗎？

I wonder if I **might** borrow your dictionary. 不知可否向你借本字典？

　　c) 表示目的或讓步。在表示目的或讓步等狀語子句中構成謂語。例如：

He could not convince her, no matter how hard he **might** try.

不管他如何努力都不能說服她。

He said he wouldn't change his mind whatever they **might** say.

他說不管他們怎樣說，他都不會改變主意。

　　d) 在假設條件的主句中構成謂語，常與動詞的完成式連用，表示過去本可以完成而實際上卻未能完成的動作。例如：

If she had made better use of her time, she **might have made** much better achievements.

要是時間利用得更好一點，她也許可以取得更好的成績。

She **might have expressed** her true feeling at that time.
那時她也許已表達了她的真情了。

4. 情態動詞must與have to的形式和用法

(1) 情態動詞must只有一種形式，其現在式與過去式同形，它可指現在或未來，用於完成式則可指過去，其過去式僅用於間接引語中

(2) 情態動詞must和have to的主要用法及比較

a) 表示義務，即「必須」、「應該」。must強調說話者的主觀看法，have to強調客觀的需要，在回答帶有must的問句時，否定式常用need not (needn't) 或 don't have to，而不是用 must not。例如：

We **must** respect the practice of cultures different from our own.
我們必須尊重與我們不同的文化習俗。

You **must** be careful when handling chemicals.
搬運化學藥品必須小心謹慎。

I **must** go now. 現在我該走了。（主觀看法）

I **have to** go now. 現在我得走了。（客觀需要）

—**Must** I be home before eight o'clock?
我應該（必須）在八點鐘前回到家裡嗎？

—Yes, you **must**. 是的，你必須。

—No, you **needn't**. / No, you **don't have to**. 不，你不必（如此）。

All of the students will **have to** know how to use the computers in the future.
將來所有學生都必須懂得怎樣使用電腦。

b) must用來表示推測，即「一定」、「必定」之意，這時must只能用在肯定句中，這種推測比may表示的要肯定得多。例如：

There **must be** some mistake. 一定是出什麼差錯了。

She **must have been** very young when she got married.
她結婚時一定很年輕。

5. 情態動詞ought to的用法

情態動詞ought to表示義務，即「應該」，語氣比should稍重，但比must更為委婉；表示推測，即「可能」，語氣比must弱，沒有must那麼肯定。

(1) 表示義務，即應該做的事情，和should相近，只是口氣稍重一些

You don't look well. You **ought to** go to see the doctor.
你氣色不好，應該去看一下醫生。

You **ought not to** write so carelessly. 你不應該寫得如此潦草。

Every citizen **ought to** obey the law. 每個人都應當守法。

Schoolgirls **oughtn't to** wear high-heeled shoes. 女學生不該穿高跟鞋。

 重點提示

ought to往往與should同義，在生活實際中人們多用後者。但有時ought to表示因責任、義務而該做的事情；should 則表示宜於做某事。試比較：

You are his father. You **ought to** take care of him. 你是他父親，應當管他。

He **should not** ring her up. 他不宜打電話給她。

例很多情況，常可互換。例如：

You **shouldn't / oughtn't to** talk like that. 你不應該這樣說話。

(2) 表示非常可能的事，其語氣較must弱，不如must那樣肯定

She **ought to** be home by now. 她現在該到家了吧。

Ask Tom. He **ought to** know. 去問湯姆吧，他應該知道。

If we start right now, we **ought to** be able to get there on time.
如果我們現在動身，我們應該可以準時到達。

6. 情態動詞need的形式和用法

(1) need既可用作情態動詞，亦可用作實義動詞。用作情態動詞時，它只有一種形式，即後跟不帶to的動詞不定式，只用於否定句和疑問句中； 用作實義動詞時，它有動詞的全部形式，即現在式單數第三人稱needs，現在分詞needing以及過去分詞needed，後跟帶to的不定式，可用於一切句式。例如：（以escape為例）

	情態動詞	實義動詞
肯定式		He needed to escape.
否定式	He needn't escape.	He doesn't need to escape.
肯定疑問式	Need we escape?	Do we need to escape?
否定疑問式	Needn't he escape after all?	Doesn't he need to escape?

(2) 情態動詞need的主要用法

表示需要，指現在或將來，只用於否定句、疑問句或含有否定意味的肯定句中。用於完成式，表示不需要完成但卻已完成的動作。

a) 表示「需要」，指現在或將來，只用於否定句或疑問句中，包括那些含有否定意味的肯定句中。例如：

You **need not** meet him unless you would like to.
除非你願意，你不需要見他。

—**Need** I come? 我需要來嗎？

—Yes, you **must**. (No, you **needn't**.) 需要。（不需要。）

I hardly **need** say how much we missed you. 不用説，我們是多麼想念你啊。

He **need** do it but once. (but once = no more than once=only once)
他只需要做一次。

b) 用於完成式，表示本不需要完成但實際上卻已完成的動作，暗含時間或精力的浪費。例如：

The question **needn't have been discussed**.
此問題本來不需要討論的。（實際上卻已討論了）

We **needn't have bought** the presents.
我們本來不需要買禮物的。（實際上卻買了）

7. 情態動詞dare的形式和用法

(1) 同need一樣，dare既可用作情態動詞，也可用作實義動詞。用作情態動詞時，它只有一種形式，後跟不帶to的不定式。主要用於否定句和疑問句中；用作實義動詞時，它有動詞的全部形式，即現在式單數第三人稱dares，現在分詞daring以及過去式和過去分詞dared，後跟帶to的不定式，可用於一切句式。例如：（以escape為例）

	情態動詞	實義動詞
肯定式		He dared to escape.
否定式	He daren't escape.	He doesn't dare to escape.
肯定疑問式	Dare we escape?	Do we dare to escape?
否定疑問式	Dare we not escape?	Doesn't he dare to escape?

(2) 情態動詞 dare 的主要用法

a) 表示「敢於」，指現在或過去，主要用於疑問句、否定句或條件子句中。例如：

How **dare** they do such a thing? 他們怎麼敢於做出這樣的事？

I scarcely **dare** think of it. 這事我簡直連想都不敢想。

I **daren't have done** it yesterday, but I think I **dare** now.
我昨天不敢做這件事，但我想我現在敢做了。

🔵 重點提示

現在把dare用作及物動詞的時候更多一些。這時dare後可以跟動詞不定式，用於各種結構中。試與以上例句加以比較。例如：

> She was so sensitive that no one **dared to tell** her the sad news.
> 她如此敏感，以至於沒有人敢把這噩耗告訴她。
> How **did** they **dare to do** such a thing? 他們怎麼敢於做出這樣的事？

b) 用於固定習慣語中。例如：

My son is not at home, but I **dare say** he will come back before long.
我兒子現在不在家，不過我想不久他就會回來的。

注意：除了在I dare say...這樣的習語中外，情態動詞dare 一般不能用於肯定式的陳述句中。

8. 情態動詞shall與should的用法

(1) 情態動詞shall與should的用法

　　表示徵詢意見，shall用於第一、三人稱的疑問句中，should用於第一人稱的疑問句中，should語氣比shall更委婉；表示義務，即「應該」，shall用於第二、三人稱句子中，而現多用should代替shall；shall表示「許諾」，用於第二、三人稱的肯定、否定句中（現已少見）；shall用於完成式中，構成假設句的謂語，表示與客觀事實相反的含義。

(2) 情態動詞shall的用法

a) 表示「徵詢意見」，用於第一、三人稱的疑問句中。例如：
Where **shall** I wait for you? 我在哪裡等你好呢？
Shall we start the meeting now? 我們現在開始開會好嗎？
What **shall** he do next? 他下一步做什麼好呢？

b) 表示「義務」，用於第二、三人稱的句子中（現在已少見）。例如：
You **shall** do as I tell you. 你照我所講的去辦。
He **shall** be punished if he disobeys. 如果不服從，就處罰他。

c) 表示「許諾」、「允諾」，用於第二、三人稱的肯定句或否定句中（現已少見）。例如：
He **shall** get it back next week. 下週他可以將它拿回去。
You wanted justice, so you **shall** get justice, more than you wanted.
你要求公正，那麼就讓你得到公正，比你要求的還要多。

(3) 情態動詞should的用法

a) 表示「徵詢意見」，用於第一人稱的疑問句中，詢問對方的意願，其語氣較委婉、溫和。例如：
What **should** we do now? 我們現在該怎麼辦？

Should I turn off the radio?　我可以關掉收音機嗎？

b) 表示義務「應該」，可用於多種句式，通常指將來。例如：

People who use credit cards to buy things online **should** be very careful.
使用信用卡在網上購物的人應該小心謹慎。

Young people **should** learn how to use computers.
年輕人應學會使用電腦。

c) 表示「假設」，用於完成式的肯定句中，表示過去應該做而未做的事；用於完成式的否定句中，表示不應該完成但已完成的動作。例如：

He looks very tired. He **should have had** a good rest at home.
他看起來很累了，本應該待在家裡好好休息。

As an adult, he **shouldn't have misunderstood** it.
作為成年人，他本來就不應該誤解這件事。

🔵 重點提示

must，should與ought to的比較
三者均表示「義務」，但must 語氣最強烈，should 與ought to 含義相似，常可互換（參見ought to）。例如：
You **must** do it at once.　你必須馬上做這件事。
You **should / ought to** do it at once.　你應該馬上做這件事。

9. 情態動詞will與would的用法

(1) 情態動詞will與would的主要用法

　　表示「意志」、「意願」，用於各種人稱，will指將來，would指過去將來；表示「請求」，用於第二人稱的疑問句中，表示詢問對方的意願或向對方提出請求，would語氣比will更客氣；表示「習慣」，will指現在習慣，would指過去習慣，would比used to更正式，並沒有「現已無此習慣」的含義；用於固定習語中。例如：would rather（寧願），would sooner（寧願），would...mind（介意）等。

(2) 情態動詞will / would的主要用法

a) 表示「意志」、「意願」，可用於多種人稱；will指將來，would常用於間接引語，指過去的將來。例如：

Everything comes if a man **will** only wait.
只要肯等待，任何事物都有發生之時。

He **won't** go to the countryside. 他不願去鄉村。

I promised that I **would** do my best. 我答應會盡我的最大努力。

b) 表示「請求」、「徵詢意願」，主要用於第二人稱的疑問句中，表示詢問對方的意願或向對方提出請求，時間指現在或將來。would語氣比will更婉轉、更客氣。例如：

I'm going to the library. **Will** you go with me?
我要去圖書館。你願跟我一起去嗎？（指未來）

Would you like some bananas? 想吃點香蕉嗎？（指現在）

Will you give him a message when you see him?
見到他時，請通知他一下好嗎？

Would you mind closing the window? 請關上窗戶好嗎？

c) 表示「習慣」。will表示現在的習慣，would表示過去的習慣，比used to更正式，並沒有「現在已無此習慣」的含義。例如：

He **will** sit there for hours doing nothing at all.
他常常幾小時坐在那兒無所事事。

When I was a student, I **would** take a walk along the country road after class.
當學生時，放學後我常常沿著鄉間小路散步。

I **used to** smoke, but now I don't at all.
過去我常常抽煙，但現在一點也不抽了。

d) would用於固定習慣語中。例如：

I'd **rather** do it myself.（用於would rather中）這事我寧願自己做。

He'd **sooner** die **than** let me think he was a coward.（用於would sooner 中）
他寧死也不願讓我認為他是一個懦夫。

Would you **mind** my staying here for a while?（用於would...mind 中）
我在這兒待一會兒，你介意嗎？

第四節 情態動詞後的某些動詞形式

情態動詞後主要有以下幾種動詞形式及用法。

1. 情態動詞 + have + v-ed

情態動詞有時和動詞的完成式構成謂語，表示「應當已經……」、「想必已經……」這類意思。例如：

The grass is wet. It **must have rained** last night.
草地很濕，昨晚一定下過雨了。

John **should have gone** to the post office this morning.
今天上午約翰本來應該去郵局。

Smith **may (might) have gone** to the movie yesterday.
昨天史密斯也許已去看過電影。

You **needn't have told** him about that.　你本來不必把這件事告訴他。

No one **can have foreseen** all this.　誰都預料不到這一切。

We **oughtn't to have brought** you so much trouble.
我們本來不應該給你添這麼多的麻煩。

She **would have done** anything to make profits.　為了賺錢，她什麼都願意做。

2. 情態動詞 + be + v-ing

　　情態動詞也可以和動詞的進行式構成謂語，表示「應當正在……」、「想必正在……」、「可能正在……」等這類意思。例如：

You're still so weak that you **shouldn't be working** like that.
你身體還這麼虛弱，不應當這樣做。

This isn't what I **ought to be doing**.　這不是我現在該做的事。

They **may (might)** still **be discussing** about the proposals.
他們可能還在討論這些提議。

They **must be waiting** for us. Let's hurry up.
他們一定在等我們了，咱們快點走吧。

What **can (could)** she **be doing** at this time of the day?
那天的這時候，她可能在做什麼呢？

You **needn't be standing** here in the rain.
你們不必站在這兒淋雨。

3. 情態動詞 + have + been + v-ing

　　情態動詞可以和動詞的完成進行式構成謂語，表示「應當一直在……」、「想必一直在……」、「可能一直在……」等這類意思。例如：

They **must have been working** in the fields.
他們一定是在田地裡勞動。

They **may have been discussing** the problem all the morning.
整個上午他們可能一直在討論這個問題。

You **should have been waiting** for them. Why haven't you?
你本來應該等候他們，為什麼沒有等呢？

She **couldn't have been swimming** all day.　她不可能一整天都在游泳。

The guests **would have been arriving** by now.　客人們到現在本應該已到了。

4. 情態動詞 + be + v-ed

情態動詞也可以和動詞的被動式構成謂語，表示「應當受到……」、「想必被……」、「可能受到……」等這類意思。例如：

An article **should be used** here. 這裡應該用個冠詞。

That question **needn't be brought** in. 這個問題不必扯進來。

The car **must be driven** with great care. 開車一定要謹慎小心。

Sometimes, bad things **may / can be turned** into good things.
有時壞事也可能轉變成好事。

📀 文法實戰演練

01. Just be patient. You _____ expect the world to change so soon.（2010全國卷Ⅰ）

A. can't   B. needn't   C. may not   D. will not

02. I _____ have watched that movie—it'll give me horrible dreams.（2010山東卷）

A. shouldn't   B. needn't   C. couldn't   D. mustn't

03. —I haven't got the reference book yet, but I'll have a test on the subject next month.

—Don't worry. You _____ have it by Friday.（2010江蘇卷）

A. could   B. shall   C. must   D. may

04. "You _____ have a wrong number," she said. "There's no one of that name here."（2010浙江卷）

A. need   B. can   C. must   D. would

05. Mark _____ have hurried. After driving at top speed, he arrived half an hour early.（2010天津卷）

A. needn't   B. wouldn't   C. mustn't   D. couldn't

06. Doctors say that exercise is important for health, but it _____ be regular exercise.（2010遼寧卷）

A. can   B. will   C. must   D. may

07. —Good morning. I've got an appointment with Miss Smith in the Personnel Department.

　　—Ah, good morning. You _____ be Mrs. Peters.（2010北京卷）

　　A. might　　　　B. must　　　　　C. would　　　　　D. can

08. You _____ buy a gift, but you can if you want to.（2010湖南卷）

　　A. must　　　　B. mustn't　　　　C. have to　　　　D. don't have to

09. —May I take this book out of the reading room?

　　—No, you _____. You read it in here.（2010陝西卷）

　　A. mightn't　　B. won't　　　　C. needn't　　　　D. mustn't

10. He did not regret saying what he did but felt that he _____ it differently.（2009江蘇卷）

　　A. could express　　　　　　　B. would express

　　C. could have expressed　　　　D. must have expressed

11. One of the few things you _____ say about English people with certainty is that they talk a lot about the weather.（2009北京卷）

　　A. need　　　　B. must　　　　C. should　　　　D. can

12. It _____ have been Tom that parked the car here, as he is the only one with a car.（2009上海卷）

　　A. may　　　　B. can　　　　C. must　　　　D. should

13. —Hi, Tom. Any idea where Jane is?

　　—She _____ in the classroom. I saw her there just now.（2009重慶卷）

　　A. shall be　　　　　　　　　B. should have been

　　C. must be　　　　　　　　　D. might have been

14. —I don't care what people think.

　　—Well, you _____.（2009四川卷）

　　A. could　　　　B. would　　　　C. should　　　　D. might

答案剖析

01. **A.** 句意：耐心點，你不能指望這個世界會很快發生變化。在這裡can't 在否定句中表示推測，意為「不可能」。needn't 沒有必要；may not 可能不；will not 將不，都不符合題意。

02. **A.** 句意：我本不應該去看那部電影──這會讓我做可怕的夢。表示「本來不應該做而做了某事」用shouldn't have done，所以A項正確。needn't have done 本不必做而做了；couldn't have done 不可能做過；mustn't 表示「禁止」，填入均不符合句意。

03. **B.** could 能夠；must 必須；may 可能，可以，均不符合句意。shall此處表示允諾，根據Don't worry的語境可判斷，此處意為「到星期五你會得到的」。

04. **C.** 此題考情態動詞表推測的用法。題幹中There's no one of that name here表明，說話人肯定地推斷出對方撥錯了號碼，表示非常有把握的推測用must，故答案選C。

05. **A.** 句意：馬克本沒必要那麼匆忙的。在高速行車後，他早到了半個小時。根據後邊一句的語境可推斷出答案選A. needn't have done表示本沒必要做但實際上做了。

06. **C.** 句意：醫生們說，鍛鍊對身體很重要，但是必須是有規律的鍛鍊。can 能夠，可以；will 將要，情願；must 必須，一定；may 可能，可以。故正確答案為C。

07. **B.** 根據上句的內容，第二個人作出了肯定的判斷「你一定就是Mrs. Peters」。must用於肯定句，表示接近事實的猜測；might表猜測時意為「可能，也許」，可能性較小；would表推測時，意為「也許，大概」；can表推測時常用於疑問或否定句。

08. **D.** must和have to都有「必須」之意，但是must表示說話者的主觀看法，have to表示客觀需要。mustn't表示「禁止，不許」；don't have to表示「不需要，不必」。句意：你不需要買禮物，但是你想買的話也可以買。

09. **D.** 句意：一我能把書帶到閱覽室外面去嗎？一不可以，你只能在這裡看。mightn't 可能不；won't 不願意；needn't 不需要；mustn't 禁止，不許。此處表示的是禁止，故答案選D。

10. **C.** 句意：他並沒有後悔說了他所說的話，但是覺得他本來可以換種方式表達。could have done表示本來能夠做的事情卻沒有做到。

11. **D.** 句意：對英國人，你能確定的幾件事情之一就是他們經常談論天氣。need 需要；must 必須；should 應該；can 能夠，可以。根據語境D選項正確。

12. **C.** 句意：一定是Tom把車停在這裡，因為他是唯一有車的人。must have done 表示對過去所發生情況的極為肯定的推測，意為「一定是，準是」。

13. **C.** 根據答語中後面一句I saw her there just now可推斷出，她一定在教室裡。 must表推測時語氣極為肯定，通常意為「一定」。

14. **C.** 句意：一我不在乎人們怎麼想。一得了吧，你應該在乎。A選項表示能力和 許可；B選項表示意願；C選項可以用來向別人提建議或進行勸告；D選項用於不 肯定的猜測。根據會話的語境，答案選C。

第十五章 動詞不定式

第一節 概述

1. 不定式的形式

　　不定式是動詞的一種非限定形式，即非謂語動詞形式，在句子中不能單獨作謂語。它有兩種形式：(1) 帶to的不定式；(2) 不帶to的不定式（即通常所稱的動詞原形），它可以和助動詞或情態動詞構成謂語。不定式有時態和語態的變化：

	主動語態	被動語態
一般式	to do	to be done
完成式	to have done	to have been done
進行式	to be doing	──
完成進行式	to have been doing	──

　　註：不定式的否定式一般在它的前面直接加not。

2. 不定式的性質

　　不定式既有動詞性質，又有名詞性質。

(1) 不定式具有動詞的性質，即它有時態和語態的變化；可有自己的受詞或狀語並構成不定式短語

Would you like **to tell** me an interesting story?

你可不可以講個有趣的故事給我聽？（不定式to tell 有自己的受詞 me和story）

He was too clever a man **to be fooled**.

他這個人很機靈，不會被愚弄的。（不定式的被動語態）

They **will set up** more primary schools in the countryside.

他們將在鄉村修建更多的小學。（不帶to 的不定式與助動詞will一起構成謂語）

(2) 不定式具有名詞性質，即它在句子中可用作主語、受詞、表語*等

To give one's life to his motherland is a worthy death.

為祖國的利益而獻身，就是死得其所。（作主語）

This suit doesn't seem **to fit me**. 這衣服似乎不適合我穿。（作表語）

She wanted **to see** which shops offered the best service.

她想看看哪些商店提供最好的服務。（作受詞）

There's no need **to be worried**. 不需要擔心。（作修飾語）

He went there **to see** what would happen.

他去那兒是想看看會出什麼事。（作狀語*）

*表語及狀語定義請見p.23

(3) 不定式雖然在語法上不能有主語， 但它表示的是動作，在意思上是可以有自己的
主語，在語法上這個主語稱為不定式的邏輯主語。這個邏輯主語可以是整個句子
的主語、受詞等，也可以用一個由for引起的短語表示

His friends tried **to encourage** him.

他的朋友設法鼓勵他。（不定式的邏輯主語 His friends 同時也是句子的主語）

Every year, tobacco companies must persuade new people **to start** smoking
cigarettes.

每年煙草公司要設法使一些不吸煙的人開始抽煙。（不定式的邏輯主語 new
people 是句子的受詞）

It's very difficult **for** a foreigner **to learn** Chinese.

外國人學中文是很不容易的。（不定式的邏輯主語由for 引起的短語表示）

第二節 作主語、受詞和表語的不定式

1. 用作主語

(1) 當代英語常用it作為不定式的形式主語，而將真正的主語不定式移到句子的後面
去，使句子顯得較平穩

To know what you know and to realize what you do not know is to know
indeed.—Confucius

知之為知之，不知為不知，是知也。—（中）孔子

It's a great pleasure **to see** you again. 再次見到你真高興。

(2) 如要說明不定式表示的動作是誰做時，可以在不定式前加一個以for引起的短語

It is good manners **for an Arab to stand** close to his friend when they are
talking.

對阿拉伯人來說， 交談時站得離朋友近些是好的行為。

The Internet also makes it easier **for companies to keep** in touch with
customers and companies in other countries.

網路也方便了公司聯絡國外的客戶和公司。

(3) 在某些形容詞，例如kind, good, nice, wise, unwise, clever, silly, wrong, right,
foolish, stupid, careless, considerate, rude, naughty, impolite等作表語時，不定
式前常可加一個以of引起的短語，來說明不定式指的是誰的情況

It's very **kind of you to think** so much of us. 謝謝你替我們考慮得這麼多。

It's **unwise of them to do** like that. 他們那樣做是不明智的。

It's **careless of them to ignore** this important point.

他們忽視了重點，真是粗心。

2. 用作受詞

(1) 英語中能以不定式作受詞的動詞很多。常見的有：like, want, wish, hate, prefer, hope, manage, try, offer, start, ask, forget, promise, pretend, intend, begin, attempt, decide, desire, agree, learn, choose, expect等

I **need to fetch** a tape from a friend, 我需要去一個朋友那裡取一盒錄音帶回來。

Do you **want** me **to find** one stamp for you? 要不要我去幫你找一張郵票？

Once you **start to smoke**, you cannot easily give it up.

一旦你開始抽煙, 你就不容易戒掉。

(2) 當不定式作直接受詞，而後面還有受詞補足語時，通常把不定式放在補足語後面，而用形式受詞it來代替它

She thought **it unnecessary to argue** with him about it.

她覺得沒有必要和他辯論這個問題。

He made **it a rule to speak** only English in class. 他規定課堂上只能說英語。

(3) 某些動詞，例如tell, advise, show, teach, find out, decide, discuss, learn, forget, know 等，通常用不定式短語（即連接代名詞、副詞+不定式）作受詞

I don't **know which to choose** because there isn't any difference between the two.

因為這兩者之間毫無差別，所以我真不知道該選哪個。

We must **decide whether to go** or stay. 我們得決定是去還是留。

I so hope you'll **advise** me **what to do**. 我真希望你會建議我該怎麼辦。

The teacher **will teach** us **how to learn** English well.

老師會教我們如何才能學好英語。

(4) 英語中介系詞後面通常要跟動詞的動名詞形式，但下面這些短語中的介系詞 about, but, expect, than後用不定式作為受詞：be about, do nothing but, cannot help (choose) but, can not but, nothing except, nothing else than等

He **is about to go** abroad to study. 他將要出國留學了。

The patient **cannot but follow** the doctor's instructions, though he doesn't think it necessary.

病人只得遵照醫生的囑咐，儘管他認為沒有必要。

These children **did nothing except play** all day long.

這些孩子除了整天玩耍外，什麼都沒做。

He **did nothing else than laugh**. 他只是笑。

3. 用作表語

不定式作表語時常用來表示預定要發生的動作，也可用來表示未來的可能性和假設；但當不定式所作的表語僅用來說明主語的內容時，這時的不定式只作單純的表語，而不具有未來的含義。例如：

The important thing in life is **to have a great aim, and the determination** to attain it.—Geothe

人生重要的事是有一個偉大的目標，以及實現它的決心。—（德）歌德

One way to catch a glimpse of the future is **to examine** some of the major trends in contemporary society.

考察當代社會的大的趨勢可以幫助我們對未來作出窺測。

The secret of a happy life is **to accept** change gracefully.

幸福人生的秘密是巧妙地接受變化。

The best thing Miss Zhang ever did was **to buy that house**.

張小姐做的最好的一件事就是買了那所房子。

第三節 作修飾語的不定式

1. 在某些轉化名詞後不定式作修飾語

某些動詞和形容詞後面通常要接不定式作受詞或狀語，這些動詞和形容詞轉化成名詞後也要求用不定式作修飾語。主要有：need, time, way, right, chance, opportunity, courage, reason, effort, drive, determination, decision, tendency, struggle, intention, wish, plan, refusal, order, attempt, promise, ability等等。例如：

He was very busy and had no **time to visit** his friends.

他很忙，根本沒時間探訪朋友們。

We failed in our **attempt to climb** the mountain.

我們試圖爬上那座山，但是失敗了。

They had no **chance to go** to school in those years.

那時候他們沒有機會上學。

No investigation, no **right to speak**. 沒有調查就沒有發言權。

2. 不定式與被修飾名詞的關係

作修飾語的不定式與它所修飾的名詞有時有著主謂關係或動賓關係（見下例）。如是主謂關係時，不定式修飾語相當於一個關係子句；如是動賓關係，且這個不定式是不及物動詞時，它後面就應帶有必要的介系詞。例如：

We need someone **to help** him with the typing.

我們需要一個人幫助他打字。（不定式相當於關係子句 who will help him with

the typing，主謂關係）

The meeting **to take place** next month is bound to be a great success.

下月舉行的會議一定會很成功。（不定式相當於關係子句 which will take place，主謂關係）

I have a lot of work **to do**. 我有許多工作要做。（動賓關係）

Let's first find a room **to put** the thing **in**.

我們先找一個房間把東西放在裡面。（動賓關係）

She is a very nice person **to work with**. 她是一個很好共事的人。（動賓關係）

I haven't got a chair **to sit on**. 我還沒有可以坐的椅子。（動賓關係）

There is nothing **to worry about**. 沒有什麼值得發愁的。（動賓關係）

第四節 作狀語的不定式

不定式常可用作狀語，修飾動詞，表示行為的目的、結果、原因等。

1. 不定式作狀語表目的

表示目的，其邏輯主語通常亦是全句的主語；在強調這種目的狀語時，不定式前可加in order或so as；也可將不定式或「in order + 不定式」置於句首（so as 較少置於句首）。例如：

He will drive as carefully as he can **to avoid any accidents**.

他盡可能小心地開車以避免任何交通事故。

I stayed there **so as to see** what would happen.

我留在那裡，為的是想看看會發生什麼事。

To do a good job, we must have the right ways.

要做好工作，我們要有正確的方法。

In order not to be late, we took a taxi instead of a bus.

為了不遲到，我們沒有搭公車，而是坐計程車。

2. 不定式作狀語表結果

表結果，其邏輯主語通常亦是全句的主語。在「so...as to...」，「such...as to...」，「enough to...」，「only to...」以及 「too...to...」等結構中的不定式皆表示結果。例如：

She lived **to be** over 100. 她活到了一百多歲。

What have I said **to make** you so sad? 我說了什麼話使你如此傷心？

Be **so kind as to drop in** some time when you are free.

你有空時懇請（某時）順便來玩。

He lifted a rock **only to drop** it on his own feet. 他搬起石頭砸了自己的腳。

3. 不定式作狀語表原因

表示原因，其邏輯主語通常是句子的主語。例如：

We jumped with joy **to hear** the news.

聽到這個消息，我們都高興得跳了起來。

We are proud **to be** young people of China. 作為中國的青年，我們感到自豪。

She trembled **to think of** the terrible accident.

想到那可怕的車禍，她就不寒而慄。

第五節　在複合結構中的不定式

1. 複合受詞

在很多句子中，不定式用作受詞（名詞或代詞）的補足語，從而構成複合結構作動詞的受詞，即複合受詞。不定式和受詞之間在邏輯上是主謂關係。

(1) 在很多動詞後面都可有這樣的複合受詞，常見的這類動詞有：ask, tell, invite, force, get, beg, allow, help, wish, want, like, hate, prefer, expect, encourage, advise, persuade, instruct, permit, request, order, warn, cause, urge等

What do you **want** me **to do**? 你要我做點什麼？（to do 是受詞me的補語）

I'll **get** someone **to repair** the TV set for you.

我去找個人來幫你修理電視機。（to repair 是受詞someone的補語）

The teacher should **leave** the students **to solve** the problem for themselves.

老師應該讓學生們自己解決問題。（to solve是受詞the students的補語）

I didn't **expect** you **to come** here so early.

我沒想到你這麼早就到這裡了。（to come作受詞you 的補語）

(2) 有一些動詞後用作受詞補足語的不定式通常不帶to，這種動詞有兩類：一類是感官動詞，例如feel, see, hear, watch, notice等；另一類是使役動詞，make, let, have等（上述感官動詞與使役動詞轉換為被動結構時，其後的不定式仍須帶to）

Let me **do** it for you. 讓我來替你做。

I **saw** him **enter** the classroom. 我看見他走進了教室。

I would **have** you **know** that I am serious. 我想要你知道我是認真的。

What **made** you **think** like that? 是什麼使你這樣想的？

He **was seen** to **enter** the theater. 有人看見他走進了戲院。

She **was** often **heard to sing** this song. 人們常常聽到她唱這首歌。

(3) 在動詞help之後，複合受詞中的不定式可帶to，亦可不帶to

Would you please **help** me **to take care of** the child for a while?

請你幫助我照顧一下孩子，好嗎？

I am too busy to **help** you **buy** the dictionary for you.
我太忙了，沒法幫你買字典。

(4) 有些動詞，例如think, consider, believe, suppose, know, feel, find, understand, declare, take等後跟複合受詞，但這種受詞中的不定式多由to be加形容詞構成。
在個別動詞如think, consider, find後，可不用to be，而直接用形容詞
I **know** this not **to be true** (a fact). 我知道這不是真的（事實）。
They **found** the answer **(to be) quite satisfactory**. 他們對答覆感到很滿意。
We don't **consider** his plan **(to be) practical**. 我們並不認為他的計畫是可行的。
She **imagined** herself **to be cleverer** than others. 她自以為比別人都要聰明。

(5) 有些片語動詞，例如wait for, call on, count upon, vote for, long for, rely on, depend on, care for, prevail upon等，後面的複合受詞中用帶to的不定式；但在listen to, look at等後面的複合受詞中的不定式則不帶to
We are all **longing for** the new season **to begin** soon.
我們都渴望新的賽季快點開始。
We are interested in **looking at** them **play** football.
我們看他們踢足球感到很有趣。

2. 複合主語

在很多句子中，不定式用作句子主語（名詞或代詞）的補足語，從而構成複合結構，即複合主語。不定式和主語之間在邏輯上是主謂關係。

(1) 在複合受詞結構中的句子，有時可以變為被動結構。這時原句中的受詞變成了被動語態的主語，原先用來修飾受詞的不定式則變成了主語的補足語
The answer was found **to be** quite satisfactory. 答覆看來令人很滿意。
Who can be depended upon **to do** such a job? 能依靠誰來做這樣的工作呢？
Such things shouldn't be allowed **to happen** again. 這樣的事不允許再發生。

(2) 另外，在以be said, be reported, be known, seem, happen, prove, appear 和 be likely, be certain, be sure, be unlikely, be destined等加不定式的複合結構中，不定式也是用作主語的補足語
He **is said to be** the best student in the class. 據說他是班上最優秀的學生。
The accident **was reported to happen** because of the driver's carelessness.
據報導，車禍是由於司機疏忽而造成的。
She doesn't **seem to be able** to finish her test in 90 minutes.
她似乎無法在90分鐘內做完測試題。
Victory **is sure to be** ours. 勝利一定是屬於我們的。

第六節 不定式的一般式、完成式、進行式和完成進行式

1. 不定式的一般式

它所表示的動作，通常與主要謂語所表示的動作（狀態）同時（或幾乎同時）發生，或是在它之後發生。例如：

We are very glad **to meet** you again.

再次見到你，我們非常高興。（同時發生）

They invited us **to visit** the United States soon.

他們邀請我們不久去美國訪問。（不定式動作發生在謂語動作之後）

We think the computer **to be** one of the most useful tools today.

我們認為電腦是現在最有用的工具之一。

I was just about **to leave** the office when the phone rang.

我正想離開辦公室時，電話鈴響了。

2. 不定式的完成式

假如不定式所表示的動作，在謂語所表示的動作（狀態）之前發生，這時不定式就要用完成式。它在句子中可用作主語、受詞、狀語、補語、修飾語等。

(1) 用作主語，通常用形式主語it，而把不定式放在句子的後面

　　It is a privilege **to have known** her. 很榮幸認識她。

(2) 用作受詞

　　He pretended **not to have seen** me. 他假裝沒看見我。

　　He hopes **to have got** a Ph. D. abroad by 2008.

　　他希望到2008年前能在國外獲得博士學位。

(3) 用作修飾語，往往放在所修飾名詞或代詞的後面

　　He is the first student in the school **to have got** the prize.

　　在該校，他是第一位獲得此獎的學生。

(4) 用作狀語

　　I am sorry **to have brought** you so much trouble.

　　給你添了這麼多麻煩，真對不起。

　　I am sorry **to have kept** you waiting for so long. 對不起，讓你久等了。

(5) 用作補語，既可作受詞補足語，也可作主語補足語

　　We don't expect you **to have invited** her. 我們沒有想到你已經邀請了她。

　　The game was originally arranged **to have taken place** there.

　　比賽原本安排在那裡舉行。

3. 不定式的進行式

　　如果主要謂語表示的動作（情況）發生時，不定式表示的動作正在進行，這時不定式就要用進行式。它在句子中可用作主語、表語、受詞、狀語、補語、修飾語等。

(1) 用作主語，通常用形式主語it放在句首，而把不定式放在句子的後面

It's nice of you **to be thinking** of us.　謝謝你想著我們。

It is of help **to be doing** some exercises out of doors in the morning.
早晨做點戶外活動是有益處的。

(2) 用作表語

They are **to be waiting for** us at the station.　他們在車站等我們。

(3) 用作受詞

He pretended **to be reading** attentively when I came in.
我走進去時，他假裝在專心看書。

They don't like **to be washing** at this time of night.
　他們不喜歡在夜裡這個時候洗滌。

(4) 用作修飾語，往往放在所修飾名詞或代名詞的後面

Well, it's time **to be making for** home.　嗯，該是回家的時候了。

He was always the first **to be coming** and the last **to be leaving**.
他總是第一個來，最後一個走。

(5) 用作狀語

I am glad **to be working** with you.　我很高興，和你一起工作。

(6) 用作補語，既可作受詞補足語，也可作主語補足語

We didn't expect you **to be waiting for** us here.　我們沒想到你在這兒等我們。

They are reported **to be building** another railway across the region.
據報導他們正在這個地區修建另一條鐵路線。

4. 不定式的完成進行式

　　如果不定式表示的不是正在進行的動作，而是在謂語所表示時間之前一直進行的動作，就要用完成進行式。它在句子中可用作主語、受詞、狀語、補語等。例如：

She wished **to have been reading** as much as the others.
她真希望過去也像其他人那樣看那麼多書。（受詞）

We expect you both **to have been getting** along quite well.
我們料想你們倆一直相處甚好。（受詞補語）

We are happy (It's a great pleasure) **to have been studying** together with you.
我們很高興這一段時間和你一起念書。（狀語或主語）

The anti-pollution campaign was known to all **to have been going on** for many years.
眾所周知，防污染運動已進行多年了。（主語補語）

第七節　不定式的被動形式

1. 不定式的被動形式的一般用法

　　當不定式的邏輯上的主語是這個不定式所表示動作的承受者時，不定式一般要用被動形式。它在句子中可用作主語、表語、受詞、修飾語、狀語、補語等。

(1) 用作主語，通常用形式主語it放在句首，而把不定式被動形式放在句子的後面

It is an honor for me **to be asked** to give a lecture here.
我被邀請到這裡講學，深感榮幸。

It is better **to be deceived by one's friends** than to deceive them.—Geothe
被自己的朋友所欺騙，比欺騙朋友為佳。—（德）歌德

(2) 用作受詞

The bicycle needs **to be repaired**. 自行車需要修理了。

A lot of graduates ask **to be sent** to work where they are most needed every year. 每一年都有許多畢業生要求派他們到最需要的地方去工作。

She hated **to be flattered**. 她討厭受人奉承。

(3) 用作表語

The problem remains **to be solved**. 這問題還有待解決。

(4) 用作修飾語

There are a lot of things **to be done**. 還有許多事要做。

We have a lot of plans **to be made** at once. 我們有許多計畫需要馬上制定。

(5) 用作狀語

He went to the hospital **to be examined**. 他到醫院檢查身體了。

He has returned only **to be sent** away again. 他回來之後又被打發走了。

(6) 用作補語，既可作受詞補足語，也可作主語補足語

The books are not allowed **to be taken out** of the reading room.
書不許拿出閱覽室。（主語補語）

The program is expected **to be announced** soon.

估計計畫不久就會宣佈。（主語補語）

The chairman announced the meeting **to be started**.

大會主席宣佈會議開始。（受詞補語）

2. 主動形式表被動含義

在某些結構中，不定式雖然表示被動的意思，用的卻是主動形式。例如：

What's **to pay**? 要付多少錢？

Give him something **to eat**. 給他一點吃的東西。

They found the question hard **to answer**. 他們發現這問題難以回答。

He is not easy **to get along with**. 他不好相處。

She's **to blame for** this. 她因這件事該受責備。

3. there be與表被動含義的不定式結構

在「there be...」結構中，用來修飾主語的不定式可以用被動形式，在口語中也可用主動形式。例如：

There is no time **to lose** (to be lost). 時間不能耽擱了。

It's too hot **to eat** (to be eaten). 東西太燙，不能吃。

但有時兩種形式，在意義上有所區別。例如：

There is nothing **to do** now. (We have nothing to do now.) 現在沒事可做。

There is nothing **to be done** now. (We can do nothing now.) 現在沒有辦法。

There is nothing **to see**. (nothing worth seeing) 沒有什麼值得看。

There is nothing **to be seen**. (nothing there at all) 看不見有什麼東西。

第八節 不定式符號to的省略

在下面的這些情況下，動詞不定式符號to往往被省略，即用動詞原形。

1. 在一般助動詞或情態動詞後的不定式

在一般的助動詞或情態動詞（例如do, will, shall, would, should, can, may, must等）後面，不定式to要求被省略，但在ought，have和be後的不定式符號to不能省略。例如：

What **do you mean**? 你是什麼意思？

I **have to leave** now. 現在我得走了。

2. 感官動詞和使役動詞後作受詞補語的不定式

如前所述，有些動詞（感官動詞和某些使役動詞），例如make, let, have, watch, see, hear, notice, feel, listen to等，所帶的受詞補足語中的不定式要省略to。例如：

Don't **make** him **cry**. 不要讓他哭。

I **heard** her **sing** a beautiful English song. 我聽見她唱過一首優美的英文歌曲。

3. 在why引起的問句中

在why引起的省略式疑問句中，不定式一般省略to。例如：

Why spend so much money? 為什麼要花這麼多錢？

Why not have a try? 為什麼不試一試呢？

4. 在某些固定搭配後

在had better, had best, would rather, would rather...than, would sooner, would sooner...than, cannot but, do nothing but等結構後面的不定式要省略to。例如：

You **had better write** it in English. 你最好用英文寫。

A revolutionary **would rather die** standing **than live** kneeling.
革命者寧願站著死，也不願跪著生。

I **cannot but give up** the idea. 我只好放棄這個想法。

5. 避免重複

有時為了避免重複前面的動詞，可以把一個不定式省略掉，單留一個to。例如：

He may stay if he wants **to**. 如果他想要留下來，他就可以留下來。

—Will you go together with me? 你願意跟我一起走嗎？

—Yes, I will be glad **to**. 是的，我願意。

6. 不定式並列使用時to的省略和保留

當兩個（或更多）作用相同的不定式並列使用時，我們常常只在第一個不定式前加to，在後面的不定式前則不加to。例如：

It is quite necessary for us **to read** more and **write** more.
我們多讀、多寫是十分必要的。

She told the child **to stay** there and **wait** till she came back.
她叫孩子待在那裡一直等到她回來。

但如果兩者有對比關係，那麼每個動詞前面都得加to。例如：

To try and fail is better than **to do** nothing at all.
嘗試後而失敗總比無所事事要好。

🔵 文法實戰演練

01. With Father's Day around the corner, I have taken some money out of the bank _____ presents for my dad.（2010全國卷Ⅰ）

    A. buy   B. to buy   C. buying   D. to have bought

02. I have a lot of readings _____ before the end of this term.（2010山東卷）

    A. completing   B. to complete

    C. completed   D. being completed

03. His first book _____ next month is based on a true story.（2010陝西卷）

    A. published   B. to be published

    C. publish   D. being published

04. There were many talented actors out there just waiting _____.（2010江西卷）

    A. to discover   B. to be discovered

    C. discovered   D. being discovered

05. In many people's opinion, that company, though relatively small, is pleasant _____.（2010四川卷）

    A. to deal with   B. dealing with   C. to be dealt with   D. dealt with

06. That is the only way we can imagine _____ the overuse of water in students' bathrooms.（2010上海卷）

    A. reducing   B. to reduce   C. reduced   D. reduce

07. Schools across China are expected to hire 50,000 college graduates this year as short-term teachers, almost three times the number hired last year, _____ reduce unemployment pressures.（2009江蘇卷）

    A. help   B. to have helped   C. to help   D. having helped

08. _____ the project in time, the staff were working at weekends.（2009天津卷）

    A. Completing   B. Having completed

    C. To have completed   D. To complete

09. The play _____ next month aims mainly to reflect the local culture.（2009安徽卷）

    A. produced   B. being produced

    C. to be produced   D. having been produced

10. The children all turned _____ the famous actress as she entered the classroom.（2009全國卷Ⅰ）

    A. looked at   B. to look at   C. to looking at   D. look at

11. David threatened _____ his neighbor to the police if the damages were not paid.（2009上海卷）

    A. to be reported   B. reporting

    C. to report   D. having reported

🔘 答案剖析

01. **B.** 句意：父親節就要到了，我已從銀行領了一些錢要買禮物給爸爸。根據句意，本句需要一個動詞不定式作目的狀語，表將來的動作。to have bought是動詞不定式的完成式，表示動作發生在主句動作之前，故答案選B。

02. **B.** 句意：在這一學期結束之前，我有很多材料要閱讀。本題考查動詞不定式作後置修飾語，complete和readings之間是被動關係，而complete同時又和句子的主語I存在主動關係，所以用動詞不定式的主動形式作後置修飾語。

03. **B.** 句意：下個月即將出版的他的第一本書來源於一個真實故事。next month表將來，書和出版是被動關係，應用動詞不定式的被動式作後置修飾語。答案為B。

04. **B.** 句意：有很多有天賦的演員，還在等著被別人發現。discover與many talented actors之間是動賓關係，演員和發現是被動關係，且強調動作的未完成，故此空應填動詞不定式的被動式作目的狀語。

05. **A.** 在英語中，某些作表語的形容詞，其後常用動詞不定式的主動形式作狀語。這些形容詞有hard, easy, light, heavy, pleasant, interesting, difficult, comfortable等。be pleasant to deal with意思是「相處起來很融洽」。

06. **B.** 題幹中we can imagine是關係子句，修飾先行詞the only way。空白處所填的部分不是imagine的受詞，而是the only way的修飾語。根據語法習慣，the way後通常接動詞不定式作後置修飾語，故答案為B。

07. **C.** 從句意可知，我國的學校預期要雇用50,000名大學生，其目的就是緩解就業壓力。動詞不定式短語to help...在句中充當目的狀語。

08. **D.**　此處是不定式作目的狀語，為了及時完成這項工程。C選項不定式的完成式表示動作在謂語之前發生，不合題意。

09. **C.**　此處用非謂語動詞作修飾語修飾the play。根據next month可知produce動作未發生，應用動詞不定式作後置修飾語，且其和中心詞the play之間存在被動關係，應用動詞不定式的被動式。句意：下個月要出品的劇本旨在反映當地文化。

10. **B.**　句意：當著名的女星進入教室時，所有的學生都轉過來看著她。根據句意可知空白處相應的詞語在句中作目的狀語，因此答案為B。

11. **C.**　此處為threaten to do sth. 結構，意為「威脅說要做某事」，故應用動詞不定式。David與report之間是主動關係，不定式應用主動式。

第十六章 動名詞

第一節 概述

1. 動名詞的形式

動名詞是動詞的另一種非限定形式。它由動詞原形加詞尾ing 而成，其構成法與現在分詞一樣。動名詞有時態和語態的變化。

	主動語態	被動語態
一般式	doing	being done
完成式	having done	having been done

2. 動名詞的性質

(1) 動名詞具有動詞性質，它有時態與語態的變化；可有自己的受詞或狀語*，並構成動名詞短語

Entertaining audiences is the purpose of movies. 娛樂觀眾是電影的目的。

Decorating the rooms takes time. 裝飾這些房間要花費時間。

(2) 動名詞具有名詞性質，它在句子中起著名詞的作用，可單獨或引起短語用作主語、表語*、受詞（或介系詞的受詞）等

3. 動名詞的否定式

動名詞是動詞的一種非限定形式，其否定式是一律在其前面加否定詞 「not」或「never」構成。例如：

I think it will do you a lot of good **not going**. 我覺得不去對你會有好處的。

He insisted on **not having** a rest in spite of his illness.
雖然生病了，但他還是堅持不要休息。

He was nervous from **having never** before spoken (**not having spoken before**) in public.
他由於從未作過公開演講而感到緊張。

He prided himself on **having never** been beaten (**not having been beaten**) in competition.
他為自己在比賽中從未被擊敗而自豪。

*狀語及表語定義請見p.23

第二節 作主語和表語的動名詞

1. 動名詞（短語）用作主語

可以放在句首，亦可以用it作形式主語，將用作真正主語的動名詞放在句末（在it is後接no use, no good, fun等名詞或後接useless, nice, good, interesting等形容詞），還可以用在there is no...結構中。例如：

Walking and swimming are good exercises. 散步及游泳都是很好的運動。

Eating too much chocolate is bad for your teeth.
吃太多的巧克力對你的牙齒有害。

Thinking can give men enjoyment and pleasure.—Edison
思考給人以享受，給人以樂趣。—（美）愛迪生

It is no good **reading** without thinking. 讀而不思是沒有好處的。

There is no **joking** about such serious matters. 這樣嚴肅的事開不得玩笑。

2. 動名詞（短語）也可以用作表語

The only thing she is interested in is **dancing**. 她唯一感興趣的就是跳舞。

Your greatest weak point is not **knowing yourself**.
你最大的弱點是沒有自知之明。

 重點提示

動名詞作表語與進行式態中的現在分詞形式相同，但其所屬結構
不同，兩者不可混淆。試比較：

Her job is **taking care of** children. 她的工作是照顧小孩。
（taking care of 是動名詞短語，用作表語）

She is **taking care of** children now. 她正在照顧孩子。
（taking care of是現在分詞短語，與is構成現在進行式，用作謂語）

3. 動名詞和不定式作主語和表語的區別

一般來說，在表示比較抽象的一般的行為時多用動名詞；在表示某一具體動作，特別是某一將來的動作時，多用動詞不定式。試比較：

Smoking is prohibited here. 此地禁止抽煙。

It is not allowed **to smoke** here **today**. 今天此地禁止抽煙。

It is no good **reading** without care. 不專心看書是不好的。

It is quite necessary **to read it** three times. 讀它三遍是完全必要的。

第三節 作受詞的動名詞

1. 必須用動名詞作受詞的動詞

在某些動詞，例如：suggest, finish, avoid, stop, can't help, mind, admit, advise, consider, deny, enjoy, require, postpone, delay, practice, fancy, excuse, pardon, miss（錯過）等後面不能用不定式，而必須用動名詞作為受詞。例如：

Have you all **finished doing** the test? 你們大家都做完測試題了嗎？

Would you **mind lending** me your English-Chinese dictionary for a while?
請把你的英漢字典借我用一下，好嗎？

I am very sorry I **missed seeing** you while in Shanghai.
很遺憾在上海時我沒見著你。

She **couldn't help crying** after she listened to the sad story.
聽了那悲傷的故事，她忍不住哭了起來。

I **suggested trying** it in a different way. 我建議換一種方法試試。

2. 既可用動名詞，也可用不定式作受詞的動詞

(1) 在動詞love, dislike, begin, start, continue, intend, attempt, can't bear, propose, neglect, deserve, can't afford等後，既可用動名詞作受詞，也可用不定式作受詞，有時兩種結構的意義差別不大

Do you **love** playing (to play) card? 你喜歡玩牌嗎？

They **began** talking (to talk) about something else. 他們開始談論別的事了。

(2) 但在動詞like, hate, prefer等後，如果表示一般傾向，多用動名詞作受詞；如指特定的或具體的某次行動，多用動詞不定式作受詞

I don't like **reading** this kind of books. 我不喜歡看這種書。

I would like **to read** this book. 我想看看這本書。（would like 後只能用不定式）

I hate **speaking** before a lot of people. 我不喜歡在很多人面前講話。

I hate **to speak** a lot today. 今天我不願多說。

I prefer **riding** a bike to walking. 我寧願騎車，不願走路。

I prefer **to walk** today. 今天我寧願走路。

(3) 在動詞try, can't help, propose, mean等後面用動名詞與用不定式，其意義有很大的差別

We must try **to get** everything ready in time.
我們必須設法及時把一切準備好。（try 意為「設法」，「想」）

Let's try **doing** it tomorrow. 我們明天再試試看。（try 意為「試著」）

I can't help **laughing**. 我忍不住笑了起來。（help 意為「避免」）

I can't help **to do** it. 我無法幫助做這件事。（help意為「幫助」）

I proposed **taking** a taxi. 我建議乘計程車。（propose意為「建議」）
I proposed **to take** a taxi. 我打算乘計程車。（propose意為「打算」，「計畫」）
Reform means **liberating** productive force.
改革意味著解放生產力。（mean意為「意味著」）
I meant **to help** you. 我想幫助你。（mean意為「打算」，「想」）

(4) 在動詞regret, remember, forget等後，如用動名詞，表示的是「過去已發生的動作」；如用不定式，表示「現在或將要發生的動作」

I **regret failing** in the exam.
考試不及格，我真後悔。（regret 指對過去發生的事表示後悔）
I **regret to say** that. I can't come.
我很抱歉（地告訴你），我不能來。（regret 指對現在或將要發生的事表示遺憾）
I **remember locking** the door.
我記得已把門鎖上了。（remember指對過去發生的動作表示「還記得」）
You must **remember to lock** the door.
你必須記住要鎖門。（remember指對將要發生的事表示「記住要⋯⋯」）
I **forgot posting** the letter.
我忘記已把信寄了。（forget指對過去發生的動作表示「忘記了」）
I **forgot to post** the letter.
我忘記寄信了。（forget 指對未發生的事表示「忘記去」）

(5) 在動詞stop, quit, go on後面如用動名詞，則作為受詞；而如用不定式，則作為目的狀語

The students **stopped talking** when they saw their teacher come in.
看到老師走進來，學生們都停止講話了。（stop是及物動詞，動名詞作受詞，stop表示「停止動名詞所表示的行為」）
The students **stopped to talk** when they saw their teacher go out.
看到老師出去，學生們都停下來開始講話了。（stop是不及物動詞，不定式作目的狀語，stop表示「停止原來的動作，開始做不定式所表示的動作」）
The teacher **went on explaining** the text.
老師繼續講解課文。（動名詞作受詞，go on 表示「繼續做同一動作」）
The teacher **went on to explain** the text after reading the new words.
在讀完生字後，老師接著又講解了課文。（不定式作目的狀語，go on表示「接著做另一件事」）

(6) 有些動詞如want（需要），need等，後接動名詞主動式可表示被動意義，而不定式則須用其被動式表示被動意義

The house **wants cleaning** (to be cleaned). 房子需要打掃了。

The bike **needs repairing** (to be repaired). 自行車需要修理了。

第四節 作介系詞受詞的動名詞

如前所述，英語中除少數幾個短語中的介系詞後可跟不定式〔參見第十五章，第二節2.(4)〕，絕大多數的介系詞後跟動詞，必須用動名詞形式。

1. 介系詞後多用動名詞

跟動名詞的短語很多，常見的有：abstain from, amount to, apologize for, succeed in, believe in, dream of, object to, insist on, take to, think of, worry about, agree on, aim at, forget about, think about, aid sb. in, accuse sb. of, congratulate sb. on, devote...to..., excuse sb. for, pay attention to, prevent sb. from, assist sb. in, look forward to, be opposed to, be (get) used to 等。例如：

I've been **looking forward to hearing from** you for a long time.

好久以來，我一直在盼望著收到你的來信。

He **insisted on finishing** the work before going home.

他堅持在回家前一定要先完成工作。

They **are** all **opposed** (They all object) **to starting** production.

他們都反對開始生產。

He did whatever he could to **prevent her from being promoted**.

他竭盡全力阻止她被提升。

2. 與某些介系詞構成短語作狀語

動名詞也可以和about, against, at, before, after, by, besides, for, from, in, on, upon, without等介系詞構成短語，作狀語。例如：

Without saying goodbye, she left him. 沒有告別，她就離開了他。

A reporter begins **by contacting** the people to be interviewed and then prepares questions.

記者先聯繫被採訪人，然後準備提問。

Upon returning from Beijing, he went to visit his friend.

從北京一回來，他馬上就去拜訪朋友。

3. 與某些成語構成片語作狀語

動名詞也可以和with a view to, for the purpose of, with the object of, in case of, in the event of, instead of, apart from, for fear of等成語構成片語，作狀語用。

例如：

With a view to raising our efficiency, we introduced some advanced techniques from the United States.

為了提高效率，我們從美國引進了一些先進的技術。

She hurried home **for fear of being** abused by her parents.

她怕被父母親罵，匆匆回家去了。

We did those reading exercises **for the purpose of improving** our reading comprehension.

我們做這些閱讀訓練題，目的是為了提高我們的閱讀理解能力。

4.「名詞 + 介系詞 + 動名詞」結構

動名詞還可和介系詞構成短語，放在某些名詞的後面，作為這些名詞的修飾語。這樣的「名詞 + 介系詞 + 動名詞」結構，常見的有：advice on, delay in, difficulty in, experience in, fancy for, interest in, habit of, idea of, method of, object of, plan for, possibility of, surprise at, skill in, apology for, hope of, success in, way of, chance of, opportunity of, means of, right of, excuse for, objection to等。例如：

Have you any **objection to** going there on foot? 你們反對步行去那裡嗎？

We are very pleased to have this **opportunity of** visiting your University.

有機會訪問貴校，我們都很高興。

He has no **experience in** doing foreign trade. 他沒有做外貿的經驗。

We don't know his **object of** saying like that. 我們不知道他這樣說的目的。

We don't like his **way of** doing things. 我們不喜歡他做事的方式。

5.「形容詞 + 介系詞 + 動名詞」結構

動名詞還可和介系詞構成短語，放在某些形容詞的後面，作為狀語，這樣的「形容詞 + 介系詞 + 動名詞」結構，常見的有：aware of, busy in, capable of, confident of, angry about (of), equal to, equivalent to, fond of, guilty of, hopeful of, awkward at, fearful of, keen on, intent on, tired of, sick of, responsible for, suitable for, right in, wrong in, proud of 等。例如：

They **are busy in** reviewing their lessons now. 現在他們正忙於複習功課。

You **are right in** dissuading him from smoking in the classroom.

你勸他別在教室裡抽煙，這是對的。

To keep money you have found **is equal to** stealing.

撿到錢而佔為己有等於偷竊。

I'm **tired of** having the same kind of food every day.

天天吃同樣的東西我感到膩了。

第五節 前面帶有代名詞或名詞的動名詞結構

名詞所有格或物主代名詞後加動名詞，即構成動名詞複合結構。

1. 物主代名詞結構 + 動名詞短語

一個動名詞短語前面可以加一個物主代名詞，來表示這個動名詞邏輯上的主語。這種結構在句子中多用作主語和受詞。例如：

Do you think **my saying** so will be helpful?

你看我這麼說會有幫助嗎?（作主語）

The problem is **your relying** too much on others.

問題在於你太依賴於別人了。（作表語）

She forgot **my telling** her about it. 她忘記了我曾告訴她這件事。（作受詞）

My parents objected to **my staying** outside overnight.

父母親反對我在外過夜。（作介系詞的受詞）

2. 名詞所有格結構 + 動名詞短語

同樣，一個動名詞短語前面也可以加一個名詞所有格，來表示這個動名詞邏輯上的主語。這種結構在句子中可用作主語、表語和受詞等。例如：

Mary's complaining annoyed him. 瑪麗的埋怨使他很煩。（作主語）

What we felt uneasy about was **John's having** too much confidence in himself.

我們感到不安的是約翰過於自信。（作表語）

We all enjoyed **Rose's singing**. 我們大家都很欣賞蘿絲的歌唱。（作受詞）

We are looking forward to **Jenny's visiting**.

我們盼望著珍妮的來訪。（作介系詞的受詞）

3. 半動名詞結構

在現代英語中，動名詞複合結構用作受詞時，常常可用名詞的普通格或人稱代名詞的受格，這比用物主代名詞或名詞所有格更自然一些。這種用法中的動名詞很接近分詞，所以有許多語法家把它稱為「半動名詞」。例如：

I don't mind **Tom (him) coming**. 湯姆（他）來，我不介意。

Is there any hope of **Xiao Sun passing** the exam?

小孫有沒有通過考試的希望?

4.「代名詞受格 + 動名詞」結構

注意在下列句子中，代名詞和動名詞都是直接受詞，故代名詞必須用受格。例如：

Pardon **me speaking** bluntly. 請恕我直言。

She forgave **him saying** so. 她原諒了他這麼說。

 **重點提示**

如果動名詞邏輯上的主語是無生命的東西，就只能用普通格，不能用所有格。例如：

Is there any hope of **our team** winning the game?

我們隊有贏得比賽的希望嗎？（不能用 our team's）

第六節 動名詞的完成式與被動式

1. 動名詞的完成式

(1) 動名詞的一般形式通常表示一般性動作（即不是明確的在過去、現在或將來發生的動作）或是與謂語所表示的動作同時發生的動作

He took a great delight in **helping** others. 他樂於幫助別人。

He is not afraid of **dying**. 他不怕死。

但如果要表示動名詞的動作發生在謂語所表示動作之前，我們通常用動名詞的完成式。例如：

He didn't mention **having met** me. 他沒提到已經見到我了。

I still remember **having ever worked** together with him.

我還記得曾經與他一起共事過。

I regret **not having gone** together with her. 我後悔沒有跟她一起去。

She denied **having broken** the cup. 她否認打破了這只杯子。

(2) 在某些動詞後或成語中，例如：enjoy, excuse...for..., apologize for, find, thank for等，儘管動名詞表示的動作是在謂語所表示的動作之前發生的，我們還是常用動名詞的一般式，而不是完成式

I enjoyed **watching** TV program in the evening. 晚上我喜歡看電視節目。

Excuse me for **coming** late. 原諒我遲到了。

Thank you for **writing** back so soon. 謝謝你這麼快就回了信。

2. 動名詞的被動式

(1) 當一個動名詞邏輯上的主語所表示的是動作的物件時，該動名詞一般要用被動

式。動名詞的被動式也有一般式和完成式兩種。在多數情況下,都使用一般式來代替完成式,即使動名詞所表示的動作發生在謂語表示的動作前

He didn't mind **being left** alone at home. 把他一個人留在家裡,他並不介意。

She came without **being invited**. 她不請自來。

I really couldn't stand **being criticized** without any reason.
我真的無法忍受毫無理由的指責。

I don't remember **having ever been given** such a chance.
我不記得誰曾給過我這樣的機會。

(2) 但在want, need, deserve, require等動詞及worth, beyond等介系詞後所帶的動名詞,雖然是主動的形式,卻表示被動的含義

The car needs **repairing**. 這輛汽車需要修理了。

The problem deserves **explaining**. 這個問題值得解釋。

This phenomenon requires **studying** carefully. 這種現象需要仔細研究。

The book is worth **reading**. 這本書值得一看。

第七節 名詞化的動名詞

1. 無動詞特徵的動名詞用法

如前所述,動名詞既有名詞的特徵,又有動詞的特徵,但有些動名詞卻已完全變為名詞而沒有動詞的特徵了, 即它不再有完成形式和被動形式,不能有自己的狀語和受詞。如果要表示它邏輯上的受詞,通常要用一個以of 引起的短語。名詞化的動名詞與名詞一樣,可以有自己的冠詞,可以有修飾語限定或修飾, 在某些情況下甚至有複數形式。例如:

Let's give the classroom **a** thorough **cleaning**.
讓我們把教室徹底打掃一次吧。(有冠詞 a)

I'm going to do **some shopping** this afternoon.
今天下午我要去買點東西。(有限定詞 some)

Would you please take our **greetings** to them?
請你代我們向他們問好,好嗎?(複數形式)

The ancient Egyptians compared **the rising** of the sun to the beginning of life and the setting of the sun to the end of life.
古代埃及人把太陽的升起比作生命的開始,把太陽的落下比作生命的結束。
(of引導的短語)

2. 完全名詞化的動名詞

有些動詞的-ing形式已經完全成為名詞了。例如:

The movie has a sad **ending**. 電影結局令人傷心。

The leaders from the both parties spoke at the **gathering**.
雙方的領導人都在會上講了話。

We will give you powerful **backing**. 我們將給予你強有力的支持。

Silk is popular for quilt **coverings**. 綢緞做的被單很受歡迎。

⬤ 文法實戰演練

01. I had great difficulty _____ the suitable food on the menu in that restaurant.
（2010上海卷）

   A. find   B. found   C. to find   D. finding

02. Bill suggested _____ a meeting on what to do for the Shanghai Expo during
the vacation.（2009上海卷）

   A. having held   B. to hold   C. holding   D. hold

03. I still remember _____ to the Famen Temple and what I saw there.（2009陝
西卷）

   A. to take   B. to be taken   C. taking   D. being taken

04. —They are quiet, aren't they?
   —Yes. They are accustomed _____ at meals.（2008江蘇卷）

   A. to talk   B. to not talk   C. to talking   D. to not talking

05. It is worth considering what makes "convenience" foods so popular, and
_____ better ones of your own.（2008北京卷）

   A. introduces   B. to introduce   C. introducing   D. introduced

06. Susan wanted to be independent of her parents. She tried _____ alone, but
she didn't like it and moved back home.（2008湖南卷）

   A. living   B. to live   C. to be living   D. having lived

07. At the beginning of class, the noise of desks _____ could be heard outside
the classroom.（2007全國卷 II）

   A. opened and closed   B. to be opened and closed
   C. being opened and closed   D. to open and close

08. —Can I smoke here?

—Sorry. We don't allow _____ here.（2007江蘇卷）

A. people smoking   B. people smoke

C. to smoke   D. smoking

09. —Robert is indeed a wise man.

—Oh, yes. How often I have regretted _____ his advice!（2007安徽卷）

A. to take   B. taking   C. not to take   D. not taking

10. —There is a story here in the paper about a 110-year-old man.

—My goodness! I can't imagine _____ that old.（2006江蘇卷）

A. to be   B. to have been   C. being   D. having been

🔘 答案剖析

01. **D.** 本題在固定句型中考查動名詞的用法。句意：我很難在那家餐廳裡找到適合我的食物。have difficulty (in) doing sth. 表示「做某事有困難」，是固定句型，故答案選D。

02. **C.** suggest表「建議」，其後應用動名詞作受詞。但A選項having done表示的動作發生在suggested之前，與句意不符，故答案選C。

03. **D.** remember doing表示動作已經完成，記得做過某事了；而remember to do則表示動作尚未發生。根據下文saw可知，動作已經完成且與邏輯主語是被動關係，應用being taken形式。句意：我記得被帶去過法門寺，並記得在那裡所看到的一切。

04. **D.** be accustomed to表示「習慣於」。to是介系詞，後跟動名詞作受詞，動名詞的否定形式應該在動名詞前加not。

05. **C.** worth表示「值得」後跟動名詞作受詞，用主動形式表示被動意義。並列連接詞and連接的兩部分分別是considering和introducing，要保持前後形式一致，須選用introduce的動名詞形式。

06. **A.** try doing sth.表示「試著做某事」，try to do sth.表示「努力去做某事」。根據句意可知，此處應用動名詞作try的受詞。

07. **C.** 根據所提供的情景at the beginning of class可知，「在上課開始的時候，在教室外面可以聽到桌子被打開和關上的聲音」。介系詞of後用動名詞的複合結構作受詞。由於邏輯主語是其後動名詞動作的承受者，動名詞要用being done這一被動式，故選C。

08. **D.** allow後接動名詞作受詞，表示允許做某事。

09. **D.** regret後接動名詞作受詞，表示後悔做某事。根據所提供的情景Robert is indeed a wise man可判斷出，表示「好多次我都後悔沒聽他的勸告」，所以要用動名詞的否定式。regret後接不定式作受詞表示「為……抱歉，遺憾」。

10. **C.** imagine後跟動名詞作受詞，此處表示無法想像會那麼老。

第一節 概述

1. 分詞的形式

　　分詞是動詞的另一種非限定形式：現在分詞是由動詞原形加字尾ing 構成，過去分詞一般是由動詞原形加字尾ed構成。分詞可用在謂語中幫助構成進行式或被動語態；另外，分詞主要作為形容詞和副詞，在句子中可用作修飾語、表語*或狀語*，有時也可以用在複合結構（如複合受詞）中。

2. 分詞的性質

　　分詞又有動詞的性質，即分詞和動名詞、不定式相似，也可以有自己的受詞或狀語，有時也有它單獨的邏輯上的主語。例如：

The old man got off the bus **supported by his granddaughter**.

那位老人由孫女攙扶著走下了公車。（介系詞「by...」短語用作過去分詞的狀語）

Seeing a car **coming directly** toward us, we ran quickly to the side of the road.

看到有輛汽車向我們直奔而來，我們很快就跑到路邊。（現在分詞coming有自己的狀語directly...）

Do you know that man **carrying** a stick?

你認識那位拿著拐杖的人嗎？（現在分詞carrying有自己的受詞 a stick）

Given enough time, we are sure to do it well.

如果給予我們足夠的時間，我們一定能做好。（過去分詞given有自己的受詞enough time）

Mother being ill, I had to send her to hospital.

媽媽病了，我只好送她去醫院。（現在分詞being有邏輯上的主語mother）

The little girl stood there silently, **her head bent** low.

這小女孩一聲不吭，低著頭站在那兒。（過去分詞bent有邏輯上的主語her head）

*表語及狀語定義請見p.23

第二節 分詞的分類

1. 按構成和意義分類

　　分詞按其構成及意思上的主被動關係不同，可分為現在分詞和過去分詞。雖然

現在分詞和過去分詞在句子中所作的成分大體相同，但在意思上有主動和被動之分。一般來說，現在分詞表示主動，而過去分詞表示被動。有時兩者所表示的時間也不相同。一般來說，現在分詞表示動作「正在進行」，而過去分詞則表示動作「已經完成」。試比較下面句子中兩者的主要差別：

The news is **exciting**. 這消息很激動人心。

We **are excited** to hear the news. 聽到這消息，我們都很激動。

He is an **interesting** boy. 他是個很有趣的男孩。

Those **interested** are required to meet in Classroom 202 at 10.
有興趣的人，10點鐘在202教室集合。

Taking a dictionary, she began to prepare her lessons.
拿了本字典，她開始準備功課。

Taken on the Great Wall, the photos look very grandly.
從長城上拍的，這些照片看上去非常雄偉壯觀。

the **rising** sun 正在升起的太陽　　the **risen** sun 升起了的太陽

2. 現在分詞的時態和語態的變化

	主動語態	被動語態
一般式	doing	being done
完成式	having done	having been done

而過去分詞只有一種形式。

3. 分詞的否定式

由於現在分詞與過去分詞都屬於非限定形式，即非謂語動詞，故其否定式一律在分詞前加否定詞「not」。例如：

Not having seen her for a long time, I missed her very much.
很長時間未見到她，我很想念她。

Not being seen by anyone, he escaped. 他趁無人看見時逃跑了。

Although **not invited**, he went to the party.
雖然他沒被邀請，他還是去參加晚會了。

The purse **not** yet **found**, he went to the police.
錢包還沒找到，他就到警察局（報案）了。

第三節　作表語的分詞

1. 常用作表語的分詞

分詞可以用來作表語。這時現在分詞多表示主語所具有的特徵，過去分詞多

表示主語所處的狀態。用作表語的分詞幾乎已經變成了形容詞，可有比較形式，也可被very等副詞修飾，表示「很」或「非常」的概念。這樣的分詞最常用的有：amusing, charming, disappointing, exciting, interesting, astonishing, encouraging, convincing, pressing, surprising, confusing, excited, amused, disappointed, interested, astonished, encouraged, convinced, confused, surprised, amazed, exhausted, worried, satisfied 等等。例如：

> The news is **encouraging**. 這消息很振奮人心。
> The matter is quite **pressing**. 事情很緊迫。
> The explanation sounds very **convincing**. 這解釋聽起來很有說服力。
> The result is a little **disappointing**. 結果有點令人失望。
> She is much **encouraged**. 她深受鼓舞。
> The cup is **broken**. 杯子破了。
> You shouldn't try to stand up if you are badly **hurt**.
> 假如你傷得很重，就不要試圖站起來。
> She looked much **disappointed**. 她顯得很失望。
> I am **convinced** of his honesty. 我深信他的誠實。
> Are you **satisfied** with the answers? 對這些答覆，你感到滿意嗎？

2. 系表結構和被動結構中的過去分詞

有些過去分詞用作表語時，構成的謂語很接近被動結構，要注意兩者的區別。作表語時，過去分詞相當於形容詞，表示狀態，某些分詞前面可用very來修飾；用作被動語態時，過去分詞是全句謂語中的主要動詞，表示動作，某些分詞前面可用much修飾。試比較：

> The bottle is **broken**. 瓶子破了。（過去分詞 broken作表語）
> The bottle was **broken** by Tom yesterday.
> 這瓶子是在昨天被湯姆打破的。（過去分詞broken用於被動語態）
> The top of the mountain is **covered** with snow.
> 山頂上覆蓋著雪。（過去分詞作表語）
> The top of the mountain is **covered** by snow.
> 山頂上被白雪覆蓋著。（過去分詞用於被動語態）

第四節　作修飾語的分詞

1. 單個分詞修飾名詞時的位置

單個分詞作修飾語時，往往放在所修飾名詞的前面。例如：
China is one of the **developing** countries. 中國是發展中國家之一。

Last night he told us a **touching** story. 昨晚他講了一個動人的故事給我們。

English is the **working** language of most international organizations, international trade and tourism.

英語是大多數國際組織、國際貿易和旅遊業的工作語言。

We have a copy of **signed** agreement. 我們有一份簽過字的協議書。

He can't solve such a **complicated** problem within 5 days.

五天內，他無法解決如此複雜的問題。

We badly need more **qualified** educators. 我們急需更多合格的教育工作者。

2. 分詞構成合成詞修飾名詞的位置

分詞還可構成合成詞作為修飾語，放在所修飾名詞的前面。例如：

He is an **easy-going** young man. 他是個很好相處的年輕人。

Since the introduction of reforms, China has made **earth-shaking** changes.

自從改革以來，中國發生了翻天覆地的變化。

Would you please give us a **clear-cut** answer as soon as possible?

請你儘早給我們一個明確的答覆，好嗎？

That town is famous for producing **hand-made** goods.

那小鎮以生產手工製品而著稱。

We would like to express our **heartfelt** thanks for your help.

對你給予的幫助，我們謹表示衷心的感謝。

You must not read in a **badly-lighted** room for so long time.

你不應該在光線不好的房間內這樣長時間看書。

🔵 重點提示

某些單個現在分詞用作修飾語時，必須置於它所修飾的名詞之後，相當於一個關係子句或它已與其前面的名詞構成一種固定的搭配。例如：

This is Mr. Smith **speaking**. 我是史密斯先生。（電話用語）

There is nothing **doing**. 不行。（nothing doing 是一個固定片語，表示拒絕）

Let's start **for the time being**.

我們現在就開始吧。（for the time being 是一個固定片語）

We've had rains for 10 days **running**.

我們這裡已經連續下了十天的雨啦。（running 常置於表示時間的名詞之後表示「連續的」）

3. 現在分詞短語作修飾語中的時態

在用現在分詞短語作修飾語時，要注意分詞所表示動作的發生時間。大體來說，有下面兩種情況：分詞表示正在進行的動作（變為子句時需用進行時態）；或分詞表示經常性動作或現在（或當時）的狀態（變為子句時用一般時態）。例如：

Who is the man **talking** (who is talking) with her?

和她交談的那個人是誰？

On the way, we met a group of students **going** (who were going) to school.

在路上，我們碰到了一群去上學的學生。

A young teacher **teaching** (who teaches) English came to apply for this position.

一位教英語的年輕老師來申請這個工作崗位。

They lived in a room **facing** (that faced) north.　他們住在一間朝北的房間裡。

4. 過去分詞短語作修飾語中的時態

用過去分詞短語作修飾語時，情形就不一樣，過去分詞表示的動作或是在謂語所表示的動作之前發生，或是沒有一定的時間性。例如：

Another attracting activity **found in many theme parks** is the thrill ride.

許多主題公園裡還有一個吸引人的項目，叫做「動感電影」。

E-commerce, or business **done on the Internet**, is becoming more and more popular as people discover the advantages of online shopping.

隨著人們發現了線上購物的好處，電子商務，也就是透過網路做生意，越來越普及。

如果所指的動作此刻正在發生或是與謂語所表示的動作同時發生，可以用現在分詞的被動形式來作修飾語；如果指的是一個將來的動作，就可用一個不定式的被動形式來作修飾語。例如：

What's the subject **being discussed** there?　那裡正在討論什麼話題？

We are pleased to invite you to a dinner party **to be held** at the International Hotel this weekend.

我們很榮幸邀請你參加本週末將在國際大酒店舉行的晚宴。

5. 分詞短語作非限定修飾語的用法

分詞短語還可以作非限制性修飾語，相當於一個非限定關係子句，這時它和句子的其他部分應用逗號分開，常可譯成並列句。例如：

The story, **telling of how to become a successful man**, is very meaningful to the young students

這故事在講述如何取得成功，對年輕學生具有很好的教育意義。

The film *Rise the Red Lanterns*, **directed by Zhang Yimou and starring Gong Li**, tells the story of a rich family.

電影《大紅燈籠高高掛》由張藝謀導演、鞏俐主演，這部片子講述的是一戶大富之家的故事。

第五節 作狀語的分詞

分詞短語也常可用作狀語，表示時間、原因、結果、條件、讓步、方式或伴隨等情況。

1. 現在分詞短語作狀語的用法

現在分詞短語作狀語時，通常表示主語正在進行的另一動作，用來對謂語表示的主要動作加以修飾或作為陪襯；所表示的動作和謂語動詞表示的動作（或狀態）是同時發生的或幾乎是同時發生的。現在分詞作狀語時可置於句首，亦可置於句末，但表示結果時常置於句末；表示條件時則可置於謂語之前或之後。例如：

They stood there for an hour **watching the game**.
他們在那兒站了一個小時看比賽。

Standing on the top of the mountain, we can see the whole city.
站在山頂上，我們可以看見整個城市。

Working this way, they greatly reduced the cost.
這樣做，他們大大降低了成本。

I got home, **feeling very safe**. 我回到家，感到很安全。

Please fill in this form, **giving your name, address, telephone number, etc.**
請填寫這份表格，寫下你的姓名、住址、電話號碼等。

(1) 現在分詞短語有時可用作狀語，表示原因，相當於一個表示原因的狀語子句，通常放在句首，有時插在主謂語之間，間或放在後面。這時如果分詞表示的動作在謂語所表示的動作之前發生，就需用完成式

Being sick, I stayed at home. 因為生病，我待在家裡。

Not knowing his address and telephone number, we couldn't get in touch with him.
由於不知道他的地址和電話號碼，我們無法和他取得聯繫。

Having studied English in America, he was considered one of the best teachers in the University.
由於在美國學過英語，他被認為是本校內最好的教師之一。

Not having received any answer, he decided to write her another letter.
由於沒收到回信，他決定再寫封信給她。

Many of us, **being so excited**, couldn't go to sleep that night.
我們很多人，由於非常激動，那天晚上都無法入睡。

(2) 現在分詞短語有時可用作狀語，表示時間，相當於**when**引起的時間狀語子句。
這種狀語一般放在句子前部。如果兩個動作（分詞表示的動作和謂語所表示的動作）是同時發生時，多用**when**或**while**加分詞這種結構；如果分詞表示的動作發生在謂語所表示的動作之前，則分詞需用完成式

Following the history-making success in the 2000 Sydney Olympic Games, China won another great competition in 2001 which was not for a medal.
繼在2000年雪梨奧運會上取得有史以來最佳戰績之後，中國在2001年的另一項激烈的競爭中再次取勝，但這次卻不是為了奪取獎牌。

Hearing the news, they all jumped with joy.
聽到這消息時，他們都高興得跳了起來。

(3) 現在分詞短語有時可用作狀語，表示結果、條件、讓步等，相當於結果、條件、讓步狀語子句

Knowing all this, they asked him to write down what happened.
儘管瞭解這一切，他們還是叫他把發生的事寫下來。（表示讓步）

Knowing all that, they needn't ask him any more.
假如瞭解這一切，他們就沒有必要再問他了。（表示條件）

A plane crashed near the South Pacific, **killing 24 passengers on board**.
一架飛機在南太平洋附近墜毀，造成機上24名乘客遇難。（表示結果）

Football is played in more than 80 countries, **making it a popular sport**.
80多個國家都踢足球，使它成為一種很流行的運動。（表示結果）

2. 過去分詞短語作狀語的用法

過去分詞短語也常可用作狀語，用以說明動作發生的背景或情況。這類狀語大多放在句子的前部，也有些可放在句末，間或插在中間。例如：

Greatly interested, I finished this book within the whole night.
我極感興趣地花了整整一夜就把這書看完了。

Built in 490, the temple is over 1500 years old.
這座寺院修建於490年，已有1500多年的歷史了。

Mr. Clark, **deeply moved**, said that the Chinese people are the bravest in the world.
克拉克先生深為感動地說，中國人民是世界上最勇敢的人民。

(1) 過去分詞短語也可用作狀語，表示原因，相當於一個表示原因的狀語子句

Exhausted by hard work, he soon fell asleep.

由於艱苦的工作而勞累不堪，他很快就睡著了。

Gone from home so long, he was very glad to see a friend from his hometown.

由於久離家鄉，他為能碰到一位來自家鄉的朋友而高興。

Not educated well, he had difficulty in solving such a complicated problem.

由於未受過良好的教育，要他解決這樣複雜的難題是很困難的。

Satisfied with their achievements, the two parties agreed to further cooperation.

由於對所取得的成就都感到滿意，所以雙方一致同意進一步合作。

(2) 過去分詞短語也可用作狀語，說明動作發生的時間，相當於一個表示時間的狀語子句

Seen from the hill, the town looks very beautiful.

從山上看，這座城市非常漂亮。

While occupied by the work, the couple had to arrange for their mother to look after their baby.

工作時間夫婦倆不得不讓母親照顧嬰兒。

(3) 過去分詞短語也可用作狀語，表示一個假設的情況，相當於條件狀語子句

Once discovered, the mistakes must be corrected.

一旦發現錯誤，必須改正。

United, we stand; **divided**, we fall. 團結則存，分裂則亡。

Given more attention, these mistakes could have been avoided.

如果多加注意，這些錯誤本來可以避免的。

Compared with you, we still have a long way to go.

和你們比起來，我們還有很大差距。

Seen in this light, the problem is not so serious as we have thought.

如果從這個角度看，問題並不像我們原來所想的那麼嚴重。

(4) 過去分詞短語也可用作狀語，表示讓步，相當於一個讓步狀語子句

Although exhausted by the journey, he drove to visit the University once he alighted from the plane.

雖然旅途勞累，但是他一下飛機就驅車去訪問那所大學。

Laughed at by everybody, he insisted on going with me.

每個人都嘲笑他，但他還是堅持要跟我一起去。

Born in a rich family, he lived a simple life.

雖然出生在一個富裕的家庭，但他還是過著簡樸的生活。

Faced with a lot of difficulties, he continued the plan.

雖然面臨許多困難，但他還是要繼續執行這個計畫。

3. 分詞獨立結構的用法

　　分詞的獨立結構也常用作狀語，表示方式、伴隨、時間、原因、條件等。如前所述，在用分詞短語作狀語時，它邏輯上的主語一般必須與句子的主語一致，但有時它也可以有自己獨立的邏輯上的主語。這樣的主語常是名詞或代名詞主格，置於分詞之前，從而構成分詞獨立結構。它多用於書面語中，一般置於句首或句末，偶爾也置於句中。如果邏輯主語是分詞所表示動作的執行者時，用現在分詞；相反，如果邏輯主語是分詞所表示動作的承受者時，用過去分詞。例如：

Weather permitting, we'll go to do some shopping tomorrow.

假如天氣允許的話，明天我們想去買些東西。

The situation getting worse, they had to ask for help.

情況越來越糟，他們只好向別人求救。

They lived in a room on the third floor, **its window facing the south**.

他們住在四樓的房間裡，窗戶朝南。

There being nothing else to do, we left.　由於沒事可做，我們就走了。

The door unlocked, he went out.　門沒鎖好，他就出去了。

The shop closed, they went to another one.

這家商店關門了，他們就去了另一家。

The bike broken, he had to take a taxi.

自行車壞了，他只好乘計程車。

　　表示肯定意義的「獨立結構」一般都可變為由with引導的介系詞片語；而表示否定意義的「獨立結構」有時也可變為由without引導的介系詞片語。例如：

With the last bus having gone, we had to walk home.

由於最後一班車開走了，我們只好走路回家。

She was sitting at her desk, **with her head slightly lowered**.

她正（稍稍）低著頭坐在書桌前。

The manaer sat quietly in the office, **with his eyes closed**.

經理閉著雙眼靜靜地坐在辦公室裡。

With all the money spent, Jack started looking for work.

錢都用完了，傑克才開始找工作。

With so many people communicating in English every day, it will become more and more important to have a good knowledge of English.

有這麼多的人每天用英語交流，精通英語將會變得越來越重要。

重點提示

有時一個分詞短語可用來作狀語解釋整個句子，這時這個分詞的邏輯主語和句子的主語是不一致的，但還是用獨立結構，也可以把這樣的分詞短語看作是一類插入語。例如：

Generally speaking, to learn a foreign language well is not an easy job.

一般來說，要學好一門外語不是一件容易的事。

Judging from her accent, this lady is from New Zealand.

從她的口音判斷，這位女士是紐西蘭人。

Talking of fine arts, are you interested in music?

說起藝術，你對音樂感興趣嗎？

Putting it mildly, he is not careful enough.　說得輕一點，他是太不夠仔細了。

第六節　用在複合結構中的分詞

1. 用作受詞補足語

(1) 分詞在某些感官動詞和使役動詞，例如：see, feel, hear, notice, watch, observe, look at, listen to, have, set, get, catch, keep, leave等後面，用作受詞的補足語，這種分詞與其前的受詞構成複合受詞

When I entered the room, I **found** him **watching** TV.

當我進房間時，我發現他在看電視。

When I got down from the plane, I **saw** him **waiting** for me at the exit.

當我走下飛機時，看見他在門口等我。

I **felt** the bus **shaking** terribly.　我感覺到汽車搖晃得很厲害。

I would **keep** you **informed** of what's going on here.

我會讓你知道這裡所發生的事情。

We must **get** everything **done** before Friday.

我們必須在星期五之前把一切做好。

He **had** his hair **cut** yesterday evening.

昨晚他去理了頭髮。（叫別人為自己理髮）

When you look around at buildings, streets, squares and parks, you will **find** them **designed, planned and built** in different styles.

當你環顧周圍的建築、街道、廣場和公園時，你會發現它們是用不同的風格設計、規劃、建造起來的。

(2) 在see, hear, feel, watch, notice等動詞的後面，既可用現在分詞構成複合受詞，也可用不定式構成複合受詞，但兩者之間有時有一定的差別。一般來説，用現在分詞時，表示動作正在發生，即處於發生的過程中，還沒有結束；用不定式時，表示動作發生了，即動作全部過程結束了。有時用現在分詞表示動作的重複性，用不定式表示動作的一次性

I saw him **go** upstairs. 我看見他上樓去了。

I saw him **going** upstairs. 我看見他正在上樓。

I heard him **sing** this English song. 我聽見他唱這首英文歌曲。

I often heard him **singing** English songs. 我常聽到他唱英文歌曲。

We saw the plane **take off**. 我們看見飛機起飛了。

We watched the plane **taking off**. 我們看著飛機飛了起來。

Suddenly I felt my face **blush** with shame. 忽然我感到因羞慚而臉紅起來。

I felt my face **getting blushed**. 我感到自己的臉（由於興奮）逐漸紅起來。

2. 用作主語補足語

(1) 上面這類含有分詞作為受詞補足語的句子變為被動結構時，主動結構中的受詞變成了主語，原作為受詞補足語的分詞現變為了主語補足語

He was seen **going** upstairs. 有人看見他上樓。

He was often heard **singing** English songs. 人們常常聽見他唱英文歌曲。

We should be kept **informed** of what's going on there.
應該讓我們瞭解那裡所發生的情況。

The fire is reported **controlled**. 據報導火勢已被控制住了。

(2) 同樣，現在分詞和不定式均可用作主語補足語，但兩者之間存在著一定的區別：用現在分詞表示動作的重複性或表示動作正在發生，而用不定式則表示動作的一次性或表示動作已經結束

He was often heard **singing** the English song. 人們常常聽到他唱這首英文歌。

He was once heard **to sing** the English song. 人們有一次聽到他唱這首英文歌。

He was often seen **going there**. 人們常常看到他去那裡。

He was seen **to go there**. 人們看到他去那裡了。

🔵 重點提示

現在分詞只有在某些感官動詞或使役動詞的句子中用作受詞補足語或主語補足語。但其他的動詞後往往要求用動詞不定式作為複合結構中的補足語（參見「不定式」中的有關章節）。例如：

She is expected **to be back** tomorrow. 預計她明天可以回來。
They were forced **to pay** very heavy rents. 他們被迫上繳很重的租金。

第七節 現在分詞的完成式和被動式

1. 現在分詞的完成式

現在分詞完成式所表示的動作發生在謂語動詞所表示的動作之前，常用作狀語，表示時間和原因。表示時間時常置於句首，表示原因時常置於句末或句首。例如：

Having written down my name, I began to do the test.
把姓名寫下來後，我就開始做試題了。（表時間）

Having realized that I could use a kite to attract lightning, I decided to do an experiment.
我意識到可以用風箏來吸引閃電，於是決定做個實驗。（表原因）

Having sent the e-mail to him, I went on to wrote a letter to Mary.
發了一封電子郵件給他後，我接著寫了封信給瑪麗。（表時間）

Having found the cause, we were able to find a satisfactory solution.
原因找出來了，我們就可以找出一個令人滿意的解決方法。（表原因）

They had to postpone the meeting till next week, **not having got ready**.
由於未作好準備，他們只好把會議延期到下週舉行。（表原因）

另外，現在分詞的完成式也可用於分詞獨立主格結構中，表示分詞動作的邏輯主語與整個句子的主語不一致。例如：

The guests having left, they started to clean up the room.
客人們走後，他們開始清理房間。

The teacher having announced the regulations, the students began to play games.
老師宣佈了有關規則後，學生們就開始做遊戲了。

2. 現在分詞的被動式

現在分詞的一般式和完成式均有被動式，在句子中可以用來作修飾語、受詞補足語及狀語等。例如：

The problem **being discussed** is very important.
正在討論的問題是非常重要的。（作修飾語）

That building **having been built** a week before is our hospital.
一星期前蓋好的那幢大樓是我們的醫院。（作修飾語）

We often heard the song **being sung**.

我們常常聽到人們在唱這首歌。（作受詞補足語）

Everywhere we can see the new highways **being built**.

我們到處都能看見人們在修建新的公路。（作受詞補足語）

Being asked to answer the question, she felt a little nervous.

叫她回答問題時，她感到有點緊張。（作狀語）

Having been given such a good chance, how could you not cherish it at all?

別人給你這麼好的機會，你怎麼能一點兒也不珍惜？（作狀語）

此外，獨立主格結構中也可以用現在分詞的被動式。例如：

The joke having been said, let's return to our subject.

講完笑話後，讓我們言歸正傳吧。

第八節 現在分詞與過去分詞的比較

1. 現在分詞（主動式）與過去分詞的比較

(1) 意義上不同

　　一般來說，現在分詞表示主動的含義，而及物動詞的過去分詞表示被動的含義。試比較：

An **interesting** book is one which interests the readers.

一本有趣的書是指能使讀者感興趣的書。

An **interested** reader is one who is interested in the books, newspapers, etc.

一位感興趣的讀者是指對書本、報紙等有興趣的人。

We saw a **moving** film last night.

昨晚我們看了一部感人的影片。

The film was so interesting that the audiences were **moved**.

這部影片是這麼有趣，以至於觀眾都被感動了。

但也有少數不及物動詞的過去分詞無被動的含義，這種過去分詞可稱作不及物過去分詞或主動過去分詞，而且大都已成為形容詞了。

It is necessary for us to introduce some **advanced** science and technology from the foreign countries.

我們有必要從國外引進一些先進的科學技術。

The **gone** winter was one of the coldest winters.

剛過去的這個冬天是最寒冷的一個冬天。

　　像以上這樣的不及物過去分詞還有許多，常見的有：admitted（自認的），advanced（先進的），agreed（同意的），assembled（集合的），escaped

（逃走的），determined（決心的、堅決的），faded（凋謝的），deceased（死去的），failed（失敗了的），fallen（倒／降下來的），foregone（預定的），gathered（集合的），gone（已去的、過去的），grown（成長了的），mistaken（錯了的），retired（退休的），returned（回來的），resolved（決心的），risen（升起的），settled（解決的），travelled（富有旅行經驗的），turned（變成），vanished（消失了的），等等。例如：

He always shows a **determined** look when he is faced with various difficulties.
在面臨各種困難時，他總是表現出堅定的神態。

The **risen** sun is shining over the country.　升起的太陽照耀著祖國大地。

(2) 所表示動作的不同

　　用作修飾語或表語時，現在分詞所表示的動作正在進行，尚未完成；而過去分詞所表示的動作則多已完成。試比較：

India is one of the **developing** countries.　印度是發展中國家之一。

The United States and the United Kingdom are two **developed** countries in the world.
美國、英國是世界上兩個已開發國家。

The **rising** sun is getting higher and higher.　正在升起的太陽漸漸升得越來越高。

The **risen** sun hung high in the sky.　升起的太陽高高地懸掛在空中。

Usually we can't drink the **boiling** water.　我們通常不能飲用未煮沸的水。

Usually what we drink is the **boiled** water.　我們通常飲用的是已煮沸的水。

2. 過去分詞與現在分詞的被動式的比較

　　及物動詞的過去分詞與現在分詞一般被動式都有被動意義，有時兩者沒有區別。例如：

(Being) so **absorbed** in his work, Jim neglected food and sleep.
吉姆工作非常專心，到了廢寢忘食的地步。

Her shirt **(being) caught** on a nail，she could not move at all.
由於襯衫鉤在釘子上，她一點也動不了。

但在某些情況下，兩者則是有區別的。試比較：

I saw the bike **being repaired**.
我看見那輛自行車正在被修理。（現在分詞一般被動式表示正在進行的動作）

I saw the bike **repaired**.
我看見那輛自行車被修好了。（過去分詞表示已被完成的動作）

文法實戰演練

01. Mrs. White showed her students some old maps _____ from the library.
（2010全國卷Ⅰ）

    A. to borrow   B. to be borrowed   C. borrowed   D. borrowing

02. The living room is clean and tidy, with a dining table already _____ for a meal to be cooked.（2010山東卷）

    A. laid   B. laying   C. to lay   D. being laid

03. The retired man donated most of his savings to the school damaged by the earthquake in Yushu, _____ he students to return to their classrooms.（2010江蘇卷）

    A. enabling   B. having enabled

    C. to enable   D. to have enabled

04. The experiment shows that proper amounts of exercise, if _____ regularly, can improve our health.（2010浙江卷）

    A. being carried out   B. carrying out

    C. carried out   D. to carry out

05. Lots of rescue workers were working around the clock, _____ supplies to Yushu, Qinghai province, after the earthquake.（2010福建卷）

    A. sending   B. to send   C. having sent   D. to have sent

06. It rained heavily in the south, _____ serious flooding in several provinces.
（2010天津卷）

    A. caused   B. having caused   C. causing   D. to cause

07. In April, thousands of holidaymakers remained _____ abroad due to the volcanic ash cloud.（2010福建卷）

    A. sticking   B. stuck   C. to be stuck   D. to have stuck

08. _____ by the advances in technology, many farmers have set up wind farms on their land.（2009天津卷）

    A. Being encouraged   B. Encouraging

    C. Encouraged   D. Having encouraged

09. When we visited my old family home, memory came _____ back.（2009遼寧卷）

    A. flooding   B. to flood   C. flood   D. flooded

10. There is a great deal of evidence _____ that music activities engage different parts of the brain.（2009浙江卷）

    A. indicate   B. indicating   C. to indicate   D. to be indicating

11. _____ not to miss the flight at 15:20, the manager set out for the airport in a hurry.（2009福建卷）

    A. Reminding   B. Reminded

    C. To remind   D. Having reminded

12. _____ many times, he finally understood it.（2009四川卷）

    A. Told   B. Telling

    C. Having told   D. Having been told

答案剖析

01. **C.** 根據題意可知，此處考查非謂語動詞作後置修飾語，動作已經完成且被修飾的詞some old maps和動詞borrow之間為被動關係，應用過去分詞作後置修飾語，答案為C。

02. **A.** 句意：起居室既乾淨又整潔，裡面有一張早已放好的預備要開飯的餐桌。在with複合結構中，受詞是賓補動作的承受者，賓補要用過去分詞，此處表示桌子早已被放好了。

03. **A.** B選項為分詞的完成式，表示的動作先於主句的動作之前，這顯然與本句意思相違背。C、D選項為不定式表目的，與句意不符。

04. **C.** 本句的受詞子句是一個含有條件狀語子句的主從複合句，條件狀語子句為一省略句，省略了與主句相同的主語和be動詞。exercise和carry out是被動關係，故此處需用過去分詞短語，子句補充完整應為：if proper amounts of exercise is carried out regularly...。

05. **A.** 前面「援救工人不分晝夜地工作」是個完整的句子，後面「運送供給」為伴隨狀語，sending supplies和前邊的were working是同時發生的，故選A。

06. **C.** 句意：南方下了大雨，在幾個省造成了嚴重的洪澇災害。現在分詞causing表示主動，在句中作結果狀語。

07. **B.** 根據原因狀語due to the volcanic ash cloud可判斷出，成千上萬的渡假者滯留國外是被迫的事情，因此用表示被動的過去分詞作remained的表語。

08. **C.** 因為「農民受到了鼓勵」，故用過去分詞作原因狀語，過去分詞表示被動完成的含義。

09. **A.** 句意：當我們參觀老家的房子時，記憶如洪水般湧來。此空應填現在分詞，在句中作伴隨狀語。

10. **B.** 句意：有大量證據表明，音樂活動能使大腦的不同部分都參與進來。此空應填現在分詞短語作後置修飾語，修飾evidence。

11. **B.** 句意：在有人提醒不要耽誤了15:20的航班後，經理匆忙出發去機場。remind意為「提醒」，為及物動詞。句子主語the manager與動詞remind為被動關係，此處應用過去分詞表被動。

12. **D.** 句意：被告訴了多次後，他最後終於明白了。非謂語動詞tell的動作發生在句子謂語所表示的動作之前，且與句子主語是動賓關係，所以此處應用現在完成式的被動式作原因狀語，答案為D。

第十八章 句子

第一節 概述

句子是包含主語和謂語部分的一組詞，它有一定的語法結構和語調，用以表達一個比較完整的獨立的概念。句子開頭第一個字母要大寫，句子末尾要有句號、問號或感嘆號。

1. 按使用目的分類

陳述句（Declarative Sentences）　疑問句（Interrogative Sentences）
祈使句（Imperative Sentences）　感嘆句（Exclamatory Sentences）

2. 按結構分類

簡單句（Simple Sentences）　　並列句（Compound Sentences）
複合句（Complex Sentences）

第二節 陳述句、疑問句、祈使句和感嘆句

1. 陳述句

用來說明一個事實或陳述說話人的看法。例如：
The building has been completed. 那棟建築已經完工。（事實）
I am sure he can pass the exam. 我肯定他能通過測驗。（看法）

2. 疑問句

用來提出問題。英語的疑問句有四種：一般疑問句、特殊疑問句、選擇疑問句和反意疑問句。

(1) 一般疑問句

用yes或no回答的疑問句，叫做一般疑問句。這種疑問句通常把動詞be或have，助動詞或情態動詞放在主語之前。例如：
—Have you a car? 你有汽車嗎？
—Yes, I have. (No, I haven't.) 是的，我有。（不，我沒有。）
—Is this your watch? 這是你的手錶嗎？
—Yes, it is. (No, it isn't.) 是的，它是。（不，它不是。）

(2) 特殊疑問句

用what, who, which等疑問代名詞或when, where, why, how等疑問副詞引起的疑問句，叫做特殊疑問句。這種疑問句要求具體回答而不能用yes或no回答。例如：

—What are those? 那些是什麼？

—They are photos. 是照片。

—When did you get up this morning? 你今天早晨什麼時候起床的？

—I got up at six this morning. 我今天早晨六點起床的。

(3) 選擇疑問句

提出兩種或更多的情況，要求對方選擇一種，這種疑問句叫做選擇疑問句。它的結構是：「一般疑問句 + or + 一般疑問句」，或「特殊疑問句 + 可選擇部分 + or + 可選擇部分」。但常把後一部分中和前一部分相同的成分省略。這種疑問句不能用yes或no回答，而是根據選擇作答。例如：

—Are you from Nanjing or Wuhan? 你是南京人還是武漢人？

—I'm from Wuhan. 我是武漢人。

—What is your uncle, a doctor or a teacher?

你叔叔是做什麼工作的，是醫生還是教師？

—He's a doctor. 他是個醫生。

(4) 反意疑問句

在陳述句之後附上一個簡短問句，對陳述句所敘述的事實提出相反的疑問，這種疑問句叫做反意疑問句。如前一部分為肯定式，後一部分則用否定式。反之，如前一部分為否定式，後一部分就用肯定式。例如：

He is a League member, isn't he?

他是個聯盟成員，不是嗎？

The sound of Music is a wonderful musical, isn't it?

《音樂之聲》是一部精彩的音樂片，不是嗎？

🔘 重點提示

對反意疑問句的回答，不管問題的提法如何，若事實是肯定的，就要用yes；事實是否定的，就要用no。這和中文不一樣，應特別注意。例如：

—He isn't a driver, is he? 他不是司機，是嗎？

—Yes, he is. 不，他是司機。／ —No, he isn't. 是的，他不是司機。

3. 20種特殊的反意疑問句

學習了一些常規的反意疑問句，還應牢記下列20種特殊形式的反意疑問句。

(1) 肯定的祈使句，其後面的附加疑問句部分可以是will you, won't you, would you,

有時也可用can you, can't you, could you等。但在否定的祈使句後一般只能用 will you

Sit down and have a cup of tea, **will you / won't you**? 坐下喝杯茶，好嗎？

Don't be late again, **will you**? 別再遲到了，好嗎？

(2) Let's...後面附加問句，常用shall we / shan't we，有時也用OK。但以let us / me / him開頭的祈使句，其後用will you, won't you

Let's have a rest, **shall we / shan't we / OK**? 休息一下，好嗎？

Let us go home now, **will you / won't you**? 讓我們現在回家，好嗎？

(3) 感嘆句變反意問句時，附加部分的謂語用一般現在時態to be的否定式

What a beautiful girl, **isn't** she? 多麼漂亮的一位女孩呀！不是嗎？

(4) 當need，dare在句中作實義動詞時，附加部分採用do的相應形式構成

He needs help, **doesn't** he? 他需要幫助，不是嗎？

(5) 陳述部分是I'm...句型時，附加部分一般是aren't I或ain't I

I'm quite tall, **aren't I / ain't I**? 我個子滿高的，是不是？

(6) 當陳述句部分的主語是表示「物」的不定代名詞everything, nothing, something, anything時，其附加部分的主語應用單數代名詞it

Something is wrong with my radio, isn't **it**? 我的收音機出了問題，不是嗎？

Nothing is hard in the world, is **it**? 世上無難事，是嗎？

(7) 當陳述句部分的主語是no one, nobody, everybody, someone, somebody, anyone, anybody, none, neither等不定代名詞時，其附加部分的主語多用複數代名詞they（與複數動詞連用），有時也可用he（與單數動詞連用）

Everybody likes Beijing, don't **they**? 大家都喜歡北京，是嗎？

Neither of them is right, is **he** / are **they**? 他們兩個都不對，是嗎？

(8) 陳述句的主語是this / that時，其附加部分的主語用it。陳述部分的主語是these / those時，其附加部分的主語用they

Those are their books, aren't **they**? 那些是他們的書，不是嗎？

(9) 陳述部分的主語用不定代名詞one時，附加部分的主語在正式的場合用one，在非正式場合用you

One should do one's duty, shouldn't **one**? 每一個人都應盡責，不是嗎？

One cannot always find time for reading, can **you**?

人不是總有時間看書，是嗎？

(10) 陳述句部分帶有few, little, seldom, hardly, never, not, no, nobody, nothing,

none, neither等否定詞或半否定詞時，附加部分應用肯定結構。但是如果陳述部分的否定詞是加字首或字尾構成的，其附加部分仍用否定結構

They've never seen such a beautiful school, have they?
他們從沒有見過這麼美的學校，是嗎？

It is unfair, isn't it? 這不公平，不是嗎？

(11) 陳述部分的受詞是否定詞no one, nobody, none, nothing, neither時，其附加部分可以用肯定式，也可以用否定式

She said nothing in the office, did (n't) she? 她在辦公室時什麼也沒説，不是嗎？

He has got nothing to say, does (n't) he? 他沒什麼可説的，不是嗎？

(12) 陳述部分的主語為主語子句、不定式、v-ing短語時，附加部分的主語應用it

What you need is more practice, isn't **it**? 你需要的是多加練習，不是嗎？

To learn English well isn't easy, is **it**? 學好英語不是很容易的，是吧？

Swimming is great fun, isn't **it**? 游泳是件極為快樂的事，對吧？

(13) 陳述部分是I wish...結構時，其附加部分用may I構成，前後用肯定式

I wish to go home, **may I**? 我想要回家，可以嗎？

I wish I were you, **may I**? 但願我是你，可以嗎？

(14) 當陳述部分是一個帶有that引導的受詞子句時，附加部分應與主句的主語、謂語保持對應關係

He said that it was worth doing, **didn't he**? 他説那件事值得做，不是嗎？

(15) 陳述部分的主句是I think（suppose, expect, believe, imagine...）加that子句時，附加部分的主語與動詞要和子句中的謂語保持一致。要注意否定的轉移現象

I **think** he **will be** back in an hour, **won't he**?
我想他會在一小時內回來，不是嗎？

I don't **suppose you are** serious, **are you**? 我並不認為你是當真的，是嗎？

(16) 陳述部分若是並列句，附加部分主語一般與最近的分句的主語及謂語保持一致

We must study English hard or **we can't** be good at it, **can we**?
我們應該努力學習英語，否則就不能很好地掌握它，不是嗎？

He is a teacher, but **his wife** is a nurse, **isn't she**?
他是位老師，而他的妻子卻是位護士，不是嗎？

(17) 當陳述句部分中的謂語含有情態動詞must時，則要根據must的實際意義來決定附加問句當must表示「必須」時，附加問句是「mustn't + 主語？」。例如：

He **must** work hard next term, **mustn't he**? 下學期他必須努力學習，對不對？

當must表示「必要」時，附加問句是「needn't + 主語？」。例如：

They **must** renew the books, **needn't they**?

他們要重新再借那本書,對不對?

當must表示「推測」意義時,附加問句要根據陳述部分的不定式結構採用相應的主動詞或助動詞形式。例如:

She must **be** very tired, **isn't she**? 她一定是太累,不是嗎?

You must **have been** to Huangshan, **haven't you**? 你們一定去過黃山,對嗎?

(18) 陳述部分是you'd better...結構時,附加問句應用hadn't you / shouldn't you;若當陳述部分是you'd like...和you'd rather...結構時,附加部分應用wouldn't you

You'd better come back early, **hadn't you / shouldn't you**?

你最好早點回來,好不好?

You'd like to go there, **wouldn't you**? 你想去那兒,對不對?

(19) 陳述部分中的have作為動詞時,附加部分的助動詞就用do的相應形式;如果have作為助動詞,則附加部分就用have的相應形式

They usually **have breakfast** at school, **don't they**?

他們通常在學校吃早飯,是吧?

Mr. Green **has gone to** England for a holiday, **hasn't he**?

格林先生已經到英國度假去了,不是嗎?

🔵 重點提示

當陳述部分中的have僅表示「擁有」的含義時,其附加部分既可以用have形式,也可以用do形式。例如:

He **has** a sister, **doesn't he / hasn't he**? 他有一個姐姐,不是嗎?

(20) 在口語或非正式文體中,為了加強語氣,有的反意問句只是表示某種驚奇、懷疑、反感、諷刺等情感,並不需要回答。它是肯定的還是否定的,前後完全一致

Tom told me he saw a ghost last night. **He did, did he**?

湯姆告訴我昨晚他看見了鬼。真的,他看見了?

You mustn't listen to his story. Oh, **I mustn't, mustn't I**?

你不要當真!不要當真!為什麼?

4. 祈使句

用來表示請求、命令、叮嚀、號召等。祈使句的謂語用動詞原形,它的否定形

式多以do not（常用don't）或never引起。例如：

Be sure to get there in time.　一定要及時到那裡！

Don't forget to buy me some ketchup on your way back.
別忘了在你回來的路上給我買一些番茄醬。

Never judge people by their appearance.　千萬不要以貌取人。

有時可以在祈使句後加一個簡短問句，使口氣變得客氣一些。例如：

Have a cup of tea, will you?　喝杯茶，好不好？

5. 感嘆句

用來表達說話時的驚異、喜悅、氣憤等情緒。感嘆句一般以「What a / an+名詞」或「How + 形容詞（副詞、動詞）」開頭，句末用「！」。例如：

What fine weather it is today!　今天天氣多好啊！

How interesting the film is!　那電影多麼有趣呀！（＝ What an interesting film it is!）

需要注意的是常常會有句子形式和交際功能並不一致的情況。

句子的結構形式以及它們的意義是一回事，至於這個句子在一定上下文和交際場合裡能起什麼交際作用，則又是另外一回事。同一類型的句子結構在不同上下文或語言情境中可以有不同的交際功能。例如一般疑問句並不一定都是向對方詢問情況，它可能是一種請求：Could you lend me a hand?　請幫我一把。

也可能是表示款待：Would you like a cup of tea?　來一杯茶好嗎？

也可能是一種警告：Do you know there is a strong current here?　這裡有急湍暗流！

也可能是一種威脅：Do you want a punch on the nose?　當心挨揍！

由上述諸例可以看出，一個句子的意義是可能通過句子的結構形式加以判定的，但是，句子的交際功能便只有在具體的上下文中或語言情境中才能確定，這種從上下文得出的意思也是一種意義，它叫做情境意義或者叫做上下文意義，以示區別於結構意義。我們學習文法，必須對於結構、意義和功能給予全面的注意，才能既達到語法結構的正確性，又做到使用語法結構的靈活性和適合性。

第三節　簡單句、並列句和複合句

1. 簡單句

最小的句子單位就是簡單句。簡單句一般有一個限定動詞。它有一個主語和一個謂語。簡單句句型共有五種，而每一種又有若干不同的次句型。這五種句型皆因其動詞後面的成分（如果有的話）不同而有所區別：

(1) 主語+動詞（**SV**句型）

My head aches. 我頭痛。

(2) 主語+動詞+補語（**SVC**句型）

Frank is clever / an architect. 法蘭克很聰明／是一名建築師。

(3) 主語+動詞+直接受詞（**SVO**句型）

My sister enjoyed the play. 我姐姐喜歡那出戲。

(4) 主語+動詞+間接受詞+直接受詞（**SVOO**句型）

The firm gave Sam a watch. 那個商行贈予山姆一支錶。

(5) 主語+動詞+受詞+補語（**SVOC**句型）

They made Sam redundant / chairman. 他們讓山姆成了超編人員／主席。

　　上述各例都簡化到了最低限度，在此基礎上，我們可以加上形容詞和副詞，例如：

The **old** firm gave Sam a **beautiful gold** watch on his retirement.

山姆退休時，那家老商行贈予他一隻漂亮的金錶。

　　如果句子只包含一個主謂結構，而句子各個成分都只由單詞或短語表示，它就是簡單句。注意有時兩個或更多的主語可以同有一個謂語，兩個或更多的謂語可以同有一個主語，有時甚至可以有兩個主語和兩個謂語，這樣的句子仍然是簡單句：

A smile **can help** us get through difficult situations and **find** friends in a world of strangers.

一個微笑可以幫助我們渡過難關，並且在陌生的世界中找到朋友。

🔵 重點提示

某些簡單句結構比較特殊，只包含一個詞或一個成分。例如：

(1) 問候告別語

So long! 再見！　　　　　　Cheerio! 再會！再見！　　　　　See you! 回頭見！

(2) 感謝祝賀語

Thanks (a lot)! （多）謝！　　　　　　Many thanks. 非常感謝。

Your health! （祝酒語）祝你健康！　　　Merry Christmas! 聖誕快樂！

Love to you. 愛你！　　　　　　　　　Many returns of the day! 天天快樂！

(3) 感嘆語

My goodness! 天哪！　　　Damn (it)! 該死！　　　　　Oh hell! 見鬼！

Well, well! 好了，好了。　　　　　For shame! 真可恥！

(4) 口號命令

Out with it! 出去！　　　　　　　　　　Away with you! 滾出去！

(5) 反應語

Yes! 是的！好的！　　　Yeah! 是！好！　　　OK! 好的！　　　Right! 對！好！

2. 並列句

　　我們常需把幾個意思連接在一起，其方法之一就是把幾個簡單句連接起來構成一個並列句。用並列連接詞（如 and, but, so, yet），前面常加逗號：

We fished all day, **but** (we) didn't catch a thing.

我們釣了一天魚，但是（我們）一條魚也沒釣到。

用分號，後面跟一個連接副詞：

We fished all day; **however**, we didn't catch a thing.

我們釣了一天魚；然而，我們一條也沒釣到。

只用分號：

We fished all day; we didn't catch a thing.

我們釣了一天魚，我們一條魚也沒釣到。

(1) 並列句中的分句通常用一個並列連接詞來連接

Friends are dear **but** enemies may be useful. Friends could tell me what to do, and enemies could tell me how to do it.—Schiller

朋友是寶貴的，但敵人也可能是有用的；朋友會告訴我，我可以做什麼，敵人將告訴我，我應當這樣做。—（德）席勒

We must redouble our efforts, **or** we'll never be able to catch up with the others.

我們必須加倍努力，否則永遠也趕不上別人。

New Zealand has a mild sea climate, **while** the north is subtropical.

紐西蘭是溫和的海洋氣候，而北部是亞熱帶氣候。

Few people showed interest in his story, **so** he had to leave off.

很少人對他的故事感興趣，所以他不得不停止了。

(2) 構成並列句的並列連接詞常見的有：and, and then, but, for, nor, or, so, yet, either...or, neither...nor..., only...but...（also /as well / too）。這些並列連接詞可用以表示另加（and），對比（but，yet），選擇（or），理由（for），連續（and then）以及結局或結果（so）等。然而像and這樣單一的並列連接詞卻可表示幾種不同的目的

另加：We were talking **and** laughing. 我們又說又笑。（＝ in addition to 又）

結果：He fell heavily **and** broke his arm. 他摔得很重，手臂都摔斷了。（＝so 因此）

條件：Weed the garden **and** I'll pay you £5.

除去花園的雜草，我就付給你5英鎊。（＝If...then 如果……那麼）

連續：He finished lunch **and** went shopping.

他吃完午飯而後去買東西。（＝then 然後）

對比：Tom's 15 **and** still sucks his thumb.

湯姆15歲了，還在吮大拇指。（＝despite this 儘管如此）

常見並列連接詞的用法說明如下：

另加 / 連續：and；both...and；not only...but...(too / as well)；not only...but (also)...；and then

He washed the car. He polished it. 他沖洗汽車。他擦拭了它。

→ He washed the car and polished it. 他沖洗汽車並擦拭了它。

→ He not only washed the car, but polished it (too / as well).

他不僅沖洗汽車，而且（也／又）擦拭了它。

→ He washed the car and then polished it. 他先沖洗汽車，然後擦拭了它。

如果兩個主語不同，則兩個都應寫出：

You can wait here and **I'll** get the car. 你可以在這兒等著，我去找車。

對比：but；yet

He washed the car. He didn't polish it. 他沖洗了汽車。他沒有擦拭它。

→ He washed the car, **but** didn't polish it. 他沖洗了汽車，但沒有擦拭它。

She sold her house. She can't help regretting it.

她賣掉了她的房子。她不禁感到惋惜。

→ She sold her house, **but / yet** (she) can't help regretting it.

她賣掉了她的房子，但（她）不禁感到惋惜。

選擇：either...or...；neither...nor...

He speaks French. Or perhaps he understands it.

他會講法語。或者他懂法語。

→ He **either** speaks French, **or** understands it.

他或是會講法語，或是懂法語。（I'm not sure which 我不清楚是哪一種情況）

He doesn't speak French. He doesn't understand it.

他不會講法語。他不懂法語。

→ He **neither** speaks French, **nor** understands it.

他既不會講法語，也不懂法語。

結果：so

He couldn't find his pen. He wrote in pencil.

他找不到鋼筆。他用鉛筆寫。

→ He couldn't find his pen, **so** he wrote in pencil.

他找不到鋼筆,所以他用鉛筆寫。(在so之後主語一般要重複)

原因:for

We rarely stay in hotels. We can't afford it.

我們很少住旅館。我們住不起。

→ We rarely stay in hotels, **for** we can't afford it.

我們很少住旅館,因為我們住不起。

for為所陳述的事說出原因。它與because不同,不能用於句首。在for後面,必須重複主語。for的這種用法在書面語言中較為常見。

🔵 重點提示

兩個以上的簡單句可用逗號和一個連接詞連接。連接詞只用在最後一個分句之前;連接詞 and前的逗號可要可不要:

I found a bucket, put it in the sink(,) **and** turned the tap on.

我找了一個水桶,把它放進洗碗槽,然後把水龍頭擰開。

當句子各部分的主語相同時,通常不再重複。and前面一般不加逗號,但其他連接詞前則一般要加逗號。有時,主語和動詞都可以省略。這時,句子成了簡單句,不再是並列句:

The hotel was cheap but clean. 這間旅館很便宜卻很乾淨。

Does the price include breakfast only, **or** dinner **as well**?

這個定價只包括早餐,或是也包括晚餐?

用了...or not即可省去後一個問題:

Does the price include breakfast, **or not**?(= or doesn't it?)

這個定價包括不包括早餐?

3. 複合句

英語裡很多句子是比較複雜的,書面語尤其如此。前面提到的五種簡單句句型還可以透過多種多樣的方式進行組合。例如:

He told me that the match had been cancelled.(SVO + SV)

他告訴我比賽取消了。

Holiday resorts which are very crowded are not very pleasant.(SVC + SVC)

那些擁擠的渡假場所令人感到不很愉快。

However hard I try, I can't remember people's names.（SV + SVO）

不管我怎麼用心，還是記不住人們的名字。

顯而易見，複合句中包含有兩個或更多的主謂結構，且各個主謂結構的地位並非同等重要（這一點與並列句不同），其中總有一個獨立分句（或稱「主句」），和一個或一個以上從屬分句（或稱「子句」）。主句往往可以獨立存在，子句則充當句子的某一（些）成分，如主語、受詞、表語、修飾語、狀語、同位語等。由於在句子中的這種不同作用，子句可分為主語子句、受詞子句、表語子句、關係子句、狀語子句和同位語子句等。請看下面例句：

What I want to emphasize is this. 我想強調的是這一點。（主語）

There is something in **what you said**. 你說的話有些道理。（介系詞受詞）

The days **when big powers dictated the destiny of the world** are gone forever.

大國主宰世界命運的日子已經一去不復返了。（修飾語）

He expressed confidence **that the enemies' schemes would never succeed**.

他表示相信敵人的陰謀是絕對不會得逞的。（同位語）

從大類來看，充當句子成分的各種子句又可歸為三種：名詞子句（主語子句、受詞子句、表語子句、同位語子句）、關係／形容詞子句（關係子句）和副詞子句（各類狀語子句）。

重點提示

複合句的構成方法：

第一，可以是把簡單句連接在一起，即用連接詞把子句與主句連接起來。例如：

The alarm（主句）was raised **as soon as** the fire（子句）was discovered.

一發現起火，警報器就響起來。

If you're not（子句）good at figures, it is pointless（主句）to apply for a job in a bank.

如果你不擅長於計算，向銀行求職就沒有意義。

第二，還可以用動詞不定式或分詞結構。它們是非限定動詞，並且是短語而不是子句，但它們可以表達複合句中的一部分內容，這是因為它們可以用子句的形式來替換。例如：

To get into university you have to pass a number of examinations.

進入大學你必須通過一系列考試。

（＝ If you want to get into university... 如果你想上大學的話……）

Seeing the door open, the stranger entered the house.

那個陌生人看見門開著就進了屋子。

（＝ When he saw the door open... 當他看見門開著……）

第三，並列分句和子句也可以構成為一個句子，即一個並列句中的一個（或更多）分句，可能包含有一個（或更多）子句。這種句子有些語法家稱為並列複合句。例如：

Real classroom will always be popular, **but** distance education will help people **study whenever** they have time and **wherever** they may be.

真實的教室還是廣受歡迎，但遠端教育可以幫助人們隨時隨地學習。

此外，如果主句和子句的主語相同，子句的主語即須代之以相應的代名詞：

The racing car went out of control before **it** hit the barrier.

賽車在撞上護欄之前失去了控制。

子句中的代名詞可在主句的主語出現之前先出現。這在並列分句中是不可能的。

When **she** got on the train, **Mrs. Tomkins** realized she had made a dreadful mistake.

當湯姆金斯夫人上了火車，她才知道自己犯了一個可怕的錯誤。

要注意的是，在兩人對話時，有時後面的人接著前面的人的話說，句子結構可以不完整：

—The meeting was adjourned, with nothing decided on.

會議沒作出任何決定就休會了。

—**Which**, I suppose, was what you wanted. 我看這正是你希望的事。

在寫文章時有時一個句子只是句子的一個成分，但和上文聯繫起來看，意思就很清楚了：

He threatened to turn me out of doors if I didn't obey him. Which he actually did a year later.

他威脅說，如果我不服從他就把我趕出去，一年以後他確實這樣做了。

● 文法實戰演練

01. How much one enjoys himself travelling depends largely on _____ he goes with, whether his friends or relatives. （2010四川卷）

    A. what   B. who   C. how   D. why

02. —Our holiday cost a lot of money.

—Did it? Well, that doesn't matter _____ you enjoyed yourselves.（2010江西卷）

A. as long as   B. unless   C. as soon as   D. though

03. Wind power is an ancient source of energy _____ we may return in the near future.（2010上海卷）

A. on which   B. by which   C. to which   D. from which

04. Tom was about to close the window _____ his attention was caught by a bird.（2010全國卷 II）

A. when   B. if   C. and   D. till

05. John opened the door. There _____ he had never seen before.（2010陝西卷）

A. a girl did stand   B. a girl stood

C. did a girl stand   D. stood a girl

06. The girl had hardly rung the bell _____ the door was opened suddenly, and her friend rushed out to greet her.（2010福建卷）

A. before   B. until   C. as   D. since

07. —My mother is preparing my favorite dishes. Go with me and have a taste, okay?

—_____. And I'll be glad to meet your parents.（2009陝西卷）

A. I think so   B. I'd love to   C. I'm sure   D. I hope so

08. He must be helping the old man to water the flowers, _____?（2009陝西卷）

A. is he   B. isn't he   C. must he   D. mustn't

09. Unsatisfied _____ with the payment, he took the job just to get some work experience.（2009重慶卷）

A. though was he   B. though he was

C. he was though   D. was he though

10. Life is like a long race _____ we compete with others to go beyond ourselves.（2009重慶卷）

A. why   B. what   C. that   D. where

11. Sally's never seen a play in the Shanghai Grand Theater, _____?（2009上海卷）

    A. hasn't she   B. has she   C. isn't she   D. is she

答案剖析

01. B. 句意：一個人旅遊高興的程度在很大程度上取決於他與誰一起旅遊，是他的朋友還是親屬。這是一個含有主語子句和受詞子句的句子，由句子後邊his friends or relatives可以判斷出指的是「誰」。who在此引導一個受詞子句，並在子句中作with的受詞。

02. A. as long as 只要；unless 除非；as soon as 一……就……；though 雖然。此空應填A引導一個條件狀語子句。

03. C. 句意：風能是古老的能源，但將來也可能成為我們回歸使用的一種自然資源。該句是一含有「介系詞 + 關係代名詞」引導的關係子句，根據句子的意義及結構判斷，介系詞的選用要根據子句中謂語動詞來選擇。

04. A. 此空填並列連接詞when，意思是「那時」，「就在那時」，表示動作發生的突然性，引出前一個分句沒有預料到的突然發生的動作，when引導的是並列分句。

05. D. 表示地點方位的副詞如here, there, away, out, in, down, up等位於句首，謂語動詞是不及物動詞sit, live, stand, run, come, go等，並且主語為名詞時，常用完全倒裝語序。正常的語序為：A girl he had never seen before stood there.

06. A. 句意：這個小女孩剛按門鈴，門就突然開了，她的朋友跑出來迎接她。hardly / scarcely...before / when...表示「剛……就……」是一固定句型，前面是主句，後面是子句。又例如We had hardly reached the station before the train started. 我們剛到車站，火車就開了。

07. B. I'd love to. 我樂意去；I think so. 我認為如此；I'm sure. 我確信；I hope so. 我希望如此。依據And語意可以確定B選項正確。這是一個省略句，動詞不定式符號to後省略了to go with you and have a taste.

08. B. 本題考表推測的反意疑問句。陳述句的謂語中雖有情態動詞must，但此處must表示對正在進行的動作進行推測。在簡短問句中不能重複must，而由must後的助動詞be來構成，故答案選B。

09. **B.** 句意：他對工資不滿意，他做這份工作僅僅是為了獲得一些工作經驗而已。though表示「雖然」，可以引導倒裝的讓步狀語子句，其句式為：名詞／動詞／形容詞／副詞+though／as+主語+謂語動詞，故選B。

10. **D.** 句意：生命就像一次長跑，在這個長跑的過程中我們要與別人競爭，目的是超越自己。where引導的關係子句說明race這個過程或活動。what不能引導關係子句。why只引導reason後面的關係子句，故答案選D。

11. **B.** 根據題幹可知Sally's應該是Sally has的縮寫形式，排除C、D。再根據題幹中的never可知，反意疑問句應該用肯定形式，故答案選B。

第十九章 主語

第一節 概述

主語是句子的主體，表示謂語所説的是「誰」或「什麼」。主語通常由名詞、名詞短語或起名詞作用的其他詞、短語或子句表示。

第二節 主語表示法

主語的位置一般在一句之首。可用作主語的有單詞、短語、子句乃至句子。

1. 名詞作主語

Thrill rides use technology and special effects to give you a thrill.
動感電影利用高科技和特技效果給人以刺激。

Flowers attract many bees.　花兒招來許多蜜蜂。

Advertising is a creative and necessary part of an industrial society.
廣告是工業社會的一種創造性的和必要的組成部分。

2. 代名詞作主語

You're not far wrong.　你差不多對了。

He told a joke but it fell flat.　他説了一個笑話，但沒有引人發笑。

3. 數詞作主語

Three's enough.　三個就夠了。

Four from seven leaves three.　7 減去 4 餘 3。

4. 名詞化的形容詞作主語

The idle are forced to work.　懶漢被迫勞動。

Old and young marched side by side.　老少並肩而行。

5. 副詞作主語

Now is the time.　現在是時候了。

Carefully does it.　小心就行。

Too swift arrives as tardy as **too slow**. —William Shakespeare
欲速則不達。—（英）莎士比亞

6. 名詞化的介系詞作主語

The **ups** and **downs** of life must be taken as they come.
我們必須承受人生之浮沉起落。

7. 不定式作主語

To find your way can be a problem. 你能否找到路可能是一個問題。

It would be nice **to see** him again. 如能再見到他，那將是一件愉快的事。

8. 動名詞作主語

Keeping fit is an important thing of our life.
保持健康是我們生活中的一件大事。

Watching a film is a pleasure, **making** one is hard work.
看電影是樂事，製作影片則是苦事。

9. 名詞化的過去分詞作主語

The **disabled** are to receive more money. 殘疾人將得到更多的救濟金。

The **deceased** died of old age. 死者死於年老。

10. 介系詞短語作主語

To Beijing is not very far. 到北京沒有很遠。

From Yan'an to Nanniwan was a three-hour ride on horseback.
從延安到南泥灣騎馬要走三小時。

11. 子句作主語

Whenever you are ready will be fine. 你不論什麼時候準備好都行。

How the Pyramids were built is still a mystery.
金字塔怎樣建造的仍然是個謎。

12. 句子作主語

"How do you do?" is a greeting. 「你好！」是一句問候語。

第三節　以it作主語的句子

　　it句型分為三大類：一類是由「虛義 it」引導的表示天氣、溫度、時間、距離及其他一般情況的句式；另一類是以「先行 it」作主語的句式；第三類是由it引導的「強調句式」，又叫「分裂句」。

1. 由「虛義it」作主語的句式

　　在由 it引導的表示天氣、溫度、時間、日期、距離等的句子中，it的語法功能是明確的（作主語），而意義卻是含糊的，可以說是沒有辭彙意義的，所以叫做「虛義it」。這種句式可以：

表示天氣：

—What's the **weather** like? 天氣怎麼樣？

—**It**'s sunny (cloudy). 天晴（多雲）。

表示溫度：

—What's the **temperature** outside? 外面氣溫怎麼樣？

—**It**'s hot (cool). 熱（涼爽）。

—How hot (cold) is **it** outside? 外面熱（冷）到多少度？

—**It**'s 38° Centigrade (5℃ below zero). 攝氏38度（攝氏零下5度）。

表示時間、日期、年月：

—What time is **it**? 現在幾點啦？

—**It**'s six o'clock. 六點。

—What day is it today? 今天星期幾？

—**It**'s Wednesday. 星期三。

—What's the date? 今天是幾月幾日？

—**It**'s February 24th. 2月24日。

表示距離：

—How far is **it** from Nanjing to Shanghai? 南京離上海多遠？

—**It** is 300 kilometers. 300公里。

2. 由「先行it」作主語的句式

　　另一種it句型是在句中用it 作「先行主語」而將真正的主語後移。這種後移的「真主語」可以是不定式結構。例如：

It is illegal **to drive without a license.** 無照駕駛是違法的。

It is everyone's duty **to abide by the law.** 遵守法律是每個人的責任。

It is difficult **for a small shop to compete against a supermarket.**
小商店很難與超市競爭。

　　後移的「真主語」也可以是-ing分詞結構。例如：

It is no use **arguing with him.** 與他爭辯是徒勞的。

It's no good **complaining.** 抱怨是不會有好處的。

　　後移的「真主語」還可以是名詞性分句。例如：

It is a pity **that you didn't meet him.** 你沒有會見他，真可惜。

It doesn't matter **whether she will come or not.** 她來或不來都無關緊要。

3. 由it引導的強調句式

　　由it 引導的強調句式，即「分裂句」，是以it 作引導詞，後面跟動詞be的一定形式，動詞之後跟著所要強調的詞語，也就是分裂句的「中心成分」，中心成分之後

跟一個that分句，有時也可能是who分句。分裂句的結構模式是：It + be + 中心成分 + that / who 分句。例如：

It is a **book** that he bought yesterday. 他昨天買的是一本書。

第四節 以子句作主語的句子

1. 由what等代名詞引起的主語子句

What they are after is profit. 他們追求的是利潤。

這類主語子句多由代名詞what引起，表示「……所……的（東西）」，在結構上等於一個名詞加一個關係子句；也可由代名詞whatever引起，表示「所……的一切」；也可由whoever引起，表示「一切……的人」：

What little she said has left us much to think about.
她說的短短幾句話很發人深思。
Whatever was said here must be kept secret.
這裡說的話都應當保密。
Whoever fails to see this will make a big blunder.
誰要是看不到這一點就是犯極大的錯誤。

2. 由連接詞that引起的主語子句

It's not your fault **that this has happened.** 發生了這樣的事不是你的錯。

這類主語子句，在多數情況下放到句子後部去，而用代名詞it 作形式上的主語：

It doesn't seem likely **that she will be here.** 她來的可能性似乎不太大。
It occurred to him **that he had forgotten to take his notebook with him.**
他突然想起他忘了帶筆記本了。

在口語中連接詞that有時可以省略掉：

It's good **you're so considerate.** 你想得這樣周到是很好的。

不用it 而直接把子句放在句首作主語的時候是很少的。間或這樣做，或是為了給主語更多的強調，或是為了使句子前後平衡：

That we need more equipment is quite obvious.
我們需要更多設備，這是很明顯的。
That those who had learned from us now excelled us was a real challenge.
向我們學的人反倒超過了我們，這確實對我們是一個挑戰。
That she was chosen made a tremendous stir in her village.
她被挑選上了，這在村子裡引起很大的轟動。

3. 由連接代名詞或連接副詞（或whether）引起的主語子句

When they will come hasn't been made public.

他們什麼時候來還沒有宣佈。

這類主語子句，可以直接用在句首作主語；也可以放到句子後部去，前面用it作形式上的主語。這兩種結構基本上可以換用，意思上沒有什麼差別：

Whether he will join us won't make too much difference.

= **It** won't make too much difference **whether he will join us**.

他是否參加到我們中間不會造成多大的不同。

有時受上下文的影響，一種結構可能比另一種結構更合適些，例如下面的句子就比用另一種結構好，因為這樣安排句子之間比較有連貫性：

They have definitely decided to pay a visit to China, but **when they are to do so** hasn't been made clear yet.

他們已確定要訪問中國，但是什麼時候來卻沒有說明。

It is not yet known **whether they will send a delegation to the conference**, but we hope they will.

他們是否要派代表參加會議還不知道，但是我們希望他們會這樣做。

如果句子是疑問形式，就只能用帶it的結構：

Has **it** been announced **when the planes are to take off**?

飛機什麼時候起飛宣佈了沒有？

第五節　存在句的主語

存在句又叫there存在句，是由「There + be+ 名詞片語（+ 狀語）」構成的，表示「存在」概念的句子結構。對這一較特殊的句子，有必要在其結構與用法方面作一些說明。

1. 存在句中主語的位置

當我們用引導詞there引起一個句子時，主語通常應放在謂語後面。這種結構主要用在以動詞be為謂語的句子中。引導詞there在句子中居於主語的位置，真正的主語雖是隨後的名詞片語，但there起形式主語的作用。例如：

There is no such **a thing** as genius. What people call genius is mostly hard work.—Edison

沒有天才這樣的東西，人們所說的天才大多是勤奮。—（美）愛迪生

The weatherman says there'll be **a strong wind** in the afternoon.

天氣預報說下午有大風。

There has been **an all-round upsurge** in agricultural and industrial production.

工農業生產都有了全面高漲。

主語後有時有修飾語修飾：

There is a shop around the corner **selling IP cards**.

在轉角處有一家商店賣IP電話卡。

There'll still be some shops **left open**. 還會有些店沒關門。

There's nothing **to be ashamed of**. 沒有什麼可感到羞愧的。

這種存在句在構成疑問式時，there就像是一個主語，由它和後面的動詞互換位置：

Is there any water left in your thermos (bottle)? 你的熱水瓶裡還有水嗎？

Is there going to be a meeting tonight? 今天晚上有會議嗎？

What scenic spots **are there** in Guangzhou? 廣州有什麼風景區？

How many rooms **are there** in each flat? 每套房子有多少房間？

這種結構的否定式是在動詞後加not構成的：

There **isn't** going to be a meeting tonight. 今晚沒有會議。

There **aren't** many people interested in the subject.

對這問題有興趣的人不太多。

There **oughtn't** to be too great a discrepancy in our views.

我們在看法上不應當有太大的分歧。

There are lots of people like that, **aren't** there? 這樣的人很多，對不對？

There is a typewriter in the room, **isn't** there? 房間裡有一台打字機，是嗎？

有時，引導詞there還可決定主謂一致關係，即動詞的單、複數形式間或不取決於隨後的名詞片語而取決於引導詞there。例如：

There **'s** some people in the waiting room.（非正式文體）接待室裡有人。

There **are** some people in the waiting room.（正式文體）接待室裡有一些人。

🔵 重點提示

要注意區別存在句的引導詞there和句首狀語there，前者不重讀，後者須重讀。
比較：

There is no bus now.（引導詞there）這會兒沒有公車。

There is our bus.（狀語there）我們的車在那兒。

There are too many people here.（引導詞there）這裡人太多了。

There are our friends.（狀語there）我們的朋友在那邊。

2. 存在句中名詞片語通常帶有限定詞

　　在存在句中作為真正主語的名詞片語一般是泛指或不定特指的，在這種名詞片語中，通常帶有不定冠詞、零冠詞及其他非特指的限定詞，例如some, any, no, several, many, much, more, (a) few, (a) little, less, another, a lot of, plenty of, a (large) number of, enough以及基數詞等，而且名詞中心詞可以帶有前置、後置修飾語。例如：

There is a **cherry** tree in my garden. 我的花園裡有棵櫻桃樹。

Every season there are **new clothes and new fashions** in the shops.
每一季商店裡都有新衣服和新時裝。

There's **no one** in the house, is there? 房間裡沒有人，是嗎？

There is still **a lot of work** to be done before the house is ready for occupation.
這房子要住人還有許多工作得做。

There are **many people** still with too low a standard of living.
還有很多人的生活水準太低。

There are **fifteen students** in my class. 我班上有十五個學生。

Is there **any cheese** in the larder? 食品櫃裡還有乳酪嗎？

　　作為存在句真正主語的名詞片語也可以由some-，any-，no-的合成詞構成。例如：

There's **something** (that) you don't know. 有些事你並不知道。

There is **nothing** more to do. 沒什麼別的可做了。

Is there **anyone** coming to dinner? 有人來吃晚飯嗎？

　　由上述諸例可以看出，存在句的真正主語一般都是泛指或不定特指，正因為如此，前面所說的基本句型中凡帶有泛指或不定特指的名詞片語者，一般都可用there存在句予以轉換。例如：

SV句型：

No one was waiting. → There was no one waiting.
當時沒有人在等著。

SVC句型：

Something must be wrong. →There must be something wrong.
肯定出了什麼差錯。

SVO句型：

Plenty of people are getting promotion.

→ There are plenty of people getting promotion.
有很多人得到晉升。

SVOO句型：

Something is causing her distress. →There's something causing her distress.

有什麼事兒讓她感到悲傷。

SVOC句型：

Two bulldozers have been knocking the place flat.

→ There have been two bulldozers knocking the place flat.

有兩台推土機把那地方推平了。

3. 存在句中謂語的不同用法

　　存在句中的謂語有時不用動詞be，而用：seem to be, happen to be, be likely to be, be bound to be 等片語，或是用：live, come, enter, stand, occur, lie 等動詞表示，其主語的位置仍在動詞之後，there也仍為引導詞。例如：

There happened to be **nobody** in the room.　恰好那時候房裡沒有人。

There are bound to be **obstacles** for us to get over.

一定會有些障礙需要我們克服。

There are likely to be **more difficulties** than you were prepared for.

很可能碰到的困難會比你預計的多。

There doesn't seem to be **much hope** of our beating that team.

我們打贏那個隊伍的希望似乎不大。

Once there lived **an old fisherman** in a village by the sea.

從前海邊的一個村子裡住著一位老漁夫。

Then there came **a knock** at the door.　接著聽到敲門的聲音。

There suddenly rushed into the room **a group of small children**.

突然有一群小孩子湧進房裡來。

There stands at the centre of the square **the Monument to the People's Heroes**.

在廣場中央矗立著人民英雄紀念碑。

有時候我們還會碰到下面這樣的句子：

There were running in the garden **a group of children** aged from seven to twelve.

在花園裡有一群從七歲到十二歲大小的孩子在跑著。

There was shown at the exhibition **an electronic computer** made in Shanghai.

在展覽會展出了一架上海製造的電子電腦。

這主要是由於主語有較長的修飾語，放到句子後面可以使句子顯得比較平穩。

● 文法實戰演練

01. As a child, Jack studied in a village school, _____ is named after his grandfather.（2010全國卷Ⅰ）
   A. which   B. where   C. what   D. that

02. It is uncertain _____ side effect the medicine will bring about although about two thousand patients have taken it.（2010浙江卷）
   A. that   B. what   C. how   D. whether

03. _____ in my life impressed me so deeply as my first visit to the Palace Museum.（2010天津卷）
   A. Anything   B. Nothing   C. Everything   D. Something

04. The cost of renting a house in central Xi'an is higher than _____ in any other area of the city.（2010陝西卷）
   A. that   B. this   C. it   D. one

05. _____ some people regard as a drawback is seen as a plus by many others.（2010北京卷）
   A. Whether   B. What   C. That   D. How

06. The doctor thought _____ would be good for you to have a holiday.（2010全國卷Ⅱ）
   A. this   B. that   C. one   D. it

07. Whenever I met her, _____ was fairly often, she greeted me with a sweet smile.（2009山東卷）
   A. who   B. which   C. when   D. that

08. Could I speak to _____ is in charge of International Sales, please?（2009寧夏、海南卷）
   A. who   B. what   C. whoever   D. whatever

09. Many young people in the West are expected to leave _____ could be life's most important decision—marriage—almost entirely up to luck.（2009江蘇卷）
   A. as   B. that   C. which   D. what

10. My friend showed me round the town, _____ was very kind of him.（2009全國卷 II）

A. which　　　　B. that　　　　　　C. where　　　　　D. it

● 答案剖析

01. **A.** 分析題幹結構可知，子句中缺少主語，且為非限制性關係子句，因先行詞a village school是一處所，應用關係代名詞which作關係子句的主語，答案為A。

02. **B.** 句意：儘管大約有兩千名病人已經服用了這種藥物，但是產生什麼樣的副作用還不能確定。這是一個it作形式主語，真正的主語置於句子後部的主從複合句，what既引導主語子句，又在子句中修飾side effect，作介系詞about的受詞。

03. **B.** 本題考作為主語的不定代名詞。句意：我一生中從未有什麼事像第一次到故宮參觀那樣給我留下如此深刻的印象。nothing在句中表示否定意義，而其他三個詞則表示肯定意義，填入與句意不符。

04. **A.** 句意：在西安中心地段租一套房子的價錢要比其他地段租房的價錢高。所填詞用於充當比較狀語子句的主語，用來指代主語（不可數名詞）cost，應用that。this指下文即將提到的事物；it指同一物；one指不定數目的一個。

05. **B.** 本題考作主語的名詞性子句。句意：一些人認為的不利條件被很多其他人視為有利因素。what在此處引導主語子句，並在子句中作regard的受詞。whether和that引導主語子句時，在子句中不作任何成分；how引導主語子句時，在子句中作方式狀語。

06. **D.** 動詞不定式短語作主語時，常用形式主語it而將真正的主語後置。it代替後面的動詞不定式短語to have a holiday在受詞子句中作主語。this，that，one不能用作形式主語。

07. **B.** 本題考引導非限定關係子句的主語。which可以引導非限制性關係子句，指代前面的一個句子，而that不能引導非限定關係子句，排除D；關係子句缺主語，when只能作狀語，排除C；A項與句意不符。

08. **C.** 本題考引導受詞子句並在受詞子句中作主語的連接詞。句意：我想找負責國際銷售部的人，好嗎？這裡用whoever引導名詞性子句，代表人作子句主語，相當於anyone who...。

09. **D.** 本題考what引導的名詞性子句的用法。破折號後面的名詞marriage其實是前面分句的同位語，放此空填what既引導受詞子句又在受詞子句中作主語，它相當於the thing that...。

10. **A.** 句意：我的朋友帶我在鎮上到處看看，他這樣做真好。空白處缺少一個既引導關係子句又在關係子句中作主語的關係代名詞。只有which引導一個非限制性關係子句並代表主語的整個內容，故答案選A。that不引導非限制性關係子句；it不用作關係代名詞；而where引導關係子句時只作地點狀語，不作主語。

第二十章 謂語

第一節 概述

謂語是句中説明主語的動作、具有的特徵或可處的狀態,一般位於主語之後。謂語大體可分為簡單謂語和複合謂語兩類。

1. 簡單謂語

凡是由一個動詞(包括成語動詞)構成的,不管是什麼時態、語態、語氣,都是簡單謂語。例如:

People's standards of living **are going up** steadily.

人民的生活水準在穩定上升。

We **have long been hoping** to visit your country.

我們好久以來一直想來訪問你們國家。

It **was proposed** that the cultural relations between the two countries **be expanded**.

他們建議擴大兩國間的文化聯繫。

Don't stand on ceremony. 別客氣。

Many of these factories **have** already **gone into production**.

這些工廠有好多都已經走向生產了。

2. 複合謂語

複合謂語是由兩部分構成的,主要有下面兩類:

(1) 帶不定式的複合謂語(由情態動詞或某些其他動詞加不定式構成)

We **must get rid of** great-power chauvinism. 我們必須消除大國沙文主義。

They **had to swallow** the bitter fruits of war. 他們不得不自食戰爭的惡果。

(2) 帶表語的複合謂語(由連綴動詞或個別其他動詞加表語構成)

He **is called Little Tiger**. 他叫小虎。

He **remained a staunch fighter** to the end of his life.

他一生都是一個堅貞不屈的戰士。

這兩部分在一起表示一個概念,是不宜分開的。

第二節 複合謂語

1. 情態動詞 + 不帶to的不定式

You **may ask** the girl at the inquiry office. 你可以去問問詢處的那位小姐。

You **needn't have come** over yourself. You **could have sent** us a note.

你其實可以不必親自來的，你給我們送張紙條來就行了。

Who says he **dare not go** there? 誰説他不敢去那裡？

had better 也可以構成類似的謂語：

We'd **better have** a doctor in. 我們最好請個醫生來。

We'd **better be leaving** now. 我們最好走吧。

🔵 重點提示

不定式還可和個別情態動詞、另一些動詞或其他詞構成複合謂語：

We **ought to have done** better. 我們應該要做得更好的。

We'll **have to make** some changes in the plan. 我們得把計畫作些修改。

They **aren't going to make** any concession. 他們不準備做什麼讓步。

We **are not to be bullied**. 我們是不好欺侮的。

I'm sorry I **haven't been able to answer** your letter earlier.

很抱歉我沒能更早給你回信。

The train **is due to arrive** at 7:30. 火車將在七點半到站。

They **are not likely to accept** these terms. 他們看來不會接受這些條件。

Do you happen to know his address? 你（碰巧）知道他的地址嗎？

They **don't seem to like** the idea. 他們好像不大贊成這個想法。

We **used to work** in the same unit. 我們過去是在一個單位工作的。

How did you **get to know** him? 你怎麼認識他的？

They **are reported to be unfolding** an emulation drive.

據報導他們正在開展勞動競賽。

The chief conductor **turned out to be a young woman**.

列車長原來是一位年輕女子。

許多帶複合受詞的句子在變為被動結構後，裡面都可以説包含了一個複合謂語：

We **were made to pay** very heavy rents.

我們被迫交很重的租金。（比較：We had to pay... ）

She **is expected to be back** tomorrow.

預計她明天可以回來。（比較：She may be back... ）

He **was often heard to sing** the song.

人們常常聽到他唱這首歌。（比較：He often sang... ）

這類複合謂語間或帶有一個分詞：

He **was often seen working** in the fields with the farmers.

人們常常看見他和農民們一起在田地裡幹活。

They **should be kept informed** of what we are doing here.

應當讓他們經常知道我們這裡在做什麼。

上述這種複合謂語緊密結合在一起，說明主語的情況，分析句子時最好不要把它們分開來。

2. 連綴動詞 + 表語

第二類複合謂語大部分都由一個連綴動詞加表語構成，主要說明主語的特徵、類屬、狀態、身份等。例如：

He seems quite optimistic about it. 他似乎對這件事很樂觀。（特徵）

It is a powerful engine. 這是一種功率很大的發動機。（類屬）

Soon the child fell sound asleep. 不久孩子就睡得很熟了。（狀態）

He is director of our department. 他是我們部門的指導員。（身份）

英語中最常用的連綴動詞有下面這些，都可構成複合謂語：

(1) 第一類單純表示一個特徵或狀態，用：be, feel, look, sound, taste, smell, seem, appear

Your sentence **doesn't sound right**. 你這個句子聽起來不對。

Don't they **smell nice**? 它們的味道很香吧？

He **looked very agitated**. 他看起來很焦急不安。

Your soup **tastes delicious**. 你們的湯味道很好。

She **appeared** quite **touched** at the words. 她聽了這些話好像很感動。

(2) 第二類表示由一種狀態變為另一種狀態，用：become, grow, get, turn, fall, go, come, run

The leaves **have turned yellow**. 樹葉已經變黃了。

Something **has gone wrong** with the generator. 發電機出了毛病。

Our dreams **have** at last **come true**. 我們的夢想終於實現了。

I **have run out** of toothpaste. 我的牙膏用完了。

Soon they all **became interested** in the subject.

不久他們都對這門學科產生興趣了。

Our country **is getting stronger and stronger**. 我們的國家愈來愈強大。

(3) 第三類表示保持某種狀態等，用：remain, continue, stay, keep, rest, prove, turn out

Studying hard **remains their most pressing task**.

努力學習仍然是他們最迫切的任務。

The weather **continued fine** for several days. 好幾天天氣都很好。

We should **keep calm** under all circumstances. 在任何情況下都應保持冷靜。

He **stayed single** all his life. 他打了一輩子光棍。

You can **rest assured** that your struggle is our struggle.

你們可以放心，你們的奮鬥就是我們的奮鬥。

It **turned out** a fine day. 結果那天天氣挺好的。

This method **proved** quite **efficient**. 這方法最後證明非常有效。

此外還有一些動詞例如wear, flush, blush, break, flash, lie, ring 等等可後跟表語構成複合謂語。

It **didn't ring true**. 這話聽起來不真實。

He **flushed crimson** with anger. 他氣得滿臉通紅。

He **blushed crimson** as he thought of himself acting like that.

他想到自己有這種行為時不由得漲紅了臉。

The whole area has **lain waste** for many years. 整個地區荒蕪了多年。

🔵 重點提示

有時，一個不及物動詞後面跟一個形容詞或名詞，作用接近表語，説明主語的狀態或特徵。從這個意義上説，這個句子可以説包含了一個複合謂語：

All the time she **sat silent** in the corner. 她一直一言不發地坐在角落裡。

They **parted the best of friends**. 他們極其友好地分手了。

She **left a child** and **came back a mother of three children**.

她去時是一個孩子，回來時已是三個孩子的媽媽了。

The day **dawned misty** and **overcast**.

這天天亮時霧氣很重，天上佈滿烏雲。

也有些語法學家把它稱為雙謂語，認為它是兩個謂語合成的。例如末一句可以説是「The day dawned」與「It was misty and overcast」兩句合成的。這是有一定道理的。不過從概念上看，有些這類表語卻接近狀語，因此譯為中文時也有時譯為狀語（見例句句意）。這類句子主要出現在描繪性文字中，在日常口語裡用得很少。

第三節　表語表示法

表語可以有多種多樣的表示法。

1. 名詞

What **nationality** is he? 他是哪國人？

The masses are the real **heroes**. 群眾是真正的英雄。

My philosophy of life is **work**.—Edison

我的人生哲學就是工作。—（美）愛迪生

名詞作表語的情況很多，除了be和 become後面常跟這樣的表語外，還有不少連綴動詞可以跟名詞。例如：

That sounds a good **idea**. 這聽起來是個好主意。

This remains a controversial **problem**. 這仍然是一個有爭議的問題。

I don't think he looks his **age of seventy-four**.

我覺得他看不出是七十四歲的人。

This proved an effective **preventative**. 這證明是很有效的預防劑。

The party turned out a great **success**. 晚會開得很成功。

另外be 可以和某些名詞連用，構成一些習慣說法：

I was then about your **age**. 我那時和你現在的年紀差不多。

2. 形容詞

形容詞作表語的情況最多，幾乎在所有的連綴動詞後都可以用它，但是一定的連綴動詞要和一定的形容詞搭配：

She turned **red** at the words. 她聽了這些話臉紅了。

Keep **quiet**, comrades! 安靜一點，同伴們！

You look unusually **fit**. 你看來身體特別好。

The tree of life is **evergreen**. 生命之樹是常青的。

I'm afraid our work has fallen **short** of your expectations.

恐怕我們的工作沒達到你們的要求。

Indignation and anger ran **high** among the demonstrators.

遊行群眾越來越憤慨。

Still we can never rest **content**. New and greater tasks face us.

但我們絕不能就此滿足，我們面前還有新的更大的任務。

Speaking English may be **difficult** at first but it comes easy after plenty of practice. 說英語一開始有些難，多練習之後就容易了。

The Olympic motto is "**Faster, Higher, Stronger**".

奧運會的口號是「更快、更高、更強」。

在學習應用這種結構時，要注意搭配關係，某些系動詞只能跟某些形容詞。例如動詞 fall 能構成 fall asleep, fall ill, fall short, fall flat, fall due等片語，動詞 go 能構

成 go mad, go crazy, go bad, go sour, go wrong等片語。當然在某些連綴動詞後可用的形容詞很多，這時就不必記這種搭配關係了。

3. 代名詞

That's **something** we have always to keep in mind. 這是我們應當經常牢記的。

Seventy-four! You don't look **it**. 七十四啦！你看起來不像。

4. 數詞

She was **the first** to learn about it. 她是第一個知道這件事的人。

5. 副詞

有些副詞（特別是與介系詞同形的那些副詞），如on, in, off, through, up, down, about, out, over, around等等，可用作表語或與其他詞構成表語。

Is Tom **in**? 湯姆在家嗎？

Are you through (with the work)? （工作）做完了嗎？

—What's **on** tonight? 今晚有什麼活動？

—There is a film at 7. 七點鐘有一場電影。

I haven't been **out** much these days. 我最近不常出去。

Are they **up** yet? 他們起來了嗎？

The meeting wasn't **over** till midnight. 會一直開到半夜。

Is the radio (recorder, steam, gas) **on or off**?

無線電（答錄機、暖氣、煤氣）開著還是關著？

How long have you been **away**? 你離開了多久？

He will be **down** in a minute. 他等一下就會下樓來。

When will you be **back**? 你什麼時候回來？

They aren't **around**. 他們不在附近。

The comrade in charge wasn't **about** at the moment.

負責這件事的同伴當時不在。

We'll be **round** in the evening. 我們晚上再來。

The machines you supplied are not **up** to the agreed specifications and quality.

你們供應的機器沒有達到議定的規格和品質。

6. 不定式、動名詞和分詞作表語

The only method is **for you to help yourselves**.

唯一的辦法是你們自己幫助自己。

All I could do was **to send him a telegram**.

我能做的只有打個電報給他了。

Their job was **growing rice seedlings**. 他們的工作是種植秧苗。

Time is **pressing**. Let's hurry up. 時間很緊迫，咱們得趕快。

但要注意的是，除了動詞be外，還有一些其他的連綴動詞可以和這類表語連用：

They are becoming more **awakened** with each passing day. 他們日益覺醒。

Your shoe-laces have come **undone**. 你的鞋帶鬆了。

7. 介系詞短語

用介系詞短語作表語的時候就更多了，大部分介系詞都可以這樣用：

Our art and literature should be **in the service of the masses**.

我們的文學藝術必須為大眾服務。

We must be **at one with the laboring people**.

我們必須和勞動人民打成一片。

Happiness is all **around us**. 幸福就在我們周圍。

A wide range of articles for daily use are **in abundant supply**.

各樣日用品供應充分。

They are **of the Yi nationality**. 他們是彝族人。

I'll be **with you** in a little while. 我等一下就來（和你們在一起）。

We know what they are **after**. 我們知道他們動機何在。

He is **above doing such things**. 他不會做出這樣的事。

I'm **all for it**. 我完全贊成。

That is **against the interests of the people**. 這是違反人民利益的。

She doesn't speak so well now. She's **out of practice**.

她現在講得不那麼好了，她疏於練習了。

The bridge is **under construction**. 橋正在修建中。

He isn't **without his shortcoming** of course. 當然他也不是沒有缺點的。

That's **between ourselves**. 這件事不要對別人說。

She was **beside herself** with joy when she heard it.

她聽到這件事高興得不得了。

有不少介系詞可以構成許多這樣的短語。例如：

of the same age 同樣年齡	of great importance 很重要
of great help 很有幫助	of different sizes 不同尺寸
of little value 價值不大	of no use 沒有用
in high spirits 情緒很高	in difficulty 碰到困難

in line with 符合　　　　　　　　　in trouble 處境困難

in good order 有條有理　　　　　　 in danger 有危險

out of order （機器）壞了　　　　　out of control 控制不住了

out of cigarettes 煙抽完了　　　　　out of danger 脫離危險

out of patience 不耐煩了　　　　　　out of work 失業了

under investigation 正在調查　　　　under way 正在進行

under the impression 有⋯⋯印象，覺得⋯⋯

under discussion 正在討論　　　　　under the weather 身體不舒服

under medical treatment 正在治療

這樣的短語非常之多，在學習中要注意這種搭配。

8. 片語

They are **twice the size of chickens.** 它們比雞大一倍。

That would be **a great weight off my mind.** 這會了卻我一大心事。

9. 子句

This is **where our basic interest lies.** 這是我們的根本利益所在。

My idea is **that we should stick to our original plan.**

我的意見是我們應當按原來的計畫辦事。

用作表語的子句有三類：

(1) 由連接代名詞**that**引導的

The most important thing is **that** films should combine education with recreation.

最為重要的是影片應當把教育與娛樂結合在一起。

The disadvantage of using a computer is **that** the eyesight is becoming worse and worse.

使用電腦的弱點就是視力變得越來越糟糕了。

(2) 由關係代名詞**what**引導的

That's **what** we should do. 這是我們的本分。

Asia is no longer **what** it used to be. 現在的亞洲不再是過去的樣子了。

(3) 由其他的連接代名詞或副詞引起的

Struggle is **where the significance of life lies.**—Tolstoy

鬥爭就是生命的意義所在。—（俄）托爾斯泰

That was **how** they were defeated. 他們就是這樣被打敗的。

That is **why** there appears a rainbow in the sky.

這就是天空中出現彩虹的原因。

Things were not **as** they seemed to be.　情況並不是看起來的那個樣子。

在口語中，上述(1)類句子中用的連接詞that 間或可以省掉。例如：

My idea is we can get more comrades to help in the work.

我的意思是我們可以找更多的同伴來協助工作。

第四節　主語和謂語的一致

　　英語中所謂主謂關係的一致，就是説謂語動詞是單數還是複數必須和主語的形式保持一致。謂語動詞如為be，則更有各種人稱變化的一致問題。例如：

All of them **is** correct.　他們之中無一人是正確的。

None of them **is** correct.

All of them **are** here.　他們都在這兒。

Neither of the two **has** been to London.　他們兩人都未曾到過倫敦。

Both of them **have** arrived already.　他們兩人都已到達。

　　按理説，這是一個極為簡單的原則：主語是單數，謂語動詞也用單數形式；主語是複數，謂語動詞也相應地採用複數形式。可是實際應用時卻有不少問題要注意。

1. 謂語形式根據主語單複數的實際情況而決定

　　有的主語，形式上是複數，但實際上是單數的；又有的主語，形式是單數，但實際上是複數的，或是又可當作複數的。這就必須根據實際情況判斷用何種形式的謂語動詞。例如：

At first the language in Britain and America **was** the same.

起先，英國和美國的語言是相同的。

Every means **has** been tried.　每一種方法都試過了。

The police **have** been called for.　已經去叫警察了。

The audience **were** carried away by the attractive performance.

觀眾們為這場富有吸引力的演出感動得出了神。

The volleyball team **are** playing successfully.

這個排球隊把球打得很成功。

The young **are** looking forward to the future while the old **are** recalling the past.

年輕人展望未來，而老年人回顧過去。

2.「單數主語 + 干擾成分」後的謂語形式

　　主語是單數，後面有其他干擾的成分，如with, together with, along with, as well as, no less than, like, but, except等短語時，仍和單數形式的謂語動詞連用。

The father, **together** with his family, **is** having lunch.
父親和他的家人一起在吃午飯。

The emperor, **along with** his ministers, **was** in the palace.
皇帝和他的大臣們一起在宮殿裡。

The teacher, **as well as** the pupils, **is** doing morning exercises.
老師和學生在做早操。

No one **except** his children **agrees** with him.
除了他的孩子以外，沒有一個同意他。

3. 謂語與鄰近詞的關係

謂語動詞的形式常常根據和它最靠近的名詞或代名詞的數及人稱來決定，而不是取決於真正主語的數及人稱。例如：

Neither you nor I am right.　你和我都不對。

Either he or **his children are** going to accept the prize.
他或是他的孩子們將接受獎品。

根據這個就近決定的原則，下面幾個句子都可以認為是正確的。

There **is** a cow and many sheep at the hillside.　小山邊有一頭牛和許多羊。

Here **is** a table and four chairs.　這裡有一張桌子和四把椅子。

4. 一段時間、一筆錢或一段距離作主語時謂語的形式

Twenty years **is** needed to realize the scheme.
要實現這項計畫需要二十年時間。

A million pounds **is** a large sum of money.　一百萬英鎊是一筆鉅款。

A hundred miles **was** covered in a single night.　一個晚上走了一百英里路。

5. 用and連接兩個名詞表示一個整體時謂語的形式

用 and連接的兩個名詞如果表示一個整體，謂語動詞仍用單數形式。例如：

Bacon and eggs **was** served.　火腿和蛋端了上來。

Fork and knife **was** used instead of chopsticks.　用刀叉而不是用筷子。

6. 含what、all句後的謂語的形式

what和 all的數往往取決於後面的成分。例如：

What he bought **was** a cell phone.　他買的是一隻手機。

What I have **are** the books on the table.　我所有的東西就是桌上的書本。

All he needs **is** knowledge.　他所需要的就是知識。

All he has got **are** those apples.　他所得到的就是那些蘋果。

文法實戰演練

01. The discovery of gold in Australia led thousands to believe that a fortune
_____.（2010全國卷Ⅰ）

    A. is made   B. would make   C. was to be made   D. had made

02. —Is everyone here?

    —Not yet...Look, there _____ the rest of our guests!（2010江蘇卷）

    A. come   B. comes   C. is coming   D. are coming

03. If you plant watermelon seeds in the spring, you _____ fresh watermelon in
the fall.（2010浙江卷）

    A. eat   B. would eat   C. have eaten   D. will be eating

04. Bob would have helped us yesterday, but he _____.（2010安徽卷）

    A. was busy   B. is busy   C. had been busy   D. will be busy

05. —We've spent too much money recently.

    —Well, it isn't surprising. Our friends and relatives _____ around all the time.
（2010安徽卷）

    A. are coming   B. had come

    C. were coming   D. have been coming

06. We only had S|100 and that was _____ to buy a new computer.（2010遼寧
卷）

    A .nowhere near enough   B. near enough nowhere

    C. enough near nowhere   D. near nowhere enough

07. So sudden _____ that the enemy had no time to escape.（2009山東卷）

    A. did the attack B. the attack did   C. was the attack   D. the attack was

08. What do you mean, there are only ten tickets? There _____ be twelve.（2009
寧夏、海南卷）

    A. should   B. would   C. will   D. shall

09. Distinguished guests and friends, welcome to our school. _____ the
ceremony of the 50th Anniversary this morning are our alumni（校友）from
home and abroad.（2009江蘇卷）

    A. Attend   B. To attend

    C. Attending   D. Having attended

10. According to the literary review, Shakespeare _____ his characters live through their language in his plays.（2009福建卷）
   A. will make   B. had made   C. was making   D. makes

答案剖析

01. **C.** 由句意可知，此處要表達「馬上就要發財」這一表達將來的含義。be to do 結構可以表示計畫、安排、義務、可能、命運等，這裡強調可能性很大。受詞子句中主語是不定式動作的承受者，不定式要用被動式。B項有語態錯誤。

02. **A.** 當表示方位的副詞there, here, away, out, in, down, up等位於句首，謂語是不及物動詞sit, lie, live, stand, run, come, go等，主語又是名詞時，常用完全倒裝的形式。如果主語是人稱代名詞，一般不倒裝。「Look, there come the rest of our guests!」可轉化為「Look, the rest of our guests are coming!」句意為「看，其他的客人都來了」。

03. **D.** 由子句中的現在時可知，主句謂語部分應該是未來式，所以答案選D。將來進行式用來表示在將來的某一個時間正在進行的動作和按計劃、安排或決定預料將要發生的事情。

04. **A.** 前一個分句Bob would have helped us yesterday為假設語氣，表示與過去事實相反；由but連接的後一個並列分句是對過去真實情況的陳述，應用一般過去式，故答案選A。

05. **D.** 根據上下文的語境可知，此處是在解釋我們最近一段時間花錢過多的原因，即親戚朋友不斷來訪。句中時間狀語all the time表明，此處應用現在完成進行式，表示過去發生的動作一直延續到現在。這個動作也可能剛剛停止，也可能會一直延續下去。

06. **A.** 本題考在繫表結構中作表語的固定短語。nowhere near意為「尚未，遠不是」，該句中nowhere near enough表示「遠遠不夠」。句意：我們只有100美元，買一台電腦遠遠不夠。

07. **C.** 本句考倒裝結構。在so...that, such...that引導的句子中，如果so, such及其修飾的詞放在句首，句子要用倒裝語序，其句子結構為：so / such + 被修飾的詞 + 謂語 + 主語。sudden是形容詞作表語，故答案選C。

08. **A.** 本題考查含有情態動詞的there be句型。句意：你是什麼意思，只有10張票？應該有12張啊。根據語意，此空應填should，它應置於There be之間。

09. **C.** 這是一個倒裝句。attending...為表語提前構成倒裝，正常語序應為Our alumni from home and abroad are attending the ceremony of the 50th Anniversary this morning. 該句是一個謂語為繫表結構的句子。

10. **D.** 莎士比亞戲劇中的人物角色的特徵是不以時間改變而客觀存在的事實。題幹句子所表述的是一客觀事實，這一事實不受時間影響，所以該句謂語動詞應用一般現在式，答案為D。

第二十一章 受詞

第一節 概述

受詞表示動作的物件或行為的承受者。受詞一般位於及物動詞之後。「主語 + 動詞 + 受詞」是帶有及物動詞的陳述句的正常詞序，介系詞受詞一般位於介系詞後。

1. 名詞作受詞

She is expecting **a baby** in July. 她將於7月分娩。

No air means **death**. 沒有空氣意味著死亡。

Paper catches **fire** easily. 紙是易燃的。

Please look after the **dog** while I am away. 在我不在時，請照看一下這只狗。

2. 代名詞作受詞

They won't hurt **us**. 他們不會傷害我們。

Where did you buy **that**? 你在哪裡買的那個？

What does **it** mean? 它是什麼意思？

3. 數詞作受詞

If you add **5** to **5,** you get **10**. 5 加 5 得 10。

Subtract **2** from **10** and you have **8**. 10 減去 2 得 8。

4. 名詞化的形容詞作受詞

I shall do **my possible**. 我將盡力而為。

He is always helping **the poorer** than himself. 他總是幫助比他窮困的人。

5. 副詞作受詞

He left **there** last week. 他上個星期離開了那裡。

You must tell me **the when, the where, the how.**
你必須告訴我事情是何時、何地和怎樣發生的。

除上述詞類可用作受詞外，還有其他詞類。例如

I have no **say** in it 我對它沒有發言權。（動詞say用作受詞）

Did you say "**for**" or "**against**"?
你贊成還是反對？（介系詞for與 against用作受詞）

But me no **buts**. 你不要老對我說「但是但是」了。（連接詞but用作受詞）

6. 不定式作受詞

Does she really mean **to leave home**? 她真的要離開家嗎？

Remember **to buy some stamps**, won't you? 記得買一些郵票好嗎？

7. 動名詞作受詞

He denied **visiting her house**. 他否認去過她的家。

He stopped **smoking** last week. 他上星期戒煙了。

8. 名詞化的分詞作受詞

He never did **the unexpected**. 他從不做使人感到意外的事。

More and more people like wearing **ready-mades** now.
現在愈來愈多的人愛穿現成的服裝。

9. 介系詞短語作受詞

The City Health Department is giving us **until this evening**.
市衛生局給我們的限期是今晚為止。

That day we sent **between three and four thousand shells** among the enemy troops.
那一天我們向敵軍發射了三四千發炮彈。

10. 子句作受詞

Do you understand **what I mean**? 你明白我的意思嗎？

Studies show **that only 7% of the communication in daily life is verbal**.
研究表示，言語只占日常生活交際的百分之七。

11. 句子作受詞

He said, **"You're quite wrong."** 他說道：「你全錯了。」

How would you explain **"Half a loaf is better than no bread"**?
你如何解釋「半塊麵包比沒有麵包好」呢？

第二節　直接受詞和間接受詞

　　英語中有些動詞需要兩個同等的受詞，即直接受詞與間接受詞。直接受詞一般指動作的承受者，間接受詞指動作所向的或所為的人或物（多指人）。

　　可跟雙受詞的及物動詞以give為代表，大都具有「給予」之意，後面常跟間接受詞，所以這類動詞也叫做與格動詞，常見的有：answer, bring, buy, deny, do, fetch, find, get, give, hand, keep, leave, lend, make, offer, owe, pass, pay, play, promise, read, refuse, save, sell, send, show, sing, take, teach, tell, throw, wish, write等。間接受詞一般須與直接受詞連用，通常放在直接受詞之前。例如：

He never **made me such excuses**. 他從未向我表示過這種歉意。

I have **found him a place**. 我替他找到了一個職位。

She **made her son a scarf**. 她為她的兒子做了一條領巾。

由於種種原因，間接受詞亦可置於直接受詞之後，但其前一般須用介系詞to或for。例如：

I gave my address **to him**. 我把我的地址給了他。（強調間接受詞him）

He threw the ball **to me**, not to Tom.

他將球扔給了我，沒有扔給湯姆。（強調me和Tom，使二者形成對照）

I have found a place **for Bob**, who is my brother.

我替鮑伯找到了一個職位，他是我的兄弟。（間接受詞Bob後有修飾語）

 重點提示

如果兩個受詞都是代名詞，間接受詞亦應放在直接受詞之後。例如：

Why didn't you show **it** to **him**? 你為什麼沒有將它拿給他看？

在正式文件中，間接受詞既可放在直接受詞之前，亦可帶介系詞to。例如：

Her affectionate devotion gave **to her husband a haven of rest** after his long wanderings.

在她的丈夫經過長期流浪之後，她的鍾愛之情給他提供了一個避難之所。

被強調的間接受詞還可置於句首。例如：

To me he owes nothing. 他不欠我什麼。

（這種被強調的間接受詞一般須帶to）

含有這種雙受詞的主動句變為被動句時，一般地説，直接受詞和間接受詞皆可作主語。不用作主語的直接受詞或間接受詞叫做保留受詞。例如：

He gave **me a book** yesterday. →**I** was given a book by him yesterday.

A book was given (to) me by him yesterday. 昨天他給了我一本書。

有一些及物動詞後面的間接受詞總是位於直接受詞之前，不可移至其後。例如：

I kissed **her good night**. 我用吻向她道了晚安。

如果直接受詞是一子句，間接受詞亦必須放在直接受詞之前。例如：

I wrote **him that he should come at once**. 我寫信叫他馬上來。

有一些及物動詞可有兩個直接受詞，因為兩者皆可單獨使用。例如：

I asked **him a question**. 我問了他一個問題。

亦可單獨用其中任何一個直接受詞。例如：

I asked **him**. 我問了他。

I asked **a question**. 我問了一個問題。

第三節　複合受詞

　　如受詞帶有補語，即構成複合受詞，可以擔任複合受詞的有名詞、數詞、形容詞、介系詞、非限定動詞等。例如：

We nicknamed her "**the third**".　我們把她叫做「老三」。（數詞用作受詞補足語）

We called Chinese women's football team the "**Iron Roses**".
我們把中國女子足球隊叫做「鋼鐵玫瑰」。（名詞作受詞補足語）

Mr. Li entitled the book "**A Handbook of English Patterns**".
李先生把這本書名定為《英語句型手冊》（名詞短語作受詞補足語）

No one ever saw him **angry**.　從未有人見他惱怒過。（形容詞作受詞補足語）

They found treasure **in the chest**.
他們在那只箱子裡找到了珠寶。（介系詞短語作受詞補足語）

The comrades asked Dr. Bethune **to take cover**.
同伴們請白求恩醫生隱蔽一下。（不定式作受詞補足語）

Aren't you ashamed to have everybody **laughing at you**?
你弄得人們都笑你，難道不害臊？（現在分詞作受詞補足語）

The kings had the pyramids **built for them**.
這些國王為他們自己建造了金字塔。（過去分詞作受詞補足語）

　　除及物動詞需要受詞外，介系詞亦需要受詞，構成介系詞短語。例如：

I said it only **in fun**.　我只是說笑而已。

　　不少介系詞與動詞已構成固定的短語動詞，所以介系詞的受詞亦變為短語動詞的受詞，例如think of, listen to, insist on, persist in, yearn for, aim at, look for, abide by, account for, agree with, fall behind, live by, pay for等。有的介系詞則與「動詞+名詞」一起構成固定的短語動詞，如：take care of, pay attention to等。

　　介系詞亦可與「連綴動詞be +形容詞」構成固定片語，如:be fond of, be careful about, be angry with, be eager for等。形容詞有時亦需要受詞，形容詞的受詞多為不定式。例如：

It's certain **to rain**.　肯定要下雨了。

She is always ready **to give a hand**.　她總是樂意幫助人。

第四節　受詞子句

　　受詞子句在句中作受詞，常用的連接詞有：that, whether, if, who, what, which, when, where, how, why等，用法上有以下幾點需要說明。

1. 受詞子句的that在子句中常可省略

I think (that) he'll be back in a moment.　我認為他等一下就會回來。

 重點提示

動詞後跟兩個或兩個以上平行的受詞子句時，引導這些受詞子句的連接詞that，
第一個可以省略，但第二個或第三個不能省略。
I believe (that) the law was made of for man and not man for the law; that
government is the servant of the people and not their master.
我相信法律是為人制定的，人不是因法律才存在；我相信政府是人民的公僕，而
不是他們的主人。

2. 帶疑問詞的受詞子句的語序

受詞子句中的連接詞可以是「疑問詞」，但句子仍應保持陳述句的語序，與疑
問句不同。例如：

Can you tell me where he lives?　你能告訴我他住在哪裡嗎？
Can you tell me where does he live?（×）
I wonder what I can do for you.　我不知道能為你做些什麼。
I wonder what can I do for you.（×）
但有些句子的語序又有些特殊，請看下列句子：
The doctor asked me what was the trouble.　醫生問我有什麼病。
The doctor asked me what the trouble was.（×）
Can you tell me what was the matter?　你能告訴我出了什麼事嗎？
Can you tell me what the matter was?（×）

3. whether或if引導受詞子句時的譯法

I wonder **whether** / **if** it is true.　我很想知道它是否是真的。
He didn't know **whether** / **if** he could finish the work on time.
他不知道是否能準時完成這項工作。

 重點提示

但是在下列情況下只能用whether而不能用if：
(1) 受詞是不定式時用whether

We really don't know **whether** to go or to stay. 我們確實不知道是否該去。

(2) 跟有or not 時要用whether

Can you tell me **whether or not** he will come to our party?
你能告訴我他是否會來參加我們的晚會嗎？

(3) 受詞是介系詞引導的子句時用whether

Success depends on **whether** we make enough effort.
成功取決於我們是否做出了足夠的努力。

(4) 有時為了強調，將受詞子句放在句首時用whether

Whether the story is true or not, I don't know yet. 故事是否屬實，我還不知道。

第五節 直接引語和間接引語

當我們引用別人的話時，我們可以用別人的原話，也可以用自己的話把意思轉述出來。被引用的部分就是直接引語，轉述的部分則稱為間接引語。由直接引語變間接引語時，要注意以下三方面的變化：

1. 人稱的變化

(1) She said, "**I** am busy."→ She said that **she** was busy.
她說她很忙。

(2) Mother asked, "How is **my** daughter?" → Mother asked how **her** daughter was.
母親問她的女兒身體如何。

(3) He often says, "**I**'ll do good for my country."→ He often says he will do good for his country. 他常說他將為國家做有益的事情。

2. 時態的變化

主句中的謂語動詞如果是過去式態，直接引語中的謂語動詞的時態須有下列變化：一般現在式變為一般過去式，現在進行式變為過去進行式，現在完成式變為過去完成式；一般過去式變為過去完成式，過去完成式不變；一般未來式變為一般過去未來式，將來進行式變為過去未來進行式，未來完成式變為過去未來完成式。

"Where have you been?" he said to me. → He asked me where I had been.
他問我去哪裡了。

但要注意如果直接引語說的是真理或客觀事實，或者有明確的過去式間狀語，改成間接引語時，時態不變。

He said to me, "I was born in 1978." →He told me (that) he was born in 1978.
他告訴我他生於1978年。

She said, "I began to learn English when I was a little girl." → She said that she began to learn English when she was a little girl.
她說她在小時候開始學英語。

"The sun rises in the east," said the teacher. → The teacher said (that) the sun rises in the east.
老師說太陽從東方升起。

 重點提示

直接引語所在主句中的謂語動詞如果是現在或未來時態，直接引語變為間接引語時，時態一律不變。

3. 指示代名詞、時間狀語、地點狀語和某些動詞的相應變化

He said to her, "Where did you meet Mr. Smith three days ago?"
→He asked her where she had met Mr. Smith three days before.
他問她三天前在哪裡遇見史密斯先生。

 重點提示

有時轉述時說話人和聽話人明確地點不變，則here也可不必改變為there；如果就在當天轉述，則yesterday，tomorrow等也可不變；如果轉述陳述句或祈使句時，said to 常改為told，而轉述疑問句時則要相應改為 asked。

以下為各種不同句型的轉變方法：

(1) 直接引語是陳述句，一般間接引語中要用that引導，當然 that也可省略
Tom said, "I was in the library this morning."
Tom said (**that**) he was in the library that morning.
湯姆說那天早晨他在圖書館。

(2) 直接引語是一般疑問句時，間接引語用 whether 或if引導，謂語動詞用 asked，子句要用陳述句的語序
Billy said to me, "Have you seen the film?"
Billy asked me **if / whether** I had seen the film.
比利問我看過那部電影沒有。

(3) 直接引語是特殊疑問句時，間接引語用原來的疑問詞作連接詞，並改成陳述句的語序

"Where is the station?" said Tim.

Tim asked **where** the station was.

提姆問火車站在哪裡。

(4) 直接引語是祈使句時，用 ask / tell / order sb. (not) to do sth. 句式

"Please come with me, Tom." said the teacher.

The teacher asked Tom to go with him.

老師叫湯姆和他一起去。

"Don't run so quickly," Mr. Black said to him.

Mr. Black **told** him **not to run** so quickly.

布萊克先生叫他別跑這麼快。

● 文法實戰演練

01. I'll spend half of my holiday practicing English and _____ half learning drawing.（2010全國卷Ⅰ）

   A. another   B. the other   C. other's   D. other

02. Before the sales start, I make a list of _____ my kids will need for the coming season.（2010山東卷）

   A. why   B. what   C. how   D. which

03. The newly-built cafe, the walls of _____ are painted light green, is really a peaceful place for us, especially after hard work.（2010江蘇卷）

   A. that   B. it   C. what   D. which

04. We haven't discussed yet _____ we are going to place our new furniture.（2010全國卷Ⅱ）

   A. that   B. which   C. what   D. where

05. To improve the quality of our products, we asked for suggestions _____ had used the products.（2010重慶卷）

   A. whoever   B. who   C. whichever   D. which

06. The fact that she was foreign made _____ difficult for her to get a job in that country.（2010遼寧卷）

    A. so   B. much   C. that   D. it

07. —Have you finished the book?

    —No. I've read up to _____ the children discover the secret cave.（2010全國卷Ⅱ）

    A. which   B. what   C. that   D. where

08. A good friend of mine from _____ I was born showed up at my home right before I left for Beijing.（2009安徽卷）

    A. how   B. who   C. when   D. which

09. The CDs are on sale! Buy one and you get _____ completely free.（2009全國卷Ⅱ）

    A. other   B. others   C. one   D. ones

10. Could I speak to _____ is in charge of International Sales please?（2009全國卷Ⅰ）

    A. who   B. what   C. whoever   D. whatever

● 答案剖析

01. **B.** 若將事物分成兩部分，其中的另一部分常用the other來表示。不定代名詞the other修飾half和前面half of my holiday作spend的並列受詞。句意：我將用一半的假期時間練習英語，另一半時間學習畫畫。

02. **B.** 本題考名詞性子句。題幹中介系詞of後的受詞是個句子，該受詞子句的謂語動詞need是及物動詞，其後缺受詞。四個選項中只有what表示「……的」，既引導受詞子句又在子句中作need的受詞，故答案選B。句意：在打折銷售開始之前，我列了一個孩子們下一季需要的東西的清單。

03. **D.** 本題考「名詞 + 介系詞 + 關係代名詞」引導的關係子句。根據句意和結構，只能選擇which作the walls of的受詞，表示「咖啡館的牆壁」。the walls of which相當於whose walls。

04. **D.** 考受詞子句。此題選項應選where作地點狀語。全句句意：我們還沒討論要把新傢俱放在哪裡。

05. **A.** 考受詞子句。whoever引導的受詞子句，作謂語had used的主語。全句句意：為了改進產品的品質，我們向凡是使用過我們產品的人徵求建議。

06. **D.** 這是一個含有同位語子句的句子，主句謂語使役動詞made後跟複合受詞，it作形式受詞，真正的受詞是其後動詞不定式的複合結構for her to get a job in that country。英語中的形式主語和形式受詞只能用it。句意：她是外國人這一點使得她很難在那個國家找到工作。

07. **D.** 本題考受詞子句。試題中子句作介系詞to的受詞。根據答語的含義「我讀到孩子們發現神秘山洞的地方了」可以判斷出，所選的詞既能引導受詞子句又能在子句中作地點狀語，所以用where。

08. **C.** 本題考受詞子句的引導詞。when I was born為from的受詞子句。本句意為「一個從我出生起就是我的好朋友的人，就在我前往北京之前來到了我家」。

09. **C.** 本題根據語意考作為受詞的不定代名詞。句意：這些CD唱片減價銷售！買一送一。A選項作受詞其前加定冠詞the，用複數形式或後接複數名詞；選B或D則表示有其他很多東西都免費贈送，與語意不符。選one該指同類某一事物，與句意相符。

10. **C.** 題幹中介系詞to後缺受詞子句，受詞子句中缺主語，因而填C選項whoever。全句句意：能讓我和負責國際銷售的人講話嗎？

第二十二章 修飾語

第一節 概述

修飾語用來修飾名詞或代名詞，説明人或物的狀態、品質、數量等。

1. 形容詞作修飾語

She is a **natural** musician. 她是一位天生的音樂家。

Privacy is a very **important** part of western cultures.

隱私是西方文化的一個重要的組成部分。

He must be the **best** violinist **alive**.

他一定是在世的最好的小提琴手了。（形容詞後置）

2. 名詞作修飾語

a **baby** girl 女嬰　　　　　　**well** water 井水

sport(s) car 雙座敞篷低車身小汽車

a **fool's** paradise 虛幻的天堂（名詞's屬格用作修飾語）

the work **of Shakespeare** 莎士比亞的著作（名詞of屬格用作修飾語）

3. 代名詞作修飾語

Your hair needs cutting. 你該理髮了。（物主代名詞用作修飾語）

He is a friend **of mine**.

他是我的一個朋友。（名詞性物主代名詞of屬格用作修飾語）

Everybody's business is **nobody's** business.

人人負責就是無人負責。（不定代名詞屬格用作修飾語）

4. 數詞作修飾語

There's only **one** way to do it.

做此事只有一種方法。（基數詞one用作修飾語）

Do it now, you may not get a **second** chance!

現在就做吧，你可能再也沒有機會了！（序數詞second用作修飾語）

基數詞用作修飾語可後置。例如：

page 24 第24頁　　　　　Room 201 201房間

the year 1949 1949年

5. 副詞作修飾語時常後置

Australia is big, but the population **there** is thin.

澳洲幅員遼闊，但那裡的人口稀少。

Reform is the only way **out**. 改革是唯一的出路。

6. 不定式作修飾語

Her promise **to write** was forgotten. 她忘記了答應寫信的事。

That's the way **to do** it. 那正是做此事的方法。

She has a wish **to travel round the world**. 她有環遊世界的願望。

不定式複合結構亦可用作修飾語。例如：

It's time **for me to perform on the rings**. 該我在吊環上表演了。

There is no need **for anyone to know that**. 那件事不需要讓任何人知道。

7. 動名詞作修飾語

a **washing** machine 洗衣機　　　　a **sleeping** car 臥鋪車廂

8. 分詞作修飾語

a **sleeping** child　正在睡中的小孩（現在分詞）

a **faded** flower　一朵謝了的花（過去分詞）

分詞短語也常用作修飾語。例如：

He is talking to a girl **resembling Joan**.

他在和一個貌似瓊安的姑娘談話。（現在分詞短語）

Mother's Day is a day **set aside to honor mothers**.

母親節是特別設立的向母親表達敬意的日子。（過去分詞短語）

9. 介系詞短語作修飾語

The wild look **in his eyes** spoke plainer than words.

他那兇暴的目光說明得再清楚不過了。

He always has a clear insight **into what is needed**.

他總是能洞察需要什麼。（介系詞短語由介系詞into和一名詞性子句構成）

在「a + 單位詞 + of + 名詞」結構中，修飾語往往不是「of + 名詞」，而是「a + 單位詞 + of」。例如：

a basket of eggs 一籃子雞蛋　　　a bunch of flowers 一束花

a mass of buildings 一群建築物　　a number of people 若干人

10. 子句作修飾語

The car **that's parked outside** is mine.

停在外面的汽車是我的。（限定子句）

Your car, **which I noticed outside**, has been hit by another one.

我在外面看見你的汽車了，它被另一輛車撞了。（非限定子句）

第二節 關係子句

關係子句就是修飾名詞的子句，被修飾的名詞稱為先行詞。關係子句由關係代名詞和關係副詞引導，前者在子句中作主語、受詞或表語，後者在子句中作狀語。

1. 關係代名詞的選擇

先行詞為事物時，關係代名詞用which或that；先行詞指一個模糊的、一般的人時，who 和that都適宜。例如：

I need someone **who** can do the work quickly.

我需要能夠迅速完成這項工作的人。

當先行詞指一個具體的、特定的人時，多用who。例如：

The aunt **who** came to see us last week is my father's sister.

上星期來看我們的姑姑是我父親的姐姐。

先行詞指物，前面又有一個不定代名詞、最高級形容詞或序數詞修飾時，關係代名詞多用that。例如：

He has got all the tools **that** we need.

他有我們需要的所有工具。

This is the funniest film **that** has come from the studio.

這是那個製片廠製作的最滑稽的電影。

The first statement **that** was issued gave very few details.

最先發佈的聲明沒有公佈什麼細節。

先行詞本身為不定代名詞時，關係代名詞多用that。例如：

The government has promised to do all **that** lies in its power to alleviate the hardships of the people.

政府承諾盡其一切力量減輕人民的苦難。

關係代名詞在子句中作表語時，只能用that或which，不能用who或whom，但可以省略。例如：

John is not the man (**that**) he was years ago.

約翰已不再是多年前的他了。

當先行詞和關係子句被其他句子成分隔開時，用who或which較為恰當，用that容易造成句子結構不清楚。例如：

A war broke out **which** lasted for forty years.

一場延續了四十年的戰爭爆發了。

Anybody can explain this **who** knows English grammar.

任何懂得英語語法的人都能解釋這一點。

先行詞為集合名詞時，如果該詞指一個整體，則關係代名詞用which；如果指組成整體的所有成員，則關係代名詞用who。例如：

Our team, **who** are all in good form, will do well in the coming matches.

我們隊員狀態都很好，在未來賽事中一定會表現出色。

Our team, **which** placed second last year, played even better this year.

去年排名第二的我們隊今年打得更為出色。

2. 介系詞 + 關係代名詞

有時關係代名詞之前要用介系詞。「介系詞 + 關係代名詞」在子句中作狀語。例如：

Behavior is a mirror **in which** everyone shows his image.—Geothe

行為是一面鏡子，每個人都把自己的形象顯現於其中。—（德國）歌德

The world is a stage, **on which** every role will find a player.—Middleton

世界是個舞臺，各種角色都是人扮演。—（英）米德爾頓

This is a question **in which** people are interested.

這是人們感興趣的問題。

A bottle opener is a tool **with which** bottles are opened.

開瓶器是用來打開瓶蓋的工具。

當「介系詞 + 關係代名詞」作地點狀語、時間狀語時，它們常常可以被where，when或why代替。例如：

The malls of the future will be like small cities **in which** / **where** you can shop, eat, and see a film and even dance.

未來的購物街會像一個個小商城，你可以在那裡購物、用餐、看電影甚至跳舞。

He was born on the day **on which** / **when** his father died.

他在父親去世的那一天出生。

This is the reason **for which** / **why** he was late.

這就是他遲到的原因。

 重點提示

對於關係子句，基於意義上的需要，可以在some, any, few, several, many, most, all, both, none, neither, either, each, enough, half, one，two等詞和形容語最高級之後接of whom或of which。例如：

The North Island is famous for an area of hot springs, **some of which** throw hot water high into the air.

北島是著名的溫泉勝地，有些溫泉的熱水能高高地噴向半空。

The tomatoes, **half of which** have gone bad, are in a basket.

放在籃子裡的番茄有一半已經爛掉了。

The car ran into a crowd of people, **several of whom** were sent to hospital immediately.

汽車撞進了人群，其中好幾個人立即被送往醫院。

I met the table tennis players, **two of whom** were studying in university.

我見到了那些乒乓球選手，其中有兩人正在大學就讀。

3. 限定關係子句和非限定關係子句

　　限定關係子句表示一種區別意義，它幫助讀者或聽者把先行詞所指的人或物與其他的人或物區別開來。沒有它，先行詞所指的人或物就會模糊不清。非限定關係子句表示一種附加意義，它對先行詞作附帶說明。省略它，先行詞所指的人或物仍然明確清楚。例如：

My uncle is a man **who** believes in discipline. 我叔叔是個十分守紀律的人。

My uncle, **who** believes in discipline, is very strict with his children.

我那十分守紀律的叔叔對他的孩子們很嚴格。

Beijing, **which** is the capital of China, held 2008 Olympic Games successfully.

北京是中國的首都，成功主辦了2008年奧林匹克運動會。

 重點提示

修飾整個主句的關係子句為非限定關係子句。這種關係子句由which或 as引導。如果用which 引導，關係子句位於主句之後；如果用 as 引導，修飾語子句可以位於主句之後，也可以位於主句之前。which 或 as指整個主句。例如：

We can't do without rules, **which / as** you know.

= As you know, we can't do without rules. 你知道的，沒有規矩不行。

He failed the exam, **which / as** was natural.

= As was natural, he failed the exam. 他沒有考及格，這很自然。

All the schools will reopen on 1st September, **which / as** is announced in today's newspapers. = As is announced in today's newspapers, all the schools will reopen on 1st September. 正如報紙上所公告的，所有學校都將在9月1日重

新開學。
在這類關係子句中，關係代名詞 as作主語時，其後面必須有動詞be；否則只能用which 引導的關係子句。例如：
He admires Mr. Brown very much, **which** surprises me.
他很崇拜布朗先生，這使我覺得很奇怪。
He arrived half an hour late, **which** annoyed us all.
他遲到了半小時，我們都生氣了。

🔵 文法實戰演練

01. The girl arranged to have piano lessons at the training center with her sister _____ she would stay for an hour.（2010江西卷）
　　A. where 　　　　B. who 　　　　　C. which 　　　　　D. what

02. In China, the number of cities is increasing _____ development is recognized across the world.（2010重慶卷）
　　A. where 　　　　B. which 　　　　　C. whose 　　　　　D. that

03. Children who are not active or _____ diet is high in fat will gain weight quickly.（2010北京卷）
　　A. what 　　　　　B. whose 　　　　　C. which 　　　　　D. that

04. So far nobody has claimed the money _____ in the library.（2010湖南卷）
　　A. discovered 　　　　　　　　　B. to be discovered
　　C. discovering 　　　　　　　　　D. having discovered

05. I'm calling to enquire about the position _____ in yesterday's *China Daily*.（2010北京卷）
　　A. advertised 　　　　　　　　　B. to be advertised
　　C. advertising 　　　　　　　　　D. having advertised

06. No matter how low you consider yourself, there is always someone _____ you wishing they were that high.（2010安徽卷）
　　A. getting rid of 　　　　　　　　B. getting along with
　　C. looking up to 　　　　　　　　D. looking down upon

07. Because of the financial crisis, days are gone _____ local 5-star hotels charged 6,000 yuan for one night.（2009江蘇卷）
    A. if   B. when   C. which   D. since

08. Mozart's birthplace and the house _____ he composed *The Magic Flute* are both museums now.（2009上海卷）
    A. where   B. when   C. there   D. which

09. By nine o'clock, all the Olympic torch bearers had reached the top of Mount Qomolangma, _____ appeared a rare rainbow soon.（2008福建卷）
    A. of which   B. on which   C. from which   D. above which

10. The growing speed of a plant is influenced by a number of factors, _____ are beyond our control.（2008湖南卷）
    A. most of them   B. most of which   C. most of what   D. most of that

● 答案剖析

01. **A.** 本題考關係子句。句意：這個女孩打算和她妹妹在培訓中心上鋼琴課，她要在那裡待上一小時。先行詞the training center表示的是地點，故此空填關係副詞where，既引導關係子句又在子句中作地點狀語，該關係子句修飾先行詞the training centre。

02. **C.** 句意：在中國，城市的數量正在增加，這些城市的發展是全世界有目共睹的。該題中關係子句與先行詞cities被分割開來，這種現象叫「分隔性關係子句」。關係子句中development需要修飾語，且表示所屬關係，所以答案選whose。

03. **B.** children後有兩個關係子句，第一個引導詞是who，修飾Children；第二個引導詞是whose，修飾diet。句意：不愛活動的孩子或飲食中脂肪含量高的孩子容易快速增加體重。

04. **A.** 本題考過去分詞作修飾語。句意：迄今為止，沒有人認領在圖書館發現的錢。非謂語動詞作修飾語，其邏輯主語就是所修飾的詞。不定式作修飾語表示未發生的動作；現在分詞作修飾語與被修飾的詞存在著邏輯上的主動關係，且表示正在進行的動作；過去分詞作修飾語與被修飾的詞存在著邏輯上的被動關係，且表示動作的完成。句中money與discover之間是被動關係且該動作已完成，故答案選A。

05. **A.** 　句意：我打電話想詢問一下昨天《中國日報》上刊登招聘職位的有關情況。position與advertise之間是被動關係，所以用過去分詞作後置修飾語。

06. **C.** 　本句根據語境選擇適當的現在分詞短語作後置修飾語。get rid of 擺脫，除去；get along with 進展，相處；look up to 尊敬，仰望；look down upon 蔑視，瞧不起。根據句意判斷答案為C。句意：不管句意認為你有多麼卑微，總會有人仰慕你，向你看齊。

07. **B.** 　本題考分隔性關係子句中關聯詞的用法。句意：因為金融危機，當地五星級飯店一晚收費6000元的日子一去不復返了。此空多填關係副詞when，既引導關係子句又在子句中作時間狀語。

08. **A.** 　句意：莫札特的出生地和他創作《魔笛》時所住過的房子現在都是博物館了。此空應填關係副詞where相當於in which，既引導關係子句又在子句中充當地點狀語，故答案選A。

9. **D.** 本題考「介系詞 + 關係代名詞」引導的關係子句。本題中介系詞的選用與先行詞的搭配有關。在珠穆朗瑪峰上空出現彩虹，而不是珠穆朗瑪峰的頂部，所以是above which而不是on which。

10. **B.** 本題考「代名詞 + 介系詞 + 關係代名詞」引導的非限定關係子句。句意：植物的生長速度受諸多因素的影響，絕大多數因素是我們控制不了的。most of which引導非限定關係子句，修飾先行詞factors。介系詞後的關係代名詞不能用that；what不能用來引導關係子句；如果兩個分句之間有並列連接詞and，可以用most of them。

第二十三章 同位語

第一節 概述

當兩個指同一事物的句子成分放在同等位置時，一個句子成分可被用來說明或解釋另一個句子成分，前者就叫做後者的同位語。這兩個句子成分多由名詞（代名詞）擔任。同位語通常皆放在其所說明的名詞（代名詞）之後。

1. 名詞作同位語

We have two children, **a boy and a girl**.
我們有兩個孩子，一男一女。
We, **the Chinese people**, are determined to build China into a powerful and prosperous country.
我們中國人民決心將中國建成一個強大的繁榮的國家。
有時同位語和其所說明的名詞是同一個名詞。例如：
She won her first victory, **a victory that was applauded by the public**.
她獲得自己的第一個勝利，一個得到公眾歡呼的勝利。

2. 代名詞作同位語

They **all** wanted to see him. 他們都想見他。
Let you and me go to work, **Oliver**. 咱們倆去工作吧，奧利弗。

3. 數詞作同位語

Are you **two** ready? 你們倆準備好了嗎？
They **two** went, we **three** stayed behind. 他們倆去了，我們三個留了下來。

4. 不定式與動名詞作同位語

Their latest proposal, **to concentrate on primary education**, has met with some opposition.
他們最近提出的集中全力於初等教育的提議遭到了某些人的反對。（不定式短語作同位語）
The first plan, **attacking at night**, was turned down.
第一個計畫是夜襲，被拒絕了。（動名詞短語作同位語）

5. of短語作同位語

the city **of Rome** 羅馬城　　　　　the art **of writing** 寫作藝術
the vice **of smoking** 吸煙嗜好

6. 子句作同位語，即同位語子句

The news **that we are having a holiday tomorrow** is not true.

明天放假的消息不是真的。

We are not investigating the question **whether he is trustworthy**.

我們不是在調查他是否可信賴的問題。

整個句子亦可用作同位語。例如：

He has never travelled in Europe, in other words, **he had only been to Paris and immediately returned**.

他從未環遊過全歐洲，換言之，他只是到巴黎之後立即就回來了。

7. 同位語的位置

如前所述，同位語一般皆緊跟在其所說明的名詞之後，但有時二者亦可被其他詞語隔開。例如：

They teach us a simple but powerful lesson that each new generation of Americans must learn and pass on: **we need one another**.

他們教會了我們一個簡單卻又重要的道理，每一個新一代的美國人必須懂得，並且要世代相傳：我們需要彼此。

We are none of **us** perfect.

我們都不是完美無缺的。

They spread the lie everywhere **that Tom was guilty of theft**.

他們到處散佈謠言說湯姆犯有盜竊罪。

同位語與其所說明的名詞之間常插入一引起的詞語，常見的有：namely（即），viz.（=namely，「viz.」也讀作namely），that is（亦即），that is to say（那就是說），to wit（即），in other words（換言之），or（或），or rather（更正確地說），for short（簡略言之），for example（例如），for instance（例如），say（比如、假定說），let us say（假定說），such as（比如），especially（尤其是），particularly（特別是），in particular（特別是），mostly（多半），chiefly（主要），mainly（基本上），including（包括），等等。例如：

I am pleased with only one boy, **namely**, George.

我只對一個男孩滿意，那就是喬治。

I like Lu Xun's works, **especially** The True Story of Ah Q.

我喜歡魯迅的著作，尤其是《阿Q正傳》。

There are three very large rivers in Africa, **viz.** the Congo, Niger and Nile.

非洲有三條很大的河，即剛果河、尼日爾河和尼羅河。

There are many big cities in Europe, **for example**, London, Paris and Rome.

歐洲有許多大城市，如倫敦、巴黎和羅馬。

He works all day, **that is to say**, from 9 to 5.

他全天工作，也就是說，從上午九時至下午五時。

They brought fruit, **such as** bananas and oranges.

他們帶來了水果，如香蕉、橘子等。

同位語亦可置於其所說明的名詞之前。例如：

Comrade Li 李同志   **General** Brown 布朗將軍

Professor Johnson 詹森教授   **Lady** Caldwell 考德威爾夫人

my friend Wang Min 我的朋友王敏

8. 動詞、形容詞、副詞等亦可作同位語

Asked about the likelihood of a recession, he responded, "We're going to continue to expand, **to continue** to have an increase in productivity."

當被問到衰退的可能性時，他答道：「我們將繼續擴展，繼續增強生產力。」

（動詞作同位語）

She is more than pretty, that is, **beautiful**.

她不只好看而已，而是漂亮。（形容詞作同位語）

He is working as hard as before, that is to say, **not very hard**.

他工作的勁頭和過去一樣，這就是說，不很努力。（副詞作同位語）

第二節 同位語子句

與先行詞同位或等同的子句叫做同位語子句。同位語子句的先行詞多為fact, news, idea, thought, reply, report, remark等抽象名詞，其關聯詞多為連接詞 that。例如：

The **fact** that the money has gone does not mean it was stolen.

那筆錢不見了這一事實並不意味著是被偷了。（先行詞是 fact）

Where did you get the **idea** that I could not come?

你在哪兒聽說我不能來？（先行詞是idea）

1. 有些同位語子句在含義上相當於受詞子句

The suggestion **that the new rule be adopted** came from the chairman.

採納新規則的建議是主席提出的。

（這裡的同位語子句實際上是動詞 suggest的受詞）

The hope **that he may recover** is faint.

他復原的希望是渺茫的。（同位語子句實際上是動詞 hope 的受詞）

引導同位語子句的關聯詞 that 在非正式文體中可以省去，例如：

He grabbed his suitcase and gave the impression **he was boarding the Tokyo plane.**

他拿起了手提箱，給人的印象是他要登上飛往東京的飛機了。（同位語子句 he was boarding...省去了關聯詞 that）

2. 疑問詞亦可引導同位語子句

It is a question **how he did it.**

那是一個他如何做了此事的問題。（疑問詞 how引導同位語子句）

She asked the reason **why there was a delay.**

她問之所以發生延誤的原因。（疑問詞 why引導同位語子句，why子句亦可看作是一關係子句）

引導同位語子句的疑問詞前有時可加介系詞of和as to等，例如：

She had no idea **(as to) why she thought of him suddenly.**

她不明白她為什麼突然想到了他。

3. 有時同位語子句像是一種沒有引號的直接引語

I should like to say to you one important thing: you should go slow in this matter.

我想和你說一句重要的話：在這件事上你應當慢慢來。

注意：

(1) 同位語子句一般跟在名詞的後面

在句子中作同位語的子句就是同位語子句。同位語子句前面的先行詞所包含的名詞往往是抽象名詞。同位語子句的作用是對這種包含抽象名詞的先行詞進行解釋或說明，同位語子句和其先行詞在邏輯上是「主語 + be + 表語」的關係。that 在句中是連接詞，只起到連接的作用，無具體的詞義，that 通常不能省略。

The **fact** that she was foreign made it difficult for her to get a job.

她是個外國人，這一點使得她難以找到工作。

The **idea** that you can do the thing without thinking is quite wrong.

你不加考慮就可以做這件事，這個想法是相當錯誤的。

We expressed the **hope** that they would come to visit China again.

我們希望他們再次訪問中國。

Your **proposal** that the money should be used to build a nursery school is admirable.

你主張把錢用於建造一座幼稚園的建議是極好的。

Then came the **question** where we should go for our holidays.

接著就出現了問題，即我們該去哪裡度假。

(2) 使用假設語氣的同位語子句

This is the only request that this (**should**) **be settled as soon as possible**.

儘快解決這個問題,這是我們唯一的請求。

We made the suggestion **that you (should) go by plane**.

我們建議你們坐飛機去。

這類同位語子句在 suggestion, request, motion, proposal, order, recommendation, plan, idea 等詞之後。又例如:

What do you think of Xiao Li's **proposal** that we (should) put on a film at the English evening party?

小李建議我們在英語晚會上演部電影,你覺得怎麼樣?

My **suggestion** is that we (should) invite Shankira, known as Latin Queen, to come here to perform.

我建議我們邀請拉丁舞后夏奇拉來這裡表演。

第三節 同位語子句與關係子句的區別

比較下面兩個句子:

We expressed the hope (**that**) they had expressed.

我們表達了他們曾經表示過的那種希望。(關係子句)

We expressed the hope **that** they would come to visit China again.

我們表達了希望他們再來中國訪問的希望。(同位語子句)

可以從以下三點來說明兩者的區別:

(1) 從文法角度上看,引導同位語子句的that是連接詞,只起連接作用,在子句中並不作任何句子成分(見第二句中的that);而引導關係子句的that是關係代名詞,除了起連接作用外,還在子句中作句子成分(如第一句中的that在子句中作受詞)

(2) 從語義角度上看,同位語子句與前面的名詞(如hope)是同位關係,表示這個「希望」的內容是「他們再來中國訪問」;而關係子句與它前面的名詞是所屬關係,表示「……的」(如第一句中的「他們曾經表示過的」),起修飾作用

(3) 同位語子句的連接詞that一般不能省略;而關係子句中的關係代名詞that,當其在子句中作受詞時,常常可以省略(如第一句中的that可以省略)

The news (**that**) he told me just now is true.

他剛才告訴我的消息是真的。(關係子句)

The news **that** I have taken the first place in English is true.

我英語考第一名的消息是真的。(同位語子句)

● 文法實戰演練

01. —Is there any possibility _____ you could pick me up at the airport?
　　—No problem.（2009浙江卷）
　　A. when　　　　B. that　　　　　C. whether　　　　D. what

02. We should consider the students' request _____ the school library provide more books on popular science.（2009重慶卷）
　　A. that　　　　B. when　　　　　C. which　　　　　D. where

03. The fact has worried many scientists _____ the earth is becoming warmer and warmer these years.（2009江西卷）
　　A. what　　　　B. which　　　　　C. that　　　　　D. though

04. News came from the school office _____ Wang Lin had been admitted to Beijing University.（2009四川卷）
　　A. which　　　　B. what　　　　　C. that　　　　　D. where

05. I've heard a whisper _____ David and Heather are heading for marriage.
　　（2008四川延考區卷）
　　A. what　　　　B. which　　　　　C. who　　　　　D. that

06. Tomorrow is Tom's birthday. Have you got any idea _____ the party is to be held?（2008陝西卷）
　　A. what　　　　B. which　　　　　C. that　　　　　D. where

07. There's a feeling in me _____ we'll never know what a UFO is—not ever.
　　A. that　　　　B. which　　　　　C. of which　　　　D. what

08. The thought _____ he might fail in the exam worried him.
　　A. which　　　　B. that　　　　　C. when　　　　　D. so that

09. They have no idea at all _____.
　　A. what does this word mean　　　　B. what this word means
　　C. what is the meaning of this word　　D. what kind of a meaning is this word

10. I've no idea _____ we can do with so much waste paper.
　　A. that　　　　B. when　　　　　C. which　　　　　D. what

答案剖析

01. **B.** 本題考同位語子句。在possibility後面，用that引導同位語子句，that 只是起連接作用，無具體詞義，但不能省略。

02. **A.** 本題考名詞性子句。request帶了一個同位語子句，而非關係子句，故which不能選。

03. **C.** 本題考同位語子句。句意：這些年地球越來越暖的事實已令很多科學家憂慮。that引導的同位語子句補充説明前邊的名詞fact。

04. **C.** 本題考同位語子句。子句用來説明News的具體內容，故是同位語子句，意思完整，應用that引導。此題屬於分離式的同位語子句，要善於分析句子結構。

05. **D.** that在此引導同位語子句，具體説明whisper的內容。

06. **D.** 句意：明天是湯姆的生日，你知道聚會在哪裡舉行嗎？where引導的同位語子句，説明idea的內容。子句中缺少地點狀語，因此只能選where。

07. **A.** 同位語子句that we'll never know what a UFO is—not ever 作a feeling的同位語，解釋a feeling的具體內容。that只連接同位語子句時，不在子句中作任何成分。

08. **B.** the thought後是同位語子句，其意義明確，成分完整，因此用連接詞that。

09. **B.** 本題考名詞性子句的語序。本句是連接代名詞what引導的一個同位語子句，用來補充説明no idea的具體內容。同位語子句應用陳述句語序，故答案選B。

10. **D.** 此空應填連接代名詞what，既引導同位語子句又在子句中作do with的受詞。該同位語子句修飾先行詞idea，補充説明idea的具體內容。

第一節 概述

　　狀語修飾動詞、形容詞、副詞以及全句，說明動作或狀態的特徵，或對某一特徵作補充說明。

第二節 狀語的表示法

1. 副詞作狀語的位置

　　副詞最常用作狀語，位置比較靈活，可置於句末、句首、句中。例如：

He speaks the language badly but reads it **well**.

　這種語言，他講得不好，但閱讀能力很強。（置於句末）

Naturally we expect hotel guests to lock their doors.

當然我們期望旅館的旅客把房門鎖上。（置於句首）

If I remember **rightly**, we turn left now.

我如記得不錯，我們現在該左轉彎了。（置於子句之末）

He has **always** lived in that house.

他一直住在那棟房子裡。（置於句中，位於助動詞與主要動詞之間）

I couldn't **very well** refuse to go. 我不大好拒絕去。（位於句中）

副詞用作狀語修飾形容詞和其他副詞時，一般皆前置。例如：

The kitchen is **reasonably** clean. 廚房還算乾淨。（副詞用作狀語修飾形容詞）

He did the work **fairly** well. 那工作他做得還算好。（副詞用作狀語修飾另一副詞）

但副詞enough用作狀語時須後置。例如：

Is the room big **enough** for a party?

這個房間容得下一個晚會嗎？（副詞enough後置，修飾形容詞）

He didn't run **quickly** enough to catch the bus.

他跑得不夠快，沒有趕上那台公車。（後置，修飾副詞）

2. 名詞作狀語，多置於句末

The Party teaches us to serve the people **heart and soul**.

政黨教導我們要全心全意為人民服務。

3. 指示代名詞、不定代名詞作狀語多置於其所修飾詞語之前

We have walked **this** far without stopping. 我們不停地走了這麼遠。

We'll buy it if it's **any** good. 如果它真的好，我們就買。

There were **some** thirty people there. 那裡大約有30人。

Can you move along **a little**? 你可以往前邊挪一挪嗎？（a little 後置）

4. 數詞作狀語，多置於動詞之後

I hate riding **two** on a bike. 我不喜歡兩個人騎一輛自行車。

He wouldn't sit **thirteen** to dinner. 他不願意在宴會上坐第13個座位。

Ten to one, he will come tomorrow.

十有八九他明天會來。（此例用作句子狀語，置於句首）

5. 形容詞作狀語多置於另一形容詞之前

devilish cold 極冷　　　　tight-fitting 緊貼身的　　　new-born 新生的

white hot 白熱化的　　　　dead tired 累極　　　　　　nice and fast 快得很

6. 不定式作狀語多置於句末，強調時亦可置於句首

Many people use checks or credit cards **to avoid** carrying cash with them in the west. 在西方，許多人為避免攜帶現金而使用支票或信用卡。

To kill bugs, spray the area regularly.

為了殺死蟲子，這地方要經常噴灑。（為了強調置於句首）

7. 分詞作狀語，多置於句首與句末，有時也置於句中

Arriving at the station, we learned that the train had already gone.

到了車站，我們得知火車已開走了。

I began to get the shakes just **thinking about the test**.

我一想到考試，就心驚膽戰。

8. 介系詞短語作狀語多置於句末和句首，有時亦可置於句中

Body language is very important **in communication**.

身體語言在交際中非常重要。

At the moment he's out of work. 他目前沒有工作。

Where **on earth** is it? 它到底在哪裡呀？

9. 子句作狀語多置於句末或句首

We chatted **as we walked along**. 我們邊走邊聊。

Even if she laughs at him, he adores her. 儘管她嘲笑他，他還是很喜歡她。

第三節　狀語的種類

狀語按其句法功能可分為三大類：修飾性狀語、評注性狀語、連接性狀語。

1. 修飾性狀語

修飾性狀語構成分句結構的組成部分,所以又叫「結合性狀語」。它不僅修飾動詞或動詞片語,而且還可修飾形容詞、副詞、介系詞或連接詞,是狀語的主體。修飾性狀語按其辭彙意義可分時間、地點、方式、程度、目的、原因、結果、條件、讓步等狀語。它們既可由副詞或副詞片語、介系詞片語、名詞片語表示,也可由非限定分句、無動詞分句、限定分句表示。例如:

Our country has experienced great changes **in the last sixty years**.

我們國家在過去的60年中經歷了巨大的變化。(時間狀語)

Poets and artists often draw their inspiration **from nature**.

詩人和藝術家往往從大自然中吸取靈感。(地點狀語)

She **carefully** picked up all the bits of broken glass.

她仔細地撿起了所有的碎玻璃片。(方式狀語)

It was **too** hot to work. 天氣太熱,沒法工作。(程度狀語)

To improve the railway service, we are electrifying the main lines.

為加強鐵路服務,我們正在主幹線上實施電氣化。(目的狀語)

I lent him the money **because he needed it**.

因為他需要,我借了錢給他。(原因狀語)

He mistook me for a teacher, **causing me some embarrassment**.

他錯把我當成了老師,使我有些尷尬。(結果狀語)

In case of rain bring your raincoat with you.

你最好帶著雨衣以防下雨。(條件狀語)

Though no good swimmer, Mary splashed about happily in the sea.

儘管瑪麗游泳游得不好,她還是在海裡潑弄得很開心。(讓步狀語)

2. 評注性狀語

評注性狀語是對整個句子或分句進行說明或解釋的狀語結構。由於這種結構通常不與它所評說的句子或分句在結構上緊密結合,所以有的語法學家稱呼這種狀語為「分離性狀語」,以示區別於「結合性狀語」(即修飾性狀語)。評注性狀語通常位於句首(間或也可位於句中或句末),在口語中自成一個語調組,在書寫中常用逗號(有時也可用破折號)與句子隔開。試比較:

Really, the students worked hard last term. 學生們上學期很用功,這是真的。

在上述例句中,Really是評注性狀語,它表明後面句子所陳述的內容是真實的。對動詞片語起強調作用。

評注性狀語按語義可分為「方式評注性狀語」和「態度評注性狀語」。

(1) 方式評注性狀語表示說話人講話的方式,例如seriously, frankly, literally,

specifically, generally, broadly, honestly, confidentially, truly, truthfully, briefly, parenthetically, relatively, personally, candidly, flatly, crudely, bluntly, simply, metaphorically, strictly, paradoxically等等

Seriously（認真的）, we haven't heard much of our two heroes lately, have we?

Confidentially（私下說說）, she is very stupid.

Frankly（坦白地說）, I don't like him.

Generally（一般說來）, the two writers were against any censorship（檢查制度）.

Briefly（簡言之）, there are too many people and too little food.

And as California goes today, so goes the nation tomorrow and, **parenthetically**（順帶說一下）, so may go the rest of the world ten to twenty years hence（一二十年以後）.

　　方式評注性狀語除由各種副詞表示外，還可採取其他結構形式。以frankly為例，相應的結構就有：in (all) frankness, to be frank, to speak frankly, to put it frankly, frankly speaking, putting it frankly, put frankly, if I may be frank, if I can put it frankly, if I can speak frankly等。

(2) 態度評注性狀語表示說話人對話語的態度，這又可分為若干小類表示話語可靠程度的評注性狀語有：probably, apparently, evidently, obviously, plainly, conceivably, possibly, presumably, arguably等等。例如：

Obviously, he will lose the tennis game. 他顯然要輸掉這場網球比賽。

Presumably, they have sold their house. 他們大概已經把自己的房子賣了。

Conceivably, that is an inspired question. 可以想像，那是個很有靈感的問題。

　　表示「確定」的評注性狀語有：certainly, surely, admittedly, allegedly, undoubtedly, definitely, incontestably, unarguably, clearly等。例如：

Surely, you have saved some money? 想必，你已經存了一些錢了？

Undoubtedly, he is more intelligent than his brother. 他肯定比他的哥哥聰明。

　　表示驚訝、迷惘、失望、安慰、諒解、遺憾等感情的評注性狀語有：amazingly, astonishingly, astoundingly, bewilderingly, surprisingly, disappointingly, annoyingly, comfortingly, amusingly, understandably, regrettably, strangely, curiously等。例如：

Curiously, all this stone walling seems totally out of place.

奇怪的是，所有這些石牆看來完全不合適。

Understandably, no patriot wants to fall into disrepute.

沒有哪個愛國者願意名聲掃地，這一點可以理解。

　　表示悲傷、高興、希望、感謝、幸運等感情的評注性狀語有：sadly, happily,

thankfully, hopefully, unhappily, fortunately, luckily, unfortunately, unluckily等。
例如：

Luckily, she was in time. 幸運的是，她及時趕到了。

Thankfully, everyone returned to the camp safe and sound.
謝天謝地，每個人都安全回到了營地。

Hopefully, the two sides may come to an agreement on this issue.
如果順利的話，雙方可能就此事達成協定。

　　表示正確、錯誤、聰明、愚蠢等意義的評注性狀語有：rightly, correctly, cleverly, wisely, incorrectly, wrongly, foolishly, unwisely, absurdly, preposterously, unreasonably, unjustly 等。例如：

Rightly, the judge received praise for his decision.
那位法官因為他的裁決理所當然地獲得了讚譽。

Wisely, he answered the soldiers questions foolishly when he was captured.
他被捕時故作愚蠢地回答了那士兵的問題，做得很聰明。

　　表示尋常、罕見等意義的評注性狀語有：conventionally, rarely, traditionally,（not）unusually等。例如：

Conventionally, the goalkeeper kicks well. 歷來如此，那位守門員踢得很好。

Rarely, very rarely, the master would admit defeat.
這位大師能承認失敗是十分罕見的。

Traditionally, second-hand car prices drop in the autumn and rise in the spring.
按慣例，二手車的價格秋季下跌春季上揚。

3. 連接性狀語

　　連接性狀語在句子或分句之間起連接作用。這既不同於修飾性狀語，也不同於評注性狀語，因為它根本不起修飾作用。它只是在意義上把分句和分句，句子和句子聯繫起來。例如：

He is young, **yet** he knows a lot of things. 他年輕，然而他瞭解許多事情。

He worked hard; **otherwise**, he would not have passed the exam.
他很用功，否則不可能通過考試。

We can't go. **To begin with**, we have no money. **Besides**, we have no time.
我們不能去。首先，我們沒有錢；此外我們也沒有時間。

　　連接性狀語多為副詞和介系詞短語，常用的有：

(1) 表示列舉：first(ly), second(ly), third(ly)… ; one, two, three... ; for one thing...(and) for another (thing) ; to begin / start with ; next, then ; finally, lastly 等等

(2) 表示增補：besides, moreover, in addition, what is more等等

(3) 表示意義等同：likewise, similarly, in the same way等等

(4) 表示話題改變：by the way, incidentally等等

(5) 表示概括：in all, in conclusion, in a word等

(6) 表示同位關係：namely, in other words, for example, that is, that is to say等等

(7) 表示結果：so, therefore, consequently, as a result等等

(8) 表示推論：then, in that case, otherwise等等

(9) 表示意義轉折：instead, on the contrary, in contrast, by comparison, (on the one hand...) on the other hand等等

(10) 表示讓步：anyhow, however, nevertheless, still, though, yet, in spite of that, after all 等等

第四節　狀語子句

　　狀語子句可以表示時間、地點、原因、結果、目的、方式、條件、讓步等意義。下面分別敘述各種狀語子句。

1. 時間狀語子句

(1) when表示一個時間點或一段時間，while只能表示一段時間，when常可代替while。as強調一個動作發生，另一個動作緊接著發生
He was swimming in the lake **when he heard a cry for help**.
他正在湖裡游泳時，忽然聽見呼救聲。
When you apply for a job, you must present your credentials.
當你申請工作時，你必須遞交你的有關證件。

(2) after 和before為表示動作或事件先後關係的連接詞
The train had left **before** I reached the station. 我到車站前火車已經開走了。
I reached the station **after** the train had left. 火車開走後我才到車站。
正因為連接詞本身已表明了先後關係，所以本來用以表明動作較早發生的過去完成式在這兩個句子中就可以被一般過去式取代。
The train left **before** I reached the station. 我到車站前火車已經開走了。
I reached the station **after** the train left. 火車開走後我才到車站。

(3) since 表示從起點到現在的一段時間，所以主句必須用完成式或完成進行式

I have been wearing glasses **since** I was three. 我三歲以後一直戴眼鏡。

(4) till 和until表示動作或狀態終止的時間

They chatted **until** it was very late. 他們一直談到很晚。

He stayed in her house **until** the rain stopped.

他在她的房子裡一直待到雨停為止。

主句動詞為否定形式時，它們可以被before代替。例如：

She didn't leave the children **till / before** their mother returned.

她一直到孩子們的母親回來才離開。

(5) directly 和the moment等是副詞和名詞直接用作連接詞

We'll start off **directly** darkness falls. 天一黑我們就出發。

The boy ran off **the minute** he saw the owner of the orchard.

那男孩一見到果園的主人就跑開了。

2. 地點狀語子句

地點狀語子句由where引導。例如：

Where there is a river, there is a city. 凡是有河流的地方，必有城市。

We'll build a power station **where water resources are plentiful**.

我們將在水源資源豐富的地方建造一個發電站。

The hopeful man sees success **where others see failure**, sunshine **where others see shadows and storm**.

在別人看到失敗的地方，充滿希望的人看到了成功；在別人看到陰雲和暴雨的地方，他卻看到了明媚的陽光。

3. 原因狀語子句

(1) because 表示的原因是原來未知的原因，因而用來回答why的提問；as和since表示不言而喻的原因。正因為如此，because引導的原因狀語子句往往放在主句之後這一強調的位置，而as和since引導的子句多位於主句之前

Ice cream is junk food **because** it has a lot of fat and sugar.

霜淇淋屬於垃圾食品，因為它含有大量的脂肪與糖分。

As it is raining, you have to take a taxi. 天在下雨，你得搭計程車走。

Since you desire it, I will look into the matter. 既然你希望，我會研究此事。

Having a cellphone also makes us feel safer, **since** we can call for help in case of an emergency.

持有手機，我們會感到更安全些，因為遇到緊急情況，我們可以隨時求救。

(2) seeing that和now that表示的意義與 as一樣

As / Since / Seeing that / Now that I was in the same class as George, I used to be with him all day long.

因為我與喬治過去是同班，所以我和他成天在一起。

但由於now that 表示原因的同時也表示時間意義，所以主句動詞和子句動詞表示的時間必須一致，否則就不能用now that。例如：

As / Since / Seeing that I was in the same class as George, I know him very well.

由於我與喬治以前是同班，我很瞭解他。

(3) that 引導的原因狀語子句主要用在表示感情意義的形容詞或不及物動詞之後

We were alarmed **that** Bob swam in deep water.

鮑伯在深水中游泳，我們很吃驚。

He rejoiced **that** his wife was in good health. 他的妻子身體很好，他很欣喜。

not that...but that就等於not because...but because。例如：

You are not allowed to pass, **not that** we don't want to let you through, **but that** you don't have the pass.

你不能進去，不是我們不讓你進去，而是你沒有通行證。

Not that I love her less, **but that** I love my country more.

不是我不那麼愛她，而是我更愛我的祖國。

4. 結果狀語子句

結果狀語子句由so...that, such...that, so that引導。例如：

The room is **so** quiet **that** one can hear even a pin drop.

這房間安靜得能聽見一根針落地的聲音。

She enjoyed her visit to Beijing **so** much **that** she took a lot of photos with the new camera.

在北京觀光使她異常開心，她用新照相機拍了很多照片。

The wind blew with **such** force **that** people could hardly stand up against it.

風很大，人們幾乎站不住。

It continued raining all that day, **so that** I could not stir abroad.

那天下了一天雨，我沒法出去。

重點提示

原因和結果是相對而言的,因此包含原因狀語子句時,主句即為結果;而包含結果狀語子句時,主句即為原因。這兩種句子往往可以相互轉換。例如:

As he was ill, he didn't come 因為他病了,他沒有來。

He was ill, **so that** he didn't come 他病了所以沒有來。

As he had bled too much, his face was the color of wax.
因為流血過多,他的臉色蠟白。

He had bled **so** much **that** his face was the color of wax.
他流血過多以致臉色蠟白。

5. 目的狀語子句

目的狀語子句由in order that, so that, lest, for fear that, in case等引導。例如:

He listened attentively **so that** he might not miss a single word.
他注意地傾聽以便不錯過一個字眼。

We must investigate the world **in order that** we can control it.
我們要調查研究以便控制這個世界。

We erected this memorial, **lest** our children (should) forget.
我們樹立這座紀念碑以免子孫忘懷。

I dare not tell you what he did, **for fear that** he should be angry with me.
我不敢告訴你他做了什麼事,以免他生我的氣。

 重點提示

引導目的狀語子句的連接詞中,**so that** 用得最普遍,in order that多用於正式文體。lest表示否定的目的,子句動詞要用原形或在原形之前加上should,所以也主要用於正式文體。for fear that不但表示否定目的,而且帶有「擔心」之意。in case也表示否定目的,但多用於正式文體,子句動詞可以用一般式。連接詞so that既可引導目的狀語子句,也可引導結果狀語子句,但這兩種子句有著明顯的區別:

so that引導的目的狀語子句可以位於主句之後,也可以位於主句之前;而so that引導的結果狀語子句只能位於主句之後。例如:

He decided to buy a digital camera **so that** it could be sent to her.
他決定訂購一部數位相機,那樣便可以郵寄給她。

So that he would be warm,he built a fire. 為了取暖,他生了火。

so that和in order that引導的目的狀語子句表示需要實現的一件事，帶有情態意義或將來意義，因而子句謂語動詞總帶有一個情態動詞；而so that引導的結果狀語子句表示已經實現的一件事或一個事實，因而謂語動詞一般不帶情態動詞。例如：

He went to summer school every year **so that** he could finish college in three years. 他每年上夏季學校以便在三年內完成大學學業。

Water has come under control, **so that** clean sources are now available.
水源受到控制所以可以獲得潔淨的水了。

so that引導的目的狀語子句位於主句之後時，一般不用逗號點開，而so that引導的結果狀語子句之前通常要用逗號。例如：

I went to bed early **so that** I could be up at 5 a.m. the next day.
我早早上床以便隔天一早五點起床。

He had overslept, **so that** he was late for work. 他睡過頭了，所以遲到了。

6. 方式狀語子句

方式狀語子句由 as, like, the way, as if, as though引導。例如：

The moon circles round the earth **as** the earth circles round the sun.
月亮繞著地球轉，正如地球繞著太陽轉。

Just as we sweep our rooms, so we should sweep backward ideas from our minds.
我們應該像打掃房間一樣把落後的思想從自己的頭腦中掃除出去。

Wood does not contract **as** steel does. 木材不會像鋼材那樣收縮。

George writes **as if** he were left-handed. 喬治寫起字來像個左撇子。

Tom looks **as though** he were drunk. 湯姆看上去就像喝醉了似的。

 重點提示

所有引導方式狀語子句的連接詞中，as使用最普遍，有時句子前可以加上so，其意義為likewise。like作為引導方式狀語子句的連接詞，多用於美國英語中而且被視為非正式文體。the way作為連接詞多用於口語體。like和 the way的意義與as相同。as if 和as though引導方式狀語子句時，表示一種與事實相反的情況。

7. 條件狀語子句

條件狀語子句表示的條件分為真實條件和非真實條件。真實條件就是有可能實

現的條件，非真實條件則是條件不可能實現或實現的可能性極小。引導條件狀語子句的連接詞有：if, suppose, supposing, unless, providing, provided, on condition that, if，其中suppose和supposing既可引導真實條件，也可引導非真實條件，其餘連接詞多用來引導真實條件。

(1) if 為最常見的連接詞，句子中可以根據需要使用各種動詞形式

If it rains, I'll go by car. 如果天下雨，我就會乘計程車走。

I will return the book to you on Monday **if** I have read it by then.
如果我星期一讀完了，那我會把書還給你的。

If he hadn't come in when you arrived, he won't come in at all this morning.
如果你到的時候他還沒有來，那他今天上午壓根兒就不會來了。

(2) once「一旦」，強調的是條件

Once the masses have a common aim, they will work with one heart.
一旦群眾有了共同的目標，他們就會齊心合力工作。

Once you show any sign of fear, he will attack you.
你一旦露出任何恐懼的跡象，他就會攻擊你。

China will shake the world **once** it awakens.—Napoleon
中國一旦覺醒，就會震撼整個世界。—（法）拿破崙

(3) so long as / as long as「只要」，強調主句所述的情況和子句所述的情況同時並存。前者比後者更常用

Rice will grow well **so long as** it is given enough sunlight and a good supply of water and fertilizer.
只要能得到充足的陽光、水和肥料，水稻就能長得很好。

As long as we have a strong determination to serve the people heart and soul, everywhere we see occasions for doing so.
只要有一顆全心全意為人民服務的心，到處都有為人民服務的機會。

(4) on condition that「條件是」，是複合連接詞，暗示某種特定的條件

She will join us **on condition that** you also be there.
她和我們一起去，條件是你也將在場。

He said that he would come to the meeting **on condition that** no one asked him to speak.
他說他將出席這個會議，條件是不讓他說話。

(5) in case「如果，萬一」

In case it pours, do not expect me. 如果傾盆大雨，就不要指望我來了。

In case he arrives before I get back, please ask him to wait.

如果在我回來以前他來了，請他等我一下。

Send me a message, **in case** you have any difficulty.

萬一有什麼困難，請給我捎個信來。

(6) unless 經常等於if...not

Come tomorrow **unless** I phone you. = Come tomorrow **if** I do **not** phone you.

如果我不給你打電話，明天你就來。

He'll accept the job **unless** the salary is too low.

= He'll accept the job **if** the salary is **not** too low.

如果工資不是太低他就會接受這份工作。

(7) let's suppose，suppose和supposing多用於口語體，而且其主句常常為疑問句

Suppose / Supposing it rains, what shall we do? 萬一下雨，我們怎麼辦？

Supposing the plane does not arrive on time, what shall I do?

假如飛機不能準時到達，我該怎麼辦呢？

Let's suppose that we had not helped him, what would have happened?

假如我們沒有幫助他，會發生什麼情況呢？

(8) provided，providing多用於正式文體

You can borrow my bike **provided** / **providing** you bring it back in time.

如果你會及時歸還，你可以借我的自行車。

8. 讓步狀語子句

讓步狀語子句由though, although, even if, even though以及「when等詞 + ever」或「no matter + when」等詞引導。例如：

Although the definition of happiness depends on each individual, my "wealth" of happiness is in my family.

雖然幸福的定義因人而異，但是我的幸福的「資源」是在我家裡。

Even if you lose the match, you shouldn't lose heart.

即使你輸了比賽，你也不該喪失鬥志。

A liar is not believed **even though** he tells the truth.

說謊者即使說真話也沒人相信他。

True friends must tell the truth, **no matter how** sharp the words are.

真正的朋友必須說真話，不管那話多麼尖銳。

No matter what the weather is like, you can always find surfers out riding the waves.

不管天氣怎麼樣，你總會發現衝浪運動員外出衝浪。

Wherever / No matter where he went, doors were shut upon him.

不管他走到哪兒，所有的大門都對他關上了。

有時還可以用if，when或while引導讓步狀語子句。例如：

His writing is clear, **if** it is somewhat untidy.

儘管有些不整齊，他寫的東西還是比較清楚。

He walks **when** he might take a car.

儘管可以坐車，他還是步行。

While there are many different interpretations of our body language, some gestures seem to be universal.

儘管我們對身勢語有許多不同的理解，但有一些手勢似乎應是通用的。

● 文法實戰演練

01. The lawyer listened with full attention, _____ to miss any point.（2010四川卷）

    A. not trying   B. trying not   C. to try not   D. not to try

02. There were many talented actors out there just waiting _____.（2010江西卷）

    A. to discover   B. to be discovered

    C. discovered   D. being discovered

03. The news shocked the public, _____ to great concern about students' safety at school.（2010重慶卷）

    A. having led   B. led   C. leading   D. to lead

04. It is illegal for a public official to ask people for gifts or money _____ favors to them.（2010湖北卷）

    A. in preference to   B. in place of

    C. in agreement with   D. in exchange for

05. Though _____ to see us, the professor gave us a warm welcome.（2010全國卷Ⅱ）

    A. surprising   B. was surprised   C. surprised   D. being surprised

06. _____ from the top of the tower, the south foot of the mountain is a sea of trees.（2010陝西卷）

A. Seen   B. Seeing   C. Having seen   D. To see

07. _____ at my classmates' faces, I read the same excitement in their eyes.（2010北京卷）

A. Looking   B. Look   C. To look   D. Looked

08. In ancient times, people rarely travelled long distances and most farmers only travelled _____ the local market.（2010上海卷）

A. longer than   B. more than   C. as much as   D. as far as

09. —Shall we have our picnic tomorrow?

—_____ it doesn't rain.（2009山東卷）

A. Until   B. While   C. Once   D. if

10. _____ unemployment and crime are high, it can be assumed that the latter is due to the former.（2009江蘇卷）

A. Before   B. Where   C. Unless   D. Until

⬤ 答案剖析

01. **B.** 本題考非謂語動詞用法，句中現在分詞作伴隨狀語。句意：律師專注地傾聽著，努力不錯過任何要點。not trying 不盡力；trying not 盡力不。不定式的否定式，否定詞應置於不定式之前，故答案為B。

02. **B.** 句意：有很多有天賦的演員，還等著被別人發現。discover與many talented actors之間是邏輯上的動賓關係，且強調動作未完成，故用不定式的被動式作目的狀語。

03. **C.** 句意：這則新聞使民眾震驚，致使人們對在校學生的安全極為關注。leading to...是現在分詞，短語在句中作結果狀語。又例如He had been studying hard, passing this College Entrance Examination. 他學習一直都很努力，結果考上了大學。

04. **D.** 句意：行政官員對別人施以恩惠作為交換條件，向對方索取錢財的行為是非法的。in preference to 優先於；in place of 替代；in agreement with 同意，與……一致；in exchange for 交換。答案為D，此處介系詞短語作目的狀語。

05. **C.** 這是一個含有省略讓步狀語子句的主從複合句。surprised表示「感到驚訝的」；surprising表示「令人驚訝的」。當子句主語與主句主語一致時，可省略子句的主語和連綴動詞。此處Though surprised to see us可看作是狀語子句的省略，補充完整應為Though he was surprised to see us。

06. **A.** 本題考非謂語動詞作狀語。句意：從塔頂上看過去，這座山南面的腳下是一片樹海。非謂語動詞作狀語，其邏輯主語是句子的主語。和邏輯主語是主動關係，非謂語動詞用現在分詞；和邏輯主語是被動關係，非謂語動詞用過去分詞。本句主語the south foot of the mountain和see之間是被動關係，所以用過去分詞作狀語。

07. **A.** 本題考現在分詞短語作狀語的用法。句意：看著同學們一張張面孔，在他們眼裡我同樣看到了興奮的表情。此處的look與I之間是主謂關係，且表示同時發生的動作，所以用現在分詞作狀語表示伴隨動作。

08. **D.** 本題考副詞短語作狀語表示比較的用法。根據動詞travel可判斷出此處應填關於路程的副詞片語，as far as表示「遠到……」，此處意為「大部分的農民只到過當地的市集」。

09. **D.** 本題考引導狀語子句的連接詞的用法。if在此引導條件狀語子句，表示「如果不下雨的話，明天我們就去野餐」。

10. **B.** 句意：在那些失業率和犯罪率都很高的地方，我們可以認為前者是後者的原因。where在此引導地點狀語子句。又例如Where there's a will, there's a way. 有志者事竟成。

第二十五章 獨立成分

第一節 概述

當一個詞、短語或子句用在句子裡，而與句子的其他成分沒有語法上的關係時，就被稱為「獨立成分」。獨立成分包括：感嘆語、招稱謂語、插入語和獨詞句。

第二節 獨立成分的類型

獨立成分可分為下面幾種常見的類型。

1. 感嘆語

Ah, there you are, the very man I've been looking for.
啊，你在那兒。我要找的就是你。
Hey, where are you going? 嘿，你到哪裡去？
Here! Don't cry! 好了！別哭了！
Oh, what a beautiful garden this is! 啊！這是多麼美麗的花園！

2. 招稱謂語

Shylock, how can you hope for mercy yourself when you show none?
夏洛克，如果你不寬恕別人，你自己怎能希望得到別人的寬恕呢？
Dad, when you sent me to Paris to see if I could really earn a living as a painter, I stayed at Zheng Jie's flat for three months.
爸爸，你把我送去巴黎，想看看我是否真正能以繪畫謀生，那時候我就住在鄭傑那套房間裡，住了三個月。

3. 插入語

He may be late for the meeting, **I am afraid**.
恐怕他開會要遲到了。
The performance, **I think**, was very interesting. 我認為那場表演很有趣。

4. 獨詞句

1) —Can you speak English? 你會說英語嗎？
　—**Yes** (=So I can), but a little. 會說，可只會說一點點。
2) —I'm sorry to give you so much trouble. 給您添許多麻煩，實在感到抱歉。
　—Oh, **no** (=you don't), not at all. 噢，沒什麼。
3) **Fire**! Hurry up, John! 失火了！約翰，快走！

第三節 插入語

　　英語句中有時插入一個與全句句義無直接關係的附加部分，這個部分就叫「插入語」。插入語表示説話人的態度，解釋或説明整個句子而不是某個詞。它和句子的聯繫不很緊密。一般位於句首，用逗號和句子分開。

1. 作附加說明的結構

　　插入語一般對一句話作一些附加的解釋説明，常見的結構有：I hope, I guess, I think, I'm afraid, I believe, I suppose, I wonder, you know, I tell you, it is said, it is suggested, it seems, it seems to me等等。例如：

　　Once in a while sailors came down, **Kunta thought**, to carry sick men upstairs for treatment.
　　偶爾水手下來，孔塔猜想是把生病的人抬到船上去治療了。
　　That book, **it seems**, is very well written.　那本書看來寫得很好。
　　That will be a good beginning, **I hope**.　希望這是一個良好的開端。
　　You will have to try harder, **you know**, if you want to succeed.
　　你知道，如果你想要獲得成功，就必須更加努力才行。
　　Which food **do you think** is healthy and which is unhealthy?
　　你認為哪種食物是保健食物，哪種是非保健食物呢？
　　This diet, **I think**, will do good to your health.
　　我想這種飲食對你的健康有好處。

2. 插入語對全句解釋的表達形式

(1) 副詞

　　屬於這一類的副詞有：actually, certainly, definitely, fortunately, frankly, maybe, obviously, perhaps, personally, possibly, probably等等。例如：
　　Honestly, that is all the money I have.　老實説，我所有的錢就是這些。
　　Luckily, the train was late, so I just caught it.　幸好火車誤點，所以我剛好搭上。
　　This bad weather won't last much longer, **surely**.
　　這種壞天氣肯定不會再延續很久。

(2) 形容詞（片語）

　　I **sure am** hungry. 我真是餓了。
　　Lots of trees were blown down. **Worse still**, some people were killed or injured.
　　許多樹木被風刮倒了。更糟糕的是，還死傷了一些人。
　　Most important of all, you should pay special attention to the topic sentence of a passage.

最重要的是你要特別注意短文的主題句。

I said it would happen, **and sure enough**, it did happen.

我說它會發生,而它果然發生了。

(3) 不定式短語

To tell you the truth, I don't quite agree with you.

說實在的,我不太同意你的意見。

To be precise, one third of the students failed in the exam.

確切地說,三分之一的學生考試不及格。

That's a wonderful idea **to be sure**! 這個主意好極了,真的!

(4) 介系詞短語

In his opinion, I shouldn't have told them at all.

依他之見,我根本就不該告訴他們。

By the way, do you happen to know the young man's name?

順便問一下,你知道那個年輕人的名字嗎?

To my surprise, he did not get hurt when he fell from the tree.

使我驚奇的是,他從樹上跌下來竟沒有摔傷啊。

To her great joy, she received the invitation which she had expected for some time.

使她十分高興的是,她收到了她盼望好久的那張請帖。

(5) 現在分詞短語

Generally speaking, the species that are able to adapt to the change of environment will survive, while the others will die out.

一般來說,能夠適應環境變化的物種會繼續生存下去;而那些適應性差的物種就會滅絕。

Frankly speaking, I don't enjoy the performance.

坦白地說,我並不喜歡這場演出。

Judging from his accent, he must be from the South.

從他的口音判斷,他一定是南方人。

(6) 子句

What is more, this "information line" operates 24 hours a day.

再說,這條「諮詢路線」是一天24小時工作的。

It began to snow, **and what was worse**, we lost our way in the forest.

天開始下雪了,更糟糕的是,我們在森林中還迷了路。

If I may say so, your sister studies much harder than you.

如果我可以這樣說的話，你妹妹學習要比你用功得多。

3. 起連接詞作用的插入語

插入語有時能起到連接詞的作用，使句子和前面說的話連接得更緊密。這類插入語有：

(1) 副詞

Besides, it was autumn and therefore the trees still had their leaves on.

再說，又是秋天，樹上還有樹葉。

Otherwise, we won't be able to hear ourselves talk.

要不然，我們就聽不見自己談話了。

There was no news; **nevertheless**, she went on hoping.

沒有消息，然而她繼續抱著希望。

He will probably agree; you never know, **though**.

他很可能會同意，不過，你絕不會知道。

(2) 介系詞短語

A spouse is, **in a sense**, a partner in the voyage of life.

從某種意義上來說，配偶是人生旅程中的伴侶。

On the contrary, we should strengthen our cooperation with them.

相反地，我們還應加強與他們的合作。

(3) 片語

As a result, it appeared to scientists on earth that the stars had moved.

結果在地球上的科學家們看來，這些星球好像已經移動了。

After all, this ball is very important. 這次舞會畢竟是非常重要的。

The doctor succeeded in her operation, **in other words**, he gave her a second life.

醫生成功地給她動了手術，換句話說，他給了她又一次生命。

Eco-travel, **on the other hand**, is a way to travel responsibly.

另一方面，生態旅遊是一種負責任的旅遊方式。

(4) 子句

The story happened about a century ago, **that is to say**, a hundred years ago.

這故事發生在大約一個世紀以前，也就是說，100年前。

4. 某些插入成分標號的用法

有些詞或片語可插到句子中間，不用逗號隔開。例如：

What **on earth** do you mean? 你究竟是什麼意思？

When **the devil** did you lose it? 你到底什麼時候丟的？

Who **in the world** is that fellow? 那個人究竟是誰？

What **the hell** do you want? 你到底要什麼？

🔵 文法實戰演練

I. 單項填空

01. —Can I help you? Are you looking for anything in particular today?

　　— _____, we're just looking.（2010全國卷 II）

　　A. Yes, please　　　　　　　　B. No, thank you

　　C. Yes, you can　　　　　　　 D. No, you needn't

02. —I have tried very hard to find a solution to the problem, but in vain.

　　—Why not consult with Frank? You see, _____.（2010江蘇卷）

　　A. great minds think alike

　　B. two heads are better than one

　　C. a bird in the hand is worth two in the bush

　　D. it's better to think twice before doing something

03. —I'm sorry. That wasn't of much help.

　　—Oh, _____. As a matter of fact, it was most helpful.（2010四川卷）

　　A. sure it was　　B. it doesn't matter　　C. of course not　　D. thanks anyway

04. —Professor Johnson, I'm afraid I can't finish the report within this week.

　　— _____. How about next week?（2010天津卷）

　　A. Good for you　　　　　　　　B. It won't bother me

　　C. Not at all　　　　　　　　　 D. That's OK

05. —Honey, let's go out for dinner.

　　— _____ I don't have to cook.（2010重慶卷）

　　A. Forget it!　　B. That's great!　　C. Why?　　　　D. Go ahead.

II. 指出下列短文中的獨立成分，並說明是哪一種形式，作感嘆語、稱謂語、插入語或獨詞句。

　　Here is my idea about what a friend is like. Firstly, a friend is someone you can share your secrets with. If you tell him a secret, never will he talk about it with anybody else. Besides, a friend is always a good listener when you need one. After hearing your sad stories, he will say some words that are nice and warm. Still, your happiness makes him happy too. What's more, a good friend is willing to offer the help which you need, or can at least give you some advice. In a word, friends are those you like and trust, and you will enjoy every minute that you spend with them.

 答案剖析

I. 單項填空

01. **B.** 句意：一要我幫你嗎？今天你有特地要看的東西嗎？
　　　　　一謝謝，不用了。我們只是隨便看看。
　　　剖析：No, thank you. 委婉謝絕，常用禮貌用語。其餘選項，A、C選項不符合上下文語境內容；D選項人稱不對。句中No是獨詞句，作獨立成分。

02. **B.** 句意：一我花了很大的力氣想找到這個問題的答案，但最終徒勞無益。
　　　　　一你為什麼不找弗朗克商量商量，三個臭皮匠勝過諸葛亮。
　　　剖析：句中You see，是插入語，作獨立成分。而選項A. 英雄所見略同。C. 雙鳥在林不如一鳥在手。D. 三思而後行。均不合題意。這道題引出一些格言、諺語，頗有特色。格言是具有啟發教育意義的語句，一般是名人語錄，或從名著、寓言故事中剪裁而成，內容精闢，促人警省。諺語是在群眾中口頭流傳的固定修飾語句，語言通俗，句式勻整，含義深刻，生動活潑。平時要多記憶。

03. **A.** 句意：一對不起。幫忙不多。
　　　　　一噢，真幫了忙，實際上，幫了挺多的忙。
　　　剖析：sure it was真幫了忙。其他選項均不合題意。句中Oh，是感嘆語，作獨立成分。選項B. it doesn't matter 沒有關係，不要緊。選項C. of course not 當然不。選項D. thanks anyway 不管怎樣都要感謝。

04. **D.** 句意：一詹森教授，我擔心這週內完成不了這份報告。
　　　　　一那好。下週怎麼樣？

剖析：That's OK那好吧。其他選項同樣不符合上下文語境。句中Johnson，是稱謂語，作獨立成分。選項A. Good for you 祝賀語。意為：做得好！說得好！真行！真有你的！選項B. It won't bother me 對我而言，沒問題。選項C. Not at all 一點也不，毫不，相當於That's all right. / You're welcome。

05. **B.** 句意：－親愛的，咱們出去吃飯。－太好了！我就不用做飯了。

剖析：That's great! 太好了！A. Forget it! 忘掉它！C. Why? 為什麼？D. Go ahead. 前進，繼續下去。顯然，其他選項均不符合語境。句中 Honey是稱謂語，作獨立成分。

II.

1. Firstly 副詞，作插入語。
2. Besides 副詞，作插入語。
3. Still 副詞，作插入語。
4. too 副詞，作插入語。
5. What's more 句子，作插入語。
6. In a word 介系詞短語，作插入語。

第二十六章 強調

第一節 概述

　　強調就是使句子中的某一部分乃至全句所包含的資訊，通過某種手段使之比一般情況下顯得更加重要。英語中，強調的手段有辭彙手段、語法手段和修辭手段。

第二節 辭彙手段

1. only一般放在所強調的成分之前

　　由於only在句子中的位置不同，句子的意思也就不同。例如：

Only Tom saw the rabbit (=no one else saw it).

只有湯姆看見了野兔（其他人都沒看見）。

Tom only saw the rabbit (=he didn't shoot it).

湯姆只看見野兔（他並沒有打中）。

Tom saw only the rabbit (=not the tiger).

湯姆只看見了野兔（而沒看見老虎）。

Tom saw the rabbit only in the forest (=not in other places).

湯姆只是在森林中看見過野兔（而不是在其他地方）。

Tom saw the rabbit in the forest only in spring (=not in other seasons).

湯姆只是在春天在森林中看見過野兔（而不是在其他季節）。

2. even一般放在所強調的成分之前可表示說話者驚訝的口氣。例如：

He doubts even the facts.　他甚至懷疑事實。

I haven't even thought of it.　這個我連想都沒想過。

Even a child can understand the book.　即使小孩也能看懂這本書。

It is cold there even in July.　那地方即使在七月裡也是冷的。

even還可用來強調比較級。例如：

You are even more beautiful than before.　你比以前更漂亮了。

3. ever主要用來強調疑問詞

　　可表示「究竟、到底」的意思。例如：

Which ever do you want?　你究竟要哪一個？

What ever do you mean?　你到底是什麼意思？

Where ever did you learn the news?　你究竟從哪裡聽到這個消息的？

Who ever could write such a beautiful poem?　究竟是誰寫出了這麼美的詩？

4. just一般放在所強調的成分或所引入的子句之前

This is **just** the point. 問題就在這裡。

This is **just** how things are. 事情本來就是如此。

The performance was **just** wonderful. 演出的節目就是好。

He **just** managed to pass the examination. 他剛好考試及格。

5. much, still, a lot, a little, far, by far, a good / great deal等常用來強調比較級，much和by far還可用來強調最高級

I feel **a lot** better today. 我今天感覺好多了。

He spent **a little** more than ten dollars on the book.

他買這本書花掉十元多一點兒。

The Pacific is **by far** the largest ocean in the world.

太平洋是世界上最大的海洋。

Her explanation is clearer **by far**. 她的解釋清楚得多。

This is **much** the best. 這是最好的。

第三節　語法手段

1. 反身代名詞一般放在所強調的詞的後面

He **himself** told me so. 他親口對我這樣説過。

We **ourselves** often made that mistake. 我們自己常常犯那個錯誤。

2. 助動詞do放在所強調的謂語動詞之前

I'll tell you something that **does** sound strange.

我倒可以告訴你一件聽起來的確很奇怪的事情。

I **do** hope you'll stay to lunch. 我真希望你留下來吃午飯。

Please **do** come next time. 下次務必要來。

That's exactly what he **did** say. 那就是他説的話。

3. 「It is / was...that...」這一結構可以用來強調句子中主語、受詞、狀語等

Marx met Engels in Paris in 1848.

馬克斯於1848年在巴黎遇到了恩格斯。

It was Marx **who** / **that** met Engels in Paris in 1848.

正是馬克斯於1848年在巴黎遇到了恩格斯。（強調主語馬克斯，而不是別人）

It was Engels **that** Marx met in Paris in 1848.

1848年馬克斯在巴黎遇到的正是恩格斯。（強調賓語恩格斯，而不是別人）

It was in Paris **that** Marx met Engels in 1848.

1848年馬克斯正是在巴黎遇到了恩格斯。（強調地點狀語在巴黎，而不是別的地方）

It was in 1848 that Marx met Engels in Paris.

正是1848年馬克斯在巴黎遇到了恩格斯。（強調時間狀語在1848年，而不是其他年份）

第四節　修辭手段

1. 提前

把正常語序出現在謂語動詞後的成分，提前到句首，使之更為突出，從而達到強調的目的。例如：

Even **the most complicated problems**, a computer can solve in a short time.

即使是最複雜的問題，電腦也能在短時間內解決。（受詞提前）

Of all the books I have, this is the best.

在我所有的書中這本是最好的。（用作修飾語的of介系詞短語提前）

Very grateful they were for your help.

他們非常感謝你的幫助。（表語提前）

To youth I have but three words of counsel—work, work and work.

對年輕人，我的忠告只有三個詞—工作、工作、工作。（狀語提前）

2. 重複

透過關鍵字的重複，透過同義詞或相似表達法的使用，可以表示強調。例如：

She looks **much, much** older now. 她現在看來老得多了。

He has been a **blind, blind** fool! 他一直是個十足的傻瓜！

You **bad, bad** boy! 你這個調皮搗蛋的男孩！

3. 疑問

用附加疑問句表示強調；一般由「陳述句 + 附加問句」構成。在肯定陳述句後，加否定附加問句，強調肯定；在否定陳述句後，加肯定附加問句，強調否定。例如：

The picture is true to nature, **isn't it?** 這幅畫畫得逼真，是嗎？

The picture isn't true to nature, **is it?** 這幅畫畫得不夠逼真，是嗎？

文法實戰演練

01. It was from only a few supplies that she had bought in the village _____ the hostess cooked such a nice dinner.（2010安徽卷）
   A. where　　　B. that　　　　C. when　　　　D. which

02. If you have a job, _____ yourself to it and finally you'll succeed.（2010四川卷）
   A. do devote　B. don't devote　C. devoting　　D. not devoting

03. —I've read another book.
   —Well, maybe _____ is not how much you read but what you read that counts.（2009浙江卷）
   A. this　　　　B. that　　　　C. there　　　　D. it

04. It was _____ he came back from Africa that year _____ he met the girl he would like to marry.（2009江西卷）
   A. when; then　B. not; until　　C. not until; that　D. only; when

05. It was in New Zealand _____ Elizabeth first met Mr. Smith.（2008全國卷 II）
   A. that　　　　B. how　　　　C. which　　　　D. when

06. It was along the Mississippi River _____ Mark Twain spent much of his childhood.（2008天津卷）
   A. how　　　　B. which　　　　C. that　　　　D. where

07. It was not until midnight _____ they reached the camp site.（2008重慶卷）
   A. that　　　　B. when　　　　C. while　　　　D. as

08. It _____ we had stayed together for a couple of weeks _____ I found we had a lot in common.（2007浙江卷）
   A. was until; when　　　　B. was until; that
   C. wasn't until; when　　　D. wasn't until; that

09. It is not who is right but what is right _____ is of importance.（2007重慶卷）
   A. which　　　B. it　　　　C. that　　　　D. this

10. I don't mind her criticizing me, but _____ is how she does it that I object to.（2007江西卷）
   A. it　　　　　B. that　　　　C. this　　　　D. which

11. Why! I have nothing to confess. _____ you want to say?

    A. What is it that B. What it is that   C. How is it that   D. How it is that

🔘 答案剖析

01. **B.** 本題考強調句型。句意：這位女主人僅僅用了她在村裡買的一點東西就做出了如此可口的一頓飯。句中that she had bought in the village為關係代名詞that引導的一個關係子句。主句應為一個強調句，強調的是主句的狀語部分from only a few supplies。此空填that為It be...that...強調結構的需要。

02. **A.** 本句考助動詞do表強調的用法。本句句型為「祈使句 + and + 結果分句」；do是對動詞devote的強調。句意：如果你有一份工作，務必要努力去做，你最後會取得成功。

03. **D.** 本題考查強調結構「It is / was + 被強調部分 + that + 句子的其他部分」。本句中被強調的部分是兩個並列的主語子句not how much you read but what you read。句意：也許不是你讀了多少書，而是你讀了什麼書是最重要的。

04. **C.** 這是一個強調句，強調的是「not until...」引導的時間狀語子句。本句可還原為He didn't meet the girl he would like to marry until he came back from Africa that year. 句意：他直到那年從非洲回來之後才遇到了他想與之結婚的女孩。

05. **A.** 此句為強調句型，強調伊莉莎白和史密斯相遇的地方是紐西蘭。It is / was + 被強調部分 + that / who子句。故選that。

06. **C.** 強調結構的判別方式是把「It be...that / who...」去掉後依然是一個完整的句子。本句意為「正是沿著密西西比河，馬克·吐溫度過了他很多的童年時光」。其他選項均可排除。

07. **A.** until用在否定句中，為了強調時間狀語，常用倒裝語序或強調結構。本句用「It be...that...」強調句型，將「not until...」時間狀語部分置於It be之後，而that後面則跟著正常語序的主句。not置於until之前是句型結構的需要，事實上它仍然否定主句。句意：他們直到午夜才到達營地。

08. **D.** It was...that...構成強調句，對not until we had stayed together for a couple of weeks進行強調。這種結構一般用that引出句子的其他部分，被強調部分是物，可用which代替that引出句子的其他部分；被強調部分是人，可用who代替

that引出句子的其他部分。但是無論被強調部分是地點或時間，都不可用where或when代替that。

09. **C.** It is...that...構成強調句，對主語子句what is right進行強調。在這種結構中，一般用that引出句子的其他部分。

10. **A.** It is...that...強調結構，對how she does it這一賓語子句進行強調。It is...who / that...是一最常見的強調句型，利用這種句型可以強調除謂語外的大多數句子成分，通常為主語、受詞和狀語。

11. **A.** 本題考特殊疑問句的強調結構，其句型是「疑問句 + be it that...？」形式，本句強調的是作say賓語的疑問代名詞what。又例如：

原句：When did you first meet with him?

強調：When was it that you first met with him?

原句：How did she make such great progress?

強調：How was it that she made such great progress?

第二十七章 倒裝

第一節 概述

　　句子的正常語序是主語在前，謂語在後。有時為了強調句子的某一部分或其他原因，謂語需要全部或部分移到主語的前面，這種語序叫做「倒裝」。倒裝可用於某些句型和一些詞語開始的句子中。倒裝分為全部倒裝和部分倒裝。

第二節 全部倒裝和部分倒裝

1. 全部倒裝又叫主謂倒裝。例如：

Here **are some letters** for you. 這裡有你的幾封信。

Down **fell the rain.** 雨傾盆而下。

但主語如果是人稱代名詞時，主謂則不能倒裝。例如：

Away **they go.** 他們走了。

Here **we are.** 我們到了。

2. 部分倒裝又叫主語與助動詞或情態動詞倒裝。例如：

Never **have** I heard such a thing. 我從未聽說過這樣的事。

Only today **did** I learn the dreadful news. 我今天才聽到這可怕的消息。

第三節 倒裝的用法

1. 某些句型

(1) 疑問句

Can't you just wear a flower instead? 難道你就不可以戴朵花嗎？

What **can you** do to promote world peace? 你能為促進世界和平做些什麼？

Have you finished writing the report? 你的報告寫好了嗎？

> ### 🔵 重點提示
>
> 但疑問詞作主語或修飾主語時，句子則不必倒裝。例如：
>
> What is on at the Capital Theatre tomorrow? 明天首都劇院上演什麼？
>
> How many students are making the trip? 有多少學生參加這次旅行？

(2) 表示祝願的句型

May you live a happy life! 祝你生活愉快！

(3) there be 句型

There **will be a football match** this afternoon. 今天下午有一場足球賽。

There **was an apple tree** behind the house. 這座房子後面過去有一棵蘋果樹。

(4) 以here, there或out, in, up, down, away, now, then等副詞引導的句型，其謂語動詞通常不帶助動詞或情態動詞

Here **comes the bus**. 公車來了。

There **goes the bell**. 鈴聲響了。

Out **rushed the children**. 孩子們衝了出去。

(5) neither / nor / so + be / have，助動詞或情態動詞 + 主語，這一句型表示前面的內容也適用於另一個人或物

Rock music is OK, and so **is skiing**. 搖滾樂不錯，滑雪也不錯。

He had no friends, nor **did he** wish to make any. 他沒有朋友，也不想交朋友。

(6) 非真實條件句中，條件子句中的if省略時，had, were, should要與主語倒裝

Should you change your mind, let us know. 你如果改變主意，就告訴我們。

Had I realized what you intended, I should not have wasted my time trying to explain matters to you.

如果我本來瞭解你的意圖，我就不會浪費時間向你作解釋了。

(7) 在比較和方式狀語子句中，如果主語不是人稱代名詞，常可在主語前添加助動詞do來代替前面已出現過的動詞

I spend more than **do my friends**. 我花費的比我朋友的多。

She travelled a great deal, as **did most of her friends**.

她到處旅行，去過很多地方，她多數的朋友也是這樣。

2. 一些詞語開始的句子

(1) 句首是否定詞或帶有否定意義的詞語時，常用部分倒裝。這類詞語有：at no time, by no means, under no circumstances, few, hardly, scarcely, hardly...when, scarcely...when, in no way, little, much/even/still less, never, no longer, no sooner...than, nowhere, not frequently, not often, not only...but also, not until, on no account, rarely, seldom 等等

Nowhere else in the world **can** there be such a quiet, beautiful place.

世界上沒有別的地方能這樣美，這樣幽靜。

Not until he was arrested **did he** begin to think of his future.

他直到被捕後才開始考慮自己的前途。

Hardly had the sailors sighted land when they shouted happily.
水手們一看到陸地就高興得跳了起來。

(2) 句首是only所修飾的副詞、介系詞短語或子句等作狀語時，常用部分倒裝

Only then did I understand what she meant.
只是到了那時候我才明白她的意思。

Only by changing the way we live **can** we save the earth.
只有我們改變自己的生活方式，才能拯救地球。

🔵 重點提示

only修飾主語，不倒裝。

Only to combine soul with nature can produce wisdom and imaginative power.
心靈只有與自然相結合才能產生智慧和想像力。

Only wisdom and friendship can light up our advance in darkness.
只有智慧和友誼才能在黑暗中照亮我們的前路。

---

3. 為了保持句子平衡或為強調表語或狀語，或使上下文緊密銜接

Also present **will be a person** who thinks up an idea for an advertisement.
出席會議的還有廣告的策劃者。

They arrived at a house, in front of which **sat a small boy**.
他們走到了一間屋前，屋前坐著一個小男孩。

Attending the meeting **were government officials, businessmen and bankers** from different parts of the country.
參加會議的有全國各地的政府官員、商人和銀行家。

On a hill in front of them **stood a great castle**.
在他們面前的山上聳立著一座巨大的城堡。

4. 直接引語的一部分或全部放在句首時

"Let's go," **suggested Henry**. 「走吧」，亨利建議說。

"Who's paying?" **shouted the fat man** at the corner.
「由誰付錢？」角落裡的胖子叫喊道。

"What do you mean?" **asked Henry**. 「你是什麼意思？」亨利問道。

但主語如果是代名詞時，主謂則不要倒裝，例如：

"What do you mean?" **he asked.** 他問道：「你是什麼意思？」

● 文法實戰演練

01. At the meeting place of the Yangtze River and the Jialing River _____, one of the ten largest cities in China.（2010重慶卷）
   A. lies Chongqing
   B. Chongqing lies
   C. does lie Chongqing
   D. does Chongqing lie

02. Not until he left his home _____ to know how important the family was for him.（2010江蘇卷）
   A. did he begin   B. had he begun   C. he began   D. he had begun

03. —Here's your change.
   —_____.（2010四川卷）
   A. Thank you   B. Don't mention it   C. No problem   D. With pleasure

04. We laugh at jokes, but seldom _____ about how they work.（2010四川卷）
   A. we think   B. think we   C. we do think   D. do we think

05. I have told you the truth. _____ I keep repeating it?（2010江西卷）
   A. Must   B. Can   C. May   D. Will

06. —Was he sorry for what he'd done?
   —_____.（2010全國卷Ⅰ）
   A. No wonder   B. Well done   C. Not really   D. Go ahead

07. —Is everyone here?
   —Not yet...Look, there _____ the rest of our guests!（2010江蘇卷）
   A. come   B. comes   C. is coming   D. are coming

08. Unsatisfied _____ with the payment, he took the job just to get some work experience.（2009重慶卷）
   A. though was he
   B. though he was
   C. he was though
   D. was he though

09. So sudden _____ that the enemy had no time to escape.（2009山東卷）
   A. did the attack   B. the attack did   C. was the attack   D. the attack was

10. The computer was used in teaching. As a result, not only _____, but students became more interested in the lessons.（2009全國卷Ⅰ）
   A. saved was teachers' energy   B. was teachers' energy saved
   C. teachers' energy was saved   D. was saved teachers' energy

🔵 答案剖析

01. **A.** 本題考倒裝語序。表示地點或方位的副詞、介系詞短語作狀語位於句首時，句子應用全部倒裝；如果主語為代名詞，則主謂不倒裝，答案為A。句意為「重慶位於長江和嘉陵江交匯之處，是中國十個最大的城市之一」。

02. **A.** 本題考倒裝句。until用在否定句中，為了強調時間狀語，常用倒裝語序。將否定副詞not移到until的前面，主句的謂語動詞由否定式變成肯定式，在主語之前加助動詞，構成主謂倒裝。本句not until引導的句式置於句首，主句需要部分倒裝。主子句動詞動作基本同時發生，故用一般過去式。句意：直到他離開家的時候，他才開始意識到這個家對於他來說是何等地重要啊。

03. **A.** 本題考交際用語。對方找零錢給你，你應該表示感謝。題幹中所給句子為倒裝語序。在以副詞here, there, out, in, up, down, away等開頭，謂語動詞為be, come, go, run, walk, rush, fall等時，主語又是名詞，主謂要完全倒裝。例如：Here's a letter for you. 這是給你的信。There goes the bell. 鈴響了。

04. **D.** 本題考倒裝語序。表示否定的副詞never, little, not, not until, hardly, seldom等位於句首時，句子需要部分倒裝，即：否定副詞 + 助動詞／連綴動詞 + 主語。句意：我們聽到笑話能開懷大笑，但是我們很少思考它是怎樣讓人發笑的。

05. **A.** 本題考情態動詞辨析。句意為：「我已經告訴你實情了，非得要我重複一遍嗎？」must在此表示不耐煩、煩躁、埋怨等，意為「非得」、「偏要」。問句為含有情態動詞的一般疑問句，情態動詞應置於主語之前，構成倒裝語序。

06. **C.** 本題考交際用語。根據會話的語境可判斷出此空應填C選項Not really，意思是「事實上沒有，並不是真的這樣」。問句為系表結構的一般疑問句，連綴動詞be應置於主語之前。

07. **A.** 本題考倒裝語序。當表示方位的副詞there, here, away, out, in, down, up等位於句首，謂語是不及物動詞sit, lie, live, stand, run, come, go等，且主語為名詞時，常用完全倒裝句型。本句主語the rest指代guests，是複數，故答案為A。

08. **B.** though引導讓步狀語子句時，如果採用倒裝語序，其句型結構為：adj. / adv. / n. / 動詞原形 + though / as + 主語 + 謂語。

09. **C.** 這是一個so...that...引導的含有結果狀語子句的主從複合句。當「so+adj. / adv.」位於句首時，主句的謂語動詞要用倒裝語序，本句主句謂語為繫表結構，故答案為C。

10. **B.** 句意：電腦應用於教學中，結果，不但老師省事，學生也對上課更感興趣了。not only...but also...（不但……而且……）連接兩個並列分句，not only位於句首且不修飾句子主語時，它引導的分句要部分倒裝。

第二十八章 省略句

第一節 概述

在一定條件下，句子中一個或多個成分被省略，這種語法現象稱為「省略」。使用省略，有時是為了避免不必要的重複，使語言精練；有時是由於習慣用法。句中各個成分都可省略，但經常被省略的是與上文重複的部分和雙方都不會被誤解的部分。

第二節 被省略的成分

1. 主語

〔I〕Beg your pardon. 請再說一遍。

〔You〕Translate the following sentences into English.
請把下列句子翻譯成英文。

2. 謂語或謂語一部分

〔Is there〕Any question? 有什麼問題嗎？

〔Do〕You need help? 你需要幫忙嗎？

3. 受詞

—Who do you think must be responsible? 你認為誰應該負有責任？

—It's hard to say〔it〕. 這很難說。

4. 不定式

We had invited him to take part in the party, but he didn't come〔to take part in it〕.

雖然我們邀請過他來參加晚會，但他沒來。

5. 冠詞

〔The〕Trouble is we don't know it ourselves. 問題是我們自己也不知道。

〔A〕Friend of mine bought me a present yesterday.
昨天我的一位朋友給我買了一份禮物。

6. 主語和謂語（或謂語一部分），只剩下表語、受詞、狀語

〔I'm〕Glad to see you. 見到你真高興。

—Did you like the book? 這本書你喜歡嗎？

—Oh,〔I liked it〕very much. 啊，很喜歡。

7. 其他成分

〔Are you〕Looking for me? 在找我嗎？

〔Of〕Course it's only a beginning. 當然這僅僅是一個開端。

🔵 **重點提示**

一個省略句本身意思很清楚，但有時要靠上下文或說話的場合來弄清意思。例如：

Never seen the film. 從未看過這部電影。

—She's absent today. 今天她缺課。

—Why? 怎麼啦？

---

8. 單部句

某些句子，只含有主語或謂語（或謂語的一部分），這樣的省略句也可稱為單部句。例如：

Thanks a lot! 多謝！　　　　No smoking! 禁止抽煙！

Hands up! 舉起手來！

第三節　簡單句中的省略

簡單句中常有一些成分被省略掉。

1. 對話中

省略發生在對話中最為普遍，主要是在回答別人的問題，或是在接著別人說話時。例如：

—Are you hungry? 你餓了嗎？

—Not yet. 還沒有。

—May I smoke here? 我可以在這裡抽煙嗎？

—No, you'd better not. 不，你最好不要在這兒抽煙。

—Mary has gone to Beijing. 瑪麗到北京去了。

—When? 什麼時候？

—He went shopping this morning. 今天上午他去買東西了。

—With whom? 跟誰一起去的？

—The book is very interesting. 這本書很有趣。

—Yes, and very instructive, too. 是的，而且很有教育意義。

—Who broke the world record? 誰打破了世界紀錄？
—Liu Xiang (did). 是劉翔。

2. 在陳述、提問和感嘆句中

省略也發生在陳述自己的意見，提出問題或要求時，或在感嘆句中。例如：

Looking forward to hearing from you soon. 盼望不久能收到你的來信。

Happy Birthday to you. 祝你生日快樂。

Why not come? 為什麼不來呢？

What to do next? 下一步該怎麼辦？

Just a cup of coffee. 就來一杯咖啡。

Delicious! 味道好極了！

No move! 不許動！

What a magnificent building! 多麼宏偉的建築！

3. 在電報中常用省略句以節省篇幅

Arrive Shanghai August the Tenth. 8月10日到達上海。

4. 在報紙標題和文章標題中

Profits of Praise 讚揚的好處

Kosovo crisis over, but peace hard to come.
科索沃危機已經結束，但和平難以實現

第四節 複合句中的省略

複合句中某些成分省略的情形也很多。主要有：

1. 在回答問題時

—May I smoke here? 我可以在這裡抽煙嗎？

—I'm afraid not. 恐怕不行。

—Did you know anything about it? 這件事你以前知道嗎？

—Not until last week. 到上週才知道。

2. 在表示時間、地點、條件、方式或讓步等狀語子句中

有些表示時間、地點、條件、方式或讓步等狀語子句中，如謂語包含有助動詞be，主語又和句子的主語一致，或主語是it 時，就可以把子句中的主語和謂語的一部分，尤其是助動詞be 省略掉。例如：

Do what as told. 按照所講的去做。

Any mistake, once found, must be corrected.

一旦發現任何錯誤，就必須加以改正。

If not well managed, the program will not succeed.

如果管理不善，這個計畫就不會成功。

Fill the blanks with the proper words where necessary.

在必要的地方填入適當的詞。

If possible, China will send more spacemen into space in five years.

如果可能的話，中國在5年內會送更多的人進入太空。

3. 在以than或as引起的子句中

He is more of a writer **than** a historian.　他是歷史學家，但更可以說是位作家。

He is more brilliant **than** ever before.　他比以往更高明。

He worked **as** hard **as** others.　他工作像別人一樣起勁。

We will, **as** always, stand on your side.　我們會一如往常地支持你。

4. 在複合句中

在複合句中被省略的還可以是主句的一部分，或是子句的一部分，或主、子句中都有省略。

例如：

(**Is there**) Any question you want to ask me?　你們還有什麼問題要問我的嗎？

Sorry, but I didn't mean to hurt you.　對不起，但我不是故意要傷害你的。

I shall do what I can (**do**) to learn English well.　我要盡我的能力學好英語。

If not today, I'm sure you will get my answer tomorrow.

如果你今天收不到我的回信，明天你準能收到。

The sooner, the better.　越快越好。

Like father, like son.　有其父必有其子。

第五節　並列句中的省略

1. 在並列句中

在並列句中如果後面分句中有與前面相同的部分，常被省略，以免重複。例如：

He **majors in** English and I in French.　他主修英語，我主修法語。

His mother **is** a teacher and his father a writer.

他母親是個老師，父親是個作家。

Someone **has told me that**, but I don't remember who.

有人已經告訴我了，但我記不得是誰了。

2. 在某些省略並列句中

在某些省略並列句中，後一分句中剩下的往往是一個恰可用來修飾前面分句中謂語的狀語，表示一個事後想起的意念。例如：

We tried to persuade her but (**we tried**) in vain. 我們想勸服她，但沒成功。

He started to learn music and **quite well in a year**.

他開始學音樂了，並且一年後就學得相當不錯。

但有時也不一定是這樣。例如：

We still have some mistakes, and **very serious ones to correct**.

我們還有錯誤，而且是相當嚴重的錯誤，需要加以改正。

🌑 文法實戰演練

01. —I'll do the washing-up. Jack, would you please do the floors?

—_____.（2010遼寧卷）

A. Yes, please　　B. No, I don't　　　C. Yes, sure　　　　D. No, not at all

02. —May I take this book out of the reading room?

—No, you _____.You read it in here.（2010陝西卷）

A. mightn't　　B. won't　　　C. needn't　　　D. mustn't

03. —Is it all right if I keep this photo?

—_____.（2010全國卷 II）

A. No, you don't　B. No, it shouldn't　　C. I'm afraid not　　D. Don't keep it

04. —What's the noise? It sounds as if it comes from upstairs.

—_____. It must be the window-cleaner working next door.（2010陝西卷）

A. I'm not sure　　B. I hope not　　　C. I'd rather not　　D. I don't think so

05. —Sorry, do you mind if I smoke here?

—Yes, _____.（2009遼寧卷）

A. you could　　B. go ahead　　　C. I do　　　　D. my pleasure

06. Some of you may have finished Unit One. _____, you may go on to Unit Two.（2009江西卷）

A. If you may　　B. If you do　　　C. If not　　　D. If so

07. —I have some big news for you. You've been accepted as a member of our club.

— _____ That's great!（2008安徽卷）

A. Have I?　　B. Pardon?　　　C. Congratulations!　 D. Good idea!

08. —Would you like to join me for a quick lunch before class?

— _____, but I promised Nancy to go out with her.（2008全國卷Ⅰ）

A. I'd like to　　B. I like it　　　C. I don't　　　　D. I will

09. —Have you got any particular plans for the coming holiday?

—Yes. _____. I'm going to visit some homes for the old in the city.（2008安徽卷）

A. If ever　　B. If busy　　　C. If anything　　　D. If possible

10. We all know that, _____, the situation will get worse.（2007全國卷Ⅰ）

A. not if dealt carefully with　　　B. if not carefully dealt with

C. if dealt not carefully with　　　D. not if carefully dealt with

🔘 答案剖析

01. **C.** 本題考交際用語。句意：一傑克，我在飯後刷洗餐具，你能清理地板嗎？一當然行；可以。根據語意，此空選C。sure相當於I would sure do the floors。

02. **D.** 問話者問：我能把書帶到閱覽室外面去嗎？根據答話人的答案No及You read it in here可判斷出此空應填mustn't，表示「禁止，不許」，相當於You mustn't take this book out of the reading room。

03. **C.** 問句為「Is it...?」開頭的一般疑問句，答語應該用Yes, it is或No, it isn't。此處的I'm afraid not相當於I'm afraid it isn't right if you keep this photo。

04. **D.** 本題考情景交際。句意為：「什麼聲音？聲音好像是從樓上傳來的。」「不是的，那肯定是窗戶清潔工在隔壁工作。」回答者使用的是must，說明是肯定推測，否定了前面問話者所說的噪音聽起來彷彿來自樓上。D選項I don't think so中的替代名詞so用來代替省略的賓語子句，全句補充完整應為I don't think it comes from upstairs。

05. **C.** 答語yes表明，答話人反對對方吸煙，所以此空應填I do，相當於I mind if you smoke here（我反對你在這裡抽煙）。

06. **D.** 本題考省略句。句意：你們當中可能有些人已經完成了第一單元，如果這樣的話，你們可以開始第二單元。if so在此處是一個省略的條件狀語子句，相當於 If you have finished Unit One。

07. **A.** Have I與前面You've been accepted as a member of our club 相呼應，完整的句子應為：Have I been accepted as a member of your club? "Have I? That's great!" 的意思是「是嗎？太好了！」B選項表示未聽清，請對方再説一遍；C選項表示祝賀；D選項表示「贊同」，填入均與句意不合。

08. **A.** 委婉地拒絕別人的邀請時，常用「I'd love/like to, but...」句式。此句中I'd like to 的動詞不定式符號to後省略了join you for a quick lunch before class。

09. **D.** 本題在語境中考省略句。if possible是if it is possible的省略，這是一個省略的條件狀語子句。在有些條件狀語子句中，主語是it時，就可以把子句的主語和謂語的一部分，尤其是助動詞be省略掉。句意：如果可能的話，我將去參觀城市裡的一些養老院。

10. **B.** 本題考省略句。if 引導條件狀語子句時，某些成分可以省略。if not carefully dealt with表示「如果不小心處理」，完整的形式為if it isn't carefully dealt with。

原來如此 系列 E051

五億人的第一本高中英文文法書

現在就讓五億人的英文老師「薄冰」教你全世界最多人在學的高中英文文法！

作　　　者	薄冰
顧　　　問	曾文旭
總 編 輯	王毓芳
編 輯 總 監	耿文國、陳蕙芳
行 銷 企 劃	王光漢
執 行 編 輯	林侑音、費長琳
美 術 編 輯	吳靜宜、王桂芳
封 面 設 計	阿作
特 約 編 輯	盧惠珊
法 律 顧 問	北辰著作權事務所　蕭雄淋律師、嚴裕欽律師

印　　　製	世和印製企業有限公司
初　　　版	2012年02月
出　　　版	捷徑文化出版事業有限公司
電　　　話	（02）6636-8398
傳　　　真	（02）6636-8397
地　　　址	106 台北市大安區忠孝東路四段218-7號7樓

定　　　價	新台幣349元／港幣116元
產 品 內 容	一書

總 經 銷	采舍國際有限公司
地　　　址	235 新北市中和區中山路二段366巷10號3樓
電　　　話	（02）8245-8786
傳　　　真	（02）8245-8718

港澳地區總經銷	和平圖書有限公司
地　　　址	香港柴灣嘉業街12號百樂門大廈17樓
電　　　話	（852）2804-6687
傳　　　真	（852）2804-6409

本書原由開明出版社以書名《新版薄冰英語語法•高中》首次出版。此中文繁體字版由開明出版社授權捷徑文化出版事業有限公司在台灣、香港和澳門地區獨家出版發行。僅供上述地區銷售。

捷徑 Book站

現在就上FACEBOOK，立刻搜尋
「捷徑BOOK站」並加入粉絲團，
可享每月不定期贈書閱讀好康活動
與各種新書訊息喔！
http://www.facebook.com/royalroadbooks

國家圖書館出版品預行編目資料

五億人的第一本高中英文文法書 / 薄冰 著.
-- 初版. -- 台北市：捷徑文化, 2012.02
　　面；　公分

ISBN 978-986-6010-15-6（平裝）

1. 英語教學 2. 語法 3. 中等教育

524.38　　　　　　　　　　100028189

捷徑文化出版事業有限公司
Royal Road Publishing Group

祢的話是我腳前的燈，路上的光……

捷徑文化出版事業有限公司
Royal Road Publishing Group

祢的話是我腳前的燈，路上的光……

捷徑文化出版事業有限公司
Royal Road Publishing Group

祢的話是我腳前的燈，路上的光……

捷徑文化出版事業有限公司
Royal Road Publishing Group

祢的話是我腳前的燈，路上的光……